武内涼

厳島

Itsukushima

新潮社

安芸および周辺図
月山富田城
尼子家
出雲
石見
備後
日野山城
吉川家
吉田郡山城
毛利家
三本松城
吉見家
吉和、山里
安芸
津和野
国府の出張の市
新高山城
小早川家
尾道
佐東銀山城
長門
折敷畑山
保木城
因島
岩国
仁保島城
周防
弘中家
厳島
山口
錦川
来島
能島
大内家
富田
山陽道
若山城
陶家
屋代島
瀬戸内海
伊予
0
20km

地図制作　アトリエ・プラン

装画　宇野信哉

厳島

序

「鳥居が立っておりますでしょう？」

岩夜叉の軽やかな声を、潮風が千切る。

岩夜叉は老人に、

「あの鳥居、杭で固めた海底に——ただ、立っているだけなのです。水底の砂の上に、置かれているだけなのです……」

その老人の些か下に垂れた、三日月形の目は青鈍色の海に佇む丹塗りの大鳥居をじっと見据えていた。

——毛利元就、五十八歳。

人間五十年と言われた頃である。

もう老人のくくりに入る。

「何ゆえ、倒れぬ？」

元就の嗄れ声が若き岩夜叉をこちらに向かす。岩夜叉は元就の小姓だ。二人は、舟に乗って厳島に近づいている。頭上からカモメの声が降ってくる。潮の香が、鼻を刺す。

「鳥居の上、島木と笠木の中に、小石がぎっしり詰められているゆえ」

「石の重みで、波に負けぬと？」

「御意」

——大波に負けぬ小石か。

元就の胸の深みでざぶんと大きく水音が、した。

……かくありたいものよ。

天文二十三年（一五五四）、三月。毛利元就は廿日市の商人に廻船をたのみ、地御前から舟に乗り、密かに厳島に向かっていた。

……謀を……煮詰めるのじゃ。

ある強大な男の首を取り、西国を、切りしたがえる謀を。

——陶晴賢。

その男の名だ。

周防、長門、筑前、豊前、西石見、安芸の一部、六ヶ国を統べる西国最大の大名・大内家を事実上取り仕切る男であった。

*

数日前。

安芸の大名・元就は、志道広良の屋敷にいた。

広良は八十八歳。

体が衰え、表に出られなくなったが、いまだ頭脳明晰。元就が「頼りない」と感じている譜代のどの者より判断が冴えている。

眼窩が深く窪んだ小男で若き日の元就をささえた謀臣であった。知将と名高い元就だが、今でも判断に迷う時、広良の教えを請う。広良の前に出ると元就は若き頃を思い出す。大敵の脅威に内心、動じることもあった未熟の日々を思い出す。

――のう妙玖……どの家来を信じればよいか迷うわしに、広良がもっとも信じられると申したのはそなたであった。

妙玖は亡き妻である。

……あの頃のわしを知る者も次第に、少なくなって参った。信じられるか？　あのわしが、二ヶ国の主ぞ。そなたが産んでくれた三人の倅、いずれも逞しゅうそだったぞ。……いや一人……頼りないのがおるか……。大敵と向き合う時、そなたと広良が必ず、傍におった。今そなたはおらず、広良の命も残り少なに見える。

元就に広良は、

「大殿は安芸、備後の二国を治められているとはいえ、備後衆はここ一、二年の内に傘下にくわわったにすぎませぬ。また安芸衆の中にも、我が毛利にくみしたのはつい先頃という輩もおる」

我が毛利という言い方が、自家より毛利家を第一に考えてくれる広良の視座を物語っていた。ついこの間まで安芸の山間の小名であった毛利。数代つづいた大名にくらべ、譜代の家臣層が薄い。数も少ない。武も知も人並みという小粒な人材が多い。

毛利家より自家を優先し、何かことあると右往左往してしまう傾向が、譜代の者どもには、ある。そんな傾向と無縁の老臣が、広良だった。

広良は深みがある嗄れ声でつづける。

「もし陶とこと構えるなら――この際、新参者はあてにせぬ方がよいのでは？　戦場で後ろから射られる恐れが付きまといますゆえ」

陶晴賢と戦するか否かを迷う元就への老臣の言葉は、辛い。

「そうすると、わしが掻きあつめ得る兵は、三千から、四千……。五千にはとどくまい」

せっかく翻(ひるがえ)した反旗が、陶に踏み潰されるのが見えた。

元就は今、陶と対等ではなく、陶に従属する立場なのだ。

広良は眼光鋭く、

「尼子(あまご)への備えも忘れてはなりませぬ」

元就は、寝床で体を半ば起した広良に、

「横臥(おうが)したままでよいと申すに」

「いえいえ、これくらい動かぬと体が鈍(にぶ)りますゆえ」

元就は苦笑し、

「もう鈍ってもよかろうが広良」

「何をおっしゃる。まだ……死ねませぬわ。大殿が長年の夢を果たされるまでは」

真剣な形相になった元就は、

「……夢か」

それは夢などという言葉とほど遠い、もっと粘っこく、熱く強い、濁流のような思いだと元就はわきまえている。

元就が生れた頃、安芸の小名であった父は西国の巨人・大内家と、畿内から四国にかけて統べる細川(ほそかわ)一門のどちらに味方するかで深く懊悩(おうのう)していた。

大内に味方すると言えば家中の細川派から揺さぶられ、細川方にまわると言えば今度は家中の大内派から攻撃される。斯様(かよう)な有様であった。

天下の権をにぎるのは大内か細川か、我らの選択は誤っていないか……常にそんな不安が、毛利家をひたしていた。

だからだろうか。

元就の父は武士というより公家のような、ほっそりと頼りない人で、母は安芸の山里に咲いた一輪の百合というべき美しい人であったが、二人ともいつも何かに怯えていた。

母は元就が五歳の時、亡くなった。

父は元就十歳の時、心労から大酒に耽り、酒毒に蝕まれ——急死している。

……母上につづいて父上がみまかられた頃がもっとも辛かった。

父の跡は兄が継いだが……兄もまた数ヶ国を治める二つの大きな大名の狭間で、苦しんだ。

その頃、細川は衰え、中国と呼ばれるこの地域では、一気に急成長した山陰の雄・尼子と、山陽から北九州の王・大内が竜虎の如く争っていたのである。

兄はいつも尼子大内間で右往左往し、

『それでは、尼子殿はお怒りになられますぞ！』

『そのようなことをなさっては……大内家と当家の間に深い罅が入り申す』

家中の尼子派、大内派から鋭い批判に晒されて苦悩、父と同じように酒に溺れた。

当時、松寿丸といった元就が諫めても、兄は血走った目で——たった一つの楽しみを奪わんでくれ、と言うのだった。

それだけではなかった。

毛利を軽んじた重臣の一部は……あろうことか、松寿丸が相続するはずだった土地を騙し取ってしまったのである。

松寿丸は貧窮に苦しめられた。

そんな少年の頃の元就に温かい手を差しのべた人がいる。

父の側室——大方殿だった。

美しく、陽気な人だった。乗馬が得意で、夕餉のおかずが足りなければ弓をもってにこにこと出かけ、鴨や鷺を仕留めてくる快活さがあった。

大方殿には多くの再婚話があったが、父母をうしなった松寿丸を大いに憐み、それら縁談を全てことわって——血がつながらぬ元就をそだててくれた。

大方殿との忘れられぬ思い出がある。

その頃、元就と大方殿は屋根に草が生えた古い家に住んでいた。

その家に大雀蜂が入っている。

大方殿は、侍女たちがおののく中、白木の塵取りをもって、壁高くに止った大雀蜂に近づき——ふわっと跳躍、塵取りで毒蜂を叩いて退治した。

そして、

『ここに針がある。気をつけよ』

と、言いつつ、黄色と黒の縞模様がひしゃげてしまった、毒虫の亡骸を指でつまむと、松寿丸にぬっと近づけ、

『よいか松寿丸殿。これが、天下一恐ろしい毒虫です。よく覚えておきなされ。これに刺されたら、相撲取りもふだん荒言をば吐き散らしている猿臂虎鬚の剛の者も、たやすくこと切れる。山でこの虫の荒ぶる群れに遭おうものなら、妾やそなたなど一たまりもない。ですが今、妾は、この虫を討った。其は——一匹だからじゃ。夥しい仲間と共におっては妾はこの虫を討てなかったでしょう』

青褪（あおざ）めた顔で大雀蜂の骸（むくろ）を睨（にら）む松寿丸は大方殿から多くをおそわった気がしている。

松寿丸は家来に——冷たい憎しみをいだいていた。

彼ら毛利の家来たちは、かつては大内派と細川派に、今は大内派と尼子派にわかれ、相争い、当主を我が方に引っ張ろうとして家中の統制を乱し、横暴な我儘（わがまま）も止らぬ。

そしてあろうことか松寿丸が相続すべき地にまで汚い手をのばし横取りしている。

だから、松寿丸は決して言葉にこそしなかったものの、毛利を苦しめる家来の我欲に憤怒している。

大方殿は松寿丸の内にある家来への憎しみに気付いたようだった。

だから、大雀蜂の話をしたのだ。

その夜、聡明なる少年はまんじりともせず大方殿の話について考えた。

考えれば、考えるほど、毛利家のむずかしい立場が見えてくる。

内を見れば、家来の侮り（あなど）。外を見れば、高みからあれこれ指図してくる大大名——大内、尼子のいずれかに従属するほかない。

そして、この二つの問題はわかち難くむすびついていたが、従属という頸木（くびき）を食い千切るには、時には毛利家を侮ってくるふてぶてしい家来どもを、一つにまとめねばならない。

翌日、朝餉を共にした折、松寿丸は、大方殿に、

『大方殿、この戦乱の世から毛利の家を守る一番の力は……人の和。一族郎党の和なのでしょうか？』

大方殿は温かい微笑を浮かべ、大きな眼（まなこ）でじっと松寿丸を見据え、

『一人の弓の上手より、よほど大きな力ぞ』

——頭では、わかる。

されど、毛利の意向より、常に尼子、大内の存念を気にして、右往左往している重臣たち、元就が継ぐべき地を掠め取った欲深な家来、彼らの顔を思い描くと、どうしても気持ちが納得してくれない。

松寿丸は硬い顔で深くうなだれた。

大方殿は、言った。

『……一人で戦うつもりか？　そなたが天下一の勇士でも、共に戦ってくれる仲間がおらぬなら、昨日、妾が潰したあの蜂になると知れ』

黄がまじった、黒い足をねじまげ、縞模様の体を潰されてこと切れた蜂の姿が、か細い少年の胸を刺している。

『毛利の家を——守りたくないのか？　そなたの兄の代で、滅ぼされてよいか？』

少年は強く頭（かぶり）を振った。

大方殿は松寿丸をのぞき込み、囁（ささや）いた。

『……毛利の家を大きゅうしたくないか？』

『…………』

——したい。

出来ることなら。そして、脆（もろ）き毛利に、遥か高みからあれこれ指図し、常に己が生れそだってきた城に、騒擾（そうじょう）が起きるきっかけをつくってきた強大な大名——尼子、大内に一太刀浴びせたい。

松寿丸は、うなずいた。

品数の少ない朝餉の膳の向うに座す大方殿は、手入れする者が少なく草が茫々（ぼうぼう）に茂り、夜には五月蠅いほどに虫が鳴く庭に顔を向けている。

大方殿は古びた露芝模様の小袖を着ていた。

父母をうしなった自分のために、苦境にある毛利にのこる道をえらんだ、この人を守りたい、この人に恩返ししたいという思いが、松寿丸には強くある。

大方殿は再び松寿丸を見詰めて、

『ならば――今おる家来を大切にせねば……。もそっと郎党をふやさねば。今おる家臣をつかいこなせずして、どうして家を大きくすることなど出来ましょう？』

うなだれた松寿丸の眉が、ピクリと動いた。

少年の視線の先には――空の椀があった。

その椀の漆ははげかけている。

大方殿は、松寿丸に、

『大身であれば……勇士、謀臣、すぐれた家来がはいてすてるほどいよう。されど、毛利は、小さき家。字を読めぬ郎党もおる。粗忽者もおる。欲深き者、小心者も。さりながら……その者たちにも何か一つ、取り柄があるはず。きっとある。それをくみ合わせれば大きな力になろう？それを見つけるのが将の役目、松寿丸殿や兄君の務めではありませぬか？』

『……はい』

『蜂は小さい虫。されど、群れになることで、もっと大きな相手を退かせる』

『得心しました。されど、大方殿……どうしても許せぬ者たちがいます。父上亡き後、増長し、毛利の土地を奪いし家来どもですっ』

松寿丸は面貌をふるわし声をしぼり出した。

大方殿は、指を唇に当て、厳しい顔で、

『大きな怒り、大きな望み、大きな謀――この三つを軽々しく話す者になるな。すぐれた武士は、心の中に土倉をつくって、この三つを余人に隠しておくもの。もっと……強うなりなされ松寿丸殿』

毛利の当主は代々線が細く、荒武者というよりは知的で大人しい当主が多かった。

松寿丸はどれだけ武技を鍛錬しても太くならない己の腕を恨めし気に睨んだ。

『その強さにあらず』

大方殿は、ふっと微笑んで、

『出雲を御覧じよ。出雲を治めておる御人はなるほど武勇にすぐれた御仁だが……それだけではない。その御方は一度は牢人となり、全てをうしない……貧窮の底に沈みました。ですが、決してあきらめず、謀をめぐらして、城を盗り、国を奪った。……今では山陰道数ヶ国の太守』

――謀聖・尼子伊予守経久。

その男の名である。

乱世が生んだ風雲児で、山陰の覇者と言っていい。

一代で山陰、否、西国全土にその名を轟かせた知勇兼備の英傑であり、毛利家に強大な圧迫をくわえてくる相手であった。

『尼子殿は武勇以上に知略と胆力で逆境から這い上がり、多くの国を切りしたがえた』

安芸の最北、山陰の地に接する山深き里から毛利に嫁いだ大方殿の言葉には、山陰の覇王への畏敬が籠っていた。

……いつか、尼子経久のようになりたい。いや……尼子経久を超えてみたい。誰にも指図されぬ大名になってやる！　この毛利を小身ゆえ侮りし全ての者を見返してやる。

松寿丸は子供心ながらに誓った。

大方殿はそんな童の頃の元就に、知略や胆力も――この戦国の世では腕以上に身を守る武器になることをおしえてくれた。

大方殿は元就が元服して間もなく病により亡くなっている。

母親代りに元就をそだててくれた女性は、今わの際に若き元就を気高くも澄んだ瞳で見詰め、

『いつだったか……怒りと望み、謀は余人に軽々しゅう話すなと言いましたね？　元就殿がそれら全てを心から話したいと思える相手、左様な者が必ずや現れる。その者こそ、共に歩むべき相手ですよ』

やがて、当主であった兄が酒毒により斃れ、跡を継いだ甥も夭折し、思いがけず、当主の座が元就の許に転がり込んだ。

もちろん父や兄を悩ませた問題を元就もかかえ過酷な日々がつづいたが、大方殿が言っていた「共に歩むべき者」を二人得ることが出来た。

一人が、妻、妙玖。

いま一人が、父の側近であった、志道広良である。

元就は小さき半身を起した広良に、

「――陶の兵力は？」

「陶が治めるはまず、周防、長門、筑前、豊前、四州。さらに西石見も陶の領分で西安芸にも陶に与同する武士がおりまする」

本州の西端から異朝との交易で潤う北九州が、陶の勢力圏だ。

「その総兵力……四万。一部を守りに取られるとはいえ二万五千から三万の兵で押し寄せてきましょう」

「六倍から十倍よな……」

元就の細面が薄曇りする。広良は、力強く、

「二つの大大名、尼子大内の間にはさまれ、我らはずっと苦しんで参りました」

「竜と虎の間に生れた鶏はある時は竜の味方をし、ある時は虎の側にまわって、生きる他なかったのじゃ」

元就は指を細顎に当てる。

広良は、一度咳をして、

「大殿は、尼子からはなれた後、長らく尼子の鋭鋒から大内殿を守る盾となってきました」

大殿——元就のことである。形ばかりだが隠居しているのだ。

「が、その大内家は今……在（あ）ってないものの如（ごと）くなり申した」

三年前、大内家で、大変事が、起きた。

大寧寺（たいねいじ）の変。

重臣で西国無双の剛将と恐れられた陶晴賢が、公家風の遊びに溺れた主、大内義隆（よしたか）を、討った。

元就も陶の乱に加勢——混乱に乗じて安芸の大内勢を薙ぎ倒し、備後にも兵をすすめ、一気に二ヶ国の大名にのし上がっている。主を殺した陶は当主にはならず傀儡（くぐつ）の当主・大内義長（よしなが）を立てた。が、義長の後ろで糸を引く陶が——政（まつりごと）や軍事の全てを専断していた。

その陶に元就は与（くみ）してきた。

「大殿は陶のために犬馬の労を惜しみませんでした。さりながら、大殿が落とした備後の城を、陶は我が方にわたさず、代官を入れてきた」

陶晴賢は――元就の急成長を恐れた。毛利の思惑を疑い、警戒した。

「陶と当家の間に、罅が入り申した。この罅、大きゅうなりこそすれ無うなることはない。ならば――今こそ、陶と手切れする潮時にござろう。この乱世、生きのこるには、誇りを潰し、誰かにしたがうか、自立するために命懸けで抗うか、二つに一つ。

大殿の望みであった何人にも指図されぬ毛利に飛翔すべき時では？　大殿はもはや、安芸の一国人ではありませぬ」

「………」

深沈たる色をおびた元就の細眼がゆっくり閉じられた。

二強にはさまれ、いいように頤使されてきた毛利家や安芸の小領主たち。命懸けで働いても恩賞がなかったり、大国の重臣に軽んじられながら向うの要求だけを呑まされたり……誇りを傷つけられても歯を食いしばらねばならなかった。左様な悲境から脱したいという執念が、元就には幼き頃からずっとある。

――陶と手切れし、堂々たる大名として起つなら、今が、その時。……真に、そうか？　陶がわしの後ろにおる狼と――。

迷う元就に広良は、

「大殿が恐れておられるのは前門の虎と言うべき陶と、後門の狼、尼子が手をくむことですな？」

西の陶、北の尼子が同時に兵を起こせば、辛うじて三、四千の兵を掻きあつめ得る毛利など一たまりもない。広良は開眼した元就に、

「尼子が動けなくなる一手を打ち敵を陶にしぼられては？」

「……それならば、勝機があるやもしれぬ」

低く呟いた元就は地図を広げる。

彼我の戦力を、思いくらべる。
三、四千対、三万近く。
まともにぶつかって勝ち目はない。

――奇襲しかない。が、山陽道に陶を奇襲できる格好の隘路がない。隘路だけでは、駄目じゃ……。一度の奇襲で陶に勝っても彼奴に逃げられれば大軍に逆襲されて当家は滅びる。ただ一度の奇襲で――陶の首を取らねばならぬ。どうすれば、よい？　どうすれば討てる？　考えろ、考えろ、考えろ――。

大方殿の教えを受けて以降、元就は、智謀と粘り強さを武器に小勢力・毛利を何とか守り、じわじわと版図を広げ、乱世を生き抜いてきた。

考えろ、考えろ、が若き日の口癖だった。

そんな元就の姿を見て、よくありし日の妙玖は、

『……考えすぎて袋小路に入ったりしませぬか？　戦など殿の考え通りにすすむものでもありますまい？　時には運もまた、勝ち負けに作用するのでは？』

同じ安芸の豪族で鬼神の武を恐れられた一族、吉川家から嫁いできた妻はおかしげに言うのだった。

そんな時、元就は必ずきっぱりと、

『それはない。ことをなすのは――謀の深さ。武運ではない』

『そうでしょうか……。運もありますよ、きっと』

元就は、あえて冷ややかに、

『いや。無い』

元就に負けず劣らず頑固な妙玖は決って口を尖らせて、

『どうも……殿の御説は信用出来ませんね。吉川の教えとは違います』

不思議なことに妙玖と軽い言い争いをした後ほどよく頭がまわり、妙計を思いついたものである。

その妻は……もう、いない。

ふくれ面をした若き日の妙玖を思い出し微苦笑を浮かべた元就は、はっと瞠目する。

……袋小路――逃げ場所が無い所に閉じ込めてしまえばよいのかっ。妙玖、そなたが思いつかせてくれたか？

元就の目は、自ずと、地図上の海に吸い寄せられる。

――一つの島に、釘付けになっている。

穴が開くほどその一点を睨みながら生唾を飲む。

その島は元就の安芸と陶の周防の境にあり、古来、交通の要であった。

……厳島……。

唇の片端が、ゆっくり、小さく、吊り上がる。

「何やら……妙計を思いつかれましたな？」

満悦気に笑む広良だった。元就は、ゆっくりうなずき、

「厳島を見て参る」

老いた謀臣はしばし黙って元就を見詰め、

「――狭き島で、虎狩りされるご心胆ですかな？」

さすが、広良は元就の謀計の骨格を早くも摑んでいる。

秘計

日本三景――陸奥の松島、丹後の天橋立、安芸の宮島（厳島）。

宮島に宮、つまり神社が建てられたのは推古天皇 癸 丑年（五九三）。

後に厳島神社と呼ばれる社である。

竜宮を思わせると讃えられた海上社殿は、平清盛の手できずかれた。

祭神は宗像三女神。市杵嶋姫命、田心姫命、湍津姫命。天照大御神の命で玄界灘に向かったという三人の海の女神だ。

清盛が、国司をつとめた国の海神の社に注目したのも宜なるかなと、元就は思う。

瀬戸内海は、古来、物流の大動脈だった。

この海の道は二つの先進地域――畿内と九州をむすぶだけにあらず。

もっと遠い異朝ともつながっている。

たとえば中国大陸。

清盛の頃は、南宋、元就の頃は、大明と。

さらに博多商人の手で朝鮮半島の文物が、薩摩や琉球を通じて東南アジアの物産も盛んに流れ込む。

小山に立ち一日内海を眺め船を数えてみればよい。何艘も行き交い、しまいには、数えるのが億劫になるはず。

今、元就が舟でゆく富の大動脈を、四百年前一手ににぎっていたのが、平家一門。

少し前までは大内と細川がにぎっていた内海の道を……今は大内、細川、二家を内から食い破った、二人の男が、掌握している。

——陶晴賢と三好長慶。いずれも下剋上の雄である。長慶は細川晴元に仕えていたが、やがて晴元から全権をもぎ取り畿内から四国にかけてを治めている。

……わしは陶を討ち、いつかこの海の全てを手に入れてみせよう。

元就は鳥居の先、海に浮かぶ寝殿造りを眺めつつ、誓った。

志道邸をおとずれてから数日後。小姓、岩夜叉をつれた元就は、厳島に詣でる家来、児玉就方の供にまぎれ込み、極秘裏に陶領・宮島を目指している。

——今日、厳島にゆくのを陶に知られたくない。

痩せ細った元就、よれよれの小袖をまとい、直垂姿の家来の後ろにそっと立つと、細やかな家政を得意とする老臣の如く見え、廿日市の町でも何ら怪しまれなかった……。

青空の下、黝然たる緑霞を孕んだ弥山が社の裏から、元就を見下ろしている。

弥山は標高五三五メートル。厳島最高峰だ。

舟はやがて海神の社に向かって左、有ノ浦なる浜につく。

有ノ浦は問丸や船大工の家、土倉、異国のめずらしい品を商う唐物屋や、島の者たちのための米屋、櫛屋、綯屋、青物売りの店が軒をつらねる、にぎやかな町だった。都の大商人に肩をならべる有徳人も暮している。

元就が乗る舟がついてすぐ後に、米俵を満載した小舟が漕ぎ寄せる。

厳島育ちの小姓、岩夜叉は、島の青き山並みに白い顔を向け、

「島の樹を濫りに伐ってはなりませぬ。田畑にするため、更地にするなど、もっての外。故に厳

島には、田畑というものがありませぬ」

――農耕が禁じられた島なのだ。

「米も、芋も、全て対岸からかうのです」

児玉就方に話している岩夜叉だがむろん元就におしえている。

米俵を下ろす男衆のかけ声、カモメの鳴き声、町娘の話し声が耳を揺すり、魚や牡蠣を焼く匂いが鼻をみたしたが、元就の双眸は――何の変哲もない小山に向いていた。

舟から、厳島に、降りつつ、

「あの山は、何というのでしょう？　岩夜叉殿」

岩夜叉より目下の侍になり切った元就の扇がある一つの小山を指す。

丘といってよいその小さな山は陶昵懇の有ノ浦の大商人、紭屋弥七郎の店を見下ろしていた。

弥七郎の紭屋は小さき山に背中を押されながら海に顔を向けている。

「宮ノ尾だ。……森田殿」

小姓が遠慮がちに答える。

……宮ノ尾……。

厳島に童の頃から詣でている元就だが、今あらためて観察すると気づく処が多い。

岩夜叉より鈍い処がある児玉就方が、宮ノ尾をじっと睨む元就に、

「……では、参りますぞ」

――たわけ。わしはお主の家来を演じておるのじゃ。怪しまれたら、如何する。

元就は渋面をつくる。しまったという顔になった就方は、

「……参るぞ」

十数人の児玉就方一行は厳島大明神に詣でる。

参詣の後、就方は、神主のもてなしを受けたが、顔を知られている元就は別行動をとっている。岩夜叉と、手練(てだ)れ四名をつれ、有ノ浦から宮ノ尾に登り、人気がない藪(やぶ)の中を念入りに歩いた。その後、海辺にそって北東に向かっている。やがて岩場が大きく切り立ちゆく手をはばむ。松を頭の上に生やした岩場は、青海苔をかけた大きな握り飯に見えた。

案内役の岩夜叉は右手の細道に、入る。

小姓の体は南国的な密林に左右をおびやかされた薄暗がりに吸い込まれた。

元就らも、つづく。

「馬酔木(あしび)、樒(しきみ)など毒のある木が多いのは、鹿が食わぬためです」

この島では狩りも禁じられており鹿が保護されている。

今も、細長い照葉(しょうよう)をこれでもかと茂らせたミミズバイの木や、馬酔木、樒などが繁茂する薄暗い細道に、鹿の母子が現れ、先導するかの如くゆったり歩いている。人を恐れる素振りがまるでない。

——狩りにおびえる、吉田(よしだ)近くの鹿とはえらい違いじゃ。

鹿がミミズバイの茂みに消え、岩夜叉が、道に横たわっていたヤマカガシを踏みそうになり、半身が赤い、その蛇がむっとしたように大きな羊歯(しだ)どもの中に消えた時、後ろをゆく家来が、

「大殿、御足から血が……。山蛭(やまびる)にござるぞ」

毛利衆しかいないため大殿と呼ばれても元就は叱らぬ。袴(はかま)の内にいつの間にか蛭が忍び込んだようだ。肉が薄い左脹脛(ふくらはぎ)に吸い付いた二匹の黒い虫を、力ずくで毟(むし)り取ると、鮮血が二筋さーっとこぼれた。

馬酔木に向かって蛭どもをすてた元就に、汗ばんだ岩夜叉が手拭いを差し出す。

「気遣い無用。樵が、見ておるやもしれぬ」

島の木を濫りに伐ってはならないが……全て伐っていけないということではないのだ。

元就は自らの手拭いで傷をしばる。

手拭いをしまった小姓はすぐ道案内にもどった。

十六歳の岩夜叉は近江の名門、小倉家の出だった。岩夜叉が幼い頃、彼の父は戦に負けて江州を出奔、遠く厳島の座主をたよったのである。

仏門に入って厳島で修行していたが、去年、たまたま参詣におとずれた元就に利発さを見込まれ、小姓としてはたらきはじめたのだ。

小さき山を一つこえた元就の目の前に砂浜が現れている。

――狭い。

元就は、岩夜叉に、

「ここは何と申す？」

「杉の浦と申しまする」

険しい影を細面にやどした元就は、

「……先へ、参ろうぞ」

再び――山に呑まれる。

真に島中かと疑いたくなるほど深い森におおわれた山だった。

ミミズバイの木が、這っている。

光をもとめ薄暗い密林の底を這っている。所々で、鹿角のような形で枝を上に立たせながら。

その樹態はいくつかの鹿の頭をもつ大蛇（おろち）が赤茶色い体をのたうたせているようだった。

そんな木やヤマモガシの木が密に茂る山を、這うように登る。

両側からのしかかる茂りに茂った小羊歯――ちなみに、この羊歯は鹿が食わないため、よく見られると岩夜叉は話していた――を、漕ぐように、掻き分け、斜面に取りついた時、汗だくの元就は足をすべらせ、花崗岩（かこうがん）で中指の付け根辺りを深く切った。

――意味があるのか？

木の根を頼りに斜面にいどみ、

……たとえこの島に陶をおびき出し、奇襲に成功しても、我が小勢、あの男の大軍に勝てるか？

不安が、胸を漂う。

奇襲がしくじり、陶の大軍に一族郎党が滅ぼされ、安芸の故郷が燃え広がる光景が、胸を赤く染めた。

元就の細き眼で血管が赤い筋を立てている。

――いいや。それでも、今、やらねば……。わしにも寿命がある。わしの子が、陶に勝てるかはわからぬ。わしがやらねばならぬのじゃ。

陶にしたがいつづける将来は、陶に搾（しぼ）り取られつづける日々である。

だからこそ、起つ。

心に決めた時、頂――鹿の骨が転がった羊歯原に達した。

骨の傍らを抜け、暗い森に入る。

降りる。行く手が、明るくなる。

実際には半刻弱だがもっと歩いた気がする六人の前に、唐突に、砂浜が開けている。

……細長い砂浜で三日月の形をしていた。

右手から、青く深い山が、のしかかっている。

左が海だった。海には、藍色の島がいくつか浮かんでいて、広い青空では綿のような雲が数え切れないほど遊んでいた。

杉の浦より大きな浜を見た元就は、興奮した面持ちで、

「ここは……何と申す？」

瞬きすら惜しんだ老将は大きな岩から黄色っぽい砂の上に飛び降りる。鋏を振り上げた蟹が、かさこそと眼前を這った。

岩夜叉が強く、

「包ケ浦と！」

「包ケ浦か」

細面を上気させた元就は、浜辺に歩み出し、深遠なる面差しでしばし考え、

「いかほどの兵ならここに上げられる？」

同道した川内警固衆（毛利水軍）の古強者が、

「……三千、あるいは三千数百」

——十分。

潮の香が脳を目まぐるしくはたらかす。足跡に、潮水がにじむ。

黄色い砂に埋もれた元就の草鞋の傍にヒトデが寝そべっていた。

「あの山は？」

元就は右手に見える緑の山を扇で指している。

「博奕尾(ばくちお)」

岩夜叉が、答える。

……陶相手に大博打せよとな?

元就は立ち止り、白髭が目立つ細面を博奕尾に向けてしばし黙してから、

「たとえば夜、博奕尾をこえて大明神の方へゆけるか? ほとんど松明(たいまつ)を灯さずに」

厳島にそだてられた小姓は、面(おもて)を硬くした。

「……小さき山ですが、五丈(約十五メートル)、いえ、十丈はあろうかという崖を見下ろして行かねばならぬ細道もあり申す。一歩でも足を踏みはずせば、岩にぶつかるように落ち、命は……。昼でも暗いほど巨木が生い茂っております。夜ともなれば、修験(しゅげん)、樵でなければ道をうしなうこと必定かと……」

「岩夜叉、率直に問う。明りをほぼつかわず――博奕尾を数千の軍勢が夜越えられると思うか?」

「実(げ)に……むずかしいかと思いまする。死人が出ます。闇夜の中、道に迷えば目もあてられませぬ」

小袖に汗染みをつくった元就は博奕尾にゆらりと吸い寄せられる。

「玉虫色の言葉など聞きたくない。白か、黒か、はっきり申せ」

「……越えられませぬ、無事には」

博奕尾に歩み寄りながら、

「……そうか……。越えられぬか」

深い笑みが、元就の薄唇を、歪めている。

暗い森に歩み入りながら元就の脳は——陶を破滅させる策を凄まじい勢いでくみ立てていた。

刹那、蝮がするする動き、毒木の叢生に消えた。

*

芋がら縄は里芋の茎・ズイキでこしらえた縄である。

足軽雑兵の家族がこれを縄ないし、荷駄をまとめるのにもちい、陣についたら、この垢や汗、埃で汚れた縄を少しずつ切って、味噌汁の具とする。

上級武士が厭う芋がら縄の汁だが安芸東西条代官・弘中隆兼は好んですすった。

木の枝に吊るした鍋を下から温める火が隆兼の太眉、大きな二重の目、獅子鼻、浅黒く角張った顔を赤く照らしている。

隆兼は玉杓子で芋がら縄と干し葱、そして足軽が春の野で摘んできたやわらかく旨みのある草、嫁菜を入れ、味噌玉を放った汁を、大きく掻きまわしている。

「ここにな……生姜を入れる。さすれば体がほかほかと温まる」

隆兼が生姜を投入すると、鍋をかこむように見下ろし、早く食いたくてうずうずしている髭面の兵士たちが、おおお、とどよめく。

満天の星が隆兼と足軽雑兵を見下ろしていた。

隆兼たちの周りでも、いくつもの火が焚かれ、弘中の郎党や、雑兵が、飯を炊いたり、味噌汁をこさえたりしていた。

中には小便を温めて矢傷が痛む仲間に塗っている者もいる。

矢傷や刀傷の痛みには、小便が効くと言われているのだ。ちなみに、鬱血(うっけつ)の薬には馬の小便をもちいる。

隆兼の屈強な腕が、味噌汁を椀にそそいでゆく。

「さあ、食え」

後は山盛りの白米。

それでも足りぬ者は、三角形に固めた焼き塩や、煮干しを食らう。

兵たちは喜びをにじませて炊き立ての白米を喉が詰まる勢いで口に入れ、隆兼がつくった熱い生姜入り味噌汁を目を瞑(つむ)りながら飲み込む。至福の時が、逃げてゆかぬよう、目を閉じるのだろう。

隆兼は満悦気な面差しでそれを見ながら白米を豪快に口に入れた。

『炊き立ての白米をたっぷり食わしてやれ。危急の時は、干し飯(ほしいい)、生米をかじらせることもあろうが……干し飯、生米が二日つづくことは断じてならぬ。美味(うま)い飯を食わしてやることも、大将の立派な才覚ぞ』

総大将の言葉だった。

雑兵は、普段は百姓をしているので、戦でもなければ白米などまず食えない。百姓の常食と言えば玄米の雑炊ならまだよい方で、赤米か雑穀の粥(かゆ)と相場が決っている。

赤米とは白米よりずっと粗悪な米である。

足軽は、武士の最下層だが、その出自を見れば、百姓の次男坊か三男坊、町のあぶれ者が多いから、常の食事は百姓とそう変らない。

『白米を食うのが楽しみで戦に出る者も多いのだ……』

総大将——陶晴賢はこうも言っていた。

元就が厳島にわたった日、弘中隆兼は石見国三本松(さんぼんまつ)城をかこむ陶晴賢の陣中に、いた。

三十四歳になる弘中隆兼は十一年前、同い年の晴賢が、さる大戦で負け、辛く長い道を敗走する時、自らは雑魚の腸(はらわた)で飢えをしのぎ、水溜(みずたま)りの泥水で渇(かわ)きをいやし、足軽雑兵には——腹いっぱいの米を食わせる姿を、見た。

人は危機の時、本性をさらけ出すと隆兼は思っている。

晴賢が危機の折見せた清々しい姿は……隆兼を心底から感服させた。

この男をささえてゆきたいと、強く思った。

晴賢は西国無双の剛将と恐れられる勇猛な武将であったが、時として短慮さが目立つ。

そんな晴賢のいたらぬ点をおぎなうために己がいるのだという密かな自負が、弘中隆兼にはある。

弘中家は西国最大の大名・大内家の譜代の臣で、代々、安芸東西条代官をまかされた。

安芸東西条代官とは——安芸に在る大内領の全てを管理し、毛利など、大内方の安芸国人に指図する役目で、事実上の「安芸守護代」と言っていい重職である。

隆兼は安芸の大内方武士をよくまとめ、安芸備後の尼子方と幾度も戦い、大内領の東を守ってきた。

そんな隆兼だが、陶晴賢が大内義隆を弑逆(しいぎゃく)した大寧寺の変では——陶方としてはたらき、毛利をはじめ安芸国人の一部を陶側に引き込む役割をになった。

原因は、隆兼の中にあった大内義隆への深い失望、そして晴賢への感服であった。

隆兼は飯を食いながら、

「そなたが孫五郎で……お主が犬五郎であったか」

雑兵たちが、口々に、

「へえ」「いや、おらは犬蔵にござるっ」

「あ……すまん、すまん。孫五郎に犬蔵な！」

足軽の名はよく覚えている隆兼だが、この戦のために駆り出された雑兵の名は幾度聞いても忘れてしまう。

むろん、宿陣で食事することもあるのだが、こうやって兵たちの間をまわって食事することもしばしばだった。

晴賢は、そんな隆兼を見習えと諸将に言ってくれる。

飯を食い終えた隆兼は郎党、和木三八と共に腰を上げている。

いくつもの火に照らされた談笑を微笑みを浮かべて眺めながら、隆兼と三八は宿陣の方へ歩んだ。

隆兼が陣取っているのは、村である。

この村の衆は陶の大軍二万を恐れ、今は三本松城に入っている。

だから隆兼が来た時点で——村は空だった。

隆兼は名主が住んでいたと思われる一際大きな百姓家を宿陣とし、三八ら主だった家来も人が消えた家に入った。

足軽雑兵は、見捨てられた畑や、萱場が広がっていた所などに、鎧を脱いで、空をあおいでやすむ。

雨が降れば彼らは木陰に身を寄せたり、深手を負った者を収容している百姓家の物置などに入ったり、蓑(みの)をかぶって静かにやりすごしたりするのだった。

さる火の傍で隆兼は鎧を脱いだ大男が下手な唄を歌っているのをみとめた。

「平六(へいろく)ぅ」

隆兼は歌う大男の逞(たくま)しい両肩を後ろからむずとつかんでいる。

「何しやがるっ!」

平六という大柄な足軽はきっとなって振り返り、怒気と酒気がまじった息が、隆兼にかかる。

が、すぐに髭もじゃの平六は隆兼と気付き、目を泳がせて狼狽(うろた)えた。

「あ……。殿様でございましたかっ、こりゃ、大変なご無礼を……」

隆兼は厳しく、

「お主、また酒を飲んでおったな?」

平六は決り悪げに項垂(うなだ)れ、何かごにょごにょ言いながら厚い手で無精髭をこねる。

平六と飯を食っていた足軽たちが、笑う。

「この前、わたされた米でどぶろくをこしらえたのであろう? あれは、もしもの時の糧(かて)ぞ」

「…………」

隆兼は、頭(かぶり)を振り、

「そうやって食う米を飲んでしまえば、結句、お主だけ、米が足りなくなる。お主は……飢える。戦場(いくさば)で飢えた兵が何をするか?――乱暴狼藉(ろうぜき)だ」

隆兼は略奪蛮行を嫌った。

厳しく、禁じていた。

略奪蛮行の多くは……食えぬことで起きる。

大内勢は、隆兼の働きかけもあり、確固たる補給をおこなっていたが、ろくな補給の段取りもせずに、戦をはじめる大名が多い。

そのような大名に仕える足軽雑兵は「戦に出れば飢饉(ききん)も同然」と囁き合っていた。

大名とすれば、戦に駆り出した兵を、飢え死にさせるわけにもいかない。

だから、そういう大名は略奪蛮行を黙認、あるいは奨励した。

敵地の村に押し入り、米を奪い、抵抗する百姓は斬り殺し、家々に火を付ける。

乱取り(らんど)り、人取り、と言って、女子(おなご)、あるいは誘拐しやすい子供をさらって――人商人(ひとあきびと)に売って銭に換える。

隆兼はこのような行為を憎んでいる。

だから、隆兼が戦に出る時は、兵をたらふく食わせ、略奪に走らぬように心がけた。

それでも銭金目当てで村を襲う兵士はいるわけで――隆兼は左様な輩を厳しく取りしまっている。

此度(こたび)の合戦でも、晴賢に、

『此度の敵、石見の吉見(よしみ)は元は大内の臣。つまり、これは大内の者同士の戦で、吉見領の百姓商人は大内領の百姓商人と言えます。これに乱暴狼藉をはたらいては陶殿の名声は、地に落ちますぞ』

と、進言、晴賢から全軍に乱暴狼藉を禁じる制札(せいさつ)を出させている。

だが晴賢の側近には隆兼と異なる考えの荒武者どももおり、彼らは、

『弘中め……。出過ぎた真似を。戦で乱取りを許さねば、兵どもの士気が下がってしまうわい』

などと囁き合っていた。

隆兼は、拗ねた熊のようになった平六に、

「そなたは腹を空かすと、すぐ盗みに走りそうな不敵な面構えをしておる」

「そんな……。殿様、ひどすぎますっ」

平六から抗議が飛ぶ。

「わしは筑前の出で……わしの村は侍に襲われ、火をかけられ、お母は攫われました。その後、一度も……お母を見ていません。きっと、他国に売られたんです」

初めて聞く話であった。

平六の目には、涙がにじんでいる。

大男は、声をふるわし、

「わしゃ、百姓をいたぶる侍には決してなるまいと思うて、殿様の足軽になりましたっ。殿様が……乱取りや人取りを、嫌われとると聞いたゆえ……」

「…………」

「そのわしに……腹を空かすとすぐ盗みに走りそうな顔をしておるというのはいくら何でも……いくら何でもっ——」

「心無い言葉であった。許してくれ。平六」

隆兼は分厚い手の甲で目をごしごしこする大男に、真摯な面差しで、わびた。

「……母御のこと。さぞ、辛かったろう。立派な武士になり、そなたが名を轟かせば……母御と再会できる日もくるはず。急度、くるはず。その日を皆で祝わせてくれ」

平六はうつむき、

「そんな、殿様……許してくれだなんて……勿体ねえ」

小さくなった平六はか細い声で、くり返す。

「勿体ねえよっ」

隆兼は、平六に、

「周防岩国からもって参った秘蔵の美酒がある」

隆兼は安芸の大内領をあずかる武士であるが、本領は周防岩国である。

「それを、そなたにとどけさせよう。今宵はたらふく飲め。だが明日からは、酒を控えめにし、存分にはたらいてくれよ」

「へい！」

平六は力強く応じ共に火をかこんでいた足軽雑兵から肩を強く叩かれた。

ひょろりとした和木三八が、隆兼の傍らで、

「平六がどぶろくにしてしまった米は如何しましょう？　また、取らせますか？」

「また取らせたら……平六は反省しまい」

和木三八、細い目をさらに細めて、出っ歯を舐めるや悪戯っぽい笑みを浮かべた顔を、平六にぬっと突き出し、

「だそうだ。残念だったな、平六」

「……へえ」

三八は平六に、

「どうするんじゃ、そなた。人より多めに食わねば、はたらけまい？」

「こいつらから……取ります。博奕で」

あきれたという顔を三八と見合わせた隆兼は、

「こ奴め……。吉見領は乱さぬが、我が陣中の綱紀は掻き乱す腹づもりかっ」

隆兼、三八、平六たちが哄笑する。

と、鎧武者が駆けてきて、

「殿！　民部丞(みんぶのじょう)様がお戻りになりましたっ」


隆兼は篝火(かがりび)が焚(た)かれた宿陣の前で弟の弘中民部丞をまっている。

弟は五日前、敵の糧道を断つべく、七十人ほど率いて少し北に出向いていた。

三本松城に兵糧を入れんとする敵を追い散らしたとの報が、昼頃寄せられていた。

「民部丞。役目、大儀。よくぞ無事にもどった」

屈強で胸板が厚い隆兼は帰陣した弟に声をかけた。

一陣の夜風が、篝火を揺らし、やってきた民部丞の手前を火の粉が乱れ飛ぶ。

弟は和木三八ほどではないが痩せた男で、頬がこけている。

背は隆兼より少し大きい。

開口一番、

「兄者、例の件、どうなった？」

隆兼の面貌にかすかな影が差す。

――毛利元就のことを言われたと、察した。

隆兼の宿陣に二人して入り、人払いをする。

板敷に上がった弘中兄弟は囲炉裏の火をはさんで向き合った。

安芸東西条代官は――安芸に住まう全ての大内方武士と、大内家中枢の窓口だった。

大内義隆存生中、義隆の下命は、まず、安芸東西条代官・弘中家に告げられ、弘中家から大内氏より安芸国人の旗頭に任じられた、毛利元就に通達がゆき、元就から他の安芸国人に指示がゆくという形を取った。

陶晴賢が義隆を討った後は、最上位に晴賢がおり、次席に隆兼が控え、その下に元就、つづいて安芸国人という序列になった。

だから此度も、

「毛利家は安芸国人を率い、速やかに石見に参陣、吉見討伐にくわわるように」

という陶の指図は、傀儡の当主・大内義長の言葉という名目でつつみ、弘中隆兼を介して元就に告げられている。

だが元就はのらりくらりと言い訳を重ね……なかなか兵をおくってこない。安芸の他の国人も、元就が止めているのか、出てこない。

――元就の動き、不審。二心あるのでは、という声が、陶周辺から出はじめていた。

「わしは……毛利の動き、いま少し静観すべしと言うたが、陶殿の近くにはそう思わぬ者がおってな」

「大化(おおば)け猪(いのしし)か？」

弟は、陶晴賢の側近で猪突猛進の荒武者、三浦越中守房清(みうらえっちゅうのかみふさきよ)を大化け猪と呼んでいる。

隆兼は黙りこくったままだった。

民部丞は、少し考え、

「……伊香賀(いかが)殿か？」

隆兼は、小さくうなずいた。

「伊香賀殿の献策で毛利に揺さぶりをかけると決った」

弟のこけた頰がピクリと動く。顰め面をした民部丞は、納得していない面持ちで、

「いかなる揺さぶりか？」

隆兼は陶の中枢が決した揺さぶりについて話し、

「わしは……元は、同じ大内領たる石見での乱暴狼藉は、陶殿の御名を、落とす、厳につつしまれるべきと説き制札を出していただいた」

隆兼は何処であろうと百姓への略奪蛮行に否定的であったが、此度はとくにその気持ちが強い。

苦い汁が口に広がったような顔で、隆兼は、

「だが、わしの意見に反対という者も多かった。陶殿からそううかがった」

「……さすがに、略奪に賛成とは堂々と言いにくい、裏で陶殿にあれこれ申す輩がおったということよな？」

隆兼は首肯する。

その筆頭は――三浦越中守ではないかと、思慮している隆兼だった。

「左様な反論を押し切って、制札を出していただいた。故に……此度は強く言いにくい」

「なるほどな。だが、その揺さぶりにより、元就はよけい臍をまげるかもな」

毛利が取った備後の城を、陶が没収したことにより、元就は臍をまげている、というのが弘中兄弟の見解だった。

だから元就にも同情の余地がある。

一方で、安芸の経営をまかされた者としてみると、ここ数年の毛利の膨張は、

――急速すぎる。

楔を打っておかねばという思いも、あるのだ。むろん晴賢も同じ気持ちだった。

隆兼は、言った。

「たしかに元就はよけい臍をまげるかもしれぬ。されど……大内殿、陶殿が、元就にかけてきた恩沢は大きい。たった一つの城のことで、臍をまげ、出陣を見おくるのは道理に合わぬと思うぞ」

「……実にも、実にも。となると揺さぶりをかけるのもあながち下策ではないか?」

「うむ」

「よし。眠うなった」

腰を浮かせた弟は、

「そうだ、兄者。毛利のことも大事だが……もう一つの大事を言い忘れておった。悪い噂を聞いた」

喉が潰れたような不吉な声が、屋根の上、夜空でひびく。

夜烏と呼ばれる鳥、ゴイサギの叫びだった。

闇がわだかまった茅葺屋根の裏をあおいだ民部丞は、

「制札を無視し――石見の百姓を襲っておる味方がおるそうだ」

――弘中の者か?

隆兼の眉で怒りがうねる。

腰を浮かせかけた隆兼を、民部丞は手で制し、

「弘中党にあらず。他家の者だ」

いくばくかの安堵を覚えるも許されることではない。腰を下ろした隆兼、険しい顔様（かおざま）で、

「明日は城攻めゆえ、叶わぬが……見回りをせねばな」

民部丞が自らの宿陣にもどった後、隆兼は暗い板間で一人横になりながら様々なことを思案している。

やはり、毛利のことを、もっとも考えてしまう。

五年前に卒した隆兼の父、弘中興兼（おきかね）も安芸東西条代官をつとめた。戦上手の驍将（ぎょうしょう）だった父は、元就について、

『――義理堅き御仁。安芸衆のことは毛利殿をたよれ』

と、大きな信頼を置き、共に碁を打ったり、狩りをしたり、友人と言ってよい付き合いをしていた。

隆兼も元就と上手く付き合ってきたが、心の底では一定の警戒をかかすことはなかった。

それはある時点で元就が義理というより、もっと別のもの……たとえば深い思案や、ねりにねった謀などから、大内、もしくは陶に助太刀しているのでないかと感じたからである。

――一言でいえば得体の知れなさを元就の中に見、その感覚を種として薄らした不安が芽生えたと言ってよい。

……いつからだろう？　わしはいつから、毛利殿に左様な不安をいだくようになったのだろう？

隆兼は寝返りをうつ。

……わしは、毛利殿に……元就に、何か隠された本性があると思うておる。その本性を、わし

は見たがっている？

——考えすぎだ。毛利殿が、大事を起こすはずもあるまい。こちらの揺さぶりにおののき慌てて石見に兵を出してくるに相違ない。……もし当方に宿意をいだき、何事か企んでいたとしても、元春が、おる。

吉川元春——元就の次男で、陶晴賢、弘中隆兼と、極めて親交が深い。

晴賢、隆兼、元春、この三人は義兄弟の契りをむすんでいた。

毛利家が万一、陶と別の道を歩むなど誤った選択をするのなら、元春が正すはずだと隆兼は考えた。

……元春に文を書くべきか？　いや、当方はこれから、毛利を、揺さぶる。元春からの文をまつべし……。

三兄弟

厳島から居城・吉田郡山城にもどった元就を切羽詰まった事態がまっていた。

それについて語る前に——元就が置かれた状況についてふれておく。

主殺しをして、大内家を牛耳るようになった陶晴賢だが、大内の重臣の一部には反発が燻っていた。

筆頭が去年の暮れ、陶晴賢に、反旗を翻した石見の吉見正頼だった。

吉見正頼は大内の重臣で陶に殺められた大内義隆の、姉の夫であった。賊臣・陶を討ち、非業の死を遂げた義隆公の無念を晴らすというのが、吉見の言い分である。

吉見正頼から毛利家と手をくみたいという密使がきたが、元就は陶にしたがう立場であったから、明答をさけている。陰徳太平記によれば吉見は毛利に原田伊豆守なる者をつかわし、

『御手に属し候はん、加勢を賜はり候へ』

と、言いおくったという。

一方、陶からも「吉見討伐をおこなうゆえ、貴殿も参陣してくれ」という使いが、頻波を打ってやってきたが、元就は玉虫色に対応し、家来と評定を重ねている。

——元就の気持ちは陶からはなれていた。だが、元就は己の本心を広良以外の重臣にも、堅く秘していた。家中から陶に内応する者が出るのを怖れたからである。

元就の用心深さは大方殿の教えと小領主の次男として乱世に揉まれた生い立ちによる。

そしてそれは尼子経久や、経久の跡を継いだ尼子晴久との死闘、大内家との交渉により、さら

に研ぎ澄まされている。

用心に用心を重ねる性分ゆえ今まで生きのびたという自負が、ある。

夕刻、厳島帰りの元就が屋敷に入るとすぐに嫡男で当主の毛利隆元（たかもと）が飛んできた。

「父上、これをご覧下されっ」

小太りでずんぐりした隆元は一通の書状をふるえる手で差し出した。

元就は一読するや、灰色の眉宇（びう）を曇らせている。

一瞬、陶嫌いの隆元が仕組んだ謀かと勘繰（かんぐ）るも、そんな芸当がこの嫡男に出来るなら、自分は斯程（かほど）苦労しまいとも思う。元就が隠居でありながら家中の実権をにぎり、隆元が形ばかりの当主にとどまっているのは……ひとえに隆元の頼りなさに因（よ）る。

元就は問う。

「如何様（いかよう）に手に入れた？」

扁平（へんぺい）な顔をした隆元は、三十二歳。少し上に吊った大きな眼を潤ませ、母、吉川妙玖に似た、ふっくら幼げな唇をふるわし、

「平賀（ひらが）殿が……陶めの使僧をひっ捕らえ、くくし上げ、密書と共におくりつけて参ったのですっ」

気が弱く、もっと家来に対して大きな声で話すように、と度々元就に言われている隆元にしては、かなりはっきりした声だった。

平賀家——安芸の国人（こくじん）だ。

国人とは一郡程度を領する武士で、一国を治める大名と、一村の支配者にすぎぬ地侍（じざむらい）の間に、いる。

元就は安芸の国人から出発し――安芸備後二国の大名に飛躍したが、先祖代々の大名でないから、国人の盟主という立場で諸国人に号令している。

今、元就にたばねられ陶に合力している安芸、備後。

この二国はかつて小さな国人が無数に割拠し、絶え間ない内乱を起こしていた。彼らはおのおのの意志である時は出雲の尼子氏、またある時は山口の大内氏、その時、強そうな方に加勢していた。

平賀家はそんな中、おおむね大内方として立ち回ってきた家で、大内中枢、および陶との、独自の回路をもっていた。

平賀がおくってきた陶の密書は、

「どうも元就は信用出来ぬ。一向に、石見に兵をおくろうとせぬ。平賀殿が安芸勢をまとめて石見の凶徒を討つ兵をもよおして下されば爾今以後、貴殿を安芸国人の旗頭と考えたい」

というものだった。

大内なり陶なりが毛利を飛び越して安芸国人に指図したことは、近年ほとんどない。

大内、陶が安芸に開けた窓口が弘中なら、安芸が先方に開けた窓口が毛利だ。

「毛利の頭ごなしに……安芸国人に下知するとは！」

隆元が叫ぶ。

元就は能面の如き無表情で、

――斯様なこともあろうかと思い……平賀と大内殿の間が悪しゅうなった時、わしはずいぶん平賀を庇った。恩を売っておいてよかったわ。

興奮した隆元は、

「陶の我らへの害意、歴然といたしました。やはり、彼奴は我らを顎でつかい、困憊した処を討つつもりだったのですっ」

元就は嗄れ声で、

「声が大きい」

隆元の傍に控えていた彼の側近が元就を真っ直ぐ見据え、

「大殿。平賀殿が陶の密使を捕え、我らに差し出したは、一刻も早く陶と手切れし彼の謀反人を討つべし、我も助太刀せんというお志を明らかにしたものと心得まする。もはや一刻の猶予もなりませぬ」

「元春と隆景を呼べい」

元就は、隆元らにまだ、真意を明らかにせず――次男で日野山城主・吉川元春、三男で新高山城主・小早川隆景を呼ぶようつたえている。

元春と隆景はそれぞれ安芸国人の吉川家、小早川家に養子入りしているのだ。

翌早暁、早馬が吉田郡山から放たれ、元春、隆景がおのおのの居城から駆け付けたのは三月十二日であった。

通常、山城というのは、山の下に館があり、山の上の城には、戦の時だけ立て籠もる。

吉田郡山城は――違う。

郡山城は標高三九〇メートルの山全体を城郭化し、頂近くに本丸を据え、元就や家来も常に山上で暮す異色の城である。

かつてこの城はもっと小さく、東南の麓近くに本丸が、あった。だが八年前、隆元に家督をゆずった頃から、元就は本城と名付けたかつての本丸を隆元にゆずり、自らは嶝と呼ばれた頂近くに移動。

嶝を本丸とし全山を要塞化した。北の尼子と西の大内、二強の狭間に立つ毛利の立場は難攻不落の城を欲したわけである。

今、吉田郡山城には、標高三九〇メートルの山を息を切らして登らねば辿りつけぬ元就が暮す嶝、隆元が暮す山のだいぶ下にある本城、二つの中心があるのだ。

元春、隆景がくるや元就は隆元も本城から呼び、黒ずんだ板間で密議に耽る。

「平賀殿は我らの背を押して下さったのだ。吉見殿も、当家が起つのをまっておる。この機に立ち上がらずして、いつ立ち上がるというのか」

当主として持論をのべた隆元の声には熱気が籠っている。

——陶への宿意じゃな。

元就は、倅三人と話しつつ、血をわけた三人の胸の内を、冷徹に読んでいる。

……隆元は山口に人質にいった折、大内義隆公から学問をおそわった。名の隆の字も義隆公からいただいたもの。

智も勇も人並みの隆元だったが、かなりの読書家である。

ただ、それは兵書でなく……戦の役に立たぬ有職故実の本などだった。義隆の影響だ。

元就はそんな嫡男を、もっと武士らしく狩りなどするようにと、広良と共に叱った覚えがある。

「大内家が我が毛利に垂れて下さった恵みは……計り知れぬ」

嫡男は唇を噛む。正直者で、他人(ひと)に感化されやすい隆元、大内義隆に強い恩義をいだいており、恩人を殺めた陶を憎んでいた。

元就は、三年前、「陶の反乱を助けて、義隆の城を切り取り、領土を広げる」という決断に猛反発した隆元をまざまざと思い出す。滅多に父に言い返さぬ隆元が初めて見せた激しさだった。

毛利家屈指の「反陶派」隆元は、弟の元春をきっと見据え、

「天が――陶を討てと言っておる。陶は漢室をかたむけし王莽、唐家を奪いし禄山に比肩すべき謀反人。あの奸物を討たねば、武門の名が廃る！　陶が当家を重んじるなら、まだしたがう意味はあったが、そうでないことが遂に明らかになったのじゃ」

隆元の鋭い言葉に刺された弟の元春は角張った顔に太い青筋を立て眉を小刻みにふるわし、うつむき加減に瞑目している。武骨な骨格が、頑で義理固い気質を物語る。

屈強な右手は今にも黒ずんだ板敷きを叩きそうだ。

元就の次男、吉川元春は――「陶派」である。

三兄弟の中でもっとも武勇に秀でる元春は幼い頃から膂力が強かった。元春が童の頃、山陰の王・尼子が、今よりずっと弱かった毛利を潰すべく……三万の大軍で押し寄せてきた。この時、十二歳の元春は、自ら願い出て初陣をかざり、元就を喜ばせた。

その戦で毛利を助けるべく大内義隆がつかわした援軍の将こそ――弱冠二十歳の勇将、陶晴賢であった。

西国無双の剛将と恐れられた陶の雄姿、奮闘を間近に見た元春は、深い恩義を覚え、陶を畏敬。晴賢と義兄弟の契りをむすんで友誼を深めている。さらに元春は陶の側近として活躍する弘中隆兼とも義兄弟になっている。

吉川元春は今……実の兄から、深く敬う血のつながらぬ兄を、辱められたのだ。

かっと眼を剝いた元春は隆元を睨み、

「陶殿は山陽道無双の剛将ぞ。兄者！　威勢のよい言葉は結構じゃが陶殿の大軍相手に勝算はあ

るのかっ！　言葉の上なら、如何ほどでも風呂敷は広がるわっ」

　分厚い手が板敷きを打つ。湯気が上りそうな気迫で、二十五歳の元春は、

「戦に、風呂敷など要らぬ。要るのは、弓矢の勢いぞ！　高言もまた無用。言葉が百あっても敵は退かぬわ。要るのは、敵に怖じぬ猛き心ぞ。猛き心の陶殿率いる……六ヶ国の大軍の弓矢の勢い。如何ふせがれる？　何の手立てもないのに威勢のよい言葉だけ並べたなら風呂敷で矢の雨をふせぐようなものにて……奇怪至極の珍事也。左様な戦に、吉川の兵は出せぬな」

　ふだん言葉少なな元春に一気にまくし立てられた隆元は頰を強張らせ、かすかにのけ反っていた。

　三年前――大内義隆を守ろうとした隆元は、陶殿と共に起つべしと説いた元春に押され、何も言えなくなった。もっともその時、元就は元春と同じ意見だった……。今日は隆元と同じ意見だ。

　――陶の害意は歴然。さらに、わしの中で……陶の大軍を滅ぼす策がととのった。

　元就は――己の意見を断じて変えるつもりはなかった。

　……隆景、何故黙っておる？　わし亡き後、この二人の争いをおさめるのは、お主ぞ。

　元就はあえて三男を見ぬ。指図でなく、自発により、二人の兄の間に立ってほしい。

　火の如き言葉で長兄を圧迫した元春がなおも言葉をつながんとした時、水のように静かな声が、

「吉川の兄御。先ほど、吉川兵は出せぬと仰せになったが、その言葉――取り消していただきたい」

　静かでやわらかく、落ち着いた声を発したのは、元就三男、小早川隆景である。

　二十二歳。――春雨に濡れた柳のような、なよやかで麗しい青年である。華奢で、顔が小さい。

　隆元や元春が理想や義理、感情で動かされることが多いのに対し隆景は常に現実を見据え、冷

静な思考で答をみちびく。

「取り消せ？」

やや下に垂れた柔和な目、小さく形がよい鼻をもつ白皙の青年、隆景は、

「左様。何故ならそれを決めるのは吉川家ではない。吉田の兄君にござる」

その夙慧を知られた隆景の言葉は鋭い。青筋をうねらせた元春は隆景を刺すように睨んだ。

「わたしが小早川に入る時、父上は、名字こそ小早川になるが毛利の者であることゆめゆめ忘れるなと仰せになった。兄上も同じお言葉を賜ったはず」

隆景の言葉に元春は黙り込んだ。

「元春――毛利の者としてここにきておるのじゃな？」

元就が、深沈たる声で射る。

元春は居住まいを正して硬い声で、

「……御意」

「毛利の舵取りをしておるのは？」

「兄上に候」

「その兄に対し、お主の言葉、暴言というべきものであったぞ。泉下の妙玖もさぞ嘆いておろう」

妙玖が産んだ三人の子は居住まいを正す。

元就は白髪頭を振り、

「妙玖は常にお主らに、兄弟仲良くと、言い聞かせておった……」

「兄上。言葉がすぎました。数々の非礼、どうかお許し下され」

亡き母の名を出された次男は眉をうねらせ床にふれるくらい額を下げて平伏した。

「いや……わしもそなたへの配慮がかけておった。許せ」

元就は、矛をおさめた二人に、

「隆元も、元春も、大内公や陶殿への思いではなく毛利の家を第一に考えてほしい。そのためにこそ、我らはここに、あつまったのじゃ」

隆景が、ほっそりした首をまわし、

「父上、家臣どもはこの一件、どのように考えておるのでしょう?」

「――うむ。ついこの間まで巨大な陶とこと構えれば潰される、この元就が兵を率いて石見に参るべしと申す者が多かった」

陶との手切れを考える――元就、隆元、志道広良は少数派だったのだ。

「七割が陶との戦に反対じゃった。されど、平賀の一件により、流れは確実に変ったぞ。五分五分、否、陶と手切れすべき、さもないと危ういと考える者が重臣の六割を占めるじゃろう」

元春の面に憂いが漂い、隆元の顔がかすかにほころぶ。

『家中をどうたばねるか見えなくなった時は……荒海をゆく商船を思い浮かべるのです。殿は、船主たる商人(あきゅうど)、我ら重臣は、船頭にござる』

若き日に志道広良から聞いた話が、胸底であざやかによみがえっている。

船主が明日までに何処そこにいくと、いくら強く言った処で、船頭が今日の船出は危ういと言えば、船はすすまぬ。その指図があまりに横暴なら、商人は船頭や梶子(かじこ)によって、海に放り込まれるかもしれぬ。

……家来の意見を強く封じすぎてはならぬ。されど、船頭の申すがままにしておっては、商いに障りが出よう。

元就は思う。

――左様な店は潰れる。広良のように、毛利家のためを思うてくれる家来ならよいのじゃ。広良の言葉は、助言。されど……己のためを第一に考える家来の……何と多いことよ。彼奴らは毛利のためでなく、己の利のために、わしにもの申す。その言葉は助言ではなく、下から上への指図なのじゃ。家来の助言によう耳をかたむける主は、領国をよく治められるじゃろう。されど家来の指図に突き動かされておる男が、どうして満足に治められよう？

……家来を押さえすぎず、さりながら、家来に指図されぬ。家来の助言に真実よぉく耳をかたむける。下から上への指図は、聞き流す。下から上への指図甚だしき家来は――。

四年前、元就は専横が激しかった重臣、井上元兼（いのうえもとかね）とその一族を、誅滅（ちゅうめつ）している。

井上一門は元就が童の時、相続すべき土地を奪った者どもだった。

……井上ほどでない横着者は上手くつかう……。わしの利がそ奴の利になると思い込ませる。

これが――元就の人の使い方だった。

元就は家中の動向、意向を細やかに気にする。家来の誘導などを巧みにおこなわねばならぬからだ。元就は、強い意志を家来にぶつけて、有無を言わせずしたがわすようなやり方を、あまり採らなかった。

そうではなくて……家来をごく自然に己が望む方に動かすことに、長けている。

……生れついての大名ならば人に指図する癖（くせ）がついておる。わしは、違う。異（い）なるやり方をせねばならぬ。

苦労人ゆえの発想なのだ。

隆景は美しい顔に妖しい眼火(がんか)を燃やし大きく笑んでいる。

「では家中を――父上が望む色に染め上げる下地はととのったわけですな?」

小早川隆景――三兄弟の中で、元就の智をもっとも濃く受けつぐと言われた倅である。

武勇では元春に遠くおよばぬが、深い洞察力をもつ。

「うむ、隆景、そちの存念を聞かせい」

元就が問うと、隆景、冷静に、

「毛利が生きるか死ぬかの瀬戸際に立たされております。ここで決断を誤ると、今までききずきあげてきた一切が、無になり申す」

隆元が夢中で首を縦に振る。燈火に照らされた元就は角張った顔の次男を見、

「陶殿は、大兵を擁するが……孤立しておる。あまねく天下に目を向ければ陶殿に味方する大名小名は少ない」

迷える次男を、揺さぶる。

元就は身を乗り出し、

「そして陶殿の我らへの害意も明らかとなった。元春……陶殿が真にお主を頼みとしておるなら、平賀に密書を出すより先に、お主に相談あってしかるべきではなかったか? 左様な相談は?」

「出陣の督促は――」

「然(さ)にあらず」

元就の語気が、尖る。言葉の鋭い切っ先が、次男をほじくる。

「毛利の真意が知りたい、おしえてくれ元春、斯様な相談はあったか?」

「……ございませぬ」

苦味（にがみ）をふくんだ元春の声だった。

小さくうなずいた元就は白く長い顎鬚をゆっくり撫でた。

荒い溜め息をついた元春に隆景が、

「陶殿から梯子をはずされる恐れが出て参りました。尼子に攻められた時のために当家は大内殿、そして陶殿にたよってきた。されど今、尼子に攻められたとして、陶殿は守ってくれますか？　一兵たりとも出さず、当家が滅びるのを座視する、その危うさが、平賀殿に宛てた密書から漂ってくる。陶にはどうしても逆臣の悪名が付きまとう。お耳に痛い言葉かもしれませぬが主を殺め奉（たてまつ）った御仁、我らに掌を返すのも……」

「そうとは……かぎらぬぞっ」

強情な元春は苦し気に呻き、

「父上。陶殿と袂（たもと）をわかてば戦となりましょう？　勝算は？　そのことを、この元春、初めから問うております！」

必死な形相だった。

「——在る」

元就は、歯を剥いて笑み、囁いた。

「尼子と同時に陶勢が攻めて参ったら？」

「無い。尼子は、動かぬ。……動けなくする」

その謀も、広良と練っていた。元就は地図を広げ瀬戸内海上の一点を指している。

重たい声で、

「ここに陶をおびき寄せ、一思いに奇襲して、討つ」

父の指を目で追った元春は、呆然と、

「……厳島……」

「左様。厳島大明神の傍に――囮をもうける」

「囮？」

「新城をきずき、囮とする。囮城……とでも名付けようか」

「………」

隆元は唇をゆっくり舐めていて元春は面を険しくしていた。

隆景が静かなる声で、

「逃げ道をふさぐために……島で？」

「いかにも」

元就は我が意を得たりという顔になる。

本当は、こういう話を隆元としたい。

元就は三兄弟をぐるりと見まわし、

「瀬戸内に島は数あれどわしが厳島をえらんだ理由は三つある。一つには、厳島が、安芸と周防の境にあること。二つには古来、この島が大明神によってにぎわう商いの要で大内氏の軍勢が安芸を攻める時、必ず本陣を据えた前例があること」

厳島には大内の当主が厳島大明神に詣でるための別宅まであった。

「三つ目が――地形じゃ。隆元、厳島の地形を申してみい」

「大明神が海辺にあって……その裏に山があります」

「元春、どうじゃ？」

元春は実に苦し気に、

「平場が狭い……。陶殿が厳島に入れば、大軍が狭い平場に密集せざるを得ぬ。すなわち身動きが取れなくなる」

その平場を見下ろす山には——古よりのこされた実に深き森があった。謀を隠すのにもってこいの森が。

元就の双眼から、妖光が迸った。

「この奇襲が成功すれば山陽道は悉く毛利のものとなる。山陰の尼子も滅ぼせよう……」

三人の息子が己の言の葉に鳥肌を立てるのがわかった。

「妙玖への供養と思うて……」

次男が歯ぎしりする音を聞きながら、元就は、

「元春、義兄弟の契り、斬り裂いてくれぬか?」

＊

吉川元春の城、日野山城は吉田郡山から西北へ五里強（約二十一キロ）。

安芸から山陰道・石見へ抜ける要衝にある。

吉川家は、隆元、元春、隆景の母、妙玖の実家で、元就は吉川家の混乱に乗じて当主を隠居させ、血のつながりのある元春を新当主としておくり込んだ後、前の当主を暗殺した。……妙玖の死後のことである。

三月十四日、夜。

墨で鷲が描かれた屛風を背にした元春は――日野山城の一室で大盃を口にはこんでいた。

膳には桶金銀という器に入った、くちこ（ナマコの卵巣の塩漬け）の焙り焼き、酢菜の入った黒漆塗りの皿が据えられていた。

「もう、それで、およしなされ。毛利の家訓は一杯までのはず。飲みすぎたと吉田の大殿に知られれば厳しゅう咎められますぞ」

妻、新庄局がたしなめる。

酒毒が、元就の父と兄の寿命をちぢめた。故に元就は一滴の酒もたしなまぬし、倅たちにも酒を飲みすぎぬよう、出来れば下戸であるよう、常日頃言い聞かせている。

毛利家の御家誡には、

げこにて我々かやう（かよう）にながいきつかまつり候。さけのみ候はずば、七十八十までけんごに候て、めでたかるべく候……。

という元就の教えがのこされている。

新庄局の小袖には、幼子が取りついていた。

「もう一杯……もう一杯だけ見逃してくれぬか？」

銅の銚子をもった新庄局は小さく溜息をつき、ためらいがちに酌する。

「ここまでですぞ。もう三杯なみなみとお飲みになられたゆえ」

元春は心ここにあらずという様子で、

「……ああ」

新庄局は心配そうに見守りながら、

――吉田で何かあったのだ。

家来と領民、そして吉田郡山の人々から滅多に口をきかぬと思われている夫が、実はよくしゃべる人だと妻は知っていた。

吉川家は武勇に秀でた当主を多く輩出し、鬼吉川と恐れられ、郎党にも荒武者が多い。

元春は智の家・毛利より、武の家・吉川の血を色濃く受けついだ猛者であったから、この家の当主をつとめるに何ら不足はなかったが……いわば血の雨を浴びながらの養子入り。逆風も大きかった。

……心の鎧をつけねばならなかったのだろう。

と、察している。

元春は吉田郡山にいく時も心の鎧を隙間なくつけている。顔に似合わず情け深い処がある元春は、当主をうしない、毛利家から紐付き当主をおくり込まれた吉川の郎党どもの誇り、利益を守るため、時として父や兄に抗ってきたのだ。

……この人の辛さがようわかる。わたしも、心の鎧をずっとつけてきたゆえ……。

新庄局は安芸の猛将、熊谷信直（くまがいのぶなお）の娘で――稀代の醜女（しこめ）と言われた。

豪傑たる信直に似て顔つき、体つきが、ごつごつとしている。

さらに幼い頃、天然痘をわずらい、顔全体に痘痕（あばた）が広がっていた。少女時代は、家来の子弟、下女にまで陰で馬鹿にされ、冷たく染み込むような好奇の目に晒されてきた。

父、信直は何処（どこ）にも嫁にやれぬと深く嘆いていた。

そんな時、元春がどうしても妻に迎えたいと申し出てきて、父も母も感涙をこぼして喜び、元

は毛利と敵対していて、やがて元就の傘下にくわわった父は、

『これより先、戦がある度、熊谷家は婿殿の先鋒をつとめさせていただく！』

と、吠えるように答え、嫁入りが決った。

だが当初——新庄局の気持ちは、冷めていた。

熊谷家に恩を売って取り込もうという舅の策を嗅ぎ取ったからである。

父から、

『元春殿は、あえて醜女を娶った鎌倉の古武士にあこがれておるようじゃ』

と、聞いても、決して喜ばしく思えなかった。

だが元春に嫁ぎ、共に暮らすうち新庄局の心の鎧は取れていった。元春は、心底から愛でてくれたし、いつも大切にいたわってくれた。この口下手な夫は、新庄局が一度だけ大病を発した時、自ら深山にわけ入って薬草をさがし、薬湯を手ずから煮て、快復の折には野に出て摘んできた花で、寝所をかざってくれたのである。

元春と新庄局は深く睦み合い、子宝にもめぐまれた。

夫は我が心の鎧を取ってくれた。新庄局も、夫が鎧の紐を全てほどける温かい場所をつくりたい。

一度盃を置いた元春は、くちこをつまんでいる。

嚙み千切る。

しばし嚙み、濁り酒で一気に押し流す。

眉間に皺を寄せた元春はしばらくして、言った。

「兄と仰いだ御方と……戦う仕儀に、あいなった」

「え――」

「吉田郡山と戦うわけではないぞ。山口と戦う」

角張った顔から苦しみがにじむ。山口こそ、陶が取り仕切る大内家の首府である。

長い静黙の後、新庄局は、

「……さぞ……お辛いでしょう？」

「………」

新庄局は子供の頭を撫でてから夫ににじり寄り、

「わたしは巷で言われておるほど陶入道が悪い御人には思えませぬ。わたしにも……温かいお言葉をかけて下さいました」

「その通りじゃ」

陶が主を討つ前、元春は新妻をつれて挨拶に出向いていた。

「殿から陶入道のお話をお聞きし大変な器量人であると思いました」

元春が深くうなずく。

また子供が取りついてきたため、抱き上げて、

「その御方と戦われるのですな？　元春様は、弘中殿とも……」

義兄弟の契りをむすんだ夫と隆兼の関わりを何と言いあらわしたらよいのだろう。

「弘中殿とも……昵懇でしょう？」

昵懇という言葉で言いあらわせぬ信頼がそこにあることを新庄局は知っている。

新庄局は元春が何故、陶晴賢、弘中隆兼と義兄弟の契りをむすんだか、耳にタコができるほど聞かされていた。

元春が十三の頃、大内義隆が出雲遠征をおこなっている。

尼子氏を討つための大掛かりな戦で陣中には総大将・義隆、副将・陶晴賢のほかに、弘中隆兼、毛利元就の姿も、あった。

結果は大内方の大敗だった。

全軍の指揮系統が崩れ、どん底に落ちた大内勢の士気を立て直したのが、ある男の姿であった。

足軽雑兵に米を食わせるために自らは雑魚の腸で飢えをしのいだ……副将・陶晴賢の姿だった。

元春はその話を出雲から吉田郡山に命からがら逃げてきた兵から聞き感涙をこぼしている。

『危急の時こそ、狼狽えず、正々堂々、立派に振舞えるのが真の武士というもの』

鬼吉川とか俎板（まないた）吉川とか恐れられた武の家・吉川家に生れた母は常日頃語っていたのである。

大内勢は、周防に逃げる者と、安芸に逃げる者、大きく二つにわかれた。

安芸に退く者の殿（しんがり）をかって出たのが元春の父、元就だった。

元就の知略は凄まじく、猛追してくる尼子の精鋭を次々罠にかけて——味方を無事退かせた。

一方、後陣にあって元就とよく連携、安芸に退いた弘中隆兼も見事であった。

隆兼は弘中家の兵糧、金銀をためらわずに放出、逃げる安芸勢を飢えさせず、敗軍が賊徒と化すのをふせぎつつ、安芸まで撤退した。

父とほとんど同時に吉田郡山城に逃げ込んだ、二十三歳の隆兼に、元春少年は熱っぽい面差しで対面を申し込んだ。

そして、隆兼の退き方をたたえると、当の隆兼は疲れた苦笑いを浮かべ、

『……負け戦を褒められてもな』

『勝ち負けはともかく、見事な退き方であったと思います』

少年が熱っぽく言うと若き弘中隆兼は西日に照らされた吉田の町を郡山城から見下ろしながら、

『……当然のことをしたまで。百姓、商人を守るため物の具もつ者が、武士。その武士が百姓、商人を殺して米穀を奪えば……身なりのよい強盗も同然ではないか？　我ら武士には、守るべきもの、越えてはならぬ一線があるのだ』

『左様なことを平時に申していても、戦になると忘れてしまったり……土壇場になると真逆のことをしだす痴れ者が多いと、広良は言うておりました。弘中殿はその点……』

少年の言葉の途中で隆兼から鋼のように強い声が放たれた。

『――土壇場こそ、肝要だ。土壇場で真逆の顔を見せる者は、信の置ける者にあらず。陶殿は……立派だった。恐慌の中、つゆほども動じられなかった。わしは安芸勢の退却を見とどけて山口に参ったら、陶殿と兄弟の盃をかわしたく思うておる』

『――是非、某を末弟におくわえ下さい』

元春少年は、深く頭を下げている。隆兼はやや驚き、

『そなたは……まだ元服しておらぬ』

『直、元服しますっ』

『まずは父御の許しを得てだな……』

『父が、許さぬはずはありません。陶殿と、弘中殿の、弟になりたいのです！　お願いします！』

赤い西日に射られた隆兼は深くうなずき、にっこり笑んで、

『あいわかった。陶殿に話してみよう』

少年の元春は、一度唇を嚙みしめ、声をふるわし、

『ありがとうございます！　いろいろ、お教え下さい』

『武芸についてそなたにおしえることは何もないと思うておる』

『ならば……他のものをお教え下さい』

『たとえば？』

『たとえば……武士が越えてはならぬ一線。盗賊の真似をしてはならぬということの他に、あるのでしょうか？』

再び吉田の町を遠い目で眺めた隆兼は、

『――ある。よし。共に戦う陣の中で、左様な一段、存分に、存分に語らおうではないか』

『はいっ』

少年に向き直った隆兼は白い歯を見せて心底嬉し気に、

『そなたは……不思議な子だ。そなたと話しておったら負け戦で受けた傷の痛みがすーっと癒えていったわ。この隆兼の方こそ、礼を言わねばならぬな』


日野山城で盃を見詰める元春は、苦し気に、

「わしがたのみ込んで陶殿、弘中殿の隣に、弟として並ばせてもらった」

「…………」

「陶殿とも、弘中殿とも戦いたくない……。だが、其(そ)は私情。毛利の存亡がかかっておる。此度ばかりは、父上、兄上に逆らえぬ」

夫の痛みがつたわり、胸が裂ける気がした。心の絆は、晴賢、隆兼と、つながっている。されど血の絆により断たねばならぬ。

元春は深い愛情がにじむ目で妻と子を眺めている。

新庄局は、猛将の娘らしい強い声で、

「ならば弓矢に躊躇いがあってはなりませぬ。陶入道と弘中殿からは——実に凄まじき矢が飛んで参りますぞ。一寸でも躊躇いあらば吉川の家などたやすく射貫かれまする」

「わかっておる。戦うと決めたからには元春の弓矢に躊躇はない」

犬が、猛虎にいどむようなものとわかっていた。近頃、味方になった備後衆など、状況次第では、雪崩を打って敵に寝返る。

だが新庄局は、元春なら陶の大軍を突き崩せると堅く信じていた。

＊

元就三男・隆景の城、新高山城は、吉田郡山から東南におよそ九里（約三十六キロ）。

——川を下ればすぐ瀬戸内の多島海域に出られる。

数多の島が浮かぶこの海域は古来……「海賊」に支配されてきた。

だからだろう。

新高山城がそびえる沼田の小早川は、精強なる水軍を擁する。

元春と新庄局が語らっていたのと同じ頃、新高山城では隆景と小早川綾姫が相対している。

毛利に勝るとも劣らぬ名門・沼田小早川家の姫で隆景の妻たる綾姫は、十三歳。

透き通るような肌、艶やかな黒髪をもつ綾姫は、元就の三人の倅の嫁の中でもっとも美しい。

隆景は三年前に娶った綾姫に指一本ふれていなかった。

「もう少しお食べになりませぬと……お体に障りますぞ」

あまり箸を動かそうとせぬ綾姫に、隆景は丁重に語りかける。自分が取り仕切ってはいるが、小早川家の真の主は綾姫という意識が、隆景には、ある。

「前にも申し上げた通り……」

ふれれば砕けてしまいそうな細声を出した綾姫は山海の珍味が並んだ黒塗りの膳に眼差しを落としている。

黒い汁椀を見据えたまま、

「あまり食欲がすぐれませぬゆえ……もっと皿数を少なくしていただかねば、食べきれませぬ」

隆景は肩を落とし、色白の妻に、

「左様か……。わかりました。では、食べられるようになったらすぐおっしゃって下さい。今日は貴女の分も某が頂戴いたす」

華奢な隆景は無理をして妻の分まで頬張りながらもどかしさを覚えていた。

……心を開いてくれぬ一事が悲しい。されど、致し方ない。そなたは毛利が、某が……憎いのであろう？

小早川家には宗家・沼田小早川と、分家・竹原(たけはら)小早川があり、隆景はまず竹原小早川に養子に出された。十年前、隆景十二歳の時である。

同じ頃、沼田小早川の当主が、尼子との戦で討ち死にした。

あとには二人の幼い兄妹がのこされた。

元就は——これに目をつける。綾姫の兄が失明すると、元就は、盲目では尼子の侵攻をふせぎ切れぬのでないか、と、小早川の家督に手を突っ込んだ。

今から四年前、元就は綾姫の兄を無理矢理隠居させ、綾姫と隆景を婚約させ、隆景を小早川宗家の当主としておくり込もうとした。

これに沼田小早川の家臣たちが反発した。

小早川家の血を引かぬ隆景が沼田に入ってくるのをこばみ、盲目の当主を守ろうとしたのだ。

元就は反対派の家来を皆殺しにした上で――隆景を力ずくで沼田に入れた。この際、元就は隆景を助けるべく「世鬼一族」と呼ばれる者どもを送り込んでいる。

元就の手足となって動く忍び衆で、ほとんどの家臣は顔を知らぬ。暗い荒事を得意とする影の一族である。

いわば血の旋風を巻き起し、毛利家は小早川家を乗っ取った。

綾姫を娶った隆景は冷たく分厚い怒りの氷壁にぶち当っている。

何とか妻の怒りを、溶かしたい。

隆景は常に綾姫をいたわり、気をつかっていた。だが、夫婦盃から三年すぎても、ろくに目も合わせてくれぬ。

毛利からついてきた家来の中には心を開かぬ綾姫のほかに側室をもうけるべきと囁く者もいる。

ふだん怒りをあらわにせぬ隆景だが、左様な家来を激しく叱っている。

綾姫以外の女人を決して己に近づけぬよう厳命した。

隆景は、綾姫の心の扉を開かねば、沼田の者どもを心服させられないと考えているのである。

さらに、この薄幸の姫の許しをこいたいという切実な思いもある。

満腹した上にさらに魚米を詰め込み、

――一人の女子の許しをこうのが、城一つ落とすより、むずかしいとは……。

吉田で決った一段を何も言わずに引き下がるべきかとも思ったがやはり考え直す。人払いをし

た上で、

「当家は、陶全薑入道と手切れする形になりそうです」

「…………」

綾姫はちらりと視線を動かしただけで何も答えてくれなかった。白く固いかんばせに雪解けは見られない。

隆景は一人寝の寝所に……力なく引き上げた。

防芸引き分け

石見吉見領には冬に咲くツワブキが多い。

だから、この地は津和野と呼ばれる。

ツワブキとフキは葉の形が似ているが、違う草で、フキの葉は冬枯れするのに対し、ツワブキの葉は一年中青々としている。そしてツワブキは冬に黄色い花を咲かせるが、フキの花の芽――フキノトウが出るのは春である。

今、ツワブキの広い葉に、朝露が溜まっていて、すぐ傍、朝霧が這う窪地では黄緑色のフキノトウが落ち葉筵から数多顔を出していた。

クヌギや欅、樫が並び立つ雑木林だった。

二人の者の手がフキノトウを懸命に摘んでいて、傍らに置いた笊に放り込んでいた。

二人とも裸足。

木綿の粗衣を着ていて、荒縄を帯代りにしており、髪は埃っぽい。

十五歳くらいの少女とその弟らしき童であった。

近くに住む百姓の姉弟だ。

今、戦場となっている西石見の百姓の多くは、三本松城など吉見方の城に武士と共に立て籠るか、山籠りをしている。

山籠り――村をすてて山に潜むのだ。

当時の百姓は山籠りのための山小屋を里山にもうけており、いざという時の糧を山中に埋めている。

　弟の方がフキノトウを摘む手を止めて、

「なあ、姉」

「何？　岩次」

　岩次と呼ばれた少年は姉に、

「婆様の目が霞んで、咳が出るのはいつものことだろう？」

「今回のはひどいって、言っていたじゃない。村を出て……山に入って。それがよくなかったのよ、きっと」

「目の病と咳に……本当に、フキノトウが効くのかな？」

「婆様が効くと言っているんだから間違いない。ほら、さっさと、摘む。変な侍とか来たらどうするのよ」

　岩次は肩をすくめた。

　岩次と姉の山吹、二人の村は戦を恐れて山に隠れるという選択をしたのだった。

　二人は、目が悪く咳が止まらぬ婆様のために、薬になるというフキノトウを探しに出かけた。

　だが、どういう訳か村の衆が隠れている山で——フキノトウは見つからなかった。

　二人の足は陶の軍勢に怯えながらも、別の山までのびている。

　危険があるということは姉弟共に百も承知だが、手ぶらではどうしてもかえりたくない。

　というのも、二人の死んだ父親は「房松の家の伊作」という男だったが、略して「不作」と呼ばれていた。このありがたくないあだ名が何で房松の家の伊作に冠せられたかというと、伊作と一緒に栗拾いに行けば栗が、茸採りに行けば茸が採れぬことが多いからだった。

父についたあだ名は村の口さがない悪童によって、山吹、岩次にもこびりついてきた。要するに、山吹、岩次が、村の子と、栗拾いに行って、栗が取れなかったりすると、「不作の子だから」と言われる。

だから、二人は、別の山まで足をのばしている。

フキノトウを摘まずにもどれば何を言われるか知れない。

フキノトウは薬草だけではなく当然糧にもなる。

大きな群落を見つけた二人は夢中で摘んだ。

笊に入れつつ、岩次は、

「なあ、姉……戦は、どっちが勝つんだろう？」

「さあ。知らねえ」

「吉見の殿様と、陶の殿様、どっちの殿様が勝った方が、おらたちの暮しはよくなるんだろ？」

「そんなことより、さっさと摘みな」

岩次は怒ったような顔で姉を睨む。

山吹は、溜息をついて、

「陶様というお方は……前の御屋形様を討った悪いお方だ。吉見の殿様が勝った方がいいに決っている」

フキノトウを摘みながら岩次はほっそりした首をひねる。

前の御屋形様こと、大内義隆公の頃は年貢がひどく重かった。

吉見の殿様は武勇に秀でたすぐれたお方だというが、前の御屋形様に忠実だった。

だから——年貢の取り立ては酷烈を極めた。

……吉見の殿様は立派なお人だって言うけど三本松城にはおらたち百姓に辛く当たる侍もいる。

岩次は、死んだ父、伊作が年貢をどうしてもおさめられず、大雨の中、侍に許しを請い、激しく怒った侍に蹴られ、泥田に転がり落ち、もう一人の侍が笑いながら、伊作の頭を踏んづけ、父の顔が泥の中に埋もれた日を思い出した。

その年は飢饉だった。

なのに、三本松城の取り立ては厳しかった。

伊作は幼い山吹と岩次に自分の飯をへらして多めに食わせ、病になって死んだ。

……前の御屋形様が陶様に殺されて……年貢が軽くなった。陶って人は、姉が言うほど悪いお人なんかな？

と、山吹が、

「あすこにもフキノトウがあるわ」

もう少し斜面を降りた所を指す。

「よし。あれも摘んでいこう」

岩次は応じている。

二人は木暗がりを踏んで山吹が見つけたフキノトウの群れに近づいた。

もう少し斜面を降りた所では、暗い山道が蛇行している。

手をのばす。

と、馬蹄の響きが、した。

二人は面差しを曇らせて固まる。

馬の足音、さらに人間の足音がどんどん近づいてくる。

「行こう」

鄙にはめずらしく可憐な顔をした山吹が囁き、岩次はうなずいた。

二人は作業を止めて斜面を登りだす。

慌てて登ったせいで、せっかくつんだフキノトウが、少しこぼれる。

と、もうすぐそこまで馬蹄の轟きが近づき、急にそれが止って、野太い声で、

「おおう、小便がしたくなったわ」

岩次は振り向く。

見れば山道に、大きな鹿毛の馬一頭と鎧武者一人、従者らしき男、足軽雑兵と思しき男が、四人、いた。合わせて六人の集団だ。

足軽らしき二人は陣笠をかぶり、全く同じ胴をまとっていたが、雑兵らしき二人の出で立ちは——一人が、頬被りして大きな斧だけもち、何の鎧もつけておらず、もう一人が、陣笠でなく百姓がよくかぶる編笠をかぶり、かなりくたびれた胴をつけ、錆びた長巻を引っさげていた。

さっと下馬した鎧武者は斜面に向かって大きく股を広げている。

この頃の武士が、戦にはいてゆく袴には、股の所に切れ目が入っている。

なので大きく股を開けば、いちいち鎧を脱がずとも用を足せる。

今、鎧武者は甲冑を着たまま斜面に立小便をしようとしていた。

その男と岩次は目が合った。

武士は小便をしながら、

「お、童、何をしとる」

「フキノトウを摘んでいました」

岩次は、恐る恐る答えた。

陶方の武士だろうか。

岩次も山吹も凝固していた。

武士は舐めるような目で山吹を見据える。気味悪い虫が姉に忍び寄ってくるような嫌な予感がした。

武士は、露を払いながら、

「――不審の儀が、ある。降りてまいれ」

胸が早鐘を打ち、掌に汗がにじんでいる。

山吹が低く言った。

「岩次、行こう」

二人は武士を無視、急いで斜面を登ろうとした。

せっかく摘んだフキノトウが沢山こぼれた――。

「逃げるな！　ますます不審。弓を」

武士が言い、姉の体に何かが飛んできて、

「――うっ」

小さく呻いた山吹は斜面に倒れ夥しいフキノトウが散乱している。

「姉！」

見れば、山吹の脹脛に矢が刺さっていた。従者からわたされた矢を武士が射たのだ。

走れなくなった山吹は、

「逃げてっ！　岩次っ！」

絶叫した。

姉の足に刺さった矢の羽がふるえる。

岩次は、猛然と頭（かぶり）を振った。岩次の手からフキノトウが入った笊（ざる）が投げすてられた。

木の影が斑（まだら）に落ちた姉の傍に、弟は転びながら行く。

助け起こそうとしたのだ。

その岩次の頭のすぐ上を——矢が威嚇するように凄まじい勢いでかすめた。

「逃げるな！　糾問（きゅうもん）の儀があると言うたろう！」

武士の怒声が、叩きつけられる。

「逃げません！　おらたち……ただ……本当に、フキノトウを摘んでいただけなんですっ！」

岩次は、叫んだ。

体はずんぐりしているが、屈強な様子の鎧武者は恐ろしい形相で、

「其（そ）が真か否か、しらべるだけじゃ！　そこにじっとしておれ！」

山吹はしくしく泣いていて、岩次はふるえ上がっている。

フキノトウは斜面に無惨にちらばっている。

凶相の六人。槍をもった足軽一人を馬の所にのこし、五人が斜面を登ってきた。

森の上に住まう小鳥たちは姿を隠しながら陽気で可憐な声で囀（さえず）りつづけていた。

岩次は鳥どもの百（もも）囀りが恨めしい。

鳥たちは、山吹、岩次が今かかえている恐ろしさに、気付いていないのか？

それとも知っていて……己らには関わりないことと思い、可憐な声で囀りつづけるのか？

弓を従者に返した鎧武者は傍まで来るや、

「童を捕まえておけ」

斧をもち、髭を濃くたくわえた頬被りの男に命じている。

岩次は頬被りに取り押さえられる。

鎧武者は、足から血を流した山吹を下卑た目で眺めながら、

「何か不審のものを……隠しもっておるやもしれぬ」

弓をあずけられた、色白、面長、眉の薄い従者が、冷たい薄ら笑いを浮かべた。

鎧武者はギラつく目で山吹を見つつ、

「剝いてみい」

「――へぇい！」

槍をもった足軽一人、編笠をかぶり、大きな鼻から鼻毛をふさふさ飛び出させた雑兵が、嬉々として応じた。

足軽と雑兵が、山吹に取り付き、衣を剝ぎ取ろうとした。

「止めろ！　姉から、はなれろっ」

具足を脱ぎはじめた武士は、顔を真っ赤にして叫ぶ岩次を見、

「そ奴を大人しくさせい」

「うるせいぞ！　この餓鬼（がき）めっ」

頬被りの拳骨が、岩次の脳天に落ちる。

銀の星が目の前でまわったが、それでも、岩次は、

「止めろ！　姉に何するんだっ！　止めろぉぉっ」

嫌がる姉の小袖を脱がそうとする男二人に叫んだ。

「――黙れ！」

大喝した頰被りは、岩次を蹴倒した。

岩次の体が斜面にぶつかり顔が笹やウラジロの中に突っ込んだ。

「岩次っ」

山吹の泣き声が、聞こえた。

頰被りは岩次に馬乗りになって斧の柄で岩次の後頭部を強く叩いた。

……これが陶の侍か。姉が言うのが、正しかった。やっぱり、吉見様が勝った方がいいんだ。陶の軍勢は鬼の軍勢だっ。

頰被りは、岩次の頭を摑むと――斜面に叩きつけた。

岩次の顔が草を潰し、土にめり込む。

岩次は雨の日に三本松城の侍に泥田に蹴飛ばされた父、頭を踏まれ泥の中に顔を沈ませた父を、思い出している。

……違うっ……。侍なんて、みんな鬼なんだ。おらたち百姓の敵だっ！

その時だった。

パカッ、パカッ、パカッ。

さっきよりも重たい馬蹄の轟きが、した。

そして、

「――その方ら、何をしておる！」

雷のような大喝が叩き落された。

同時に、山吹、岩次を襲っていた男たちの動きが止っている。

岩次を上から押さえる頬被りの力も弱まっていた。

岩次は、顔を横にずらし、恐る恐る斜面の下方、声がした方を窺った。

山道にあたらしい武士が二人、あたらしい馬が二頭、現れていた。

で、ややあってから、全力疾走する馬に取りのこされたのだろう、薙刀(なぎなた)をかかえた徒歩(かち)の小者が一人、荒い息をしながら大慌てで走ってきた。

だからあたらしく現れた者は三人である。

二人は、騎馬、一人は、徒歩。

騎馬の二人は具足をまとっているが兜はつけておらず烏帽子をかぶっている。

うち一人、角張った顔をした武士は、かなり身分が高そうだが、小物見(こものみ)の最中なのか、恐ろしく供が少ない。その武士が馬上から、斜面に向かって、叫んだ。

「――安芸東西条代官・弘中隆兼である！　その方ら、我が方の者だな？」

具足を脱ぎ、袴を下ろそうとしていた武士が、斜面から、

「……いかにも左様にござる」

弘中隆兼と名乗った武士はひらりと馬から降り、山道に立つや、馬を打つ鞭をビュンと振るって、斜面の上、山吹を襲おうとしていた武士を指し、

「略奪蛮行を禁じる制札は存じておるな？　お主がおこなっていたのは、蛮行である。糾問するゆえ降りて参れ」

「これは……異なことを仰せになりますな」

何故異なことなのだろうと首をかしげる弘中隆兼だった。

小袖、袴姿になった、斜面の武士は、

「我ら、この者どもの動きに不審な処があったゆえ、敵の間者ではないかと疑い、しらべておった次第。そのことを蛮行などと謗られますと……」

隆兼は、厳しく、

「――そなたの方こそ異なることを申すものかな。糾問するのに、何故、具足を脱ぐ必要がある?」

「…………」

「そなたの言動、いちいち不審である！　糾問するゆえ、降りて参れ！」

斜面に佇む、小袖、袴姿の武士は、返答に窮している。

隆兼は厳しく、

「そなた、名は、何と申す？　誰殿の手下にある者か？」

「……野上平兵衛殿が郎党、唐沢藤内と申す者にござる」

「藤内、何をしておる？　取りしらべるゆえ此方に参れ」

隆兼の鞭が己の横を鋭く指す。

藤内の家来たち――馬の手綱を引いて、槍をもった山道の足軽、藤内と共に斜面を登ってきた四人の男は、いずれも藤内の方を窺い、生唾を飲んでいた。

思考の煮汁がにじみ出そうな形相で青筋を立ててうつむいていた藤内から、声が放たれる。

「弘中様は……敵の間者をしらべなくてよいとお考えなのか？」

「何？」

隆兼が言うと、藤内は、

「其は――敵を利する行為。さては、敵に通じておられるのですな！」

藤内から不敵な猛気が漂い、隆兼はすっと手をのばして小者から薙刀を受け取った。

藤内は抜刀し叫んだ。

「その奴らは、裏切り者じゃ！　たかだか、三人ぞっ。一人も逃がさず、討ち果たせ！」

藤内は処罰を恐れ、隆兼の人数を見て、勝てると踏んだのだ。当然、口封じのために自分たちも殺されるだろう。

……何て卑怯な奴なんだっ。

岩次は、歯嚙みする。

隆兼はただ一言、

「愚かな……」

剣を抜いた藤内の従者、長巻を引っさげ、鼻毛を突出させた雑兵、槍をもった足軽が、斜面を駆け下って隆兼に突進、藤内の馬を引いていた足軽も手綱から手を放し、隆兼に槍を向けようとした。

だが、その槍が向けられることはなかった。

槍が構えを取るより前に――隆兼の薙刀が一陣の旋風を起こし、その足軽の喉に赤い線がすっと引かれたからである。

喉を裂かれた足軽が鮮血を噴射しながら山道に斃れている。

その一閃が、太刀を八双に構え――隆兼に突進した藤内の従者をひるます。

隆兼の薙刀は矢のように速くウラジロの叢（くさむら）に驀進（ばくしん）、ウラジロの葉を散らしながら、下から上へ飛び魚のように跳ね上がり、藤内の従者の股間を、真っ二つに裂いた。

藤内の従者が――斃れる。

戞然（かつぜん）たる音がひびく。

編笠の雑兵が振った長巻を隆兼の薙刀がふせいだのだ。

隆兼の薙刀が、長巻を——巻き込むようにして、下に落とす。長巻を押さえる形で急降下した薙刀は、編笠の雑兵の右手首を、切断。

「あっ……ああっ！」

腕から血煙を噴出させた雑兵から悲鳴が迸る。

間髪いれず、前に動いた隆兼の薙刀は——雑兵の腹に深く潜り、三人目を、討った。

とても叶わぬと見たのだろう。

斜面に登り、山吹の衣を脱がそうとした足軽が、槍をすてて、斜面上方へ逃げ出した。

と、隆兼は、

「三八」

隆兼と一緒に来た騎馬武者は隆兼と藤内がやり取りをしていた時にすでに馬から降りていた。

三八というのだろう。そのひょろりとした男は素早く弓を構え、ひょうと、射ている。

矢は狙いをあやまたずに——逃げる足軽の後ろ首から喉まで貫き、逃げた男は斜面に斃れ込んでいる。

藤内の家来は瞬（また）く間に四人斃れ、のこるは藤内本人、岩次を押さえ込む頰被りの男だけだった。

藤内は、ふるえながら、

「どうか……お許しを……。こ奴らにも大いに胡乱（うろん）な処があり……」

「藤内。見苦しいぞ。参れ」

隆兼は厳貌（げんぼう）で告げた。

「……はっ」

と、応じた藤内、一歩踏み出すも、いきなり剣を隆兼に向かって投げ、足軽がすてた槍をひろい——隆兼に突きかかった。

飛んできた刀をかわした隆兼は水のように静かな面差しで槍の刺突を払う。で、薙刀をもちかえ、くるっと石突を前にする形にまわし、喉を石突で突くかに見えた。恐れた藤内は顎を引いて喉を隠す。すると、またくるっとまわして前に出た刃が——藤内の脳天に襲いかかり顔を真っ二つにして討ち果たした。

「虎の一足」

今の妙技の名なのだろうか？　隆兼が、呟く。

……何て……強ぇんだ、この人……。

岩次の胸は強く揺さぶられている。だが、岩次の胸をもっとも大きく揺さぶったのは隆兼の強さでは、なかった。

隆兼、和木三八が、斜面を登ってこようとする。

「——来るんじゃねえっ！」

頬被りの男が喚いた。

岩次をぐいっと引き起こした男は斧の刃の尖った処を岩次の喉に突き付けて、

「それより、近づいたら——この餓鬼の喉を裂くぞっ！　だから来るんじゃねえっ」

隆兼は足を止め、

「わかった。近寄らぬゆえ、斧をそこに置け」

山吹が衣をいそいで直しながら、

「岩次を、はなしてっ！」

頬被りの男は怒鳴る。

「うるせぇ！　黙ってろっ。来るなっ！　そこから寄るんじゃねえっ！」

頬被りは、三八に、

「お前は弓をすてろ！　さあ、早くっ」

……こいつ、おらをつれて逃げる気だ。

三八は弓を置こうとした。

「そんなんじゃねえ！　もっと、遠くにすてろ！」

小さくうなずいた三八が弓を遠くに放ろうとする。刹那、一瞬で弓を構えた三八は——素早く射ている。

苦し気に呻いた男の手から——斧が落ちた。

三八の矢は瞬時の狙いであるのにもかかわらず、斧をもった男の手の根本、手首を射貫いたのだ。

岩次が男からさっとはなれる。

次の瞬間、三八の二の矢が男の左胸に深く刺さり、斧をひろう暇もあたえず、男の命を止めた。

次々と素早い矢を放つ武士の技を「指矢（さしや）」と呼ぶことを岩次も知っていた。

今、目の前で見せられたのは……鳥肌が立つほど見事な指矢の妙技だった。

「姉（ねえ）！」

岩次は涙をこぼしている山吹の胸に歯を食いしばって飛び込んだ。

二人は、きつく抱きしめ合った。

誰も引く者がいなくなった唐沢藤内の馬があらぬ方に駆け去り、隆兼と三八が、二人の傍にやってくる。

ふと――この武士たちも恐ろしい者だったらどうしようという気持ちが、岩次に走った。

その気持ちは姉にもうつったらしい。二人はたじろぎながら、隆兼たちを見る。

腰を下ろした隆兼は身をすくめる姉弟に温かい微笑みを浮かべて、

「わしは、弘中隆兼。この者どものような乱暴を、そなたらにせぬ。安堵してくれ」

山吹に、隆兼は、

「矢を射られたのだな？　酷い真似をする。三八、晒はあるか？」

「はっ」

「手当てさせてくれぬか？」

目に涙を浮かべた山吹がこくりとうなずくと隆兼は、

「そなたらの名は？」

「山吹」「……岩次」

「山吹、少し痛むが、こらえてくれよ。今から矢を抜くからな」

姉が呻くと同時に足から矢が抜かれ――血がさーっと脹脛を走った。

晒を受け取った隆兼は慣れた手つきで傷口をしばり、次々に溢れようとする血を止めながら、

「本当は、井戸水であらった方がよいが、今は血を止めるためにしばっておく。……よし、取りあえずこれで血は止るだろう」

手当を終えた隆兼は山吹と岩次に村の所在を尋ねた。

山籠りしているという事実が知らされると、隆兼は少し考え込み、

「三八。そなたらは、野上平兵衛殿の陣所まで行き、唐沢藤内が件の制札に大いなる違反をしたため、斬罪に処した旨、つたえてくれぬか？　藤内の首をもってゆき、明日、隆兼も事情を話しにくるとつたえてくれ」

「心得ました。殿は、どうされる？」

「わしは山吹と岩次を村の衆がおるという山までおくろうと思う。とくに山吹は……怪我をしておる。二人でかえすわけにはゆくまい」

「お一人で？　せめて、あの者をつれていっては？」

三八の細い目が山道で二頭の馬をあずかっている男の方に動く。

「少しでも早く、山吹を村の者の許までおくってやりたい。麓まで、馬を走らせてゆく」

徒歩の従者がいるとおそくなるというのだ。

「さらに……味方の首を、とどけにゆくのだ。一人より、二人の方が……役目上そうしたという趣がにじみ出る気がするのだが……」

三八は不貞腐れた顔で笑い、

「一人も二人もさして違いがない気がしますが。心得ました。おまかせ下され」

唐沢藤内の骸を一瞥した隆兼は山吹と岩次に、悲し気な面差しで、

「陶の武士が……皆、あのような者だとは思わんでくれ。向後、藤内のような者を見かけたら、この弘中につたえてくれぬか？」

呆然とした顔で見詰める姉弟に隆兼は言った。

「この男のような者はいつの世にも、何処にも、おる。されど——乱世が、確実にふやしておる。戦乱の世が終り安穏がもたらせられればこのような輩はへる。わしは、そのためにはたらいておる。天下に、安穏をもたらし得る御仁の下でな」

さっと、立ち上がった隆兼、精悍な顔に人懐っこい微笑を浮かべ、

「さて、山吹。馬の所まで歩けるかな?」

岩次が、隆兼に、

「あの……おらたち、婆様にフキノトウをとどけなくちゃならなくて……」

「おお、フキノトウな」

大人数で巡検すれば略奪蛮行に耽る輩はなりを潜める。

故に隆兼は、小人数の精鋭の武士を幾組かにわけ、各所をめぐらせていた。

うち一つが、隆兼、三八の組だった。

夕焼けの空に、雲が数多浮かんでいる。

西の天空にたゆたう雲は縁の処を鍛冶屋が火にかざす灼熱の刃のようにきらめかせ、中心近くは憂いをおびた灰色をしていた。

いろいろな姿の雲が、ある。

錐状の雲。小さく千切れた雲。三つの大きな安宅船に似た雲。

東天には青紫の雲も漂っていた。

東の天涯にたなびく青紫の帯雲の上に大きな雪塊が如き白雲が乗っている。

元春、隆景がおのおのの妻と語らった翌日、弘中隆兼は左様な雲に見下ろされながら馬を小走りさせている。

隆兼の背にしがみつく形で岩次、岩次にしがみつく形で、山吹が騎乗していた。

隆兼の腰には和木三八がもっていた首袋が下がっている。

網状の首袋の内に布をしき網目をふさいでフキノトウを入れていた。

「全力で馬を走らすとすぐ倒れてしまうが、これくらいの勢いならば馬は長く走れる」

山吹、岩次に言いながら隆兼は、似たような雲を何処かで見た気がしていた。

……何処だろう？

三人を乗せた馬は山間の里を駆けていた。

——村人が山籠りして、人が消えた里である。

焼かれた家がある。

見捨てられた田畑に足軽雑兵が倒れていて、彼らがまとう鎧や持ち主がいなくなった刀槍を回収する人々がいる。

ここは吉見方の砦があって、激しい戦がおこなわれた所で、死者の物の具をひろっているのは陶勢の許しを得た商人たちだった。

この商人たちは戦場にすて置かれた鎧や武器を修理し新品同然にして武士に売るのである。

草に向かって倒れかかった柵の傍に吉見の鎧武者が倒れている。

すて置かれた逆茂木(さかもぎ)の横を馬が駆け、泥水の溜りが点在する黒っぽい削平地(さくへいち)が開けた。戦でなければ田になるのだろう。

その平らな湿地に村社の焼け跡だろうか。

焼けた木が幾本か立っていて、その中ほどに小さな建物が燃え落ちた跡がある。

燃え崩れた祠(ほこら)の裏手に大きな常緑樹があって、その樹だけ炎をまぬがれたか、青く生き生きとした葉を茂らせていた。

「山の神様の祠……」

悲し気に言う山吹だった。

山吹が祈るような気配があったため隆兼は、焼けた木立ちに向かう小径の手前で馬を止めた。

葉が燃え尽きた木立ち越しに、いろいろな形、様々な色の雲が浮かぶ、不思議な空を仰いでいる。

……そうか。出雲か。

隆兼はいつ何処で似たような雲を見たのか思い出した。

……あの負け戦の時か……。尼子の猛追をかわしながら、夢中で退き……。

……似たような雲の下で、わしが殿(しんがり)をすると言うより先に、

『殿は是非、この毛利におまかせ下され』

殿を引き受けた時の元就の表情が克明に、心に浮かんだ。

――そうだ、わしはあの時、毛利殿に……何故だろう、得体の知れなさを覚えたのだ。

隆兼は姉弟を村の人々が潜む山の麓まで馬に乗せ、そこで下馬。

馬を樹につなぐと恐縮する山吹をかかえて山を登り、村人の所まで行き、大いに感謝された。

＊

「昨日の御礼です。どうか、召し上がって下せえ」

大きな木の盆の上にのった握り飯の山を春の陽が照らしている。

弘中隆兼の前にひざまずいているのは、足を怪我した山吹と、岩次だ。

昨日危ない目に遭った山吹は片足を引きずってここまでやってきたのだ。陣の外まで、村の男二人が同道してきたという。

浅黒く厳つい顔に恐ろしく太い上がり眉、対照的に垂れ下がった、くりっと大きい二重の目、立派な口髭をほころばせた隆兼は、

「そなたらの村の衆には無理を言うて、だいぶ米粟を出してもらったとか……。これだけの握り飯をわしのためにこさえて……そなたらの食い扶持（ぶち）、削っておらんだろうか？」

「いえいえ、滅相もございません」

涼しげな目をした少女は懸命に頭（かぶり）を振っている。

隆兼は陣屋として接収した家の中におり、百姓の姉弟は光をふくんだ風が吹く庭にひざまずいている。

隆兼の頑丈な手が縁側に置かれた盆にのび、握り飯を一つ取る。

口に放る。

「……あ……こりゃ、旨いっ！」

素っ頓狂な声が、出た。

「こんが炊いた飯より旨い。こんというのは、わしのかみさまじゃ。針仕事と染物は得意なのじゃが、どうも……台所の方がいま一つでな。飯も、汁も、煮物も、下女がつくった方がよほど旨い。こんな小さい下女がつくった方がな」

指を唇に当てた隆兼は重大な秘密を口止めするような面持ちで、

「あっ、こりゃ、内密に願うぞ。人の口に戸は立てられぬ。口から口につたわり、周防岩国まで噂が轟いたら……わしが、かみさまに叱られるゆえ」

くたびれた木綿の小袖を着た、百姓の姉弟がぷっと噴き出す。

隆兼は、弟の方に、

「のう岩次。厳めしい名のわりには……ずいぶん、痩せっぽちじゃな、そなた」

岩次は恥ずかしそうに、

「死んだお父が岩のように逞しい男になれとつけてくれた名です」

「左様か。そなたの父は、身も、心も、岩の如くあれと言いたかったのやもしれぬ。この乱世では肝要なことぞ。ところで山吹、岩次、かみさまという言葉は何処からきたと思う?」

姉の山吹は弟の岩次を見てから、首を傾げる。

隆兼はおしえた。

「明神様とか天神様は、知っておろう?」

子供たちは、うんうんと夢中で首肯する。

「その神様からきたのじゃ。家の中を万端取り仕切る神という意であろう。こんは……わしの神じゃ。わしは、あの女性を、神の如く崇めておる、敬っておる」

角張った顔から愛嬌をにじませた隆兼は、

「故にそなたら、先ほどの話、真に、真に、内密でたのむぞ。神罰をこうむるのはまっぴら御免じゃ。な?」

子供たちはおかしそうな顔をしてうなずいた。

二人の面差しを見た隆兼の中で、温かい安堵が広がる。昨日真に恐ろしい目に遭った二人の心を何とか明るくしたいという思いから、この顔がごつごつした武人はわざとおどけていたのである。

「――いやいや兄上！　弘中家の神には、某の方から願文奉り、兄上が何を申されておったか細やかに注進したく思いまする！」

明るい声が隆兼にかかった。

皮肉屋の弟、民部丞だ。

がっしりした隆兼と違い、すらりと細い体つきをした面長の民部丞が、陣屋の庭に入ってくる。

「こんな所に密告者がおったか……」

小具足姿の民部丞は、山吹、岩次の傍らに立つと、

「某、兄上の石見での振舞い物言いを念入りに見張るよう言いつかっておりますれば」

「誰じゃ？　左様な下らぬ密命をそなたに下した奴ばらは？」

弟はぬけぬけと、

「梅にござる」

舌打ちした隆兼は、

「ぬう、小癪な娘がっ」

梅は隆兼の十三歳になる愛娘であった。

「何を、何を、梅ほどかわゆい者はおらん癖に」

「………」

照れた隆兼、もう一つ握り飯を頬張って噎せながら、

「わし一人では食い切れぬ。お主も、食えっ！　足軽どもにも食わせよ」

おかし気に弘中兄弟のやり取りを眺めている百姓の姉弟に、隆兼は、

「あと、漬物があった方がよかったな」

岩次は悔し気に、丸っこい顔を歪めて、厚い下唇を噛む。

「そうかっ……。新田の辰爺が旨い漬物漬けてんだろ？」

「山籠りしなかった辰爺？」

「うん、姉、おら、今から辰爺の所いって、漬物もらって、またここにとどける！」

「たわけ。今から取りにいけば日も暮れよう。また危ない目に遭うぞ」

隆兼は笑いながら叱った。


二月後。

五月のその日、弘中隆兼は――矢の雨を浴びていた。

隆兼は今、裸の斜面を駆け登り、城から出てきた敵に反撃しつつ、味方を退かせんとしている。

手勢五百のうち、弱い兵、未熟の兵は先に降ろし、精鋭だけをのこしている。

幾本もの矢が目にも止らぬ速さで回転しながら飛んでくる。矢面に立つ隆兼、薙刀で矢を払い、
浅黒い顔を歪ませて、吠える。

「盾！」

兵がどっと出て盾を並べた。

すると城兵は――盾列めがけて木鋒を射てきた。

木鋒――竹や木で円柱状の鏃をつくった矢で、盾や船を壊すために射る。

山の上から木鋒の雨がくるくるまわりながら豪速で襲いくる。

「兄上！　此方へっ」

民部丞の声を聞きながら隆兼は盾列の下に動き、身を守った。

雹に襲われた板葺き屋根の如き音がしている。木鋒が勢いよく盾に当り、貫通したり、盾を倒したりしている。

殿を引き受け裸斜面で戦う隆兼ら七十名の上方に、城から追いすがってきた敵の弓兵百がおり、弓兵のさらに上方に、三本松城の土塁が見えた。

――実に、攻め難き城よっ。

難攻不落の山城を守るは、吉見正頼率いる三千人。

逆臣・陶を討つという大義名分をかかげているため、士気は高い。

三本松城は、両翼というべき二支城、南の中荒城、北の下瀬山城をもつ。

三本松城も手強い大山城だが、支城も小城ながらあなどれぬ。それぞれ土塁、土塀、横堀に竪堀、逆茂木を念入りにめぐらした要塞だ。

さらに北から下瀬山、三本松、中荒、この三山城、全て南北二里半（約十キロ）にもおよぶ尾根道でつながり、要所要所に手強い出丸、見張り小屋、狼煙台がもうけられている。

また、この山塊の西から南へ流れる津和野川は、中荒城の南を東にまわり、今度は山並みの東を北上してゆく。

三方に……天然の水堀まであるのだ。

弘中隆兼は斜面の下をちらりと見る。

……まだ、林に入れぬ味方が多い。いま少し時をかせがねば。

三本松城がある山は見通しをよくするため斜面の上方が全て吉見家の手で伐採されている。斜面の下方には、山林が多くのこされている。――全ての木を伐ると水の手が涸れてしまうからだ。

「射返せっ！」

朱の鎧をまとった隆兼の号令一下、錆漆塗りのお貸具足を着た弘中勢は山上の敵に不利を承知で射る。

薙刀を中間にあずけた隆兼は四人張りの強弓――男四人で張った弓――を受け取る。

一度射るのに相当な力が要る太弓で並みの男では到底引けない。

気を丹田にため、右肘で弦を引く。

ビュン！　と音がして、矢が直線の疾風となり、まさに射んとしていた敵武者の首で赤花が咲いた。

吠え声を上げながら隆兼は、

……山の下から射ておるゆえ、我ながら、矢勢が……。

と、敵方の、細腕が射たのだろう、一本のひょろひょろ矢が、直線でなく、ふわっと半月の弧を描いて飛び……隆兼の肩に当った。鎧を着ていなければ怪我したかもしれぬが、緋縅の大袖が衝撃を吸ったため、浅手一つ負わぬ。

同時に盾と盾の間を、

――――ッ！

凄まじい突風が吹き、具足をまとった隆兼の家来を貫き殺し、その後方にいた弓足軽の喉をも突き破っている。

――強弓（こわゆみ）の精兵（せいびょう）が三人張りか四人張りの弓で射た直線の矢。強い膂力（りょりょく）によりまっすぐ速く飛び、たった一本で二人を即死させた。

山の上から射ているため、隆兼の先ほどの矢より、勢いが、ある。

……おのれ。

木鋒を幾本も浴びて盾が倒れる。盾のこちら側にいた平六の頬に、半月の弧を描きながら飛んできた左程強くなさそうな矢が――赤く捻じ込まれた。

母をさらわれた、あの平六だった。

血汁と、叫びが、散る。

間髪いれず強弓の精兵の直線の矢が襲来。平六は眼から後頭部まで貫かれ、うっと呻いて、仰向けに崩れ、全く動かなくなった――。

……すまぬ……。こんな所で、逝きたくなかったろう、平六。すまぬっ。

隆兼は片目をつむり、平六を即死させた、捩り鉢巻き、坊主頭の巨漢を、狙う。

隆兼の浅黒い太腕が、青筋を隆起させて、引かれる。

――射る。

下から上へ勢いよく飛んだ矢は雄叫びを上げていた敵の口に吸い込まれ、口腔の裏側をぶちぬく。隆兼は指矢の妙技を見せた。息継ぐ間もなく、二の矢、三の矢を、速射してゆく。

強弓の兵（つわもの）だけを狙い、的確に射（い）殺している。

と、

「兄上、あれを」

民部丞が言う。

右斜め上方、山城の城門からまた別の敵勢が、突出した——。

——槍隊か。

崖に近い急斜面につくられた道がある。その道を、カブト虫の群れの如く、黒い鎧、黒い陣笠をまとった一団が、ひしひしと殺到してくる。

黒い兜をかぶった足軽大将らしき武者に指揮されていた。

兵どもの速さ、一糸乱れぬ足並みが——かなりの練度であると、隆兼におしえた。

「弘中を仕留めい！」

敵も元は大内家中、隆兼の顔をよく知っており、高名な隆兼を討てば、寄せ手の士気を大幅に削れると見たか。城方は隆兼を狙い——槍の精鋭までくり出してきた。

敵弓隊は隆兼から見て上方から矢をどんどん射つづけ、弘中勢はそちらに盾を構えている。

一方、新手の槍隊は城に顔を向けた時の右手にまわり込もうとしていた。

弓隊への備えにかたむけば、弘中隊は右腹を槍で突き刺される。

槍隊と戦おうとすれば今度は厄介な敵の弓隊が斉射し、犠牲がます。

素早く策をくみ立てた隆兼は、

「退くぞ！　南へ降りろ！　方々急げ（かたがた）」

槍隊が展開しようとするのとは逆、左方——南に斜面を降りるよう下知した。

この方々急げという言葉がある時、隆兼の兵はわざと混乱して逃げ散ったように見せかける訓練をつんでいた。

足をもつれさせて逃げる者、転ぶ者、悲鳴を上げる者が続出、弘中勢は隊列を崩し、慌てふためきながら……斜面を降りてゆく。

これを見た敵の槍隊は、

「崩れたぞ！　逃がすな。追えぇっ！」

従者に弓をわたした隆兼は、薙刀を受け取りながら、ちらりと後ろを見る。

敵は——槍衾を崩して猛然と追ってきた。

足の速い者が前に出、足の遅い者はおくれを取る。

「者ども、手柄を立てるは今ぞぉっ」

敵の足軽大将が叫ぶ。

隆兼の厚い唇が、ほころんでいた。

——かかったな。

弘中隆兼は大音声で、

「今じゃ！　切り返すぞ！　車ぁっ」

隆兼の号令一下、ばらばらに逃げているかに見えた弘中勢は再び結束を見せる。——三本松城の斜面に錆色の渦が二つ生れている。

わざと逃げていた弘中勢、隆兼の下知を聞くや、もっとも先を逃げていた男たちが左右にさっとわかれ、後ろの者も一糸乱れずつづいた。

錆漆塗りの具足で統一された槍足軽どもは左への回転、右への回転、二つの高速運動を砂埃を立てておこなった。

——それはまるで高速でまわる二つの車輪のようだった。

気づいた時には、あっという間に反転した二つの槍衾が、整然たる穂先を隊列を崩して追ってくる城方に向けている。

弘中勢は、この「車」という動きを散々訓練している。

他にも千変万化する戦況に備え、隆兼は柳、変り雁行など、様々な動きを兵たちにおしえていた。

「……へ？」

隊列を崩して隆兼たちを追ってきた城の槍隊は砂煙の向う、已らに整然と向けられた二つの槍衾を目にして、狼狽えた。

戦国の世では、慕う、という言葉を、敵を追撃するという意でもつかう。

隆兼を慕ってきた敵どもの気持ちが、はてと萎んだ瞬間だった……。

二つの槍衾の中点に隆兼以下、薙刀の勇士たちがたじろいだ城方に不敵な面を向けて立っていた。隆兼らの後ろに弘中の弓足軽が控えている。

「――突っ込めぇ！」

隆兼が、大喝した。

弘中勢が、咆哮を上げて山肌を斜に駆け上がる。

三本松城から慕ってきた石見の槍兵ども、その黒一色の集団に、今にも燃えそうな緋縅の男に率いられた錆色の一団が、肉迫する。

「いかん、射殺せぇっ！」

敵の弓隊で物頭の声がひびく。

数知れぬ矢が、雨となって弘中勢に降りそそいだ――。

一つ数える内に幾度もまわる矢どもは兵たちの手足を傷つける。あるいは、頭、首などの急所を、血の筋を引いて突き破り、錆色の鎧をまとった体を勢いよく山肌に倒した。

隆兼は先頭近くを駆けている。

隆兼から見て、左上から、矢は、きた。

体の左で柄に朱漆をほどこした薙刀を両手を巧みにつかってまわす。

物凄い勢いでまわる薙刀は——赤い車輪を生み、その車輪が飛んできた矢を悉くはね落とす。

「あれぞ、隆兼じゃっ。隆兼討って手柄とせいっ！」

隆兼は己に集中する矢を感じ会心の笑みを浮かべている。

——これで、兵が死なずにすむ。

赤くまわる輪は、益々速く、ほとんど旋風同然となり……あらゆる矢を、弾いた。

敵影が、大きくなってくる。

弘中の射手が、隆兼を飛び越す形で後ろから射た矢が、敵勢を傷つける。

見るからに屈強な敵が大身槍(おおみやり)をもって隆兼に突っ込んできた——。

大身槍とは、鎧を突き破れる……剣のような長大な穂をもつ重たい鉄槍(てっそう)で腕に覚えがある剛の者しかつかいこなせない。

黒い鎧に身を固め陣笠でなく黒い兜をかぶっている処から見て、二、三十人の足軽をたばねる組頭だろうか。つまり下級武士、地侍である。

若い敵は、鋭く、

「弘中三河守殿！——ご覚悟」

隆兼の左胸めがけて凄まじい勢いで突いてきた。

鎧に大穴を開け——心臓を潰す気だ。

赤い薙刀が突風を起している。

今まで左で薙刀を回転させていた隆兼、目にもとまらぬ速さで、その薙刀を体の後ろにまわし――自身の右方で勢いをため、流れ星の如き勢いで、右から左へ一閃、槍を吹っ飛ばした。

間髪いれず咆哮と共に突き出された隆兼の薙刀は若い敵の喉仏を裂いて後ろ首まで突き破り、赤い飛沫を起した。

若武者は血反吐を吐いて斃れた。

砂煙が、立つ。

もう、次の敵が、来る。

黒い陣笠をかぶり、黒い桶側胴(おけがわどう)をまとった三人の槍足軽だ。

彼らは三本の槍を同時に突き込めば隆兼といえども斃れると踏んでいるようだ。

鬼の形相で突きかかってきた。

三本の槍のうち、一つがおそいと見切った隆兼、身を低めて刺突二本分、呼吸を合わせて横から飛んできた矢をかわしつつ、膝を土にふれさせながら、地面ぎりぎりに横薙ぎした薙刀でまず一人目の両足を脛(すね)の処で切断。

血煙を横に引きながら二人目の右足を断ち斬った。

すぐに、上に動かした薙刀の白刃が二人目の敵の桶側胴の隙間に突かれ、命を止める。

同時に三人目が槍で突いてきたが、隆兼は朱い旋風になりながら横跳びして、かわしている。

刹那――隆兼の薙刀は勢いかかって前に出た三人目の足軽の脛を後ろから薙いだ。

無防備な脛の後ろが噴火したように血をこぼす。

足軽の悲鳴は横首に叩き込まれた薙刀の石突で潰された。

弘中の槍衾が、そして隆兼がとくに鍛えた薙刀足軽たちが、吉見の槍兵にぶつかった。

隆兼の薙刀が、暴れまわった。

隆兼が行く所、血の嵐が起きる。

鍛えに鍛えた弘中の兵たちも力戦、吉見の槍足軽は、どんどん倒れている。弘中勢は斜面の下にいるという不利をはね飛ばし、油断していた城方を揉みに揉んだ。

弘中党――西国無双の剛将と言われた陶晴賢の傘下にあって、もっとも勇名を轟かせた一隊である。

さっき射かけてきた敵の弓隊も乱戦となるや味方を射る恐れがあるため、斉射をためらう。

それでも狙いやすい弘中兵がいれば――吉見方は射かけてきた。

この矢がなかなか煩わしい。

……そろそろ退き時か。

と、思った時、隆兼の前に、その敵は、現れた。

物頭（ものがしら）――すなわち、足軽大将であるらしい。

複数の組頭に指図する役、この八十人ほどの槍足軽をたばねる中級武士だ。

真っ黒い鎧をまとい、黒い鹿角（ろっかく）の脇立（わきだて）が仰々しい漆黒の鉄兜をかぶっている。

鼻から下は黒い笑面（えみめん）の「目（め）の下頬（したぼお）」に隠れている。

敵を笑い、おののかせる意図でつくられた鉄面だ。

が、不気味に笑う仮面のすぐ上にある眼には、凄まじい怒りの火が燃えていた。

物頭は手槍をもっていた。

みじかめのその槍が——隆兼の喉めがけて、猛速で、突き出される。

赤い薙刀の旋風が吹いて手槍は穂をうしなった。

相手は、瞠目した。

息つく間もあたえず次の攻撃にうつらんとした隆兼だが、己に飛んでくる矢を感じ、さっとかわす。

さらに、後方から、

「民部丞殿っ！」

——弟が討たれたのか？

弟思いの隆兼ははっとして、思わず後ろを向いた。

「民部丞、無事かっ！」

乱戦の中、斜面にくずおれた民部丞は、

「大事ない……。足を矢がかすっただけよ」

浅手でないことは、倒れた体が物語っていた。

ともかく命は無事のようである。

民部丞は、隆兼より、武芸がつたない。

一方で吏僚（りりょう）としての能力は高く内政には辣腕を発揮する。また、兵糧奉行などの役目も得意だ。

だから隆兼は弟に後方をまかせたかったし、幾度も言い聞かせていたのだが……民部丞は隆兼への対抗心からなのか、戦の庭に、出たがるのだった。

……困った奴め。だから、言わんことない。

隆兼が苦い顔で前に向いた時、黒い笑いの仮面をかぶった敵は、穂を切られた槍をすて、打刀を抜き、隆兼に切りかからんとした処だった。

隆兼から鋭い闘気が飛び相手にぶつけられる。むろん幾度もの戦陣で研ぎに研がれた隆兼の勘、そして耳は――弟に向きながらも、この男の動きを余さずとらえている。

まさに斬りかからんとした一呼吸前に隆兼に睨みつけられた敵は蛇に睨まれた蛙同然になっていた。

隆兼は、目を爛々と光らせて、囁く。

「――参れ」

「…………」

八双に構えた敵は踏み込めぬ。

――なら、参る。

隆兼の薙刀が神速で旋回。刃が、兜を狙う。

相手は刀で受けた。

火花が、散った。

くるっと薙刀をまわし石突を前に出した隆兼はまた、兜めがけて打ち下ろす。

相手は再度刀で止めている。

防戦一方の相手は、後退りをはじめ、また薙刀をくるっとまわした隆兼は、刃を前にして素早い一撃を――兜めがけて振り下ろした。

今度は、かわせなかった。

白刃は敵の兜にガツンと沈み、硬い衝撃が隆兼の腕を走る。

――敵ながら見事であった。

振りかぶりが小さかったため、兜をかちわりこそしなかったものの、隆兼の一撃はかなり強く、黒い目の下頬が落ち、あらわになった敵の顔では血の涙をこぼしながら両眼が隆起している。さらに口から白い泡をこぼしながら――物頭はどおっと斃れた。

鋼の打擲は兜の下、脳を圧壊したのだ……。

隆兼は敵兵に向かって大喝した。

「そなたらの将は、もうおらぬ！」

敵の槍足軽、さらに上方にいる弓足軽にまで、動揺が広がった。

さっきの矢戦で、隆兼や、弘中の郎党で弓の名手・和木三八らが、強弓の精兵を――狙い射ちにしたため、敵の弓隊から放たれる矢は、ほぼ、ひょろひょろ矢であった。

甲冑をも貫く殺人的な突風はほとんど飛んでこず、鎧があれば跳ね返せる矢が、ひゅーんと大きく弧を描いて飛んでくるのみ。

……もう一押しで崩れるな。さすれば、速やかに退く。

隆兼が思慮した直後、和木三八の声がした。

「殿、ご覧じよ。新手ですぞっ」

斜面上方に視線をすべらせた隆兼、面差しを険しくする。

「……騎馬武者となる」

よほど、山岳になれた人馬なのだろう。

往古、一の谷で崖を馬で駆け下り、平家を叩いた東武者のように、騎兵どもと徒歩の従者が、城門から吐き出され、砂埃を蹴立てて勢いよく駆け下ってくる。

最精鋭というべき騎馬武者の登場に崩れかかっていた追手は生気を取りもどした。

ひょろりとした和木三八が、細い目をさらに細め、場違いなほどのどかな声で、

「……どうあっても、殿を討ち取りたいようですな」

隆兼は鋭く、

「槍衾をくみ直せ！　石突は、土に、しっかりつけよ」

弘中の槍衾が隙間のない厳重さで一斉に槍の穂を、山上に向ける。騎馬武者がドドドッと駆け下りてくる方に向ける。

整然たる鋼の穂の列が陽光を受けてきらきら光っている。


足軽の槍衾と騎馬武者が正面からぶつかり合った場合――槍衾に、分がある。

槍衾とは騎馬武者の突撃を封じ、叩き潰すためにつくられた戦法である。

突っ込んできた馬は、整然と突き出される数多の槍に、体や顔を刺されたり、頭を叩かれたりしたら、大変な恐慌に陥り、戦いどころではなくなる。

騎馬武者は馬から振り下ろされ、槍によって馬から叩き落され、次々に討ち取られる。

では騎馬武者が槍衾に全く無力かといえば……違う。

たとえば、側面から突然、襲いかかってきた騎馬隊に、槍足軽の一団は無力である。

また、深い混乱に陥っていたり、備えを崩したりしている槍衾も、騎馬武者の敵ではない。

一度(ひとたび)、騎兵に深く入られた槍隊は、もう……騎馬の精兵に叶わない。散々、蹴散らされ屠(ほふ)られる。馬に跨った兵の方が、歩兵より強いのだ。

従者を入れて百二十人ほどの騎馬武者の一団。色とりどりの鎧を着た男どもがいる。

今まで、弘中勢と戦っていた吉見の黒い槍兵は、さーっと左右にわかれ、騎馬武者の通り道をつくらんとした。

隆兼は、叫ぶ。

「半月の備えに！」

足軽の一部が動き斜面に錆色の半月が生れた。

隆兼は半月の備えで騎馬の突撃をふせぎ、一撃あたえた後、鋒矢(ほうし)の陣形――一点突破をはかる形――を取り、右斜め下方へ、斬り抜けようとしていた。

むろん思い通りにゆかず騎馬武者に蹂躙される恐れもある。

……こん、隆助(たかすけ)、梅っ！

妻と二人の子が脳裏に浮かぶ。岩国が――思い出された。

……此度も、もどるぞっ。弘中三河守隆兼、急度(きっと)、岩国にもどるぞ。万一もどれねば、その時は……。

馬蹄の轟きが迫り、鼓膜が破れそうだ。

刹那、真っ先に迫っていた騎馬武者、彼が跨った黒駒が俄かに斃れた――。

騎馬武者の首に一つ、そして黒馬の首と胸に幾本も矢が刺さっていた。

――味方？

隆兼危うしと見て味方の一隊が斜面を猛速で駆け登っている。

盛んに騎馬武者どもに射かけている。

その一隊は弓隊のほか、重厚な槍衾、そして数多の騎馬武者を擁していた。隆兼を討ちに降りてきた騎馬武者は散々射落とされている。さらに先に退いていた弘中の未熟の兵たちも隆兼危うしと見て、斜面を駆け登ってくるではないか。

真一文字の濁流となって駆け下りてきた騎馬武者の中から、

「分が、悪い！　退（ひ）けぃ！」

城から出てきた騎兵どもが、馬首を転じ、山上にもどってゆく。

と、退きゆく騎馬武者の中から、

「弘中殿、何で貴殿ほどの勇士が謀反人に合力しておる！」

吉見の重臣、あるいは一門の者だろうか。

隆兼は、言った。

「義隆公が当主なら……大内の家は今頃無うなっておった。領主が成すべきは、安寧」

……領民と諸侍の、安寧だ。

「義隆公は其を壊した。それに尽きる！」

「大内の家を壊しておいて何を申すかっ！　盗人たけだけしい」

面貌を苦し気に歪め、隆兼は、

「否」

……大内家を壊したのは……義隆公じゃ。

隆兼を慕ってきた吉見方は悉く、城に引き上げていった。

隆兼はもうもうと漂う土煙の中、助けてくれた味方――宮川房長（みやがわふさなが）の一隊と合流する。

三十四歳になる弘中隆兼の、亡き父と同世代の武人が宮川房長であった。四十年以上前の「船（ふな）岡山（おかやま）の戦い」で天下にその名を轟かせた勇将である。

銀髪の老将は、汗だくの馬からひらりと飛び降りるや、大薙刀の石突を斜面に立て、

「弘中。お主の小薙刀、やはりみじかすぎるの。あのまま騎馬の者が突っ込んだら、我が大薙刀でなければ対し得なかったろう」

からりとした声を投げかけ、古風な武器・大薙刀を自慢げに眺める。

宮川房長は陶の家来で、隆兼は大内の家臣。陪臣である宮川より弘中の方が立場は上だが、隆兼はこの練達の老将を敬っている。

「宮川殿、危うい処を助けていただきかたじけない。ただ某、この薙刀を小薙刀と思うておりませぬ。大薙刀と小薙刀の間にある、中(ちゅう)薙刀と思うております！」

「笑止千万！　中薙刀なるもの、この世に存在せぬ。大薙刀でない薙刀は、悉く小薙刀よ」

「殿っ、御無事でござったかっ」

先に退かせた弘中の郎党も合流し、隆兼は、

「おう。見ての通りぴんぴんしておる」

「何がぴんぴんじゃ。危うかった癖に」

からからと哄笑した房長は、ふと、

「おや……民部丞めは怪我したか？」

……そうか、弟は――。

隆兼はいそぎ矢傷を負った皮肉屋の弟に駆け寄る。

「ひどい兄もあったものよ。忘れておったなっ」

屈強な隆兼にくらべて線が細い民部丞は頬を歪め、毒づく。

「歩けそうか？」

隆兼が太眉を顰めると、弟の従者は頭を振る。

「何をしらじらしい……これしきの浅手、くっ」

隆兼より武芸に劣るも気が強い弟から苦しい息がもれた。民部丞の足に巻かれた晒は血だらけだった。弟の従者が、隆兼に、

「足を……矢で貫かれたのです」

「深手でないか。瘦せ我慢すな」

「瘦せ我慢にあらず！」

くすりと笑い、隆兼は、

「お主ほど瘦せ我慢という言葉が似合う男は、周防におらん！」

「あっ……叩くな！　肩を。傷が痛むわ」

隆兼は笑顔で、

「それだけ元気があれば大丈夫だ。おい誰ぞ民部丞を盾にのせ陣まではこんでやれい」

弟が盾でもち上げられる。

手の甲で汗をぬぐった隆兼は、今日も己らを押し返した堅城を見上げている。

三本松城は厳めしい顔つきで威圧してきた。

三月に攻めはじめた三本松城だが——五月に入っても一向に落ちる気配は、ない。

「安芸勢がくれば戦況は違うかもしれぬなあ。悔しい話じゃがな」

房長の声が、した。房長は息を切らした馬を従者にまかせ隆兼の隣を歩む。

「真に……」

二人は並んで斜面を降りる。

隆兼と房長、二人の城は、近い。息子の隆助は弘中家の中薙刀、小薙刀を会得した後、宮川房

長に弟子入りし、大薙刀をおそわっている。

「元就は調略の名手。彼がいれば今頃、城中に味方をつくっていたやもしれぬ……」

房長は、呟いた。

……たしかに。何故こぬのだ、元春……。

義兄弟の契りをむすんだ吉川元春を思い出す。

眉を顰めた房長はうつむく。

「備後の城の一件で……安芸の者は臍をまげておるのじゃろうか？」

「かもしれませぬ」

……石見遠征に気乗りせぬ者が毛利家中におるのはわかる。されど吉川勢だけでもこぬのは、どうしたことか？……此度の毛利殿の振る舞い……怪しい。嫌な予感がする。

隆兼と房長の顔に影が差す。二人は斜面の下方――林に差しかかっていた。

隆兼は出雲で尼子に負けた時、元就が口にした言葉を思い出す。

『殿（しんがり）は是非、この毛利におまかせ下され』

……わしが殿をと申す一息前に毛利殿がこう言い、毛利殿が、殿となった。その時、わしは得体の知れぬ不安を覚えた。――何故だ？　何ゆえ、わしはあの時、毛利殿の言葉に引っかかったのだろう……？

隆兼は暗い林を歩みながら考え込む。ここに、此度の毛利の動きにつながる何かが、潜んでいる気がする。

――わしが殿を、と言わんとしたのは、陶殿に応えたかったからだ。あの土壇場で兵を大切にする姿を見せた陶殿に負けぬ働きをしたかったからだ。だが、毛利殿は、違う気がした……。

隆兼の殿――幻に終った――が、心を出所とするものならば、元就のそれは冷えた思考を起点とするものに思えた。

故に隆兼は違和感を覚えている。

だが、元就の見事な働きが、味方を安芸まで無事退かせたのは事実。隆兼は違和感を呑み込み忘れようとしてきた。誰にも言わなかった。誰かに言えば、元就を妬んでいるように思われたろう。

――元就は、何故、あの時……。何ゆえ……小勢で、命を賭けて、勢いに乗る尼子の猛撃をふせいだ？

元就の身になって考える。

元就が殿をしたことで、元就はいざという時、頼りになる者という認識が、安芸衆の中に醸成された。

もし元就が殿をしていなければ、もっと晴賢の武者ぶりが鮮明な印象をあたえ、晴賢に共鳴する武士が、安芸に出てきたかもしれない。

隆兼が殿をしていたら――隆兼と強い絆でむすばれる安芸国人が現れたかもしれない。

……それを、ふせぐために……？　元就が頼りになる者という認識、此は如何なる時に……役立つ？……大きい相手と戦する時か。その大きい相手とは？

隆兼は冷たい生唾を飲んでいる。

「弘中殿、さっきからずっと考え事をしておられるな？」

房長が言う。

「……大したことではありません」

……わしの考え過ぎであればよいのだが。

隆兼は、元就が大内方の負け、いや……もっと先を見越し――あの言葉をあらかじめ用意していたような気がしてきたのだった。

隆兼はその日、陶晴賢の陣所をたずねた。

事実上の本陣である。

名目上の本陣は、飾りの総大将として出陣した、大内義長がいる元山城だろう。

だが、豊後の大友家から養子入りした義長（母が大内家の女性）に、指揮権は、ない。政の実権も今から隆兼があう男にこそ、ある。

陶全薑入道晴賢が陣を構えた大蔭山には夥しい柵がもうけられ、白い陣幕が張られ、今は火が消えているが鉄の篝が所々に据えられ、唐花菱（大内菱）の旗が数多翻っていた。

唐花菱――大内氏の紋であり、陶家の紋でもある。

大内家は百済の聖明王の血を引くと言われる西国屈指の名族で、陶はその最有力の分家だった。

木でつくった陣屋の前に、陣幕でかこまれた所があり、一際厳しい警固の目が光っている。

そこに――晴賢は、いた。

陶全薑入道晴賢、三十四歳。

雄々しき美男だ。

身の丈六尺（約百八十センチ）。細身だが、逞しい。細面に高い鼻。やや下に垂れた形のよい一重の目には、深い憂いがたたえられている。薄い口髭を生やしていた。

晴賢は頭を剃っていた。

出家の動機は、旧主・大内義隆を悼むためだったという。

我が手を義隆の血で汚しつつ何を申すかという批判は当然あったが、隆兼は、

……あながち、嘘とは言えまい。御屋形様はこの戦乱の世で、数ヶ国の守護たる大内を引っ張る器になかった。陶殿は大名としての御屋形様を討ったのであり、一人の男としての御屋形様を憎んだわけではない。討ちつつも……その死を悼んだのだろう。

と、受け止めている。だが隆兼は大内義隆を弑逆したことについては、反対であった。

主君を押し込める——つまり強制隠居には、賛成したが、殺すとまでは聞いていなかった。

三年前の政変で旧主を死なせてしまった一事は今でも強いしこりとなって胸にのこっている。

けれど、大内の行く末を憂えていた隆兼や民部丞は、陶に説き伏せられ、旧主を倒す軍勢を出し、クーデターにくわわった。

その決断については一片の悔いもない。

陶の郎党の中には、大内義隆を討ったことに賛成した者も多かったが、大内家の家来で反乱にくわわった者には隆兼に似た考えの者が多い。また、陶の勢威を恐れて仕方なく傘下に入ったが、内心では晴賢に反感をもつ者も、多い。

熊皮をしいた鎧櫃(よろいびつ)に腰かけた晴賢は背後にかざられた立涌文縅(たてわくもんおどし)の鎧を見やり、

「この鎧を義隆公から頂戴したからかのう。久方ぶりにあの御方の夢を見た……」

傍らには晴賢の傅役(もりやく)で股肱(ここう)の伊香賀隆正(いかがたかまさ)、陶軍屈指の猛将で身の丈六尺三寸（約百九十センチ）の大男、三浦越中守房清らが、神妙な面差しで控えている。二人は大内ではなく陶の家来で

ある。

晴賢は横顔をこちらに向ける。その彫刻的に美しい細面から、苦しみが漂う。

大内義隆記によれば――晴賢は五郎と呼ばれた少年の頃、大内義隆の恋慕の対象だった。衆道の関係にあったのだ。

晴賢と義隆の力関係を思えばことわれるものでなかったろう。義隆が、陶氏の城のある富田近くまで通い、松ヶ崎の寺で密会していたのだ。

ある時、義隆は五郎少年がまだ寝ているのに、そっと寝床をぬけ出て山口にかえってしまった。

翌朝、義隆は、

もぬけなりと　せめて残ふば空蟬の　世の習ひ共思ひなすべし（もぬけの殻であっても、せめて抜け殻だけでものこるものならば、蟬が殻を破って羽ばたくように、恋しい人の元をはなれてゆくのも、世の習いと思ってほしい）

という和歌を陶家に贈ったという。ちなみに先にかえったのは、五郎だと読むことも出来る。そうなると和歌の意味は変ってくる。

義隆は元就三男、小早川隆景にも、衆道の相手をつとめさせたと言われる。義隆は美女と美少年、双方を深く愛でたのである。

三十をすぎ頭を丸めている晴賢だが、かつて義隆を虜にした魅力の残り香が、ととのった顔から時折――色濃く匂う。今がそれだ。武骨な人柄の隆兼すら、つい見惚れてしまい、生唾を飲んだ。

晴賢が呟く。

「御屋形様は深い恨みをふくんだお顔で……某を睨んでおいでであった。大内家を守るために詮方なくしたこと、どうぞ、お静まり下されと申した。……すると、すっと掻き消えられた」

大寧寺の変の前、つまり義隆が生きていた頃、一の家来・晴賢は家中の武断派を率いていた。

武断派と対立したのが文治派だ。

乱世でありながら、軍事を疎かにし、義隆を公家風の遊び――和歌に管弦、花見に郢曲、楊弓、さらには机上の学問に溺れさせた一派だ。

晴賢は文治派を厳しく批判したため、その恨みをかい、彼らは様々な讒言を義隆に吹き込み、主従の間に冷たい隙間風が吹いたのだった。晴賢は時勢を見極めず爛柯の日々に浸る義隆を度々諫めるも聞き入れられなかった。

問題はこれだけではなかった。

都の公家衆を呼んでの豪奢な遊び、さらに官位昇進に心を砕く義隆は、朝廷に盛んに献金している。皺寄せが何処に行くかと言えば……領民だ。

臨時の段銭、重い年貢が――民に課せられた。

また、義隆に指導力が乏しかったため、義隆の侍所（警察）は横暴の限りを極めた。

たとえば義隆の侍所が、盗賊や博奕打ちの家に踏み込んだとする。この時、侍所は、盗賊宅や博奕打ち宅のみならず、両隣と前後、合わせて四軒の家にも検断（捜査）と称して踏み込み……その家の家財道具や金子などを奪い、私腹を肥やしていたのだ。

この時代の警察には検断得分（捜査で没収したものを私物化する権利）があったから、これを悪用し、検断の範囲をことさら広げていた。

百姓商人にしたらたまったものではない。泥棒の近所に住んだだけで、ある日突然、役人が踏み込んできて全財産を奪われてしまう。

さらに義隆の侍所は夜討ち、強盗、放火の被害者宅にも検断に踏み込み、その家の家財道具、金銭などを没収していった。犯罪の被害者を救済するのではなく、全てを毟り取るハゲタカのような行いで、被害者の身になってみれば、踏んだり蹴ったりである。

さらに侍所は微罪でも容赦ない検断に乗り出した。たとえば、夫婦喧嘩。喧嘩をした夫婦の家に、乗り込み、全てを奪っていく。その夫婦は無一文になって流浪したという話まであるのだ。

……御屋形様はご自身の侍所が蔓延させる左様な苦しみにも……無関心であられた。

陶晴賢は大内氏の侍所によるこうした横暴を、止めようとしたのだった――。

盗賊や博奕打ちを検断する際、下手人宅の検断に限り、両隣、前後の家には手出しせぬこと、犯罪の被害者宅を検断し、家財などを奪わないこと、夫婦喧嘩を聞きつけて検断という名の狼藉におよばぬこと、などを義隆に強く提言したのだ。

至極まっとうな提言、と隆兼は、受け止めている。

……こういう御方が大内の家中におってよかった。しかし、何ゆえ、この御仁を御屋形様は遠ざけられる？

政変前の隆兼は日々感じていた。

晴賢が舵取りすると、大内という大船はまともな航路を行くこともあった。が、その度に義隆は大切な船の舵を、晴賢と折り合いの悪い輩にゆだねてしまい、船は不穏な雲の下に流れてゆく。左様なせめぎ合いが幾度かあった末に引き起されたのが――あの反乱だった。

晴賢に共鳴した隆兼は、謀反に躊躇いを覚えつつも、深く悩んだ挙句、やむなく支持したわけである。

「今朝の働き、聞きおよんでおるぞ」

晴賢は細面を隆兼に向け、ねぎらう。

「弘中三河守、そなたのおかげで、我が手の者は無事退けた。これを褒美として取らせる」

金蒔絵の大内菱が鞘にほどこされた小刀が、取り出される。

「ありがたき幸せ。ただ、某一人の功でありませぬ。危うい処を宮川殿に助けていただきました」

隆兼は両手で小刀を受け取りながら、恭しく告げた。

「宮川房長か。彼は、勇士だ」

晴賢は嬉し気に笑んでいる。三浦越中守が、深くうなずく。

自らも比類なき武勇をもつ晴賢、勇士や武勇譚が、好きである。

下賜された小刀を帯に差した隆兼に、晴賢は、

「して今日は戦果の報告にきただけではあるまい？」

「はっ……この戦、そろそろ潮時でないかと思い、まかりこした次第。吉見に和談をすすめるのも一手と思いまする」

ここ数日、腹の中で密かに練っていた意見を慎重に口にする。

「和談？」

不快さが、晴賢の相貌を、走った。

鋭い目を光らせた三浦越中守、無表情の伊香賀隆正をちらりと見た晴賢は、険しい声で言う。

「何ゆえ和談などという言葉が出て参った？」

隆兼は力強く、

「これ以上、城攻めして、もし三本松城が落ちねば御武名に傷がつきまする。一旦、矛をおさめ、

和議をもちかけて揺さぶり、軍備をととのえつつ調略の手をのばし、三本松城の内に味方をつくるべきでは？　さすればもそっとたやすく城を落とせるはず」

事実上の総大将の反応は、鈍い。隆兼は大内菱が銀に光る紫の直垂(ひたたれ)をまとった晴賢に、畳みかけた。

「あまり周防を空にされますと近国の大名が不穏な動きをするやもしれませぬ」

「たとえば？」

「鎮西の大友。すでに肥前(ひぜん)を、我らから盗りました。この機に乗じて筑前豊前に手をのばすやもしれませぬ。また、毛利も……」

「大友は我らの味方ぞ！」

語気の鋭さが、晴賢の怒りを物語っていた。

「義長様を大友から迎えた折、肥前くらいはくれてやろうと話がついておる」

「肥前はよいとして筑前、豊前を大友に取られるわけにはいきますまい？　両国に大友が調略の手をのばしておるという話がござる」

「何処にそんな話があるんじゃっ！」

今にも燃えそうな憤怒の声は、三浦越中守から、迸った。陶の家来である三浦越中守、以前はたしかにあった大内の重臣に対する遠慮が……近頃なくなってきている。

隆兼は家というものがもつ虚名、その虚名が決める序列でものを見ず、個の資質や心根を物差しにすべきと考えている武士だったが、さすがに良い気持ちはしない。

「越中守、控えよ」

晴賢が叱った。

気持ちを落ち着けた隆兼は無精鬚をゆっくり撫で、越中守に、

「うむ。他ならぬ我が弘中家の所領が筑前にある……。その地の名主から文が参った。何でも大友の役人が村に参り、『この地は元は大友領であったゆえ今年の年貢から我が方におさめるように』と、言って参ったというのだ」

それが晴賢の同盟相手——大友のやり方だった。

「全薑入道殿。この乱世、真に残念ですが……全き味方は、いないものと心得られた方がよろしい」

「鎮西の話、真か？」

晴賢は伊香賀隆正にたしかめている。小柄な股肱の臣は、氷よりも冷えた静かなる声で、

「外聞(とぎき)にたしかめさせます」

外聞衆——大内家、陶家では、忍びをこう呼ぶ。

剣を取れば無双と言われる伊香賀隆正は弘中隆兼よりやや年上である。その隆正は隆兼に惨たらしい刀傷が縦に走った白き顔を向け、

「今の話、真であれば……由々しきことですな」

「伊香賀殿、わしには嘘を申す謂(いわ)れなどない」

隆兼は——この男が苦手である。

周防一の知恵者と言われる晴賢の軍師・江良房栄(えらふさひで)は三年前、大内義隆を討たずに、押し込めるのが望ましいと晴賢に説いたのだが、これに真っ向から反対したのが伊香賀隆正と聞いている。

隆兼の亡父(ちち)は陶の郎党、江良房栄と対等の友として付き合っており、隆兼自身もこの老軍師を敬っている。

なのでこの話は房栄から聞いたのだ。

大内義隆記によれば、晴賢にくわえ江良房栄、伊香賀隆正、野上平兵衛が顔を突き合わせた謀反の密議の折、伊香賀は、

『御父子ともに失ひ申さずば、家のみだれはやみ候まじきなれば、御曹司をも諸ともに殺し奉り……（大内義隆親子ともに害さねば、家の混乱はつづくので、義隆はもちろん御曹司も共に殺すべし）』

と、進言したという。

……この男がそう申さねば、義隆公を討たずに力だけを奪えたのでないか？　その方が上手く治まったのではないか？

大内の臣として隆兼は思う。

伊香賀隆正は今、外聞をたばね、晴賢に叛心をいだく者を焙り出す役を言いつかっている。

「大友の件は伊香賀殿がしらべるとして、毛利元就の名が出たが、元就風情が全薑入道様に逆らうなど夢のまた夢であろうよ」

三浦越中守が五人張りの弓を引く丸太の如き腕をさすりながらからりと言った。

三浦越中守——鎌倉幕府執権・北条家に討滅された相模三浦家の血を引く剛の者である。三浦家と聞いて、隆兼が真っ先に思い浮かべるのは、三浦一族で、やはり北条の陰謀の前に砕け散った和田義盛だ。頼朝に仕えた和田義盛は、武勇に秀でるも、直情の人で、深い思慮を、苦手とした。

三浦越中守を知ってから隆兼は源平盛衰記を読んで和田義盛が出てくる度に、三浦越中守の顔をかの直情の人に重ねてしまうのだった。

三浦越中守は自信に満ちた声で、

「元就など取るに足らぬ小名よ。備後衆も心服しておらん」

物凄い大男で押し出しが強い三浦越中守が、評定の折、自信たっぷりに言うと、冷静な思案や、たしかな根拠をともなわない、危うい説得力を醸し出してしまうことが、多々ある。

今も晴賢は越中守の言に深くうなずいていた。

「それはどうかな……。わしは元就の人品よく知るが、なかなか侮れぬ男ぞ。現に兵を出してこぬし、十分用心した方がよい」

隆兼は慎重に意見した。

晴賢が、隆兼に、

「江良と同じようなことを申すのじゃな?」

知将・江良房栄は四月まで三本松城攻めにくわわっていたが戦線が膠着したと見るや、

『長らく周防を留守にしておると、いろいろ気になり申す。とりわけ……安芸の動きが』

と、晴賢を説き伏せ、安芸と接する周防岩国にもどっていたのだ。

「江良殿と某、同じ東防州の産にて。毛利が当家に牙剝けば周防の東はすぐ叩かれまする」

「考えすぎじゃ」

晴賢は、鷹揚に打ち消す。

「毛利は備後の城の一件を根にもち……すみやかに兵を出そうとせぬのだろう。わしと駆け引きをするつもりなのじゃ。小癪な男よ。故に、平賀に手をまわした。平賀も毛利に遠慮してか……

何も言うてこぬが。だが、毛利にわしと戦う決心はつかぬ。必ず許しを請い、兵を出すはず」

「何ゆえ言い切れますか？」

隆兼の問いに、晴賢は、

「尼子じゃ。尼子は毛利を決して許さぬ。尼子という狼に怯える限り、元就は、我が方からはなれぬ」


――その時であった。

鎧武者が一人陣幕の内に入ってきて、床几にかけた伊香賀隆正に何事か囁いている。

ふだん冷静な伊香賀の相貌を、驚きの小波が一瞬、かすめた。

「如何した？」

晴賢が訊くと、

「外聞から聞き捨てならぬ一報がありまする。ここに、呼んでも？」


その萎え(なえ)烏帽子(えぼし)をかぶった初老の男はさっきまで干魚などを道端で商っていたように見えた。

だが、目付きは鋭く、動きは素早そうだ。

「毛利方の水軍がお味方の水軍を安芸で襲いましてございます」

ひざまずいた乱破(らっぱ)の報告は晴賢、隆兼、三浦を、驚かせた。

伊香賀が素早く、

「お主、それを見たか？」

「いえ。ですが湊に行き、たしかめました。間違いございませぬ。お味方の侍二人、船頭二人が射(い)殺され、怪我をした者が三人」

この時代、何かの行き違いから、味方同士、同盟相手であっても、しばしば斬り合いになったりする。だから今の話だけで毛利の敵対行為と見るのは速断にすぎるが、元就には援軍の出し渋りというきな臭い前段が、ある。

すぐさま一手をつかわすべきと存ずる、という言葉が隆兼から出る前に、三浦が、

「何かの勘違いではなかろうか。たとえば、海賊や人攫いの船というふうに……毛利家が誤解して襲ったとは、考えられまいか？」

伊香賀隆正は沈思黙考し晴賢は鍛え抜かれた腕をくみ面差しを険しくしている。

晴賢が、口を開く。

「……越中守が申す線も十分考えられる」

晴賢は愚将ではない。が……今起きている事実ではなく、己の願望に引きずられて判断する向きが、ある。

「慎重に見極めるべきと心得る。元春がおる以上、元就がわしに弓引こうとしても必ずや止める……。わしと三河守、元春の絆は少しのことでは罅（ひび）われぬ」

隆兼は晴賢の如く楽観視していない。毛利が味方の水軍を襲ったという知らせは、隆兼の中にあった元就への警戒を硬化させている。

……たとえば、元春に我が信念を打ち明けた場合、元春からは同じ思いが返ってくる。

されど――元就からは返ってこない。

元就は表面上は隆兼に、同意をしめす。だが本当は何を考えているのか……霧につつまれたように見えぬのだ。

伊香賀隆正が外聞に、

「その方、いま一度安芸に入り毛利殿の真意を見極めよ」

隆兼はより深い用心を呼びかけたかったが、元就は刃向えぬと信じている晴賢への言い辛さ、毛利との古い付き合いによる遠慮もあり、

「岩国の江良殿に急使をおくり、用心に用心を重ねるよう、つたえるべきかと思います」

と、献策するのが精一杯だった。


五月十三日。岩国の江良房栄から、驚くべき知らせがもたらされ、三本松城を攻める陶陣は煮えくり返っている。

昨日、毛利元就が——一方的に陶との断交を宣言。毛利勢三千余が稲妻の速さで動き、守りが手薄な安芸の陶領を侵略した。

佐東銀山城、己斐城、草津城、櫻尾城、仁保島城、廿日市の町、そして……厳島が、掠め取られたというのだ。

弘中隆兼は赤黒い稲妻に貫かれたような衝撃を覚えた。

何故なら、元就が掠め取った安芸の領土をあずかる役目こそ、隆兼が任じられている安芸東西条代官の務め。先祖伝来の所領・周防岩国は辛うじて無事だが……公務としてあずかっている領地や城、砦の大部分を、元就にもぎ取られてしまったのだ。隆兼という男にとって大変な屈辱、痛烈なる殴打であった。

怒りにふるえる隆兼の耳に伝令の言葉が入る。

「わずかな兵しかいなかった銀山城、草津城、櫻尾城、廿日市、厳島は戦わずして元就に降り、己斐城は抵抗するも敗れて屈服。仁保島城はあっという間に攻め落とされましたっ」

また、己斐城の己斐豊後守、櫻尾城の新里宮内少輔は元就の家来になってしまったという。

「――某の備えが甘かったのです」

隆兼は悔しさの塊を吐く。

唇を噛んでいた晴賢は、隆兼に、

「何でそなたを咎めよう？　そなたに無理を申し安芸から多くの兵を出させたはわしぞ。我が考えこそ、甘かったのじゃ」

――器の小さな大将なら、わしを、咎める。やはりこの御仁には大将の風格がある。

安芸では毛利領と陶領が拮抗していたが、今、陶領の多くが毛利領に塗り潰された。だがさすがに晴賢はおろおろと狼狽えたりしない。

「毛利は何と申して兵を挙げたのか？」

怒りの震えをおさえた隆兼が問うと、外聞は、

「……天に代って逆臣・陶入道を討つ。大内義隆様のご無念を晴らす、と」

夜である。陣のそこかしこで篝火が灯っている。

「…………」

青褪めた晴賢は体を小刻みにふるわし初めて強い感情を見せた。凄まじい憤りが、感じられた。

「ええい！　許せぬっ」

怒号を叩きつけたのは、三浦越中守だ。砦を焼かれた赤鬼のようになった越中守は、

「何を今さら聖人君子が如き物言いをする！　元就、うぬもまた、我らがかかげる旗に同心し、共に義隆公に兵を挙げたでないか！　だからこそ、今のうぬの所領があるのではないか？」

ここにいない元就に吠えた。

晴賢は何かに気付いたようにはっとして、

「元春は如何した？」

「……吉川めは毛利の先鋒をつとめましてございます」

火花が出るほど強く歯ぎしりした晴賢から、唾がまじった呻きが、飛び出す。

「ならばせめて義兄弟の契りを破るという書状があってよいものをっ」

晴賢と義兄弟になりたいという元春の思いを、山口まではこんだ隆兼、血が沸騰しそうな気がしていた。

と、武士が一人、軍議の場に駆け込み、

「申し上げます！　ただ今、三本松城にて吉川の家来を名乗る者が我が方に呼びかけ毛利、吉川、小早川は全薑入道様と手切れすること、三家はこれより吉見とむすぶこと、全薑入道様と吉川殿の義兄弟の契り……今日を限りに破約したい旨、告げて参りました」

しばし黙していた晴賢は、

「……くっくくく、わっははははは！」

体を揺らして笑うや、半眼で、

「一応、義理は果たしたか元春！……ちと、おそかったがな！」

隆兼は頬を固くし唇をきつくむすんでいた。怒りを滾らす晴賢たちから視線をそらし、うつむいた弘中隆兼は、元春の手切れの言葉は己にも向けられている気がした。

元春が義兄弟にくわえてほしいと言ってきた日の赤い夕焼け、元春と共に尼子方と戦った日々が、隆兼の胸をよぎる。

――あいわかった。迎え撃つぞ、元就、そして……元春！

深く息を吸い、今起きている物事に集中する。

素早く思案した隆兼は太眉をきっとさせ、

「陶入道殿。献策しても？」

「申せ」

「毛利の暴挙、見過ごせませぬ。図に乗った毛利勢が我らが本国、周防にまで攻め寄せる恐れあり！　ここは二つの道の――いずれかを採るべきかと存ずる。一つ。吉見と和し、全兵力を安芸に入れ、毛利を討つ。二つ。兵の半ばを三本松城への抑えとし、残り半分で芸州(げいしゅう)を攻め、奪われしものを取り返す。

一の策が最上、二の策は次善と心得まする」

大内領の東を守ってきた隆兼は孫子呉子を深く読み、己の血肉とした戦略家だった。むろん実戦の経験も豊かである。

と、軍議の席上にいた益田(ますだ)藤兼(ふじかね)なる武士が、

「吉見と和をむすぶのは反対じゃ。何故なら、我が方は三本松とその支城以外、全ての城を落とした。勝利は目前に迫っておる！　和をむすぶというのは、ある程度吉見に妥協せねばならぬゆえ、奪い取った城や所領の一部は……返さねばならぬぞ。――死んでいった兵(つわもの)どもの気持ちが浮かばれぬ」

益田藤兼――石見の大領主である。益田家と吉見家は、古くから根深い対立をかかえている。

「三本松城はそうたやすく落ちますかな？」

藤兼は剃刀(かみそり)のように鋭い目で反論した隆兼を睨み、

「落ちる！　我が方は敵の糧道を悉く断っておる！　兵糧もじき、尽きよう。さすれば如何なる

精鋭でも刀振るえなくなるわ」

吉見を討って大いなるものを得んと考える幾人かの部将どもが深く首肯した。藤兼の言に同意する部将の一人が、

「吉見に譲歩すれば……恩賞を得られる方と、得られぬ方が出て参ろうな」

隆兼は、深い溜息をつきたくなった。末席で昔は美男であった顔を固く引きしめ、じっと話に耳をかたむけていた宮川房長がゆっくり頭を振る。房長と気持ちが通じ合っている気がした隆兼は、

「……鹿を逐う者は山を見ずとはこのこと。何ゆえ、大局を見るべき時に己の小さな利にばかり目が向く？　上から火の雨が降っておるのに足元に散らばった銭を掻きあつめて何になる！

「たしかにそうじゃな」

三浦越中守だ。

「毛利の反逆、忌々しくはあるが……たかだか三千ほどの兵ぞっ。周防長門まで攻め込むようにも思えぬ。この石見で血を流して取ったものを手放すには、惜しい気がする」

越中守のごつごつした手が、厳つい鼻を掻く。

隆兼は心の中で強く頭を振っている。

たしかに元就が動かす兵は少ない。だが、毛利吉見連合に与する侍が陶領で出てこぬともかぎらぬ。

……今は全力で毛利の動きに手を打つべきだ。

毛利と吉見、毛利の方が恐るべき敵。だからこそ速やかに手を打たねばならぬ。

一歩でも道を誤れば——奈落が黒い口を開く気がする。

晴賢が、やおら、

「ここまで兵をすすめ斯様な山城一つ落とせぬようでは我が名折れとなる。大軍を率い国境を跨いで遠征し、ろくな戦果を挙げられなかった将帥は、いずれも汚名をこうむった」

「いいえ。——違いまする」

隆兼は強弓の精兵が射る真っ直ぐな矢のように晴賢に言葉をぶつけていた。毅然とした様子で、

「見事に退き戦をたばね武名を上げた御人を某は知っておりまする。その御方は我が大内が出雲遠征にしくじり、全軍算を乱しかけた時、見事立て直された！」

……あの時、海路で退かれた御屋形様は、全軍の采配を振るえる有様になかった。

十二年前、大内義隆は養子の大内晴持、陶、相良、冷泉といった名声赫々たる重臣を引きつれ、尼子を討つべく——出雲遠征をおこなった。

数万の大内軍には弘中隆兼、隆兼の父、興兼、毛利元就、さらに小早川綾姫の父の姿もあった。

義隆が兵を起こすや、その勢いを恐れた西出雲国人の一部が尼子を見限り、お味方したいと申し出た。これを容れた大内軍は四万五千となり、尼子の本領に雪崩れ込んでいる。

その鯨波は天を衝き、地を動かすほどだった。

さて、義隆率いる四万五千の大軍を苦しめたのは……ある一つの城であった。

月山富田城。

尼子の先代、故尼子経久が工夫を凝らしたこの天下無双の堅城を、大内勢は攻めあぐねた。

まさに、死せる経久が、生ける義隆を止めている。

出雲遠征は予想をこえる長対陣となった。

さて、先に尼子から大内に寝返った西出雲国人衆、本陣で義隆の様子を見る内に、義隆の将器

は小さいのでないか、この戦、詮ずる処、大内の負けでないかと不安になり出し、あろうことか……また、変心、大内を見限り、尼子方に寝返って月山富田城に逃げ込んだ。

大内方に動揺が走る。

この動揺を見て取った尼子の精鋭は一気に城から飛び出て——襲いかかった。

遠征で疲れていた大内勢はこの一撃で総崩れとなり、指揮は崩壊した。

義隆は兵を見捨て真っ先に逃げた。

海には、兵糧をはこぶための大船小舟が並べてあった。

義隆、晴持親子はこの舟に乗って逃げようとする。

舟は当然、全軍が乗れる数はない。

出雲の海は、人間の醜さ、味方同士の怒りがぶつかり合う——地獄となった。

つまり先に舟に乗った者は後から乗ろうとする者を転覆を恐れて乗せまいとする。

後から来た者は、

『乗せてくれぇっ！　わしも、乗せてくれぇ！』

叫びながら夢中で泳いで……船縁にしがみつく。

義隆の養子、晴持の舟は海の中からしがみつく幾本もの手に揺さぶられて転覆、晴持は憐れにも溺れ死んだ。

義隆の舟では武士たちが鬼の形相で、すがりつく無数の手を——薙刀で切断。何とか船出した。

義隆は無事逃げかえるも、その名声は地に落ちた。

一方、名を上げたのが、陶晴賢だった。

晴賢は義隆から舟で逃げようと誘われても、きっぱりことわった。

辛い陸路を己の足で落ちねばならぬ数知れぬ足軽雑兵と、共にあろうとしたのだ。晴賢は出雲の馬潟（まかた）という町まで逃げてくると、その地の富商たちに、

『ありったけの米をかいたい』

と、告げ、米を掻きあつめるや、自ら握り飯にして、突然の負け戦に途方に暮れながら逃げてくる兵たちに、どんどん手わたした。この時、手負いの足軽、疲れ切った雑兵を見ると、晴賢は大きな声で温かくはげました。

隣で飯をにぎっていた弘中隆兼は晴賢に、

『昨日から何も食べておられぬご様子。その米、少し召し上がって下され』

と言うも晴賢は雑魚の腸があったのを摑んで、それをすすり、

『……わしはこれでよい。兵どもに、食わせたい』

爽やかに、笑った。

隆兼を初め、心ある武士で涙せぬ者はいなかった。

隆兼は――万感の思いを込めて呟いた。

『ああ……これが、真の大将というものよ。軍竈（ぐんそう）いまだ炊（かし）がざれば、将飢えを言わず……』

晴賢は馬潟の商人たちに、

『八木（はちぼく）の値よ』

と告げ、相場の十倍の金銀を気前よくあたえた。そして、取りあえず腹をみたしたおびただしい兵士に、勇ましい面差しで、叫んだ。

『共に――山口まで退くぞ！　足の遅い者、手負いの者を、決して見すてるなっ！　皆で力を合わせて退くのだ。ここにいる皆の力が、必要だ』

この一言でどん底に陥っていた大内勢の士気は……はね上がっている。

その後、晴賢、隆兼らは、元就と、同士討ちを起しながら合流。

出雲の西端・田儀、石見の東端・波根の辺りまで尼子の猛追を幾度もふせぎながら共に逃げた。

元就が隆兼に殿を申し出たのは田儀だった。

波根で晴賢と安芸勢はわかれた。

晴賢は西——つまり山口を目指し、隆兼、元就らは南へ下り、江の川を打ちわたり、安芸に落ちたのである。

双方、尼子の追撃を斬りふせぎ、無事帰還している。

晴賢、隆兼相互の信頼、絆は……この数日間の辛い敗走で一気に強まっている。

また綾姫の父はこの敗走の中、討ち死にした。

出雲遠征からかえった大内兵の多くが、義隆に怒り、晴賢を敬うようになっていた……。

一方、溺愛していた晴持を喪失した義隆は、出雲攻めの失敗以降、政と軍事への関心を全くうしなった。

美女や美少年との甘い沼のような逸楽に益々溺れた。

義隆が館に閉じ籠って遊びに耽るようになったため、大内領の百姓は戦に駆り出されることはなくなった。だが、彼ら彼女らの暮しは——きついままだった。

義隆のきらびやかな遊び、果てもない快楽をささえるため、民衆は搾り取られるばかりだったからである。

出雲遠征から今日までが走馬灯のように胸をよぎった隆兼は、晴賢に、言った。

「その武人は狼狽える足軽を静め、夥しい雑兵と共に辛い陸路をゆき、尼子の執拗な追撃を見事退けられた。足軽雑兵にたらふく米を食わせたのに、自らは水と雑魚の腸だけで飢えをしのがれ、兵を大切にする姿をお見せになった」

隆兼は一拍置いて、

「――あれで、敗軍の士気が高まりました。……世にも見事な退き方にござった。勝敗は兵家の常。いかに負けるか、いかに退くかが肝要で、一つ一つの小さな勝ち負けや進退が大事なのではない。この弘中隆兼、左様な道理をその御人からおそわり申した！　其は誰か？　陶全薑入道、他ならぬ貴方のことです。当家の侍、足軽は皆某と同じように思うておるはず！」

夜の陣中、他の者は静まり返り、隆兼の言葉だけがひびいている。

「ほどよき処で見切りをつけるのは下策にあらず。むしろ、三本松にこだわり挙句の果てに城を落とせず、後ろを毛利に乱され、傷を広げる方が、名折れとなる」

美しき大将、晴賢は、長いこと黙してから、

「そなたの言い条、ようわかった。そなたは讃えてくれたが尼子を斬りしたがえられなかった彼の戦はこの陶の一生の汚点……。わしはあの時、金輪際敵に背を見せぬと誓った」

隆兼の眉が険しく寄せられる。

晴賢は、言った。

「とりわけ、この石見路、尼子に敗れた我が方が山口に退く時にとおった道である。同じ道を、三本松城にはね返されて再びとおりたくない。それに今慌てて和して、兵をかえせば、約定を破った吉見に後ろから襲いかかられ総崩れになる恐れがあるぞ」

強い猛気が、晴賢の声から漂う。

「防州長州におる味方に守りを固めさせ毛利を寄せ付けぬ、その間に三本松城に火の如き猛攻

をかけ、落とす。元就を料理するのはその後ぞ！　方々、もう何も申すな。この晴賢は決めた」

「心得ました！」

三浦越中守、益田藤兼は腹の底から叫ぶも、隆兼は唇を強く嚙んでいた……。


満天の星の下、馬に揺られている。

さやかな月明りが山間を照らしていて、道端のツワブキで蛍が明滅している。

三本松城からはなれた村では田植えがとうに終っているが、城近くの田は泥水の中、雑草が我が物顔に茂るばかりであった。

……城に籠っておる百姓も田植えがしたかろうな。

陰暦の五月は今の暦では六月なのだ。

石見の百姓に同情する隆兼だが城方の夜討ちには用心している。今、隆兼と宮川房長は手練れの従騎にかこまれ馬を並べて自陣にかえっている。

いろいろ話したい儀もあり、その従騎は、少し遠ざけていた。

前をゆく足軽の揺れる松明を眺めながら房長が、

「お主はよう進言したよ。あの入道殿相手に……」

隆兼が無言を貫くと、

「一度決めたら梃子でも動かぬからな。昔から。依怙地な処があるんじゃよ」

房長は——晴賢の亡き父で知将として名高かった陶道麒（陶興房）の薫陶を受けていた。晴賢を童の頃から知るため、可愛さ八割、小憎らしさ二割という心境であるようだ。

「……ところでお主、全薑入道殿と元就、いずれの将器がまさると思うか？」

房長は俄かに真剣な面差しを向けた。

兵どもに聞かれる恐れはないが、一応声を落とし、

「勇武は陶入道の方が勝り、智は元就の方が勝ります」

「どちらが強い？」

「智が勝る方。百人かそこらの兵で争っていた大昔ならまだしも今の戦は千から万の兵が動く。一人の膂力で千人は討てぬ。されど、一人の謀が……千人を殺すこともある」

蛍が視界をよぎり夜の瀬音が耳を打つ。房長は、押し殺した声で、

「じゃがお主……陶入道殿のために全力ではたらくのじゃろう？」

「陶入道を悪人と謗る者がおりますが……かつての大内の有様をよく存じぬ他国者の言と思うております」

隆兼は赤く濁った月を仰ぎ、

「公家衆を呼んでの華美なる宴のために飢え死にした百姓が何と多かったことか。盗賊山賊の隣に住んだだけで、侍に全て奪われ、乞食となった酒屋に番匠（ばんしょう）がおりました。まだ飢饉はつづき……飢え死にする者は出ておりますが、義隆公の御治世よりはようなったと思います。飢え死にする者は今後へってゆくはず」

「侍所の横暴は、かなりましになったな……」

「陶入道は大義のために兵を挙げられたと思います。多くの者の命と幸を、守るという大義……。元就に斯様な大義がありますか？　我らの挙兵に加勢して領土を広げ、今は我らを謀反人と謗り、我が方に兵をおくって参った。元就は大義ではなく己を守ろうという欲求、野心で動いておる気がする」

元就にいだいてきた気体の如き違和感が、今日の一報で凝固し、はっきりした形をもつ固体に変じた気がした。

「宮川殿は異なるお考えをおもちですか？」

百戦錬磨の闘将は、行く手の闇を見据え、

「寸分変らぬ考えぞ。じゃがな弘中殿、毛利元就、真に侮りがたき男と思うぞ」

「如何にも。彼の者を軽く見る向きが当家にある気がしますが……。某、元就一人の知力は数千の兵に匹敵すると思います」

「……それほどか……」

房長は小さく口を開けている。やがて、深い息を吐き、隆兼に、

「されどわしは当家にも元就に匹敵する策士がおると思うのじゃよ。江良房栄と、貴殿」

「江良殿はともかく……。買いかぶりすぎです。みどもに左様な知恵があれば安芸の諸城を毛利に抜かれなかった」

房長は、いたわるように、

「お主のせいではないよ」

星空を見上げ、房長は、

「のう弘中よ、わしのような老兵は先がみじかい……」

「宮川殿は当家の柱石。もっとはたらいていただかぬと」

「世辞を申すな。世辞でないなら、老骨に鞭打つな。十八から戦場を駆けつづけた……。そろそろ……休息が必要じゃ。江良もやがて隠居する。これからはお主の時代ぞ。お主がしかと、入道殿をささえられれば我が方は元就如きには負けぬ。わしはそう信じておる。当家には三浦越中、

柿並隆幸ら剛の者あり、江良などの知恵者あり、貴殿の如き……知勇兼備の良将あり。その力を上手くつかいこなせば、向かう所敵なしと思うぞ」

房長は何気なく言ったのかもしれない。

だが、その言葉は隆兼の胸に深く刺さっている。

……当家は人材を上手くつかいこなしておるのだろうか？　むしろ……宝の持ち腐れのようなことが起きている気がするのは、わしだけか？

義隆が存生中、先を見通せる知恵者や、武張った剛の者は遠ざけられていた。

誰が、重んじられたかと言えば、京から呼んだ遊び仲間の公家衆、歌が上手い、茶道に通じるなどの遊び上手の男、美女たち、夜伽の技と麗しい顔しか取り柄がない小姓たちであった。

これらの者が大寧寺の変で一掃された後、やってきたのは賢臣や能吏、剛の者がそれぞれの得意な処で存分に才気をはばたかせる時代ではなかった。

晴賢が切り開いたのは、賢臣や能吏の冷静で慎重な意見が、軽んじられ、荒々しい剛の者の口から出る勇ましい意見が、ひたすら重んじられる時代だった。知恵者として名高い江良房栄より、三浦越中守が重んじられている。

大内家は——極端から極端に流れたのだ。

「……危ういことよ」

暗い呟きが、隆兼からすべり出る。

「何がじゃ？」

「……いえ」

話しながら馬をすすめるうち篝火が煌々と焚かれた房長の陣まできていた。

「では、これにて。遊び女をまたせておるんで」

さっと去ろうとした房長に隆兼は、呆れ顔で、

「まだ……左様な遊びをつづけておられるのか？」

「――ふ」

にやりと笑った房長に隆兼は、

「倅を悪の道に引きずり込まんで下されよ」

老将は大真面目な顔で、振り返り、

「何で隆助を誘（いざな）おう？　この道ばかりは色気の露に濡れた葦原を己で掻き分け、切り開かねばならぬ道ぞ。では、明日（みょうにち）」

陣にもどった隆兼のため岩次が囲炉裏で豆幹（まめがら）を焚いていた。

隆兼に救われた岩次は、隆兼や民部丞になつき、鯰（なまず）が取れれば鯰を、鴨をつかまえれば鴨をとどけてくれた。隆兼は侍になりたいという岩次の気持ちを嗅ぎ取っていた。

本人に水をむけると――熱っぽい声で家来になりたいと言う。

父親を亡くした岩次一家の困窮を、隆兼は承知していたから、岩次の母と祖母の許に自ら出向き、この少年を引き取ったのだった。

隆兼といこうとする岩次を山吹が泣き笑いのような顔で引き止めた時のことが、隆兼はわすれられない。

『何もあげられるものがねえ』

と山吹がうなだれると岩次は、歯を食いしばって、何もいらねえ、と応じた。すると、山吹は、

『お前は村の誰よりも勇気があるから、立派なお侍様になるよ。毎日、お前のために祈っている』

と、言ったのだった。

岩次は今、草履(ぞうり)取りとしてはたらいている。戦働きはさすがに期待出来ぬが雑用全般をきびきびとこなしていた。

兼好(けんこう)法師が「はらはら」と表現した豆幹が弾ける音が、煙の中からひびいていた。

ちょこなんと座る岩次に、温かい声で、

「もうやすんでよいぞ」

と告げた隆兼は、赤く小さな火に照らされて筆を取る。

江良房栄に書状をしたためている。

毛利の動きに、さらなる用心を呼びかけると共に、元就に何か気になる動きがあればどんな小さなことでも構わぬ、すぐ知らせてほしいという文だった。一瞬、隆兼は、岩国にいる妻子について、万一の時はたのみたいと書こうとした。

が、しばし躊躇った末、書かない。

……こんも武家の女。毛利の兵数、動きを見た上で、城を守るか、安全な所に退くか、判断するはず。隆助もおる。隆助はもう十四。まだ幼さものこるが、元服した立派な大人だ。母と妹を守って……戦えるはずだ。

毛利元就と陶晴賢の手切れを「防芸引き分け」と、呼ぶ。

元就は手切れを宣言したその日には陶方の城をいくつか奪い、最大の目標であった厳島も得た。

防芸引き分けは安芸に旋風を起す。

「毛利殿が陶殿と手切れか……。出雲攻めの殿で見せた毛利殿の知略は凄まじかった。当家は、毛利方につく！」

安芸国人の多くが毛利方となる。

草木がなびくように元就の傘下にくわわる侍、百姓がある一方、陶に味方して毛利と戦おうとする者もいた。

後者の代表が安芸西部の山岳地、吉和(よしわ)、山里(やまざと)の百姓衆である。元就はこの地に兵をおくり、攻め立てた。また、元就は、深く思う処あり……厳島対岸、陶から抜いた、門山(かどやま)城を破却している。

折敷畑（おしきばた）

元就が吹かした風の音を聞きつつも晴賢は三本松城を攻めつづける。しかし、毛利という同盟相手を得た三本松城の士気は弥（いや）が上にも上がり、寄せ手の犠牲はますばかり。

陶という巨獣が三本松城に噛みついてはなれぬため、毛利勢は素早い毒蜂のように跳梁、巨獣の尻や後ろ脚を刺す。

毛利の奇兵が岩国領の東をしばしば襲い、小早川隆景の水軍は、小人数で、陶の膝元・富田（とんだ）の町を突く動きまで見せている。

武勇に秀でる吉川元春は陸戦を得意としたが、知略にたけた弟、隆景は水戦を得意とするのだ。

ただ、岩国を守る江良房栄もさすがによくふせぎ、毛利勢は防州の深みまで入れなかった。

三本松城の戦いは涼やかな風が吹く陰暦八月になっても終らぬ。

ただ、八月には、変化があった。

陶、吉見の和談が双方から湧いている。……攻め疲れた陶の陣中で、後ろで騒ぐ毛利に対処せねばという弘中隆兼らの声が日ましに強まる一方、吉見方は兵糧の欠乏により士気が崩れかけていたのだ。

交渉は難航するも何とか和議はまとまり、吉見家は矛をおさめた。

むろん——心服には程遠いが、兵を退くためには致し方ない。

九月十三日、早暁。

陶軍の諸将は大蔭山の陶本陣にあつまっている。毛利攻めを命じられた三千の精兵を見送るためだ。大将は宮川房長、副将は剛勇で知られる柿並隆幸が任じられた。

「宮川甲斐守。この馬を、貴殿に贈りたい。この晴賢が、直々に秣をあたえし馬ぞ」

大きな鹿毛の愛馬に美々しき鞍を据え、自ら引いてきた晴賢の颯爽たる姿は立ち並ぶ驍将どもをどっと沸かせる。

大内を代表する猛者がずらりと並ぶ中、最強の武勇で知られる三浦越中守が、

「瑤池ではないか――」

やや高い声を出す。

駿馬が並ぶ晴賢の厩でもっとも速く、美しい馬が瑤池だった。俊流、飛蝗を超える速さと評されている。

晴賢は凛々しい笑みを浮かべ、房長に、

「瑤池に跨り、安芸の凶徒どもを存分に蹴散らして参れ！」

「恐悦至極にございます。元就の素っ首、必ずやこの大薙刀で刎ねてくれましょう」

房長が、さっと名馬に跨る。

荒武者どもは、宮川房長に向かって歓声を上げげた。三浦越中守がおどけた様子で、

「瑤池は、風の如く疾く駆けますぞ。振り落とされんで下さい、ご老体」

「何処かの誰かと違うてな。年越しごとに、手綱捌きに磨きがかかっておる」

駿馬の上から素早く言い返して荒武者どもを笑わせた房長が隆兼の前を通りすぎた。眉庇の下の目が、己に向けられているのを感じる。

――御武運を祈りまする。

隆兼が、言葉なく語りかけると、房長はにっこり笑んで一揖した。そして胸を張って、完全に前を向いた。晴賢の本隊が入る前に、精鋭を安芸に入れて毛利の快進撃を止める、というのが、弘中隆兼の献策だった。自らが行きたかったが、帷幄の内にあってほしいと晴賢に引き留められたのである。陶の郎党で晴賢がもっとも信頼するのが伊香賀、三浦なら、大内の重臣で晴賢ともっとも近しいのが隆兼だった。

……宮川殿の大薙刀なら、毛利勢を斬り崩せる。どうか深追いだけはされませぬように。

強く願う隆兼である。

瞬間、突風が安芸方面から吹きつけ、唐花菱の旗が一斉にバタバタと騒ぎ立てている。

陶の先遣隊三千に対し、毛利が動かせる兵もほぼ同数。房長たちには晴賢が安芸入りする前に城を一つ二つ抜くことがもとめられていた。

宮川房長、柿並隆幸率いる三千が陶陣を発つや否や、行商風の男、百姓女、二人の者が音もなく山林を駆けはじめる——。

毛利の忍び・世鬼一族だった……。

毛利討伐に向かった宮川隊三千は翌十四日、予期せぬもてなしを受けた。周防の山の民二千にくわえ、元就と争ってきた吉和、山里の一揆衆二千が助太刀したいという。

「陶様のおかげで……義隆公の時より軽い年貢で暮せる。お味方してえのです」

酒、餅を持参し、鉢巻きを締め、一応は武装した百姓衆は地侍に率いられていた。

願ってもない申し出である。かくして七千にふくれ上がった陶勢は、廿日市の西、折敷畑山までわずか二日で歩をすすめる。房長と副将・柿並隆幸はまず櫻尾城を取り返そうと話し合っている。

折敷畑山からは、櫻尾城や厳島が見渡せた。

「まずはこの山に陣を張り、江良殿と力を合わせ、櫻尾城を落とさん」

隆幸以下、主だった侍どもに告げた房長、その日は陣作りで終り、頂にほど近い急ごしらえの陣屋で、眠りについた。

翌未明、房長のまどろみは、若党の鋭い声で、打ち切られている。

「御大将、毛利勢の朝駆けにござる！」

無駄のない所作で跳ねるように起きた老武士の身支度は若党が驚くほど早い。何かあったらと考え、小具足姿で横になっていたのだ。鎧兜に身を固め、

「いかほどの敵か？」

「数百かと」

……様子見かもしれぬな。城にのこす兵を考えれば、元就が野戦に出せる兵は千か二千じゃろう。勝負をいどんでくるようには思えぬ……。てっきり籠城を徹底すると思うておったが。

まだ、暗い中、大薙刀をもって表に出るや、大身槍を引っさげた分厚い影が、のしのし近づいてきた。屈強な足軽大将・柿並隆幸だった。少し赤茶けた鬚を生やした壮年の武士で、蟹の前立の兜をかぶり、蟹股(がにまた)で歩く。廿日市の浜から山に登った、蟹の化け物のように見えた。

「聞かれましたか？」

副将の問いに、宮川房長は、

「うむ」

「わしが蹴散らして参りますわっ」

どうやら陣の東方で、吉和、山里の百姓および陶の正規兵が、毛利の小隊と小競り合いをしているようだ。

「いや。緒戦が肝要。わし直々に参ろう」

房長は瑤池にさっと跨り、従騎ども、さらに槍足軽を引きつれた柿並隆幸と、陣の東に向かっている。隆幸は徒歩だった。

還暦をむかえたとはいえ房長には――大薙刀を振るえば、若者にまだまだ負けぬという矜持が、ある。

柵を出た所で百姓たちと陶の足軽が、毛利方と争っていた。まだ暗く正確な敵数はわからぬが……多くはなさそうだ。

「どけい！　我らにまかせい！」

陶の猛兵を率いた柿並隆幸が、鍬や錆槍、鎌で毛利勢と戦おうとする百姓どもに声をかけ、前線に出た。

一気に流れが変る。

陶方の槍衾が毛利の小勢を突き裂く。敵は、算を乱して、逃げていった。

……あっけなさすぎる。

「深追い、無用！　追うなっ。止れ！」

房長は、味方に怒鳴っている。

と、毛利勢は、逃げながら、

「腰抜けが！　謀反で度胸をつかい果たして追ってこれんか？」

「山口侍は公家かぶれした細腕が多いからの！　もう、腕が疲れたようじゃなっ！」

「百姓どもめ、さっきの威勢はどうした？　やはり侍の真似は出来ぬかよ！」

一揆勢をたばねる地侍は敵の罵りに殺気立ち、

「荒言（こうげん）見すごせぬ！　当家は、平氏の落人（おちうど）の末裔（すえ）ぞ！」

柿並隆幸も、目玉が飛び出んばかりに、いきり立ち、

「いつの山口侍の話をしておるのか、下郎どもめ！　その舌引き抜いてくれん！　追えぇ！」

柿並勢が、武者震いして、咆哮を上げ、毛利勢を追いかける。一揆の地侍、百姓も怒り狂い追撃する。

七千余となった陶勢だが周防、安芸の山岳地の民がくわわり統制力は弱まっている。房長がいくら声を張っても敵を追いだした味方は止らない……。

青褪めた房長の胸中で、

『一人の謀が……千人を殺すこともある』『元就一人の知力は数千の兵に匹敵すると思います』

隆兼の警告が、こだました。

懸命に柿並隆幸に追いついた房長は馬上から、

「柿並殿！　止れ！　此（こ）は罠ぞっ――」

「弱卒（じゃくそつ）と罵られて……何で退けましょうやっ」

酒臭い声で怒鳴る隆幸に、房長は、

「挑発とどうしてわからぬ！　全軍、止れぇっ！」

はっとした隆幸は、

「いかん……止れぇ！　深追いすな！　止れ！」
が、兵は、止らぬ。二人は槍の荒波、鍬、鋳槍、竹槍や鎌の濁流を堰き止めようとするも、どんどん山下に押し流されている。

折敷畑山は次第に明るくなってきた。

闇に埋もれていた樫やミミズバイの樹叢（じゅそう）、竹、シダの類が、青い山気の中、形をもって現れだした。

先頭近くをゆく味方の足がふとおそくなる。房長は、目をこらす。

見れば――逃げる毛利の足軽どもが、朝霧漂う山道の左右にさっと逃げ込み、その向うには一文字に三星（みつぼし）の紋が入った盾がずらりと並んでいて盾列の向うに武者数百が密集、同じ紋所の入った旗が並んでいた。

一文字に三星――毛利の紋である。

その印に、摩利支天（まりしてん）の神号をくわえた一際大きな旗を見た房長は、眦（まなじり）を決した。元就の旗だった。

……おるのか？　元就……。面白い。罠にはめたつもりじゃろうが、返り討ちにしてくれん。

総身これ闘気の塊となった老将は鬼の形相で、

「全軍、止れぇ！」

敵の伏兵に狼狽えた味方は初めて房長の下知にしたがっている。

と、毛利方から法螺貝（ほらがい）の音（ね）が轟いた。

敵が次々に射て、味方が斃れてゆく。

定石は盾兵を前に置き、その後ろに弓足軽を並ばせる戦い方だが、房長の周りにいるのは槍足軽、騎馬武者、百姓のみ。

房長は、大喝する。

「騎馬の者ども我につづけ！　突撃するぞっ！」

騎馬武者の突撃で敵勢を貫通、元就の首を叩き落とす心胆である。

刹那――房長の左腕に激痛が走った。

前からきた矢ではない。横から、きた。

房長がいる山道の左右には人の背丈ほどの篠竹が数間ほどの奥行で密生していた。

左の篠原、右の篠原の奥は、双方小高くなっており、樫や楠が鬱蒼と生い茂っている。

今、房長を傷つけたのは左に見える青黒い樹林から放たれた、敵意であるらしい。房長の目には妖しい朝靄（あさもや）の中、山風にざわめく木々や篠が、魔衆の塊、悪意を苗床にしてそだった異界の植物群の如く見えている。

――！

左に見える樹叢から次々に黒い線状の殺気が飛び、唸り、襲いくる。

矢。

さらに、右手の森からも矢の雨がザーッと降りそそいだ。

……何と、こちらにも伏兵がっ。

味方の兵と、百姓は、前、左、右、三方から射られた矢を浴び、針鼠（はりねずみ）のようになって斃れてゆく。

「陣までもどれ！」

房長が命じたとたん、すぐ傍にいた騎馬武者が跨る白馬の足、柿並隊の槍足軽の脛が――篠原から吹き出て地面すれすれを横に旋回した風に襲われた。

薙刀だ。

敵の薙刀足軽が左右の篠原の底に隠れていて、味方の人馬の足を狙って攻め立ててきた。

姿なき敵が振るう薙刀に足を切断された馬や人。むろん――動脈を叩き斬られているから血煙を噴射して山道に斃れてゆく。

吠えながら馬首を転じた房長の兜に矢がぶつかる。同時に、陣の方でも阿鼻叫喚というべき叫びが、聞こえた。

「退け！　退けぇ」

……後ろにも、敵が？　四方に……伏兵がおったか――。四面埋伏（よんめんまいふく）の計か。

元就の鬼謀の全貌を知り戦慄した房長だが、素早く最適解を下知する。

「全軍、退却！　後ろの敵を突き破って西に退くぞ。前と横の敵に構うな！　陣の方を襲った敵にのみ当るのじゃ」

三方からの矢の豪雨の中、

「宮川殿！」

後ろから呼び止められ山に登ろうとした瑤池を止める。

幾本もの矢を受けた柿並隆幸が衣川（ころもがわ）の弁慶（べんけい）のようになって立っていた。

「怪我（けが）をされたか……。どうか、我が馬に乗ってくれい」

房長が声をかけると、隆幸は頭を振り、

「その駿馬、貴殿が全薑入道様から頂戴したもの。それにわしは……足軽大将じゃ。足軽大将とは最後まで、足軽と共に両足を地につけて戦う者よ。わしはもう駄目じゃ！　足を薙刀に突かれた」

「…………」

二人の周りで矢に射られて泣き叫ぶ声、足を斬られた者の絶叫が、つづいている。夥しい血を足から流した柿並隆幸は、

「わしのせいで負けた！　わしはここで死兵を率い敵を食い止める。貴殿は、落ちてくれ」

「……貴公のお気持ち、無駄にせぬ！　仇は必ず取る」

隆幸は晴れやかな顔で、

「その言葉こそ……聞きたかったわ。さらばじゃ。――さあ、者ども！　安芸の者ども一人でも多く道連れにしてくれようぞ！」

柿並隆幸は槍衾をくんで山の下に突っ込んでゆく。房長は、味方をまとめ、山上の陣を目指す。が、陶の雑兵の一部、そして多くの百姓が、山道を登らず、森に逃げ込んだ処を、隠れていた毛利兵に討たれた。

山の下にまちかまえていたのは元就の本隊、山道の北（左）に隠れていたのは吉川元春隊、南（右）に隠れていたのは小早川隆景隊、陣の方にまわり込んだのは元就の娘婿、宍戸(ししど)隆家(たかいえ)隊だった。

毛利軍、わずか三千強。

――だが、四面埋伏の計により陶勢七千に壊滅的な打撃をくわえた。

元就はこの時、晴賢自身が元就を討ちにきたという誤った知らせを、忍びから受けていた。籠城すべしという家臣の意見を悉く却下、各城にのこす兵をほとんど無にした元就は、ほぼ全軍で

陶を叩きに、晴賢を討ちに、現れたのだ。

「柿並隆幸討ち取ったり！」

という後ろからの声に歯嚙みしながら房長は瑤池を飛ばし、馬脚を狙った薙刀をかわす。後続の馬が薙刀に斬られて悲鳴を上げ、房長の背に矢が二本刺さる。

「あれは……瑤池じゃ！」「陶入道じゃ！」「逃がすな！」

敵の声を聞いた房長はほろ苦く笑った。

……このわしが陶殿に間違われるとは。わし一人に敵があつまればかえれる味方がふえるというもの。まあ、よいか。昨日、足軽どもが……母や、妻を思う唄を歌っておった。

行く手、山道に、左右から人が風になって飛び出る——。

房長の前に立ちふさがったのは薙刀足軽四人だ。

——わし相手に薙刀でいどむとは。可愛ゆい奴らめ。しかも、わしが嫌いな小薙刀ときた。

敵の足軽どもは薙刀で瑤池の脚を斬らんと身構える。

房長は、敵の薙刀が動くより先に——瑤池を飛ばした。

瑤池は敵二人を踏み潰しながら山道に着地。同時に房長は、敵兵一人を叩き斬っている。古風な武器、大薙刀が唸りを上げる。

間髪いれず房長は右手一つで得物を逆手にもち、前に馬を出しながら、振り向きもせず、右後ろを突く。

右手が足軽の後ろ首を貫いた感触、ごぼごぼと命がこぼれる気配をつたえてくれた。

陣まで駆け登った房長は大薙刀を死に物狂いで振るい、次々に血の嵐を起して敵を薙ぎ倒す。

宍戸隆家勢と戦いながら房長は、

……思ったよりも小勢。

と、気付くも、あまりにも多くの味方が山道で討たれたり、逃げたりしていて、もはや立て直せぬ。

宍戸勢という壁を突き破った時には周りにいる味方は僅か数騎となっている。

瞬間、房長は腰に鋭い痛みを覚えた。――矢だ。腹の方まで突き抜けそうな勢いが、ある。

息が上がりかけている房長は歯を食いしばり瑤池をすすめんとすると、

「汚し！　返せ！」

後ろから声がかかっている。

脂汗を浮かべた房長は、手綱を引いて、きっと顧みる。

弓をすてた若く大柄な徒歩武者が三尺余りの大太刀を構えた処であった。

「心外なる……雑言かな！」

満身創痍の老武士は毛利勢に向かって馬をもどしながら、

……弘中殿。元就の謀、万余の兵に匹敵すると見たぞ。憂き世のことは、底まで落ちれば、落ち様がない。この負け戦……当方の底とすべし！

大内家、そして陶家が誇った老将・宮川房長は――三尺の大太刀をつかう毛利兵、末田新右衛門に討たれた。折敷畑の戦いは毛利の大勝、陶の大敗に終った。

宮川房長の死に衝撃を受けた陶勢は、石見からの撤退をいそいだ。

危うい臭いがする講和と、誰もがわかっていた。だが、双方鼻をつまんで戦を終らせている。

晴賢はいつか吉見を討つつもりだったし、吉見も傷が癒えれば再び反旗をかかげる心胆である。

*

山陰道——背面(そとも)の道を失意のうちに退いた陶の大軍は、影面(かげとも)の道といわれる山陽道一の町、山口へ引き下がる。兵をやすめ、念入りに支度し、安芸の毛利家を討つのだ。

弘中隆兼は石見から岩国に直帰した。

岩国の地名は——万葉の昔に遡る。

万葉集に磐国山なる山が出てくるのだ。

錦川(にしきがわ)の両岸に多くつらなる岩が昔人(むかしびと)の目を引いたのだろう。

周防屈指の川、錦川は峨々たる山並みを何度も蛇行し、岩国山の近くで大きく身悶えしながら低湿地にそそぎ、二俣にわかれて瀬戸内海にまじわる。

この錦川がつくる海にほど近き三角洲・中津(なかづ)に弘中隆兼の屋敷はあった。

瀬戸内海の海運、錦川の水運がまじわり、都と周防をつなぐ陸の大道・山陽道も、近い。——物流の拠点で、東周防の商いの中心でもあった。

にぎやかな中津でそだった弘中隆兼は童の頃から沢山の生業の者を見てきた。

米屋や塩屋。漁師に魚売り。榑(くれ)売りに船大工。

鋳物師に鏡売り。問丸。明や琉球との商いに力を入れる堺の富商。

馬方。川舟の船頭。上流から川をつかって年貢をはこんできた百姓。

もっと上流に住まう山の民。乞食。僧。巫女。博奕打。果ては盗賊。

様々な生業の者が、つながり合い、ささえ合い、生きている。火付けや殺しを繰り返す盗賊は別として、どれか一つの生業が欠けたり、いちじるしくそこなわれたりしたら、世の中は上手くいかぬ。上手くいかぬ者がふえると盗賊がふえ出し、益々荒んでくる。その生業にかかわらず多くの者が幸せに、安らかに暮らせるようにはからえば、世の中は丸く治まる。

左様な信念を、中津という場所が……隆兼だけではない、弘中党の多くの者の中にはぐくんだ。

城にふんぞり返って他の者を見下し、支配する武士が、隆兼は同じ武士として好きになれない。

『我ら武人は……戦ともなれば敵を騙す。されど、中津の人々は騙したくないな』

父の口癖だった。

『そうではないか隆兼。船大工が、客を騙し、海で沈む舟ばかりつくっておったら、その船大工、誰からも相手にされなくなろう？　鍛冶屋が畑ですぐ壊れる鍬ばかりつくり、米屋が新米と称して古米ばかり売っておったら、その鍛冶屋、米屋は友をなくし、中津から追い出されよう？　武士も同じではないか？　我らは、船大工や鍛冶屋、米屋と同じで、武士という役割をになっておるだけではないか』

上から支配するのではない、共に在るのだという感覚を、隆兼はつちかってきた。

弘中家は遠い昔から西国最大の大名・大内家の家来であった。

弘中を守る主家は異国との商いに力を入れ、ちょっとやそっとのことでは崩れぬ強さがあった。

だから、弘中の者は、生きのこること、勝ち抜くことよりも、この地の人々と共に栄えることに、心をくばり、様々な生業の者と喜びをわかち合うことに、重きを置いてきたのである。

隆兼の望みは、広きは天下の安寧、狭きは岩国の安泰だ。

……義隆公が当主であった頃、岩国でも飢え死にする者が多かった……。

義隆のゆきすぎた豪遊、奢侈（しゃし）が重たい年貢になり、その年貢に潰されて死ぬ者が岩国でも中津でも出ていた。

弘中家が施しをしても——間に合わなかった。

……船大工は、すぐ沈む舟などつくっておらぬ。鍛冶屋も、しかと丈夫な道具をつくっておる。皆々、己の務めを……果たしておる。されど、御屋形様だけが……己の務めを果たしておられぬ。領民の命を守る大切な務めを忘れ、己の楽しみのために——領民の命を奪っておる。

左様な思いが、隆兼をして陶の蜂起にくわわらせた。断腸の思いで、敬愛する大内家に刃を向けさせた。

人、世の中を見る目のほかにも——故郷が、弘中党にあたえたものがある。

岩国の地は弘中家から多くの名将をそだてている。

隆兼当人、そして隆兼の父で大内義興（よしおき）、義隆二代にわたってささえた知将、弘中興兼。同族で船戦の名手であった弘中武長（たけなが）。

それはそうであろう。

岩国を守るにあたって弘中党はあらゆる種類の戦闘を経験してきた。

海を舞台とする船戦、川をつかった戦、沼沢の戦い、平場の野戦、山岳戦。

左様な経験がこの集団を鍛えてきた。

隆兼にはさらに戦を面で見る癖がある。

城を落とせと命じられれば、多くの武士は点と線でものを考える。点とは城で、線はほかの城とむすぶ街道だ。が、隆兼は——その城で燃やされる薪炭は何処から来るのか、塩は何処からはこばれるか、米は何処から供給されるか、まずそこをしらべて戦略を組み立てる。

物流の磁場、中津で磨いた戦略眼、自身が鍛えた水陸両戦にたけた勇卒により、隆兼率いる安芸の大内勢はこれまで尼子相手の戦で多くの勝ちを重ねてきた。

隆兼をそだてた故郷、岩国は——安芸の陶領がほとんど毛利の手に落ちた今、敵を迎え撃つ最前線になっている。

中津の弘中邸から一里ほど北、和木の里から川一つ跨げば、もうそこは毛利領安芸であった。

民部丞を初めとする数百の兵を率い岩国にもどる隆兼の面差しは暗い。

……わしが折敷畑に行けばよかったのか？　宮川殿でなく、わしが行けば……。しかし、あの老練な宮川殿率いる七千の兵を、たった三千で完膚なきまでに打ち破るとは……。

大薙刀を房長からおそわっていた息子も、深く悲しんでいよう。

岩国に入ると空の明るい青が弘中勢を迎えている。

……山陰の地は、灰色の曇り空が多かった。山をこえるとこうも違うか。

隆兼は隣で馬をすすめる民部丞に、

「幾日かやすんだら山口にいってもらうぞ」

矢傷が恙なく癒えた弟は皮肉っぽい笑みを浮かべ、

「承知。御屋形様におすがりし、たわけか知恵者かわからぬ、兄君のあまりな仕打ち、止めてもらいましょう」

「これ……滅多なことを申すな」

九州筑前で——問題が、起きていた。

弘中家の筑前にある所領に、大友の侍が現れ、年貢を取ろうとした一件は先にのべた。

名主がここは大内の勢力圏、弘中領であることを、丁重に申し開きすると、一度はこなくなった。

だが——また、きた。

居丈高な様子で強硬に年貢をもとめたという。

大友が敵であるならば、侍をつかわし、斬り伏せるべき案件だ。だが……大友は晴賢の一応の同盟相手で、大友の当主・義鎮（よししげ）は大内義長の実兄なのだ。

——足元を見られておるとしか思えぬ。だが……毛利とこと構える以上、大友まで敵にまわすのは……。この火種決して大きゅうしてはならぬ。

形ばかりの御屋形様、大内義長にすがり、兄である大友義鎮に文をおくってもらい、大友の侍の出入りを穏便に止めるほか打つ手がない。

その役目を民部丞にたのんでいた。

隆兼は後方の地、九州で大友が漂わせるきな臭さを気にしつつ強敵、毛利と戦わねばならぬ。

騙し合い

味噌を絡めた鯛の膾（なます）、塩と酢で味付けした鯵（あじ）の膾が、黒漆塗りの皿に盛られている。海にほど近き周防では生魚がよく食膳に並ぶ。

山国の人々の想像を超える賑やかさが、隆兼の帰還をいわう食膳には、あった。

屏風を背にした隆兼の前には足がない折敷、平折敷が置かれている。安芸東西条代官であった頃は足打ちと呼ばれる大名や、それに準ずる高位の武士のための折敷が置かれたものである。それは、大内の代官として毛利など安芸の領主たちに指図する役目だったからだ。

元就の侵略により、代官としてあずかっていた地を根こそぎ奪われた隆兼は、今、周防の一領主にすぎない。

折り目正しい隆兼は足打ちをつかいつづけるような無様な真似はしたくなかった。平侍と同じ、平折敷にあらためるよう陣中から書状をおくっていたのだった。

……わしにあと少しの用心があれば、あの男を止められた。あと少しの思案があれば、宮川殿をむざむざ——。

夜である。

「……父上、せっかく無事にお戻りになられたのにまたむずかしい顔をされている」

切燈台の明りに照らされた十三歳の梅が、潑剌（はつらつ）たる声で、

「鯛と鯵はわたしが切ったのよ。兄上ではなく。当然、母上でもなく。上手に切れているでしょう？」

常の食事の仕度は料理人や下女がおこない、このような祝い膳は弘中家の者が包丁をにぎる。

だが、

「……何？」

鯛を食っていた隆兼は喉に詰まらせそうになりながら、

「弘中の家では……男が魚鳥を切り、女が青菜や瓜をきざむと決っておる」

「西郷（さいごう）家では左様な決りはありませぬ」

豊前西郷家の出である妻、こんがやわらかく言葉を添えている。

「うむ……しかし、ここは弘中家だ」

「また、むずかしいことをおっしゃる……」

健康的に日焼けした梅が琥珀（こはく）色の瞳を細めふくれ面になる。

「むずかしいことではないと思うんだがな……」

「隆助に切らせようとしたのですが、指を切ってしまったのです」

こんが、助け舟を出した。

「故に梅にかわってもらったのです。わたしより、よほど上手と思ったゆえ。民部丞殿から聞きました。石見ではだいぶ、このこんの包丁が拙（つたな）いなどと、罵詈雑言を吐いておられたとか」

「…………」

弟は屋敷にかえる前、告げ口するために寄ったらしい。民部丞の皮肉っぽい笑みが、胸に広がる。

こんと梅がしめし合していたかの如く笑う。こんは隆兼の二つ下だが歳よりずっと若く見える。小柄で、顔が小さな女であった。梅はこんによく似ていて二人は母娘というより姉妹の如く見えた。

　だが、気質は逆である。

　こんが屋敷の中で縫物などをしているのが好きな女子なら、梅は親の目を盗んではすぐに外に飛び出してしまう活発な娘であった。幼い頃は、ミミズバイの木が茂る岩国の山に入り、木の実を探したり、木登りしたり、棒切れをもって猿を追いかけたり、川や海で泳いだりして、隆兼を散々困らせた。こん曰く、心根は隆兼に似たらしい。

「包丁の腕も貴方に似たのでしょう」

　妻の言に隆兼は、

「わしに？」

「貴方の薙刀の業前（わざまえ）が、この子の包丁の腕になったのでしょう」

「……そういうものかな」

　妻から視線をうつし嫡男を見やった隆兼は、

「隆助、ひどく、切ったか？」

「いえ、左程でもありませぬ」

　隆助は静かに、答えている。

　――母に似た、細身で顔が小さな若者である。眉目秀麗、白皙。豪放な隆兼より繊細なこんに似た処もある物静かな子だった。だが、隆兼に、弘中家直伝の中、小薙刀を、宮川房長に大薙刀をおそわり、真綿が水を吸うように武技を磨いている。

　やさしげな外見に似合わず戦に出れば、衆目を瞬かせる眩（まばゆ）い武勲を立てるに相違ない。

　その隆助は、深い悲しみにとらわれているようだ。箸の動きが、重い。ほとんど馳走に手をつけぬのだった。

夕餉が終ると隆兼は妻と娘を下がらせ隆助と二人きりになっている。

「宮川殿のことで……胸が、ふさがっておるのだな？」

隆兼の問いに息子は、鋭く、

「父上は悔しくないのですか？」

「むろん、悔しい」

隆助の面貌が歪んだ。涙が白い頬にこぼれるのではないかと思われた。だが、隆助はきっと強い顔になり、

「某が郎党を率い折敷畑に参れば宮川殿が助かったかと思うと……何も手につかぬのです」

「…………」

「宮川殿が芸州にすすまれると聞き、某も馳せ参じたいと申し出た処、母上に止められました。父上や江良殿のお許しがない限り、みだりに動くなと」

「当前（とうぜん）だ。そなたが行った処で宮川殿を助けるなど、叶わなかったろう。うぬぼれるでないぞ。この乱世、武はないより、あった方がよいが、一人の武が戦の帰趨を変えたのは遠い昔ぞ。今の戦は、おおむね兵の数、武具の質、量で決る。くつがえせるものがあるとすれば……智」

「次の戦は毛利が相手ですな？」

隆兼は不吉な影のように感じられる元就を思い浮かべて深くうなずく。小さな蜘蛛（くも）が一匹、板敷きを、こそこそこちらに這い寄ってきた。隆兼は蜘蛛を見ながら、

……兵数では、当然、陶が上。されど元就にはそれをくつがえす得体の知れぬ智謀がある気がする。

とんと、蜘蛛の前に指を置くと、はたと立ち止った小虫は隆兼から遠ざかってゆく。

……いや、元就とて人。怖れすぎれば目が曇る。十分警戒せねばならぬが怖れすぎてはならぬ。

平伏した隆助は、

「今度こそ初陣をお許し下さいますよう」

実は石見遠征にも行きたいと請われていたのだ。だが、退けた。腕ではなく、真っ直ぐすぎる気性を案じたのだった。

しばし思案した隆兼は、

「……わかった」

「ありがたき幸せ」

安堵した様子の嫡男は、怒りをにじませ、

「しかし吉川殿も……陶入道殿や父上とのっ……誓いをお忘れになるとは。あれだけ昵懇にしていたのに……」

「寂しいが、それが……乱世というものよ。なあ隆助……仇討ちを願うのはよいが、元就、元春とて必死に生き残りを模索し、自家を守るために手立てを講じたのじゃ。ましてやその足軽は彼らの下知にしたがったにすぎぬ。毛利の足軽や、安芸の百姓までも憎んではならぬ。また悲しみに我を忘れてもならぬ。後悔に胸を絡め捕られ、包丁を取る手もふるえ、食事も喉を通らぬというのでは……到底戦など出来ぬぞ。毛利と戦するならば、しかと食い、もそっと丈夫な体をつくらねばな」

己のそれより薄い息子の肩をぎゅっと摑む。

「――その方が宮川殿もずっと喜ぶ」

「得心しました」

「石見で召しかかえた草履取りの童がおる」

「岩次ですな」

「もう話したか？」

「はい。機転のきく良い子ですな」

「あの子に武芸をおしえてやれ。伸びしろがある気がする。人におしえることで、そなたももっとのびる」

「心得ました」

悲憤に沈む息子の心を別の方に向けたかったし、岩次の武士としての将来を配慮してのことでもある。

と、襖の外で老臣、白崎十兵衛（しらさきじゅうべえ）の声が、

「殿。よろしゅうございますか？」

「おお、よいぞ、入れ」

襖がすっと開き白髪、猩々（しょうじょう）を思わせる赤ら顔で目付きが鋭い十兵衛が入ってきた。老練な戦巧者である白崎十兵衛。吉見攻めにはつれてゆかず、隆助に添えて留守を守らせたのだった。

「江良房栄殿から文が参っております」

小さな困惑が、隆兼の顔に漂う。

石見で受け取った房栄の文により、毛利との戦に燃やす闘志に、水をかけられた気がしていたのだ。今は亡き父の友であった房栄から同じ熱量の言葉を期待したのに、房栄は、

『毛利殿との戦、慎重に判断した方がよい気がするな。毛利殿の陶入道殿への鬱憤も、全く故な

き一段というわけでもなかろう？　吉見家のこともある。すぐ切り返すのではなく、懇(ねん)ろ(ご)に不満を聞いてみるのも一手と思うてのう』

のどかすぎる見解を石州までおくってきたのである。

今日の房栄の書状はというと……、

「海の上にて、月を眺めながら雑談(ぞうたん)したい」

……如何なることだ？

石見におくった文でつたえ切れなかったことがあるのではないか、と隆兼は思いいたった。

岩次に松明をもたせ、他に十兵衛だけつれて、屋敷を出る。江良房栄が密談を望むなら大勢の供は邪魔だ。

「岩次を呼べ。供をさせる」

三角洲の町、中津はにぎやかな湊町だが、夜ともなれば人通りはない。

土塀でかこまれた屋敷を出た隆兼らは戸を固く閉ざした板屋の間を歩む。

今からあう江良房栄は岩国の西、山がちな鹿野(かの)の出だが、周防の東端を守るため、陶の命により岩国に入っていた。

岩国の江良屋敷は今津(いまづ)にある。

竜のようにくねりながら岩国を流れる錦川は、三角洲・中津にぶつかると、くわっと大きく開いた口の如く、二俣にわかれて海にそそぐ。

中津の北を流れる今津川と南の門前川(もんぜんがわ)だ。

隆兼は今、今津川をわたる橋に差しかかっている。

隆兼の扇が向う岸を指す。

「岩次。あれに見えるのが今津の町じゃ。今津にも湊がある」

「……大きな町ですね。中津もにぎやかな所だけど。両方、殿様の……」

「いかにも。両方、弘中の所領ぞ。ただこの地は大内領全体を考えた時、東を守る要。ゆえに鎮将として江良殿が入っておる」

白崎十兵衛が嗄れ声で岩次に、

「戦となれば……この橋は落とす。左様な時、お主は真っ先にはたらかねばならぬぞ。心得たか？」

「はい」

隆兼はほろ苦い顔で、

「まあ……十兵衛はこう申すが、初めの頃はろくな働きが出来なくとも仕方ないからな」

岩次は、やけにきっぱりと、

「いいえ。はたらいてみせます」

橋を歩む隆兼は十兵衛と共にぷっと吹き出し、

「……左様か。心強し」

隆兼の扇が今津の町の向う、夜の底に沈んだ影の塊を指している。

「今津を西から見下ろす丘に城がある。亀ヶ尾城。当家の城で、中津の館でふせげぬ敵はこちらでふせぐ」

三人は今津にわたる。潮騒が聞こえる夜道を歩いて瀬戸内海に臨む船着き場にいくと桟橋近くに小舟が一艘泊まっている。老いた船頭とずんぐりした小男が乗っていた。隠居風の身なりをした小男が、手を振る。

――江良房栄であった。房栄は船頭の他、供をつれていない。

隆兼は十兵衛と岩次に、

「ここでまっていてくれぬか?」

「御意」「はい」

「岩次。……この桟橋には船幽霊が出る。大丈夫か?」

嘘だった。

岩次は一瞬ぎょっとするも唇をきゅっとむすび、

「化け狸が出る藪が石見にあって、そこで肝試ししたことがあるから大丈夫です」

「心強し」

隆兼は十兵衛と岩次を桟橋にのこし一人で舟に乗る。船虫がいたのか、小さな影が二つ三つかさこそ走ってゆく。

月光と岩次の松明しか明りがないから、暗い。白髪頭の房栄は四角い顔をややかたむけて、笑んだようである。

「やはり貴殿は一を聞いて十を知る御人」

「先日の文に、書き足らぬことがあったのでしょう?」

房栄はそれに答えない。

周防一の知恵者と言われる翁と、隆兼を乗せた小舟は、ゆっくり桟橋からはなれる。煙と火の粉を盛んに散らす岩次の松明が小さくなってゆく。

「この船頭の前では何を話しても差し支えない」

と呟いたきり、房栄はしばし、黙している。

月明りの欠片が騒ぐ夜の内海を舟は東にすすむ。

静かな海であった。

北に、元就に取られた厳島の島影が黒くみとめられた。

舟がだいぶ陸から遠ざかった処で房栄は言う。

「先の書状にしたためたのは——全て虚言（そらごと）であった。毛利の諜者が我が方に入り込んでおる。わしの傍にも、貴殿の傍にも、おるやもしれぬ。故に気をつけたまで。よいか弘中殿——元就相手の戦、出陣する前からはじまっておると心得られよ」

亡父の友から、凄気（せいき）が漂った気がする。

「では……江良殿も元就討つべしと？　先の書状では、手を差し伸べるべきと仰せだったが」

「討つべきであろうよ。が、一度は手を差し伸べてみてもよいかもしれぬ。むろんその手を元就が取っても、いずれその首を刎ねる」

「油断させる、わけですな？」

「いかにも」

「元就が油断しますかな？」

房栄は夜の海より深沈（しんちん）たる声で、

「元就が油断せずとも……家来が油断するのでは？　戦に勝つには——天の時、地の利、人の和が要る。つまりこの三つを相手からうしなわせるのが定石。今、我が方が全軍で安芸を攻めれば、毛利はどうなる？」

「……結束します」

「左様。されど手を差し伸べれば陶方とことを構えぬが無難と申す者が必ずや出てくる。その者ども、吉川殿を旗頭に祭り上げるやもしれぬ。さすれば、毛利家は内側から斬り裂かれる」

鯨のように黒い海のずっと遠くで漁火が瞬いている。

空からは、明るい月と、青白い秋の星々が、二人が乗る小舟を見下ろしていた。

房栄は囁いた。

「元就の先祖は孫子を八幡太郎につたえし大江匡房、頼朝公に仕え幕府の仕組みを練り上げた大江広元。知恵深き男と存じておったが……折敷畑の戦いでわしは驚かされた。悲嘆するより先に、驚かされた。宮川殿ほどの剛の者が一日で討たれるとは」

「…………」

「あの男の智謀……人ならざる化生が憑いているような、底知れなさがあるぞ……。元就の鬼謀を打ち砕くにはただ大軍をくり出せばよいというものではない。もそっと、念入りに支度せねばならぬ」

「たとえば？」

「元就の身になって考えるのじゃ。貴殿が元就だとして、もっとも打たれたくない手は？」

「…………。周防と出雲が手をくむ？」

——深くうなずく房栄だった。

「陶、いや大内と尼子……」

房栄は大内家と言い直した。陶の郎党で反乱には賛同であったが、義隆弑逆には強く反対、という隆兼と同じ立場であった老軍師は、

「長きにわたり争ってきた宿敵同士の両家が手をむすべば山陰山陽の地に起る波の大きさは計り

知れぬ」

海を眺めつつ、

「その大波、毛利を揺さぶる。安芸を我が方、備後を尼子と、取り決めれば、出雲は我らの誘いに乗るのでは？　仮に尼子が兵を出さずとも一時でも手をくめれば、雲州（うんしゅう）への備えに置いた兵を——安芸に雪崩れ込ませ得る」

二つの大国で手をくみ、間にある小国に攻め込み、領土を真っ二つに切りわける、という戦略に……気まずさを覚え、陶勢だけで毛利と雌雄を決したいと考える己は、乱世の武人としては甘すぎるのだろうか。自問する隆兼だった。

……だが、江良殿の策なら間違いなく毛利を討てる……。其は間違いない。

房栄は囁く。

「今、貴殿——陶勢だけで毛利を討ちたいものよなどと、考えておられたのでは？」

「…………」

「甘い。毛利は、大友と我らの盟約を、裂こうとするやもしれぬ。大友の動きにも胡乱（うろん）な処があろう？」

「如何にも……」

「さすれば西から大友に攻められ、山陰道では尼子、吉見に備えるという危うい足場に立って、東の元就と戦せねばならぬ。いかに勇猛なる全薑入道殿といえども全面で敵が牙剥けばしのげまい。今はもっとも苦しい事態を考え、手を打たねばならぬ」

月が雲に隠れ、夜潮に浮かんでいた、大蛇（おろち）の形をした光が消失している。辺りは恐ろしいほど暗くなる。黒影と化した房栄は、

「元就に警戒すべくわしは岩国にもどった」

「某、てっきり……伊香賀殿との折り合い悪しきこともきっかけではと邪推しておりました」

「……それもある」

房栄は、みとめる。隆兼と同じく、大寧寺の変以降、房栄と伊香賀隆正の間にも、溝があった。

「伊香賀のやり口、好かぬ。あのように外聞をつかい、陶入道殿を悪し様に言う者を探らせては……ものも言えなくなるわ。入道殿に忠節を尽くす者とて悪口の一つや二つ申したくもなろう。だが隆正も、悲しい男ぞ……」

――あまりにも悲惨であった隆正の長子の死に様について言ったように感じる。

闇に沈んだ厳島、平家によって栄えた島に老軍師は面を向けている。

「我ら西国武士は……西海に覇を唱えし平家一門の悪しき処を受け継ぐのであろうか？」

公家風の眩い遊びに溺れた平家の公達と大内義隆、禿と呼ばれる童どもに悪口を申す者を探らせた入道相国清盛と、陶入道をくらべたのは言うまでもない。

その時、また月が出て、雲の縁が青白く透き通った光をおび、夜の海にふたたびさざめく光の帯が現れた。房栄は言った。

「お主がきた以上、わしが一時岩国をはなれても障りあるまい。わしは山口に参り、今申した策を具申するつもりじゃ。ただ、わしは……毛利には仏の顔を見せる。むろん、面であるが。大方の者の前では芝居をつづける。お主には、真の心を知ってほしかった……」

翌日――江良房栄は山口に旅立っている。

＊

「厳島を取りはしたが……まだ、城はつくれぬぞ」

江良房栄が山口に向かった日の夕暮れ、元就は隆元と、吉川元春、小早川隆景に語りかけている。

「何ゆえでございましょう？」

隆元が問うてきた。

夕暮れ時、吉田郡山城の一室。開け放たれた舞良戸の隙間から板敷きに血色の光が差していた。風が吹き、山にあったのをそのまま庭木とした赤樫が潮騒に似た声で鳴く。

「わからぬか？……お主らはどうじゃ？」

元就の少し下に垂れた目が、元春、隆景に向けられる。岩のような元春は固く黙り込み、春の柳のような隆景は、

「……わかりませぬ」

わかっているのに兄たちに遠慮してわからぬふりをした気がした。

一文字に三星が白く染め抜かれた栗色の直垂をまとった元就、小さく溜息をつき、

「陶方に、わしの策を見抜く者が、二人おる。江良房栄と、弘中隆兼。あの二人なら……わしが厳島にきずく城を囮と見抜きかねん。なかんずく江良はわしが仕掛ける調略以上の罠を仕掛けてくるやもしれぬ。大切なことゆえ……覚えておけ。何者にも強みは、ある。その強みを打ち壊せば、そ奴は弱くなるということ。――あの二人さえおらねば陶の軍勢に我が策を見抜ける者はお

らぬ。……そこでじゃ」

元就は扇で口を隠し……何事かを息子たちに話した。

この頃、元就は脳中にある秘計・「厳島囮城作戦」の下ごしらえをおこなっていた。

まず、陶領にのびた元就の手は――江良房栄、弘中隆兼にある調略を仕掛ける一方、陶の部将で晴賢に恨みをもつ者、晴賢と距離がある者、利で釣れば変心する者に誘いをかけ、寝返りの約束をさせていった。

その中で一番の大物は隆元の妻の弟で長門の国で大きな力をもつ内藤隆春(ないとうたかはる)だった。

また、元就は大いなる軍事力をもつ山陰の雄、尼子にも、調略の魔手をのばしている。

尼子家当主・尼子晴久(はるひさ)と、尼子軍最強と言われる猛者ども・新宮党(しんぐうとう)の仲を引き裂く謀が、蠢きはじめている。

大方殿から家来を大切にしなければならぬと諫められた少年の日の夜、元就はまんじりともせずに考えた。

口程にもない男、扱いづらい男、短慮な者、小心者などが目立つ毛利家臣団であったが、家来に恵まれぬと腐っている暇など、ない。今いる家来から最大の力を引き出し、それを結集し、まとめ上げなくては、毛利家も自分も生き残れぬと元就は思った。

一方で、少年の冷ややかな知性は、逆をおこなえば、強敵を滅ぼす破壊的な一手になるだろうと気付いていている。

乃ち(すなわ)、勇士、謀臣、能吏、綺羅星(きらぼし)の如き家来に恵まれた巨大な敵であっても、その家来同士を仲違いさせることに成功すれば、容易にその家を滅ぼせると感付いていている。

重臣の多くが知らぬ、陶、尼子、両家に仕掛ける調略の全貌を三兄弟に打ち明けた元就は、

「今の話は広良しか知らぬ。他言無用である。……いま一つ、吉和、山里一揆じゃが陶とこと構える前にやはり討伐せねばならぬ」

陶晴賢に味方する西安芸の山々は折敷畑で敗れた後も、元就に抗いつづけていた。丸め込もうとしたが、無理だった。

元春は太い腕をくんで天井を見上げ、

「百姓相手の戦か……。某は御免こうむりたく」

元就は深沈たる声で、

「元春。まさに、そなたに――一揆を討ってほしい」

「な……」

「否とは言わさぬぞ。そなたに二つの策を伝授する。その策通り、一揆を攻めるように。よいな？　では策を申しつたえる」

元就が元春に伝授した一つ目の策――それは、複数の村の集合体である吉和、山里一揆と戦う前に、村と村の間に罅(ひび)を入れるというものである。

つまり、利で釣ったり、脅しをかけたりして、一揆の中に味方の村をつくる。この味方の村に敵の村を攻めさせる。

――横の分断である。

「二つ目の策。まだ、わしに敵対する村の中に味方をつくるのが二つ目の策じゃ。富める者と貧しい者がおる。どちらに、陶の味方が多い？」

元春は元就に、

「……貧しき者にござる」

陶晴賢は、盗賊同然となっていた大内家の侍所から、無辜の民を救った。そして大内家の侍所の脅威にさらされていたのは長者などよりも、何の後ろ盾もない貧しき者たちだった。

「左様。故に敵の村の中の富める者を、味方にしてゆく。地侍、大きな名主などに毛利の家来にならぬかと誘いをかけ、引き込む。こうして味方にした大百姓どもに、あくまでも陶のために戦おうとする小百姓どもを殺させるのじゃ」

――縦の分断である。

「二つの策が効かぬ村……上下一丸となってわしにいどんでくる村。これらの村こそもっとも手強き敵の村じゃ。この手強き敵の村を、元春、そなたは鬼吉川の精兵で攻め立てよ」

元就は言った。眉間に皺を寄せ、青筋を立てて黙り込む元春に、隆元が、

「元春――」

「……わかりました。それが御命令とあらば、したがいましょう」

元就は、評定の終りには、

「よいか……敵が毛利を滅ぼそうとするならば、真っ先にお主ら兄弟の仲を引き裂こうとする。ある時は、元春と隆景を、隆元に刃向わせようとするじゃろう。またある時は、元春と隆景の仲を裂こうとするじゃろう。何としてもその調略に乗ってはならぬ」

分断の王というべき元就だが、家中には――結束を呼びかけていた。

有名な三本の矢の話を元就が息子たちにしたという確証はない。だが、同様の話を元就は三子にくり返ししていたはずであり、その中に三本の矢の話もあったのかもしれぬ。

「……兄弟仲良く、これを心掛けねばならぬ」

元就はさっきまでの冷厳さから一転、肩を落とし力ない声で、

「わしももう……長くないじゃろう」

「父上！　何をおっしゃいますか。父上が、今、亡くなられたら当家は滅びます。この隆元では到底只今の難局を乗り越えられませぬ。どうか、弱気を起さんで下され」

「人間五十年。わしは八つもよけいに生きた……。いつ、阿弥陀様が迎えにこられてもおかしくはないと思うておる。わしが死んだら……」

元就は毎朝十度念仏を唱える熱心な阿弥陀信仰の人だった。ちなみに、この習慣に元就をいざなったのは大方殿である。

隆元は泣きそうな顔で、

「何を弱気なっ……」

元就は、本気か――策か、今にも消え入りそうな声で、

「わしが死んだら敵の調略が激しさをまし、大きな兄弟喧嘩が起きるやもしれぬ。それを思うとおちおち眠れぬ。よいか……左様な時は、この父ではなく、妙玖を思い出してくれい」

亡き母の名を出された三兄弟の面差しが一気に引き締まる。隆元も、元春も、隆景も、背中に青竹が入ったように居住いを正した。

「のう元春、そなたが隆元を殴った時、妙玖が何と申したか覚えておるか？」

元春は梅干を嚙んだような顔でうつむき、目を閉じて、

「『虎狼がおる山で――人の子同士が喧嘩して何とする？　危ういことぞ。それがわからぬならば、そなたは妾の子ではない。わかるまでそなたに食べさせるものはない』と、母者は仰せになりました」

しぼり出すような言い方だった。

「それで……某が腹を空かせて泣いておると……」

元春は、兄と喧嘩してぶたれても、馬術の稽古で落馬しても、決して涙を見せない子だったが、腹が空くと、よく泣いた。

「母者は温かい握り飯をもってきて下さいました。母者が手ずからにぎった握り飯でござった……。こう言われました。『さっきはきつく申したが、そなたのため、毛利の家のためを思うてのことぞ。そなたは強い武士になる。その強さを、兄上を傷つけるのではなく、守るためにつかいなされ。さすればそなたの武名は安芸……いいえ、西国一円に轟こう』」

元就は畳みかけるように、

「兄弟喧嘩するそなたらを極楽から見ながら……妙玖がどれほど悲しい思いをすることか」

意に添わぬ命を出されて顔を固くしていた元春は、目頭を押さえた。

「決して兄弟喧嘩せぬと約束し、この元就を安堵させてくれぬか？」

元春が真っ先に強く太い声で、

「お約束いたします！」

江良房栄が山口につくや否や——山口の町で不穏な噂が漂いはじめた。

房栄と弘中隆兼が毛利家に内通しているという噂である。

……君臣離間の計か。元就よ、その手にはかからぬぞ。

外聞から町の噂を聞くや、房栄は一切動じず微苦笑を浮かべている。

「噂の出所を突き止めますか？」

山伏の身なりをした外聞から問われた房栄だが、

「それには、およばぬ。陶入道様も下らぬ策と見切られるであろうよ。すておけい」

静かに答え、陶邸に出向いた。

房栄を迎えた晴賢の胸底で、困惑が首をもたげている。町の噂だけなら晴賢も「元就の調略よ」と一笑に付したであろう。だが、房栄が、岩国において、元就に好意的な意見を盛んにのべていたという話に、晴賢は引っかかりを覚えていた。さらに、江良房栄との間に主殺し以降出来ていた溝もまだ尾を引いている。

――元就の謀とは思うが……万一、江良が寝返っていたら？　江良の話、十分用心して聞いた方がよい気がする。

灰色の先入観が晴賢の中にたゆたっている。

岩国で毛利をふせいだ功を晴賢がたたえ、房栄は石見遠征の労をねぎらう。晴賢がまとうかすかな険しさを嗅いだか、房栄は小さく眉を動かすも、温和に笑み、

「いろいろと下らぬ噂が聞こえて参りますが毛利がばらまいた流言飛語の類と心得まする。江良房栄、今日は毛利攻めについて献策すべくまかり越した次第」

「お主は毛利と戦うべからずという持論と聞いたが」

晴賢の唇が、笑む。――目は笑っていない。

明り障子には庭の紅葉と梢にとまって羽繕い（はづくろい）をする小鳥の影がうつっている。

「毛利の諜者（ちょうじゃ）を警戒しての言葉にて、本意ではありませぬ」

穏やかに言う房栄だった。

房栄は尼子との同盟を説いたが、晴賢の反応は鈍い。

晴賢は同じことをつい先日、伊香賀隆正から献策されている。尼子と同盟をむすぶなら、近頃微妙な隙間風が吹いている上に、元就への内応という噂まで漂い出した江良よりは、兄弟同然にそだった伊香賀の手柄としたい。さらに、房栄から尼子とむすぶべしと言われると、何かそこに元就の調略がはたらいていまいかという気になってしまった。

晴賢は、脇息を指で叩きながら、

「……考えておく」

「……わかりました。ですが、毛利を平らげるまで、尼子を刺激せぬ方がよいと思います。またすぐに毛利を討つのではなく、元就に歩み寄る姿を見せて動揺を起すが上策かと。石州についても、調略を仕掛け、三本松城の内に味方をつくるべきでしょう」

房栄は先の遠征の途中で岩国にもどっている。晴賢は、念入りな調略もなく石見を攻めた自分が暗に批判された気がした。

「吉見を平げし後、毛利の分裂をさらに誘い、これを討つのです」

「そう上手くゆくかの？」

「新参の家来を元就に背かせるのは、さして手もかかりますまい。また……元就死せる後は、三兄弟の仲を引き裂く道も開ける。某、暦を一巡りすると、めっきり体が衰えました。元就も還暦間近にござる」

房栄は元就の寿命まで視野に入れて冷徹なる策を練っていたのだ。

が、晴賢は、鋭い声で、

「わしは元就の目の黒い内に彼と一戦し、懲らしめたい。元就を討ってこそ意味があるのだ。元就の死などまちたくない」

「……心得ました。されど、毛利を揺さぶるため、何とぞ、急がれませぬように。すぐに毛利を討つのでなく歩み寄る姿を見せながら、下ごしらえをすすめていただきたい」

「吟味してみる」

房栄が退出すると晴賢は大きな徒労感を覚えている。房栄が毛利に寝返ったという噂は浮説にすぎぬと思っていたが、今の房栄の言動とむすびつけてみると——不気味な説得力をもつ。

すなわち、江良は毛利に通じていて、陶勢が素早い軍事行動を起すのを阻む役割をになっているという考え方が、成り立つ。

……毛利攻めまで下手に時をかければ、せっかく高まった猛者どもの鋭気が、挫けてしまうわ。しかも、わしが毛利を恐れておるなどという噂すら立ってしまおう。房栄はやはり毛利と——？

扇を取り出し額に当てた晴賢は端整な顔をかすかに横に振る。

……いや、君臣の間を引き裂こうという元就の謀略の線も濃い。このことよくよくしらべた上で判じねばならぬ。

「隆正、如何思う？」

傍らに——ずっと無言で控えていた腹心、伊香賀隆正に声をかける。

伊香賀は深く長い刀傷がきざまれた小さな顔を、房栄が去っていった方から、晴賢の方に向け、

「江良殿の身辺——しらべたく思います」

……どうも、いそぎすぎておられる。

多くの武家の消長盛衰を見てきた江良房栄は、陶邸を出た時、実に重い溜息をついた。

……常に眩き武勲を分国に見せつづけねばならぬ、調略など暗き術でなく、正々堂々の戦で敵

を倒しつづけねばならぬ、左様な思いに囚われておられるように……。そうやって、謀反で汚れた手をすすごうとしておられるのか。やはり、あの時、もっと強くお止めすれば――？　いや、今考えても詮無きこと。

謀反はよいが、主殺しはならぬと説いた房栄。

政変の折の苦い記憶が胸を満たした。房栄はその足で兄の江良弾正左衛門の屋敷にむかっている。

兄は大内義長に仕えていた。弟ほど鋭い才気をもたぬが、やわらかい人当りと義理固さゆえ家中の多くの者から好かれている。

三年前の政変以降、晴賢と己の間には、冷たい膜が張ってしまった。兄と晴賢の間に左様な膜はない。

房栄の話を聞いた江良弾正左衛門は、

「……大略、承知した。急いてはことを仕損じるということよな？」

「左様。毛利と戦うには十分な下ごしらえをせねばならず、それがためには……友好の仮面をつけつつ、敵の内情を正確に探り出さねばなりませぬ。毛利の評定をつぶさに知りたい」

「間者を安芸におくれと？」

夜の座敷で白髪を燈火に照らされた房栄は、

「いかにも。津々浦々に潜らせた外聞のほかに、もそっと元就の近く、毛利家の深くまで潜り込む間者が入用……」

「得心した。わしからお屋形様に上申してみる」

晴賢の態度に不安を覚えた房栄は、大内義長を動かして、決戦を急ぐ晴賢の手綱をにぎろうとしたのである。

九月下旬のその日、晴賢は、大内義長に呼ばれた。些か線が細い若き主君は恐る恐る、

「まず討つべきは毛利……で、相違ないな？」

鷹のように強い目で大友からはこんだ神輿（みこし）を見据えた晴賢は、

「左様にございます」

「元就の傍近くに、信頼に足る間者を潜り込ませるのはどうであろう？」

……誰が献策したのだろう？　自らの考えと合致する。開け放たれた腰高障子の先に、小春日和の庭が見え、青畳がしかれた御殿は暖かい。

「よいお考えにございますな」

安堵した様子の義長は、

「誰が適任であろう？」

「されば、天野慶安（あまのけいあん）は、如何でしょう？」

晴賢は答えている。

天野慶安——大内義長の茶坊主をつとめている男だった。

「慶安は安芸の出ゆえ、元就のこともよう知っております。機転もきき、肝も据わっている」

「妙案だな。早急に取り計らってくれ」

一の重臣の同意が得られ、湯上りのように頬を上気させた義長に、晴賢からひんやりした一瞥が投げられる。

……此度（こたび）は良しとしよう。だが、これに味をしめていろいろ嘴（くちばし）をはさまぬよう、御屋形様には

釘を刺さねばな。


晴賢の言葉を聞いた慶安の面は青黒くなっていた。

夜である。晴賢は自邸に慶安を呼び、向き合っている。

若くして大病を発し弓矢の功名をあきらめ、茶坊主として生きてきた慶安。剛の者ではないが臆病者でもない。そんな慶安だが毛利に露見し、斬られることを恐れているようだった。眉に白いものがまじりはじめた慶安が近頃、初めて子にめぐまれたのを思い出しつつ晴賢は、

「そなたがもっともふさわしいと思うてのう」

「わたしよりもそっと武功、才知の……」

「くつがえらぬぞ」

晴賢は語気を尖らす。

「御屋形様の御前で決ったことじゃ。お主が、行くのじゃ」

むろん、晴賢には義長の御前で決ったことなど一瞬でくつがえす剛腕があるのだが、刹那、晴賢の眼の奥をのぞいた慶安、さすがに、それは口にせぬ。

「覚悟を固めて安芸に行ってくれ。そなたの働きで味方大勝の暁には、恩賞は思いのままぞ」

慶安は意を決したらしく、面差しを引きしめ、

「……承知しました。お引き受けいたしましょう。もし毛利に見抜かれ、打ち首にされても、何も白状しませぬ。その代り、頼みが」

「何なりと申せ」

慶安は必死に、

「某、倅が二人おりまする」

「……一人でなかったか？」

「立て続けに二人目を授かりまして……」

「それは祝着（しゅうちゃく）。そなたの頼みは、わかった。倅二人の栄達じゃな。硬く約束し、ゆめゆめ違えまいぞ。――行ってくれるな？」

慶安は坊主頭を深く下げる。

「御意」

晴賢の内意を受けた天野慶安に、三日後、公金横領と不当な賄賂を受けたという嫌疑が、かけられた。陶家の兵が慶安の妻子を捕えるも――慶安本人は山口から脱走。安芸へ走った。

むろん、捕吏は追跡の網の目をわざとほころばせている。

慶安は、生国の安芸に知人が多い。吉田物語は平佐（ひらさ）源七郎（げんしちろう）なる毛利の侍の家に彼が泣きながら助けを求めたとしるしている。

平佐は早速、元就に、報告、元就はすぐに慶安を引見する。

大内義隆の前で狂言を演じたこともある慶安は、芝居が上手い。偽の涙を流し、

「芸州者ゆえ、毛利殿への内応を疑われ、周防の者どもに讒言（ざんげん）をばされ、濡れ衣を着せられたのでございます」

鷲鼻が印象的な細面を心なしかかたむけた元就は、慶安の訴えにじっくり耳をかたむけていた。

やがて元就は、頭を振る。

ひやっとした慶安の背を冷たい汗が一滴、垂れている。元就は深い笑みを浮かべ、

「妻子のこと気の毒であったの。昔の誼（よしみ）をわすれず、よくぞ、たよってくれた。わしとしても陶

の動きを知りたかったゆえ、そなたの来訪は真に嬉しいぞ」

慶安は元就の相貌から、面の皮の内にあるものを、引きずり出そうとした。泣き真似をしながらさっと安芸の主を窺う。

元就が無表情であったなら慶安は警戒したろう。だが元就の顔に浮かんでいるのは——心からの憐れみと、喜びだった。

「いや……左様なことを抜きにして昔なじみのそなたが、陶の追手を逃れ、無事に吉田までたどり着いたことが嬉しいぞ。これからは、わしの茶飲み仲間になってくれい。昔のわしを知る者もとんと減ってのう」

——慶安の警戒をゆるませるやわらかみが、元就の笑みにはあった……。

それから元就は慶安を度々傍近くに呼んで物語し、陶の内情に耳をかたむけている。

慶安としては毛利忍びの報告と、己の話に矛盾があってはまずい。極めて正確な陶軍の内情を元就の耳に入れ信頼を得ようとした。

だが、慶安が知らなくても差し支えない領域……取り分け人の心の中に話がおよぶ時は、

「折敷畑の戦以降、三浦越中守と陶の間にも、隔たりが生じたように見えるのです」

などと偽情報を混ぜ込み、元就を攪乱しようとした。

「ということは慶安、陶の猛将連の結束は思いのほか、ゆるいと?」

元就は問うた。

「いかにも。今、岩国に兵をすすめられれば……味方の勝利、間違いないかと」

「よいことを聞いた。今日はもう下がってよいぞ」

昨日から立てつづけに嵯(かさ)と呼ばれる要塞の山の、頂に呼ばれていた茶坊主は、元就、隆元に恭

しく一礼し、退出した。

隆元は——苦々しい思いが平たい顔ににじむのを必死に抑えていた。

慶安が下がって大分時が経ってから、

「父上、あの者を近づけるのは、危ういのではありませぬか？」

ここ数日、隆元の中で慶安への疑いがふくらんでいる。

——陶の回し者では？　父上に……毒を盛ったりせぬか？

囲炉裏の火に照らされた元就はにんまり笑んで、

「案ずるな。調略を司る仏が何処ぞの浄土、いや阿修羅道にあるのならその御仏は今……この元就に微笑んでおられる」

慶安が去った方を睨む元就の双眸は、安芸に吹く晩秋の風より冷たい。

元就は火箸を取り灰に字を書く。

「よく見ておけい隆元。わしがあの者を——如何に使うかを」

元就は歳を感じさせぬ軽さで腰を上げ、立ち去った。

一人板間にのこされた隆元は、火箸を取って父が灰に書いた文字を消してゆく。

反間(はんかん)。

元就が灰に書いたのは孫子の言葉である。

——敵の間者を利用(つか)う、という意味だった。

＊

秋も終りのその日、一人の巡礼の亡骸が——出雲の地に不気味な大波紋を起した。

その骸（むくろ）が見つかったのは尼子の本城・出雲国月山富田城の傍、山佐（やまさ）なる山里である。

中国山地にはさまれるように、清らな山佐川が流れていて、狭い稲田、幾軒かの百姓家がある寂しい里である。

山奥のたたら場から富田の町に鉄をはこぶ馬方がふと川の方を見下ろすと——白装束の人が転がっていた。巡礼の亡骸だった。

野武士に斬られたらしいその男、ひんやりした木下闇（このしたやみ）で白い野菊、紫色のカワミドリの花を摑んで転がっていたのだが、一通の密書を懐に忍ばせていた。

この一通の手紙が……山陰の雄・尼子を崩壊させてゆくのである。

巡礼がもっていた手紙は、内容が内容だけに山佐代官から——出雲、伯耆（ほうき）、因幡（いなば）、隠岐（おき）、東石見、美作（みまさか）、山陰山陽六ヶ国の主・尼子晴久（はるひさ）にとどけられた。

晴久は——仰天し、思わず立ち上がった。

それは……尼子国久（くにひさ）に宛てた毛利元就の密書であった。国久は晴久にとって、叔父であり、軍政をあずけた一の重臣で、亡き妻の父、つまり舅でもある。元就は国久宛の文で、

『約束通り晴久を葬ってくれれば、山陰道は思いのままに切り取られて構いませぬ』

と、したためていた。

叔父、国久とその息子たち、誠久(さねひさ)、敬久(たかひさ)、与四郎(よしろう)らは、いずれも鬼神の如き武勇をもち、配下の兵も皆、猛兵であった。精強なる尼子軍中、もっとも剛強なのが叔父とその徒党・新宮党だ。新宮党の荒武者どもは武勇を誇り、晴久に仕える吏僚(りりょう)への横暴な振る舞いも目立つが、あまりに眩(まばゆ)い戦働きゆえ、少々の問題には目をつむってきた。

……その叔父が……わしに謀反を……？

少し前から——尼子領では、不穏な噂が毒霧の如く漂っている。

『国久様は、晴久様を頼りないとお考えのようじゃ』『陶にならって、御自らが、尼子の舵取りをしようと思われているらしい』『国久様は毛利とつながっておるとか……』『いや、新宮党の誠久様、この御方の嫁御は……大内に寝返った御仁の娘なのじゃ。国久様よりは、誠久様ご夫妻が……山口とつながっておるんじゃと』

斯様な噂が——まことしやかに飛び交っていた。

また、尼子一族でありながら新宮党を深く怨む尼子孫四郎(まごしろう)という男がいた。

この孫四郎を初め粗暴な新宮党に宿意をふくむ輩が、

『国久様は毛利家とさかんに音信をかわしておるご様子。……ご用心を』

晴久に、盛んに吹き込んでいた。

だが尼子晴久はさすがに六ヶ国の太守で、

——わしと叔父御の仲を裂く敵の謀であろう。

噂の毒霧を吸い込まず讒言にも耳をふさぎ、叔父を信じてきた。その信念を壊しかける力をもつ山佐の密書であった。

富田城の奥深くで人知れず懊悩した晴久は、尼子に仕える忍び・苫屋(とまや)鉢屋(はちや)衆を呼び、

「叔父の周りを、新宮党を、探ってくれ」

数日後。鉢屋衆から一通の落とし文が晴久にとどけられる。晴久はその文を一読するや——青筋をうねらせている。

その文は月山富田城近くの奥山でひろったものという。

国久に仕える若い下人を、鉢屋衆が尾行した処、下人は人気がない林でこの手紙を、わざと落とした。

——密書のやり取りで昔からおこなわれる手法である。

鉢屋衆は、すかさず密書を回収、偽手紙をそこに置き、誰がひろいにくるかたしかめるべく十分な見張りを伏せた上で、晴久に密書をとどけている。

「件の下人は泳がせてあります。まだ誰も、手紙を取りにきませぬ。如何……取りはからいましょう？」

密書を読む晴久の手は、ふるえている。

国久の筆跡で書かれたその手紙は、

我らは毛利家へ味方仕り候。これ以後、たとえ命長らえても、お目にかかり候ことはあるまじく候……。

と、書かれていた。

町の噂、孫四郎らの言葉、巡礼がもっていた一通目の密書、そして此度の密書、全てを頭の中でつなげた晴久は、

……わしは叔父を庇ってきた。されど叔父は、わしをないがしろにして毛利とむすび反逆を企

んでおるのかっ！

冷たい憤怒で面を凍てつかせた晴久は、

「本田、大西を呼べ」

その夥しい血の雨が出雲に降った日を、吉田物語は天文二十三年十一月一日、陰徳太平記は同年元旦としている。

十一月初めに尼子家では翌年の談合のため、主だった者が登城した、事件はその日に起きた、とする吉田物語にしたがいたい。

その日、十一月朔日。

鋼の如き猛気を漂わせた老将・尼子国久が新宮谷から月山富田城に登城すると、当主・晴久は風邪を引いたということで、恒例の対面はなかった。

暴飲暴食が祟ったか、きつく御諫めせねばなと太眉をうねらせた国久は他の重臣たちと共に冷え冷えとした大広間で長々と、またされた。

料理も出ぬか、という不満を呑み込み、幾刻も待機した国久らに、

「御屋形様は本日、ご不快につき、談合は日をあらためたいとのこと。追って使者をつかわされます」

と、声がかけられたのは、日暮れ近い……。

木が茂り、昼でも薄暗い菅谷口から新宮谷の屋敷にかえろうとした国久の行く手に、人が蹲っている。

晴久の側近、本田豊前守、大西十兵衛である。

数多の戦場の風雪を潜ってきた、尼子紀伊守国久、一瞬妖気を覚えるも、ふてぶてしい肉厚の顔を小さく一揖させて、平伏する本田と大西の間を馬で通ろうとする。

凶刃が閃いたのは——その時だ。

本田、大西が突如、抜刀、一人が馬に、いま一人が国久の足に斬りつけた。国久もさる者で足を怪我しながら大西に組み付く。

細道の片側は深い崖であり、国久と大西は夕闇わだかまる、暗黒の底に落下した——。

国久の郎党どもがどよめく横を本田豊前守も谷底に飛び降りた。

「十兵衛、上か下かっ！」

闇の底で激しく摑み合う二つの影に本田が問うと、谷底に組み敷かれた方が、

「豊前、大事の仕物也！　籠めて突けぇ！」

本田は上を取った肉厚の影に狙いをさだめて突いた。同時に藪に隠れた伏兵が混乱する国久の家臣に襲いかかり、悉く討ち果たしている。

これが鬼神の武を恐れられた尼子紀伊守国久の最期であった。

国久の子、並みはずれた大男の誠久は、この大事な日に城ではなく、城下町にいたらしい。誠久は型破りな乱暴者であったから……何か行状に不届きがあり、登城を差し止められていたのかもしれない。女の所にしけ込み酒でもあおっていたのかもしれぬ。

国久が襲われたのと同刻、誠久は往来に出た処を、小柴垣の陰に潜んでいた刺客どもに襲われた。暗殺団の初太刀は——誠久の腿から愛馬の太腹までを深々と斬っている。血をしぶかせて落馬した誠久。

刺客の一人が、誠久を羽交い絞めにし、もう一人が鎧通しで喉を裂こうとした。

大力の誠久は咆哮を上げて抗い、足から血の滝をこぼしながら、その二人の男の喉を摑み、喉仏を潰して昏倒させた。だが抵抗はここまでで――三人目、四人目の敵の剣でズタズタに斬り裂かれ、血達磨になって、息絶えた。

誠久の弟、敬久は父と共に登城し、城を出たのは父よりも後だった。菅谷口まで下城した処、斬り殺された父の郎党たち、血刀引っさげた刺客どもをみとめ、もう父も兄もこの世にいないこと、何者かが掘った陰謀の谷に……己ら新宮党が落ちてしまったことを悟った。

誠久に匹敵する武と冷静さをあわせもつ尼子敬久は、一つも騒がず、厳しい声で、

「――者ども。ここが、戦場と心得よ！」

その一言で新宮党の若党どもは妖獣の如き眼光を迸らせ、刺客団をねめつけた。新宮党が放つあまりに激しい殺気に晴久の刺客は、石仏の群れ同然となり、手も足も出ず、敬久たちは立ち竦む刺客の中を堂々と通り抜け、館にかえったという。

陰徳太平記によれば、尼子敬久は、

蔀遣戸畳などを取運び新宮を城郭に構へ……。

手勢二百余と共に館に立て籠り、普通の弓四五張合わせたほどの大弓を手に取り、五千の兵で押し寄せた従兄弟の尼子晴久相手に一歩も引かず戦うも、遂に力尽き、館に火を放ち――壮絶な最期を遂げた。

軍政を仕切っていた国久、その息子の猛将たち、彼らが鍛えた勇卒――一夜にして滅んだ。

これが新宮党事件である。

尼子という悲劇の巨人は山陰道をおののかせた己の右腕を、自ら切り落とした。尼子家はこの深手によりしばし軍勢を動かせなくなる。

……そして、多くの者が斃れた、この戦国史でも特筆すべき自傷、自壊の全ては、一人の男の脳中で練られたことなのである。

新宮党に二心ありとの噂。

尼子孫四郎たちの讒言。

巡礼の骸がもっていた一通目の密書。

国久自筆と思われた二通目の怪文書。

――悉く、元就の謀略である。

町に流れた噂は世鬼一族と毛利家昵懇の商人がばらまき、孫四郎たちの讒言は、彼らの傍に張り付いた遊び女に化けた世鬼一族、元就が差し向けた座頭が、新宮党への憎しみを煽ったことで惹起され、死んだ巡礼と手紙は、死罪を申しつけた罪人に巡礼の姿をさせて、

『この手紙を山佐までとどけよ。さすれば、死罪から、放免。そなたの命を助けてつかわす』

これを信じて罪人が山佐まで行った処を家来に斬らせた。二通目の手紙については、あらゆる者の筆跡を盗む者に国久の書を学ばせて偽手紙をつくり、国久の側近として仕えている間者から下人にわたさせたものだった。

元就が凄まじいのは……これらの謀計の下ごしらえに、幾年(いくとせ)もかけている処である。

たとえば元就は、諸国を旅する座頭衆に目をつけ、毛利領に座頭が入れば、寝食の手厚い保護、過分の金銀をあたえ、彼らの相談に親身になって乗ってきた。

慈善ではない。――座頭を諜報、調略につかえると思案したからである。

事実、元就に手なずけられた座頭衆は、諸国の正確な内情をつたえてくれたし、敵国の武士や女性(にょしょう)たちに近づき、元就が囁けと言った言葉を、彼ら彼女らに吹き込み、大いなる波紋を近隣諸国の人心に起してくれた。

また元就は、国久の筆跡を盗むため、かつ、国久が元就に通じているという噂を重くするためだけに……国久と長年にわたって文のやり取りをしてきたのだった。

世鬼一族の報告を受けた元就は——出雲尼子氏が滅びに向かって崩れゆく痛ましい音を、安芸で聞きながら、

「某は……貴方におそわったことを、貴方の子孫にやっておるのです」

元就は北に、出雲に向かって語りかけている。彼が今、話している相手はもうこの世にいない。尼子伊予守経久。

謀聖と呼ばれたこの武将は——尼子晴久の祖父であった。

軍事の奇才だった山陰の覇王・経久は稀代の謀将でもあった。若き日の元就にとって、天敵であり、超えねばならぬ巨大な壁であり……畏敬すべき、師でもあった。

若年の元就は既に老境に達していた経久に時にしたがい、時にこれと戦いつつ、調略の奥秘(おうひ)、城攻め野合わせの機微、乱破をつかった攪乱を学び、力を蓄えてきたのである。

すぐそこの暗闇に銀髪の謀聖が立っている気がした元就、畏敬と敵意、親愛と警戒が複雑にまじった顔で、

「貴方は……今の尼子をご覧になって、嘆いておられるのでは？　その尼子を某が叩く様をどう御覧じる？　尼子は——滅ぼします。いずれ近い内に。だが、まずは……」

低く呟いた元就は、やがて、一人の家来を呼んだ。

金色の一文字に三星が黒漆の中で冷然と光っている。丸い三つの星は、夜の海で漂う月の影のようである。

文箱だった。

元就が、老いた家来の前に置いたのだ。

その家来は元就より十歳ほど上か。やけに細い顔をした翁で、異様に長く垂れた白眉が、しょぼしょぼした目を今にもおおい隠そうとしていて、手足は一度転んだだけで折れてしまいそうなほど、細い。

「国久の件、大儀であった。そなたのおかげで首尾ようぃった」

元就がねぎらうと不気味なほど痩せた翁は、

「はて……どの字を書いた御人でしたかな？」

とぼけているのか、本気なのかわからない言い方だった。元就は文箱を指した。

「次の男の字は——全て、この箱に入っておる」

「まず……どのように生きてこられた御方かお聞かせ下され。王羲之の書を真似るなら、山水に遊んだのどかな生き様を、顔真卿を模倣するなら、荒廃した世で賊軍に抗いつづけた、冬の霜の如き生涯を知らねば……。書は、心をうつす鏡にございますれば——」

「わかった。では、その男の話をしよう。そ奴はのう……安芸の隣、周防の国に生れたのじゃ」

隆助初陣

周防岩国——平家山は冬でも青い木の葉の密雲に、おおわれている。

樫、椎、犬樫といった常緑照葉樹、あるいは樅が山肌で幅をきかせているからだ。

弘中隆兼は今、樫の大樹の股に、苔や羊歯をかぶって潜んでいた。

十一月六日。

この山からいくつも山を跨いだ北、山陰の地では、初雪が降ったのでなかろうか。

山気はひんやりしていて、隆兼の息は白い。

……新宮党が流した夥しい血も、雪が隠したか？

山陰の中心、出雲で起きた血腥い嵐は、隆兼の胸にも暗く冷たい風を吹き荒れさせている。

尼子は大内にとって長きにわたる敵である。

が、その敵を襲った惨劇を、隆兼は喜べぬ。

信じ合わねばならぬ同族同士が、疑い合い、憎み合い、殺し合った事実が、同じ乱世を生きる武士としてひたすらに悲しい。

さらに尼子は伊香賀の勧めにより晴賢がおくった申し出——、

『長年の恨みを忘れ、密かに手を組み、両面から毛利を討たん』

に同意したばかり。

しかし、俄かに起きた新宮党一件により動けなくなった。

隆兼は、事件の発端に——何者かの謀が蹲っていると考えていた。

……元就であろう。

……そしてお主は我が方にも同様の調略を仕掛けるのでないか。わしとて安芸備後の尼子方国人を寝返らせて参った。だが、一族同士を疑い合わせ、殺し合わせるというそなたの調略は……。

したしき人にまで蜘蛛の足のような調略の魔手がのびる気がして、隆兼は深く苦しんだ。自分に置きかえてみれば民部丞と殺し合うような罠を仕掛けられるということではないか。憂鬱な気分になる。そんな時、隆兼は、山に入る。この男の童の頃からの癖で、娘の山好きは隆兼を見てそだったからだろう。

二日前、その梅が、

「猪が畑を荒らして百姓衆が困っているのよ」

岩次に話しているのを耳にした隆兼は、郎党を山に入れればよいものを、自ら弓を取り、

「わしが退治して参る」

幸阿弥という家来一人をつれ、山に入ったのだった。

隆助、岩次も供をしたがったが、隆兼は、

「駄目に決まっておろう。父が山に入っておる間に、毛利が動いたら如何する。次の戦では初陣を飾るのだろう？　隆助は、ここにおれ。また、岩次、石州の雪山に入った覚えがあると得意げに申しておったが……」

夢中でうなずく岩次に、隆兼は、

「相手は猪じゃ。童の山遊びとは違う」

「おら、殿様よりも冬山に……」

「こら岩次、父上に要らざる口答えをするな。さ、あっちで薙刀の稽古をするぞ」

なおも食い下がろうとする岩次の細腕が、隆助に引っ張られていった。

かくして幸阿弥と山に入った隆兼。猪を追いながら元就の調略にどう対処すべきか、思慮している。

百姓が張ったいくつもの罠を正確にかわし、小賢しく動き回って畑を荒らす猪が、三本松城を攻めている間、後ろで巧みに動き回った毛利勢に思えてくる。

悪食（あくじき）の獣は隆兼が隠れている樫の下を通り道とするらしい。

すぐ傍の木の下部に体を執拗にこすりつけた跡がある。

ともすれば、毛利に吸引されがちな意識を、山がこぼす様々な小音にそそいだ時、茂みを移動する物音が近づいてきた。隆兼の丸みをおびた目が、細められる。

隆兼の周りだけ――山気（さんき）が、張り詰めた。

その緊迫を察したか……音が、止った。

隆兼は瞑目して心を無にする。

また、ガサガサ、と茂みが、騒ぐ。見ればふてぶてしい顔をした灰色の大猪がのしのしこちらに近づいてくる。隆兼はまだ――構えぬ。ちなみに今、隆兼がもっているのは戦でつかう大弓ではなく、猟師がもちいる小ぶりな弓である。

猪は隆兼の直下で地べたを這う樹の根に鼻をこすりつけはじめた。隆兼は一思いに構え、躊躇いなく射た。

垂直降下した矢は――猪に、真上から刺さっている。貫通はしなかったが、体深くまで突入した。ぐらっとよろけた猪は、その巨体から想像も出来ぬほど高く――ゆうに三尺以上――跳ねるや、物凄い勢いで元来た方とは逆に駆け出した。

隆兼は素早く飛び降り、白い息を千切らせながら弓を構える。

灰色の猛風は数間いった所で横に転がった。

猪が倒れたそこは、常緑樹の森にぽつんと一本だけ紅葉が生えた下で、今、裸になった紅葉は脱ぎ捨てた夥しい落ち葉を、赤い筵(むしろ)にして大きく広げている。昼でも薄暗いこの森で、そこにだけ太い陽光の筋が差しており、くっきりと明るくなっていた。

紅葉筵に転がった猪が憤然と起きる。猪は、隆兼を睨みつけた。

怒りの塊が、暴風となって——こちらに突っ込んでくる。

隆兼は、素早く、力強く、引き絞り、射た。

真っ直ぐ飛んだ矢は——猪の目に勢いよく刺さった。

だが、猪突は止らない。

その時、隆兼の前方に、総身羊歯(しだ)をまとった男が斧を引っさげて飛び出て、猪に立ちふさがった——。

瞬間、猪はどうっと横倒れし、隆兼は、

「幸阿弥、大丈夫じゃ。わしの腕を信じよ」

「わしが狩りの仕方をおしえた頃の殿が、つい頭からはなれず……」

斧を振るって猪をふせごうとした男が、くるりと首をまわし、おおらかな笑顔をむけている。

灰色の短髪で、道服(どうぶく)をまとい、小太りな体型である。その丸い顔は——笑みが良く似合う。

幸阿弥の表の顔は弘中家の同朋衆(どうぼうしゅう)だった。いわば、茶坊主だ。

だが、裏の顔は……弘中家を幾世代にもわたって影から守ってきた、外聞(とぎき)の血を引く者だ。

天野慶安は純粋な茶坊主でありながら、忍びに似た役を言いつかった者、幸阿弥は茶坊主のふりをした忍びの者だった。安芸で調略を命じていたが、このほど岩国にもどっている。
苧屑頭巾(ほくそずきん)をかぶった、狩人姿の隆兼と、幸阿弥は、猪に近づく。眼から入り脳まで貫いた二の矢が致命傷になり——獣は息絶えていた。

こうなると猪は害獣ではなく、山の恵みである。隆兼と幸阿弥は落ち葉の海に沈んだ獣に手を合わせた。

そして、小刀を取り出した隆兼は、猪の耳を器用に削ぎ落している。取った耳を山の神に供えると傍に矢を立てた。隆兼が獲ったという目印で、これを見れば、里人も猪肉を盗まない。

で、二人は猪の屍をのこして山を降りはじめた。

猪はあとで若党どもにはこばせ、鍋にして家来一同に振る舞うのだ。

下山する隆兼の胸中で靄(もや)に似た不安が静まってゆく。

……敵は様々な流言飛語で我らを攪乱(かくらん)するはず。毛利が蒔いた種に、軽忽(けいこつ)におどらされ、疑い合う者が出るやもしれぬ。中津で長いことささえ合ってきた者たちは、互いを信頼し、今日までやってきた。船大工は己の仕事に嘘をつかん。沈む舟をつくらぬ。鍛冶屋もすぐ壊れる道具をつくらぬ。

弘中党は、同じ武士とも左様な付き合いをしてきた。隆兼が信を置く武士たちは、敵に変心するような輩でないし、本来ならば左様な流言飛語に惑わされる者でもない。信じている者が、敵方だという噂にふれた時、動揺して、その者をすぐ疑うのではなく、その噂こそ——妖言(ようげん)ではないか、敵が火のない所に煙を立てておるのでないかと疑う。此(こ)を一族郎党に徹底させよう、隆兼は思案した。

また、こちらの中核、あるいは心臓に近い所に位置する大身の寝返りは、許すまじき不祥事だが、いわば周辺に位置する小領主の裏切りは、いちいち目角を立てるべきものでもないと、隆兼は考える。

何しろこちらはこちらで――幸阿弥などをつかい、敵方を切り崩しているのだ。

……枝葉末節における小人どもの向背については、一度、毛利の水を飲み、嫌なら、またこちらに来るがよい……それくらい大らかに見るべきだろう。陶殿にも進言しよう。

伊香賀をつかい家中の隅々にまで目を光らせている晴賢は、左様な余裕を日々うしないつつあるように見えた。

夕闇が広がる山から、刈田が広がる冬の里に出た二人は、赤みを孕んだ光に照らされた。

茅葺の百姓家にうわった蜜柑の木は、今、夕日に似た色の実をたわわに実らせていた。

根本近くで刈られた稲株からは、ひつじと呼ばれる小さくか細い葉が顔を出していて、風にふるえるひつじは透き通った西日に光ったりする。

田んぼの脇を流れる小さな水路で遊んでいた裸足の童たちが、幸阿弥に駆け寄ってきて、

「やい幸阿弥！　この前の唄の続きをおしえろ」

幸阿弥は、岩国の人々に、茶を点てることと、茶飲み話、そして意外なほどの美声で今様を歌うこと、この三つしか出来ぬ者のように思われている。

狩人姿の隆兼は、

「おいおい、目上の者にその言い方はなかろう」

「わっ……弘中の殿様！」

隆兼だと初めて気づいた百姓の童たちは、喜んで跳ねまわり、

「もしかして猪を獲ったの！」

「そうじゃ」

弓を誇示し、胸を大きく張る隆兼だった。

「どれくらい大きな猪？」

「……うん？　お前の家を、片足で蹴潰せるくらい大きな猪じゃった」

「嘘だ」

「嘘だっ！」

田畑が広がる郊外から――にぎやかな中津に入る。

百姓家と同じく庭の蜜柑がたわわに実る屋敷にもどるや、隆兼は濡れ縁に腰かけて岩次が大急ぎで出したぬるま湯で足をあらいつつ、

「梅！　おるか？　そろそろ、御屋形様と陶殿に贈る蜜柑を見つくろっておけよ。大きく、汚れていて、大味な蜜柑よりは、小さくとも、傷一つなく、甘みがぎゅーっと詰まっておる奴、斯様な実をたのむ。そなたの見識に期待する！」

などと言っていると、

「兄上！　蜜柑どころではないぞ！　楽阿弥がもどった。すぐきてくれ」

民部丞が、濡れ縁を大股で歩いてきた。弟は大内義長の文をもって豊後まで行き、不穏な同盟相手との交渉を丸くまとめ、帰りに筑前の村を落ち着けて、先月末、岩国にもどっていた。

「……江良殿もきておる」

その一言で只事ではないと察した隆兼は、籠をもって庭に降りた梅、さらに岩次に、

「わしは蜜柑には五月蝿いからな。岩次、梅一人では心もとない。助太刀してやれ」

と冗談めかして言いながらも、苧屑頭巾を取り去った相貌は固かった。

黄昏の青い気が庭に立ち込めていたが、男たちが額を突き合わせる板敷きはもう暗い。まだ燈火は灯っていない。明りといえば床板に据えられた、木目のわかる透漆(すきうるし)に金蒔絵の船がほどこされた火桶の、赤く小さな火だけである。

隆兼、江良房栄、民部丞が額を突き合わせ、少しはなれた所に隆助が控え、隆助の後ろ、濡れ縁に二つの法体(ほってい)の影が座っている。

小太りな影は幸阿弥、痩せ細った影は楽阿弥。

いずれも――弘中家に仕える外聞である。

楽阿弥は幸阿弥の甥だった。彼の父は、出雲を内偵していた折、鉢屋衆に斬られ、幸阿弥が親代わりとなってそだててきた。

「吉和、山里に入った宮川殿の郎党、十七人のうち、十三人が討たれました」

楽阿弥が隆兼に告げる。

折敷畑で討たれた宮川房長の跡取りは幼かった。

房長の所領、郎党の一部は陶、弘中であずかっている。

毛利と陶の境目にある山岳地帯――吉和、山里では今、陶に味方し、毛利に抗う一揆が起きていた。この地は元々厳島の神領で、自立心旺盛な百姓が多く、武士の強固な統治への反発が強い。一種の自治領というべき吉和、山里であったが、陶と毛利、二大勢力が睨み合う中で、どちらかにつかねばならぬという岐路に立たされていた。

毛利の年貢の重さ、大寧寺の変への共感、二つの動機から――当地の百姓は地侍の指揮の下、安芸を攻める陶勢に与同(よどう)。以後、毛利と戦いつづけているわけである。

陶方としては吉和、山里一揆が長くつづいて、毛利が手を焼いてくれた方が――戦略の幅が、広がる。

故に、仇討に燃える宮川の郎党などを、百姓や商人、樵に化けさせてこの紛争の山岳地におくり、武器、兵糧の支援、戦の指導などをおこなっていた。

正々堂々一揆に援軍をおくると、即刻、毛利と陶のこの地を舞台とする合戦になり、戦略の幅をせばめる。故に、陰ながら一揆をささえていた。

陰徳太平記は吉和、山里一揆について、
当国の諸牢人、並に山賊剛盗等、銹長刀、破空穂、煤気たる弓に羽無し矢取り添へ、手毎に提げ打出でたり。

と、表現しているが、この諸牢人、山賊剛盗の中に——陶がおくり込んだ者どもがふくまれるわけである。

「吉和、山里にさらに兵糧と兵具を入れねばならぬ」

房栄の言に隆兼はうなずき、

「相手は……元春か」

元就は吉和、山里に様々な分断工作を仕掛ける一方、吉川元春率いる精兵に攻めさせている。

「商人に化けて、わしが参ろうと思う」

民部丞が言う。弟は、武芸こそ隆兼に劣るが、策略にたけ、小人数を率いての奇襲にも秀でる。

こういう攪乱戦にはうってつけだ。

「……うむ。そなたならまかせられる。だが、鎮西からもどったばかり。疲れてはおらぬか?」

「そのことよ。一人、介添えがおれば、上手く立ち回れよう。――隆助をつれてゆきたい。如何か？」

弟の言葉は隆兼の額に硬い稜線を描いた。たしかに、次の毛利との戦で、隆助を初陣させると約束した。だが、隆兼が思い描いていた嫡男の初陣は、一揆を陰ながら助けるという泥臭い戦闘でなくて、自分の目がゆきとどき、晴賢もいるもっと晴れがましい決戦だった。

隆助が凛とした声を放つ。

「父上は次の戦で初陣と仰せになった。宮川殿の郎党が彼の地に赴いておるのに……弟子である某が岩国にいてよい道理はありませぬ。どうか、叔父上と共に行かせて下さい」

――こ奴ら……わしが狩りに出ておる間に左様な相談を……。江良殿、何ゆえ止めてくれなかった？

隆兼は、軽い恨みをふくんだ顔を房栄に向けている。ずんぐりとした老軍師は微笑し、

「弘中殿。ちと、蜜柑でも食しながら二人で話さぬか？」

隆兼と房栄は濡れ縁に出る。梅と共に庭の蜜柑を摘んでいた岩次が急いで駆けてきて、大急ぎで二人分の草履（ぞうり）を揃える。草履をはいた隆兼と房栄が、金色の恵みで葉群をいっぱいにした木に近づくと、献上品を摘んでいた梅は遠慮して台所の方に消えた。二人の手が蜜柑を一つずつもぐ。

房栄は皮を剝きながら、低い声で、

「……初陣を案じる気持ちはわかる」

「案じる……というより……」

言葉がつづかぬ隆兼だった。

かなり暗くなってきた庭で、隆兼は三房ほど、房栄は一房だけ、蜜柑を口に放る。甘酸っぱさ

が隆兼の喉に広がっている。

小柄な房栄は言い聞かせるように、

「綺羅星(きらぼし)が如き将が軍議に並ぶ大戦に出ると、若武者はのう……腕(かいな)に力が入りすぎ不覚を取ったりするものよ。初陣ともなればなおさらじゃ」

「…………」

「石見も父にことわられ、折敷畑も母に止められ、此度も退けられたら……隆助の気持ち、妙にねじけてしまわぬか?」

周防一の知恵者と言われた男は、隆兼の様子を窺いながら、

「小戦で場数を踏んだ方が、大戦で手柄を立てられると思い余計な口をきいたまで。小戦と申したが、隆助がいった時、戦は起きぬかもしれぬ。むろん……決めるのはそなたじゃ」

房栄は戦は起きぬかもしれぬと言うが、元春は今、抵抗する村を激しく攻め立てており——行けば戦に巻き込まれる可能性が高い。

隆兼は蜜柑の木の傍で、もいだ実の残りを食べもせずにしばし考え、ある決断を下した。

*

その夜。

枕に頭をのせてまんじりともせず天井を仰いでいた隆兼は、隣でやすむこんに、

「そなた……」

「…………」

「いや……何でもない」

隆助を吉和、山里に行かせるという隆兼の決断を聞いた時、こんは微塵（みじん）も動揺を見せなかった。そのことを隆兼は、やや訝しく思ったのである。

妻は、隆兼の心にふれたのか小声で言った。

「……ええ。心配でございますよ。ですが、わたしがそれを見せて何になりましょう？」

隆兼はきつく目を閉じる。

「隆兼様の初陣の折、御母上はどのようなご様子でした？」

二十年前を思い出した隆兼は、

「……常と変らぬご様子であった……」

こんの手が、隆兼の手を、そっとにぎった。

「鎮西におります我が母も兄たちの初陣の時、そうでございました」

隆兼の手をにぎるこんの手が、ぎゅっと力を込める。

「今は乱世。弘中の家は……農人（のうにん）でも、商人でもない……武人（もののふ）の家にございますればこの家の女子は左様に振る舞う他ありますまい？」

こんは言葉を詰まらせながら、

「こんは、手柄など望みませぬ。……あの子に……隆助に……傷一つなくもどってきてほしい……その一念にございまする」

初陣——大友水軍との船戦の思い出に、胸をひたされた隆兼は、苦笑いして、

「大将首を刎ねてこいと、母御は言った」

「そこは……母によって違うのでしょう」

こんと隆兼は寝床で忍び笑いをした。

「さあ、もう寝よう」

言いながら隆兼は、ある思いを嚙みしめる。

——もし弘中の家に何かあり、この乱れし世で離れ離れになっても、わしは来世でまた、そなたを妻としたい……。隆助と梅を、また子にしたい。

翌日、民部丞と隆助、白崎十兵衛は商人の風体で——岩国から見て真北、標高千メートルを超す高峰がそびえる西安芸の山岳地帯・吉和、山里に向かっている。同道するのは、雲水に化けた楽阿弥と、百姓姿となった故宮川房長の郎党七名、江良房栄の若党三名である。

他に弘中領と江良領の百姓十人も荷をはこぶために同道する。隆助たちは駄馬に、米俵、筵に隠した弓矢、太刀などをつみ、深山に入る。

十兵衛は隆助の守りに隆兼がつけたのだ。

険しい山道を丸一日潜行した一行は、さる山の頂に近い樅(もみ)の林で野営した。

翌朝、百姓商人がもっていそうな短めの刀を帯に差し、小薙刀——戦国の世ゆえ商人が薙刀をもち歩いても不自然ではない——を小脇に樹にもたれて眠っていた隆助は、叔父の手に揺り動かされた。

「きてみろ」

あくびを呑み込んだ隆助は民部丞について、身を切るほど山気が凍てついた樅林を、沈んだように眠る仲間をよけながら歩く。薙刀を置いて手をこすり合わせたい衝動と、戦う。

と、俄かに開けた視界が——隆助の目を大いに開かせた。

「早起きは三文の徳と、申すだろ?」

ニヤリと笑んだ民部丞から白い息がこぼれている。

「これは……三文どころではありませぬ……」

枯れ薄がうな垂れた高台から見下ろしたそこには、ただただ、白雲が広がっている。雲が山間の里に蓋をして、隆助たちは、雲の海が人里を呑める白い竜のように、蠢く光景を見下ろしている。

雲海の彼方で対面の高峰が朝日に燃えながら切り立っていた。

民部丞は自らのこけた頬を手で叩いてから、

「今、雲が隠しておる所、あるいは対面の高峰や、ほれ、雲の中からちょこんと頂をのぞかせて
おる山、左様な場所で、鬼吉川と百姓衆の戦がおこなわれておる……。元就はいくつかの村を寝
返らせた。また、一つの村の中にも味方をつくり、村人同士を――」

その先の言葉を民部丞は呑み込んだ。しばらくして、硬い面差しで、言った。

「陶のため、己らのために……戦っておる者たちだ。我らが助けねばならぬ」

叔父は、父の前では皮肉を連発したり、話をまぜ返したりするのだが……隆助の前では、やけ
に真っ直ぐな話をするのである。

隆助は力強く首肯した。

もどると、皆起きていたため、干し飯などをかじり、移動する。

昼前に、隆助たちは黒煙が登る山村に辿りついている。逆茂木や乱杭でかこまれたその村で、
隆助は斬り死にした百姓や、射殺された地侍を目にした。

幾本も矢が刺さって倒れた人型の板を、隆助の足が、またぐ。竹竿に筵をつけた夥しい数の旗

が冷たい山風に身震いしていた。

木の兵士と夥しい旗は寡兵を誤魔化す苦肉の策だろう。

「ついこの間まで……毛利相手に一歩も引かずに戦っておったのですが」

楽阿弥が呟いた。

彼は隆兼の命で先月から西安芸の山々に入っていた。戦況の確認と、何処にどれだけの人や物の具、兵糧が足りぬか、判断する役目だった。

「ただ……半佐殿はそうやすやすと斃れる御仁ではない」

「半佐とは？」

白崎十兵衛が問う。幸阿弥に似ず、細身で目付きが鋭い楽阿弥は、

「この村を治めていた御人です。半佐殿が、ささえ切れぬ時はそちらに隠れると申していた岩屋があり申す」

民部丞や隆助は楽阿弥が言う岩屋を目指し、また山に入っている。途中、沢を一つこえ、ひょろひょろした木と背が高い枯れ草が茂る湿原にわけ入った。

赤ら顔をさらに赤くした十兵衛が嗄れ声で、

「若、御油断召されるなよ。猛き者ほど油断して、敵の不意打ちを食らう。だが油断しまいと気を張りすぎると、疲れが首をもたげる」

民部丞が皮肉っぽく、

「……上手いことを言ったつもりなんだろうが、弘中の跡取りは、我らが説法せずとも左様なことは存じておるわ」

隆助は叔父に応えず、灌木の枝や、枯草を手で漕ぎながら、四囲にくばる鋭気の切っ先を研ぎ

に研ぐ。何かが、隆助が張った目に見えない線にふれ、若武者は止れと手ぶりする。静止した十兵衛が無言でうなずいた。と、楽阿弥が、藪に向かって、小さい癖に……やけに通る声で、

「わしじゃ、宗三ぞ。味方じゃ」

楽阿弥は――務めで他国に入る折、いくつもの名をつかいわける。

「おお……お主かっ」

ごそごそ動いた茂みが二人の男を吐き出した。

捩じり鉢巻きをしめた浅黒い百姓で一人は竹槍、いま一人は錆薙刀を引っさげている。

「半佐殿は御無事か？」

「うむ。隠れ家の方に、おられる」

百姓はぬかるみを跨ぎながら答え、隆助たちを隠れ家に案内してくれた。

いくつもの磊石が肩をそびやかしながら重なった岩山がある。その唐土の山水画に出てきそうな山の下部が、大きく黒い口を開けている。

岩屋の中には三十人ほどの人々が隠れていた。半分は女子供であった。

傷ついている者も多い。

半佐は鉢巻きをしめた壮年の地侍で、眉が太く目は細い。口髭を生やしている。顎がしっかりしたこの地侍を隆助は、何処か父に似ていると思った。

「弘中殿。助太刀のご人数、そして兵糧……真に助かります」

民部丞や隆助に一しきり感謝をのべた半佐は、少しはなれた村と連携して、敵を奇襲し、糧道を断っていると話した。

「……今できる最善の戦い方だな」

指を顎に添えて言う民部丞だった。

洞が開いた、巨神が如きミズナラが、力強い腕を怒らせ、天高くそびえている。

栃の高木もある。ミズナラや栃は葉を落とし、夥しい落ち葉が森の底につもっている。

隆助は幹が凍裂した大杉の陰に潜んでいた。

冬の吉和、山里は——深雪に閉ざされる。

その雪により、杉の幹に縦の裂け目が走るという。

半佐がおしえてくれた。

また、一揆の首領はあと幾日かで初雪が降るとも話している。

その半佐は今——隆助が隠れた大杉の傍、葉を全て落としたミズナラの大樹に身を隠し、山道をうかがっていた。

半佐と合流した翌日——隆助や民部丞は、毛利方の糧道を遮断するという半佐らに助太刀すべく山林に隠れている。

カケスの鳴き声がした。

かねてより決めていた楽阿弥の合図だ。

硬い緊張が、隆助の凜々しい顔を走る。

ややあってから毛利の鎧武者と足軽雑兵、さらに米俵をつんだ駄馬と、馬どもを引く毛利方の百姓が、現れた。

百人ほどか。

対して、吉和、山里方は、半佐の手勢、別の村の衆、弘中がおくった兵、合わせて八十人ほど。

毛利の輜重部隊はどんどん近づいてくる。

隆助は唇と顎に力を入れる。若き胸は——熱い鼓動を速めていた。

弘中の薙刀術を幼き頃から仕込まれ、宮川房長から大薙刀を伝授されている隆助だが——実戦は初めてだ。

むろん、人を斬ったこともない。

己の武術は実戦で何処まで通用するのか、いや通用するはずだ、父上や宮川殿は幾多もの戦で大手柄を立ててきた、その二人におそわったのだ、真だろうか、敵に返り討ちにされまいか、まだ死にたくない、望んでやってきた初陣の場であったが、いざ敵を目前にすると様々な思いが胸をもみくちゃにした。

山道をこちらに寄ってくる毛利の侍の面にこびりついた疲れがしかと見えた時、半佐がうなずき、手振りした。

吉和、山里の地侍、狩人が、矢を放つ。

足軽が射殺され、叫び声が山道に散る。

「敵じゃ！　一揆勢じゃ！」

毛利の鎧武者が吠える。

味方は、山道の左右に隠れて、毛利勢を射ている。

不意を衝かれた敵が混乱に陥ったのを見て取った半佐は、

「突っ込めぇ！」

山道の両側から一揆勢、そして庶人のなりをした陶兵が襲いかかる。

隆助も歯を食いしばり下草を蹴散らして敵に突進した。

隆助の脳は爆発しそうなほど熱く、心臓は胸板を突き破って飛び出そうだ。

猛然と駆け寄る隆助を鉢巻をしめた毛利の足軽がみとめた。

若い足軽は隆助に、歯を食いしばって槍を構える。

——隙だらけの構え。

今ならこの者の首を斬れると、隆助は感じている。

だが、どういうわけか、薙刀が……動かない。

敵は隆助の左胸めがけて力いっぱい槍を突き出してきた。

払う。

刹那——隆助から凄まじい闘気が、放たれる。相手は隆助の闘気、突然の襲撃に怯え、身を竦(すく)ませていた。

半佐や宮川の郎党は槍や刀を猛然と振るい、毛利兵を討つ。

だが隆助がもつ薙刀は凍り付いたままだった。

眼前の足軽の命を奪うことが、どうしても出来なかった。

瞬間——若き足軽の喉が、赤く破れる。

白崎十兵衛の槍だった。

隆助は、十兵衛が討った足軽の骸を跨ぐ。周りでは激しい怒号、叫び、刃と刃がぶつかり合う乾いた音がひびいている。

次なる敵が隆助に襲いかかる。

古い傷で片方の目が潰れた、厳つい顔をした武士で、顎鬚をたくわえている。その武士の太い腕は隆助と同じ得物——薙刀を振りかぶっていた。

隆助は――敵の隙を見切る。

そこ目がけて斬り込めば一薙ぎで斃せたろう。

だが、薙刀が、動かぬ。

隻眼の鎧武者には隆助が竦んだように見えたかもしれない。

「――小童！　臆したかっ」

獰猛な形相で罵り、脛を狙って――猛撃をくらわしてきた。

火花を散らして隆助の薙刀が受ける。

相手は素早く、隆助の両足の間に、薙刀を潜らせようとした。

下から上へ斬り上げ――鎧に守られていない股を、真っ二つに斬り裂く気だ。

隆助はさっと退く。足が、さっき十兵衛が討った男の体にふれる。

空振りした相手の薙刀を隆助の薙刀が上から叩き落とす。

そのまま、くるっと薙刀をまわした隆助、石突で敵顔面か、喉を突こうと思う。

けれどまた躊躇いが薙刀をしばり……石突をくり出せない。

「ははっ！　臆病者め」

相手は面貌を歪め、黄ばんだ歯を剝いて、笑った。

隆助は隻眼の鬚武者と対峙しながら自分の中にある仏法の教えが腕をしばって薙刀を振るわせぬのではないかと考えた。

釈尊は――「殺すな」と、説く。

その不殺の教えの対象は人にとどまらない。獣に魚、鳥に蝶、田で鳴く蛙に、浜をうろつく小さな蟹にいたるまで……生きとし生けるもの、あらゆる命を大切にしなければならないと説く。

その教えに隆助は幼い頃からしたしんできた。

中津にある仏寺に、よく、こんにつれられて出かけ、僧の話を聞いてきたのだ。そんな時、梅はよく居眠りをしていたが、隆助は真剣に耳をかたむけた。

……だからなのか？　だが、ここは仏の教えとはほど遠い場、仏の教えを守っていては生き残れぬ場だ。

一揆衆を助けることが、陶、弘中の敵、毛利を苦しめると頭ではわかっている。自分はそのために来たのだ。

が、己が薙刀を振るって誰かの命が止ることの重みが、虫一匹、鳥一羽の命を大切にしてきた隆助の刃にのしかかり……斬撃を躊躇わせるのだ。

隻眼の武士が薙刀を横振りする。

猛気の圧が——襲いかかってきた。

隆助は、火花を散らし、薙刀で受ける。

石突を前に出して相手の小手を打ち据え、敵の薙刀を払い落とした。

だが、止めを刺せぬ。

鬚濃い敵は太刀を抜いて斬りかからんとした。

刹那、細い風が吹き——隻眼の敵の頬が噴火したように夥しい血を迸らせた。

民部丞の槍だ。

叔父は喉を突こうとして、はずしたらしい。

若き日、弘中の薙刀術をなかなか会得できなかった叔父は得物を槍にかえたという。

毛利の鎧武者の頬から、叔父の槍が抜かれ、悲鳴がまじった鮮血が迸っている。

隻眼の敵は怒号を上げ、執拗く隆助に斬りかからんとするも、その敵の兜の天辺を練達の老武者、白崎十兵衛の槍が――バシーン、と勢いよく打ち据えた。

絶叫が、赤く、散った。

痛みに耐え切れなかったか、敵武者の手から太刀が――こぼれた。

だが十兵衛はそこで攻撃を止めている。

十兵衛の目は、隆助を見ていた。

その目は、

『――若。止めを刺しなされ』

と、言っていた。

隆助は歯を食いしばる。それは……一瞬であったかもしれぬ。だが、隆助は極めて長い時に感じた。

咆哮が起った。

叔父からだ。

隻眼の武者に勢いかかった民部丞は刀をひろおうとして身をかがめた相手を蹴倒した。

民部丞は、槍で、敵武者の喉を、赤く、ぶち抜いている。

隻眼の武者は――斃れた。

返り血を袴に浴びながら民部丞は怒りの形相で隆助を睨んだ。

隆助の面貌が引き攣る。

肌を抉るほど厳しい痛罵を浴びせられる気がした。あるいは、叔父が父に放つ皮肉に一層の毒を加味したものを聞かされる気が。

だが、民部丞は——何も言わず険しい面持ちで溜息をつくと、雄叫びを上げ、次なる敵にいどみかかっていった。

その日の戦いは——吉和、山里方の勝ちであった。

半佐は毛利の武者や足軽は討ち果たしたが、兵糧をはこんでいた人夫には手を出そうとしなかった。

この人夫たちは安芸の百姓で、半佐たちから見ると、山の下の村の衆、常日頃やり取りがある人々もいるのだ。

「半佐殿……敵と味方にわかれてしまったが、お主を敵とは思えぬ。辛い戦いだろうが踏ん張ってくれ」

毛利方の人夫の幾人かは半佐の顔見知りらしく、声を落として耳打ちしている。

敵がはこんでいた兵糧を分捕った一揆衆、そして大いにはたらいた宮川の郎党たちの面差しは明るい。だが、白皙の美男子、隆助の顔は沈んだまま……。

隆助は、先ほどの戦いでめざましい武技を見せ多くの敵から戦力を奪うも——結局、一人の敵も討つことは出来なかった。

……わたしは武士に向かぬのだろうか？　弘中の家を、継がねばならぬのに。

隆助の歯は、痛いほど噛み合わせられる。

叔父は戦いの後、ただ一言、

「……どうしたのだ？」

と、言っただけだった。宮川房長の仇を討ちたい一心で隆助は初陣を熱望し、叔父や房栄の力をかりて父を説き伏せ、今、ここにいる。なのに満足にはたらけなかった自分に叔父は、一言を浴びせただけだった。

　それがよけいに応えた。

　白崎十兵衛は隆助に、

「初陣で……己が思うようにはたらけた武者を、拙者、見た覚えがござらぬ」

　譜代の老臣の言葉でも隆助の心に出来た傷をふさげなかった。

　戦果を誇る仲間たちの野太い声がその傷に沁みる。分捕り品をはこんでの帰り道、先刻の戦闘でもっとも多くの敵を倒した男、半佐が意気消沈する隆助の傍らに来て、

「――見事な武技にござった」

「…………」

　皮肉だろうか？　隆助は答に詰まっている。

　しかし、傍らを歩む山里の地侍の胸の中に、皮肉を生み出す棘があるようにはどうしても思えない。

　隆助ら岩国衆と、半佐ら一揆衆は、凍裂した大杉やブナの古木が立ち並ぶ木立を白い息をこぼしながら登っていた。

　ちっぽけな己を見下ろす幾百年も前に芽吹いたであろう大きな樹を仰ぎながら隆助は、この樹々に降りかかってきた大雪や旱(ひでり)、嵐にくらぶれば、己の悩みなど、極小のものではないかと思った。

　――いや。そんなことはない。弘中の跡取りたるこの隆助が腑甲斐(ふがい)なければ……岩国を、そこに住まう民草を、守れぬ。これはやはり大きなことだ。

「……わたしの働きは半佐殿に遠くおよばぬものでした」

「貴方の薙刀のおかげで多くの敵が戦えなくなった。さりながら貴方は……迷っておられるように、見えた」

半佐の目は、奮闘の渦の真ん中にあっても、弘中の若君の戦いぶりをつぶさにとらえていたのである。

うなだれる隆助に山里を率いて毛利と戦う男は、言った。

「――うんと悩みなされ」

ブナの落ち葉を踏んで歩いていた隆助はまさかそのような言葉をかけられるとは思っていなかったのではっとして、半佐を見る。

半佐は渋みが効いた、落ち着いた声で、

「この乱れし世で……何ら迷いがないという若者がおれば、某はその者とこそ腹をわって話せませぬ」

「…………」

半佐は落ち葉の敷物から生えたキノコを跨ぎ、落ちていた小枝をポキンと踏み折りつつ、

「迷いとは――蕾。そこから大輪の花が咲くこともある。迷いを大切にされよ」

そう言うと半佐は白い歯を見せて笑った。

深山での暮しが、隆助よりずっと年かさの半佐の足腰を、驚くほど頑健にしている。隆助はすいすい山肌を登るこの男についてゆくのが精一杯だった。

辺りから、凍裂した杉が消えている。

冬枯れしたブナの純林(じゅんりん)を隆助たちは登っている。

隆助は半佐に問う。

「半佐殿は……何ゆえ毛利と戦われるのか？」

半佐は、精悍な顔をかたむけて少し考えてから、

「何ででござろうな……。いくつかあるがまずは、毛利の年貢が重く、取り立ても厳しいからでしょう。この地は元は厳島大明神の神領で年貢も諸大名の領分よりずっと低うござった。見ての通りの深山……。米が満足に取れず、キビ、粟で飢えをしのぐ者も多い。毛利殿は重い年貢で精兵を揃え、分国の守りを固くするおつもりなのかもしれんが……我らが山里にかぎって言えば重い年貢をかけられた時点で潰れる家が続出する」

陰のある声だった。

半佐は、つづける。

「さらに……わしは吉和、山里が古くから大切にしてきたありようというものが毛利殿の領分になれば……消えてしまうような気がした。故に、戦っておるのやもしれぬ」

独白するような言い方だった。

「どういうことです？」

隆助に問われた半佐はブナの落ち葉を踏み、蜘蛛の巣が張った笹を手で払いながら、

「吉和、山里は元からおった山の民と平家の落人がつくった隠れ里の如き土地にござる。某の遠い先祖は新中納言・平知盛様の郎党で、壇ノ浦で負けた後、この地に隠れた。

山里で途方に暮れる落人に山の民は、山での生き方を親切に教えた。落人の方は都でしか知られていなかった知識や技などを山の者たちに伝授した。そうやって……深雪で樹が叫びながら裂けるこの厳しい山で、我らは助け合って参った。長い間……ええ、真、長い間、そうして参っ

た」

半佐は珊瑚のような冬枯れの梢の上、空を仰ぐ。

青と薄灰色が等分にまじったぼんやりした色合いの空が彼らの上にはあった。

「助け合いの心は今でも生きております。たとえば我らはよく狩りをしますが、その狩りで捕った鹿なり猪なりの肉を、狩りに男手が出せぬ家にわけたりする。斯様な古き仕来りが、毛利の領国になり、毛利の戦に駆り出され、年貢をきつく取られれば……なくなってゆく気がした。不便ばかりの暮しなれど、心に和みがある、そこが変ってゆく気がした」

深刻な面差しだった。隆助は半佐に、

「何故、そう思うのです？」

「――村同士、百姓同士を争わせる、左様な調略を仕掛けてくる山の下の大将が……わしにそう思わせる。……わしの勘はよう当る。この山の中では勘がよくなければ生きてゆけませぬ」

そう言うと半佐は、分厚い肩を心なしかすくめてみせた。

「陶殿の側に立てばその古い仕来りは存続し得ると思われたわけですな？」

二人の話に、民部丞がわり込んでいる。

半佐はいつの間にやら後ろにすっと近づいていた民部丞に振り向いて、

「いかにも」

頬がこけた叔父は唇の片端だけ吊り上げて微笑み、

「それも、勘ですか？」

「当然」

民部丞と半佐は笑い合う。隆助も、ずっと硬かった相好を心なしかゆるめた。

俄かに半佐は刀に向かう研師のような真顔になって、

「……陶殿の近くにおる、弘中隆兼殿や江良房栄殿は、我らが大切にしてきたものを汲み取って下さる御人」

半佐の細い目が真っ直ぐ隆助を捉えていた。

「……そう心得ておりまする」

たしかに父ならば——吉和、山里の衆が何百年も大切にしてきたものを、おろそかにしたりしないだろう。

あらためて父からまかされた役目の重さ——それは自分で願い出たことであった——が、十四歳の若者の双肩にのしかかっている。

隠れ家の炊事は——夜おこなう。

昼の間は煙を毛利の物見に見られるからである。

「キビが入ったご飯です。……お口に合えばよいのですが」

浅黒い手が、黄色っぽい飯を盛った古びた椀を、隆助に差し出している。

みちの手だった。

みちは、半佐の娘だった。

旅の僧と共に毛利勢との戦で傷ついた人々の手当てを実にてきぱきとおこなっていた。村を追われた時にひどく傷ついた翁（おきな）や媼（おうな）、童、先ほどの戦いで手傷を負った周防から来た武士、どの者にもみちはひとしく温かかった。

粗衣（そい）をまとい、髪を一つにたばねていて、肌は浅黒い。

ほっそりしているが、弱々しい娘ではなく、敏捷で力強い。涼し気な目は一重で、細い。歳は隆助と同じくらいか。

弘仁貞観の仏師がつくった一木造の観音像のような、素朴な美しさをたたえた娘だった。

みちは先刻の戦闘で誰が一番はたらいたかとか、左様なことは一切問わず、ただ無事にかえってきた者たちをねぎらい、討ち死に者五名の死を深く悼んでいる。

隆助は黄色く小粒なキビが玄米とまざり合った炊き立ての飯を食う。熱い弾力が、口の中でねばつく。

「餅をまぜた飯のようで……旨い」

みちは心から嬉し気な顔を見せた。

夜半、隆助は——なかなか眠れなかった。

何故、迷いが起きたかを、考える。

こんにつれられてよくお堂に説法を聞きに行っていた隆助。幼い頃の隆助は虫一匹殺すのを躊躇うほど情け深い子だった。

かつて、こんは、そんな隆助を温かい目で眺めながら言った。

『命を大切にせよという教えはたしかに素晴らしいが……それを実践出来る人は少ない。我らは、何かの命を奪わねば生きてゆけません。魚を焼いて食べたり、貝の汁を飲んだりしなければ、生きてゆけませぬ。それでも……仏の教えを大切にすることは出来る。其は……無益な殺生はせぬということ。食べるために、魚や鳥の命を奪う営みは仕方がないが、食べもせぬのに、ただ楽しみのために……鹿や兎を殺めること、このような行いはつつしむということです』

また、父、隆兼は、かつて、

『……よいか、隆助。釈尊の教えはたしかに素晴らしいが……この弘中隆兼、どうしてもこれは真似できぬな、得心がゆかぬなという教えが一つあるのだ。其は釈迦の前世の話じゃ。前世の釈迦は山中で飢えた虎と出会った。その虎を憐れんだ前世の釈迦は、我が身を虎の前に投げ出し、虎に食い殺された。

わしはどうしてもこの前世の釈迦の振る舞いを真似出来ぬ。……承服できぬ。何故なら、釈迦はなるほど虎の命は大切にしたが……己の命は大切にしておらぬではないか。山中で飢えた虎と対峙した、さあ、隆助、そなたなら如何する？』

『逃げます』

『逃げ道が、全くないとする。そなたは妹の梅を守らねばならぬ。何とする？』

『……戦います』

父は深くうなずき、

『それが——武士という存在ぞ』

隆兼は、言った。

『虎ではなく、賊がいたとする。……話し合いが通じるような相手ではない。幾人もの罪なき人を山中で殺め、財物を奪ってきた冷酷無比な者どもだ。武器をもたぬ女子供を幾人も殺めてきた者どもだ。この者どもに山でかこまれた。やはり逃げ道はなく、そなたはこんと、僅かな郎党と共におる。如何する』

『戦います』

隆助の答を聞いた父は遠い目で語った。

『この乱世……いたる所で多くの命が奪われ、家々に火がかけられておる。領民を撫で斬りにし、財物を悉（ことごと）く奪う、盗賊の親玉のような将もおる。そこに……殺されてよい命など一つもないのに……。我らは左様な乱世の害から、領民を守らねばならぬ。この乱れた世で……武家が釈迦の不殺の教えを堅守しておっては、到底生き残れぬ。時には敵勢の血で手を汚さねば……己の命をつなげぬし、一族郎党、領民の命を、守れぬ。それが乱世ぞ。我らが生きておる暗鬱たる世だ』

『では父上は……仏法を棄てよと？』

『そうは言うておらぬ』

隆兼はゆっくり頭を振り、

『乱世を生きる武人（もののふ）であっても……仏の教えを胸に置くことは出来るはず。たとえば、戦でもないのに、荒ぶる気持ちを引きずり、些細なことで若党や百姓を咎めて斬り殺したりする男が後を絶たぬ。あるいは山籠りし、不戦の意志をあらわしておる敵領の民を襲い、酷たらしく殺し――財物、糧（かて）などを奪い去る武士も多い。左様な所業を決して犯さぬと心に決めること。降りかかる戦の害から郎党や領民を守るため、我らは戦わねばならぬが……戦が終り、物の具を傍に置いた時は、身の回りの命を大切にする。斯様な道を歩めば、我ら乱世にあっても、御仏の教えを胸にのこしておると、言えぬだろうか？』

そんな会話を父としたのを思い出す。

……あれだけ行かせてくれと言うたのに、はたらけなかったと申せば……父上は怒るだろうか？

その夜、隆助は闇の中から誰かに見られている気がした。

それは、みちでないかという気がしている。

翌々日、共に戦った村から、

「吉川の兵に攻められておる！　今にも押し負けそうじゃっ」

急報がとどく。

半佐は助太刀に行く、もしささえ切れぬようならその村の衆をここにつれてくると言い、

「坊様、みち、後をたのむ」

坊様というのは、ボロボロの墨衣(すみごろも)をまとった四十がらみの大男だった。蟹を思わせる平たい顔で大きな団子鼻。濃い鬚が口周りをおおっている。

みちと共に手負いの人々の手当てなどをしていた。

「半佐殿。我らも同道しよう」

民部丞が、申し出ると、

「いや、弘中殿は、ここの守りを。我らが参ろう」

房長の遺臣が前に出ている。

かくして半佐は、仲間七人と、宮川、江良の者五名をつれ、鬼吉川に攻められて今にも崩れそうになっている村の衆を救うべく、岩屋を発ったのだった。

隆助は昨日から、みち、そして尭恵(ぎょうえ)と名乗る鬚濃い僧に申し出、怪我人の手当てを手伝っていた。

吉和、山里一揆は元就の脇腹を狙う匕首(あいくち)である。この一揆を少しでも長引かせるために当地に入った隆助であったが、地侍や百姓と実際に共に戦い、半佐の話を聞き、胸が揺さぶられるものがあった。安全な父の領内より濃い時が隆助を取り巻いており、ここにきて四日目であるが、もっと前からいるような気がしている。

とくに怪我人の手当てに走りまわり、不安に沈む童や童女を明るくはげますみちの姿が……隆

助の胸を揺さぶった。

自らも足に怪我しているのに夢中になって手当てに奔走するみちは、人におしえるのが上手かった。ぎこちない手で怪我人と向き合う隆助に、手当ての仕方を、一からおしえてくれた。

……みち殿の方がわたしより、よほど武士らしい。わたしが同じ立場なら、子供たちをああも温かくはげませるだろうか？　手当てどころか、もっと多くをおそわっている心地がする。

傷ついた童子がつぶらな瞳で隆助を見上げている。己が手当てしている子だ。

……この人々のために出来ることをしたい。

武士、特に将たる者、敵味方の全勢力はもちろん中間勢力にいたるまで悉く壮大な盤上に置き、先を先を読んでゆく思考がもとめられる。

左様な思考がもっとも研ぎ澄まされた人間が、元就だろう。元就に勝つにはこちらも同じくらい冷静に先読みせねばならぬ。

頭では、わかっている。だが、左様な武士になり切れぬ血が、隆助の中には流れていた。

半佐は——なかなかもどらなかった。

血色の夕日が山や谷を染めはじめても、一向にもどる気配はない。

みちは梅とそう歳がはなれていないにもかかわらず、内面の苦しみを決して見せなかった。

梅よりずっと静かだが、芯が強い娘であった。

隆助は毛利方の夜討ちがある気がして、その夜、なかなか寝付けなかった。夜明け近く、強い血の臭いが岩屋に入ってくる。外を見張っていた楽阿弥が大怪我した男をかかえ込んできたのだ。

怪我人は半佐と一緒に行った百姓だった。

「やられた……わし以外の皆が。半佐様も……。岩国の人も。敵が、毛利勢が、くるっ」

大怪我した百姓によると、二つの大きな村が同時に寝返ったせいで、吉川勢は勢いづき、一揆全体の抵抗力は崩れかかっている。

父の死を告げられたみちは――うなだれ、小刻みにふるえていた。隆助は何と声をかけてよいかわからなかった。

やがてみちは、きっと顔を上げる。細い目を潤ませて石のように硬い顔で決然と、

「――父の仇を取ります。同じ思いの方は、共に戦って下さいっ」

「そうじゃ、そうじゃ！」「毛利に好き勝手されてたまるか。半佐殿のご遺志を継いで戦おう」

周りにいた百姓衆が鼻息荒くうなずく。

「――いや。ならぬ！」

強い声は――民部丞から、放たれた。

民部丞は静かにさとすように言った。

「犬死にするだけだ。万に一つの勝ち目もない。皆で、岩国まで参ろう」

みちは細い目に涙を浮かべ、

「皆、ここで生れそだち……ここで生きてゆきたいと思っています！　わたしも他の所を知りませんっ」

民部丞はあくまでも戦おうとするみちに膝をつき合わせ、

「重ねて申すが、勝ち目はない。死んだらもう……村にはもどれん。だが、命あればいつかはもどれよう。半佐殿もそれをのぞんでおるのでは？」

民部丞は、父を討たれた少女に、言い聞かせた。

「そうじゃ、みち。――生きるのじゃ」

鬚濃い坊主、尭恵が、言った。

尭恵は鎮西の出という。弘法大師が修行した厳島を目指す廻国修行の途次で吉和、山里に立ち寄ったのだ。多くの百姓が傷つき、悶え、命を落としている惨状に心を痛め、半佐の村に腰を据え、怪我人の手当てに奔走していたという。

みちの中で張り詰めていた何かがたわむ。細い瞳から一粒の光の滴が、浅黒い頬にこぼれた。

「……ごめんなさい。父は戦の前にわたしに泣くなと、何があっても泣くなと……。なのにわたし――」

「よいのだ、泣いても」

隆助は思わず言う。

「岩国の父は皆をきっと歓迎する。今は、生きのびることだけ考えよう」

……みちはうなずいてくれた。

小薙刀をもった隆助、奇しくも同じ武器――小薙刀を半佐からおそわったというみち、民部丞らが百姓衆数十人を守り、夜明けと共に、岩屋から出る。

幾日か前通った湿原に入った途端――藪から黒い棒状の突風が飛来、後方を走っていた百姓の胸が後ろから突き破られた。鏃(やじり)が左胸を裂いて、真っ赤な血汁をほとばしらせ、前へ飛び出す。

矢だ。

――敵襲かっ。

隆助は歯噛みする。射殺(い)されたのは昨日、隆助が手当てした童子の父だった。

父をうしなった童子は泣き叫んでいる。

隆助の中で赤黒い野獣が首をもたげている。

隆助はみちや、泣き叫ぶ童、吉和、山里の人々に……どうしても生きてほしい。だが彼らを生かすには、追討ちをしてきた毛利勢と、戦わねばならなかった。

深く息を吸う。隣でみちが唇を嚙む。

……わたしが、やらねば。

眦(まなじり)を決した隆助は毅然とした顔で、

「わたしと楽阿弥でふせぐっ。叔父御は皆をたのむ」

民部丞が大丈夫かという目で隆助を見た。だが、隆助の横顔を見た叔父は何かに気付き言葉を呑み込んだ。

隆助が最後尾にいこうとすると、みちのかんばせに心細さが漂った。

朝焼けが、寒々とした枯れ木の片側だけを血色に縁取っている。その枝を払いながら、鎧武者三名、そして足軽十人が、槍や抜身の刀を赤く閃(ひらめ)かせて突進してきた。

——吉川勢だ。

こちらの方が人数が多いが吠えながら、殺到してくる。

……百姓と見て、甘く見ておるな。

隆助、楽阿弥、そしてそのほかの周防武士は、今にも燃えそうな雄叫びを上げて斬り込んだ。

紺糸縅(こんいとおどし)の胴丸をまとった鎧武者が隆助の首めがけて鎌槍を素早くまわしてきた。

首を、横から、裂く気だ。

薙刀が、発止と受ける。

次の瞬間……紺色の鎧をまとった男の両足で、血が爆発している。

隆助の薙刀が神速で敵武者の両足を断ち斬ったのだ。

斬撃で顔をのけ反らせた鎧武者の喉に——隆助の薙刀が突っ込み、後ろ首まで赤く貫く。

何故これほど強い男が百姓どもの中に、という狼狽えが吉川勢の面貌を走っている。

一人目の敵が斃れたその時には咆哮を上げる——一陣の旋風となった隆助は次なる敵に斬り込み、その者の命を、散らした。

罠

兜の前立として立つ金色(こんじき)の剣の中に憤怒相の不動明王が彫られていた。剣鍬形(けんくわがた)の兜に、黒糸縅の鎧をまとったその武人は、制圧した山村で床几(しょうぎ)に座っていた。

元春であった。

「逃げようとする百姓女を捕まえ、よってたかって嬲(なぶ)りものにしたとな？　そなたらの所行に間違いないな？」

元春の眼前には五人の男が、引き据えられている。吉川ではなく毛利の者たちだ。一人は立派な甲冑に身を固めた武士で、残りはその男の郎党と、雑兵だった。吉和、山里討伐軍には吉川勢だけでなく、毛利勢もくわわっている。

縄でしばられた武士は元春よりやや年長か。下膨(しもぶく)れの顔をした小太りの男で、顔貌は端整である。双眼はどんより濁っていた。

縄打たれた武士は不遜な様子で、顎を上げ、

「間違いございませぬ。ただ、吉川殿……あまり軍法の縛りをきつうしますと、兵どもの士気にもかかわりまする。某、桂(かつら)殿と縁続きの者。これ以上、某を糾問し、処罰されるなら——一度、桂殿にはかっていただいた方が、よいと思いますが」

与力としてつけられた男の口から、重臣の名が出てきた。その名を振りかざせばあらゆる罪が萎れる呪法でもあるのだろうか。

不遜な主には、図々しい家来があるもので、元春が許してもいないのに同じく縄打たれた郎党

が、卑屈な目付きで、言い訳をする。

「吉田の大殿に逆らったあいつらが、悪いんです……。わしら、昨日の戦で大いにはたらきました。とくにわしは、敵を三人も倒しました」

山で肌につき血を吸ってくる、蛭に似た不快さが、元春の心底をひくひくと這っていた。

三日前、兵糧が尽きかけた村から猛然と飛び出し、元春の首を狙って突撃してきた地侍——己が槍で仕留めた男——の方が、味方であるこ奴らより、よほど好感がもてる。

元春の頑健な腰が、床几から、浮く。しばられた五人につかつかと歩み寄り、

「裁きを申しわたす」

元春の剣が——目にも留まらぬ速さで閃き、鮮血の花が咲いて、重臣の遠縁を名乗る武士の首が吹っ飛んでいる。

ゴロン——、と転がった首はまだ、不遜な笑みを浮かべていた。元春は威厳をもって、

「いずれも斬首。余の者は、足軽どもの目にとまる所で首打て！」

吉川元春——この男の厳しさ、正しさを家来や安芸の民は寒風の中に咲く花、梅になぞらえた。

四人の男が、引っ立てられようとする。

「嫌じゃっ！　死にたくねえっ！　嫌じゃっ！」

さっき卑屈な様子で嘆願してきた男が身をよじらせて暴れ、元春の家来を振り払い、手縄をされたまま駆け出した——。

従者から無言で槍を受け取った元春は逃げる男に向かって、右肩を躍動させ、槍を投げる。

直線の疾風が、男の後ろ首から喉にかけて赤い穴を開けて——吹き、うつぶした男の体は槍によって、大地につなぎとめられた。

バッタや蛙を枝に突き刺して乾かす、モズの速贄のような光景であった。

その死体を無造作に跨ぎ、筵旗を踏み、太く逞しい足が、元春に寄ってくる。元春と同じ――黒糸縅の甲冑をまとった武者である。

異様な兜をかぶっていた。兜の鉢に黒い熊毛が隙間なく植え込んであり、黒い毛皮の帽子をかぶったように見える。熊毛植兜だ。

その兜には黒漆をたっぷり塗った、大きすぎる二本の角――大水牛の脇立がついている。

意外なほど小兵だった。が、小さな体軀を感じさせせぬ底知れぬ猛気を、横に太い胴、屈強な四肢から、めりめり放つ男であった。

髭面で刃物の如く目付きが鋭いその壮年の武士は、元春に近づくと、崖崩れのような大声で、

「婿殿！　敵の掃討、あらかた終ったぞ」

熊谷信直――元春の舅で毛利軍屈指の剛の者である。信直は地面に転がっている生首を気にするでもなく、太く低いガラガラ声で、

「一揆の残党がとある岩屋に立て籠っておるようじゃ。そこに、向かった者が……いまだ、もどらぬとか。手兵百名ほど率い、討伐して参る！」

「承知しました。当家の山狩りの達者どもをつれてゆかれよ」

＊

隆助が安芸で抜き差しならぬ危機に陥ったその日、父、隆兼の許をさる商人がおとずれている。

小柄で人の良さが額の広い顔からにじみ出た男であった。岩国に商用できたというこの安芸商

人を、隆兼は東西条代官をつとめていた頃から知っている。

濡れ縁に座って胡桃(くるみ)をにぎり潰し、掌を鍛えていた隆兼は、すぐに、目通りを許した。

「あ……また、胡桃をにぎり潰しておられたか？　みどもには到底、真似できませぬ」

一通り世間話が終った処で商人は、すっと文箱を差し出している。

「さる御方から……弘中様によろしくつたえてくれと、言われております」

隆兼は黒い蓋を開け、中に入っていた密書を一読するや、ものも言わずに破り、火鉢にくべてしまった。

商人に、笑顔で、

「これが答だと、毛利殿につたえよ」

「……へえ」

退出しようとした商人に隆兼から声がかかる。

「のう、長門屋(ながとや)」

「へえ」

「同じ用件でまたここに参ったら、ただではすまぬぞ」

笑みながらおどす隆兼だった。

元就は——長門屋をつかい、

「貴殿も陶に不満があるのでないか？　貴殿があの謀反人の幕下(ばっか)でその才知と武勇を腐らすのは惜しい。きたる戦で我が方に味方し陶の首級(しゅきゅう)を挙げてくれれば、わしは貴公を周防の守護代にしてよいと思うておる」

こう、言いおくってきた。密書にはさらに、恩賞として約束できる地名が、細かく念入りな元就らしい字でびっしり列挙してある。

敵地からきた密使を追い返した隆兼は、また硬い胡桃を手に取り、一呼吸で粉砕しながら、物思いに耽っている。

*

十一月のその日、元就は天野慶安を呼び、陶攻めはいつがよいだろうと訊ねた。

「早い方が良いと思いまする」

これは慶安の本音とは、逆だ。

……吉和、山里一揆の火がいまだ消えず、鬼吉川が彼の地におる今ならば、毛利はしくじるはず。

こう思いつつ慶安は、

「折敷畑の負け戦から陶が、立ち直っていない内に速やかに叩くべきかと」

「うむ。その方の意見、この元就の思案と全く合致する。これはそなたゆえ、申すのじゃが……実は江良房栄がわしに内通しておっての」

「…………」

元就は取り寄せた文箱の蓋を開け密書を一通、慶安にわたす。

「江良の奴、陶を毛利攻めにかこつけて岩国におびき出し騙し討ちにする代わりに、周防一国がほしいなどと、言って参ったのじゃ」

元就が見せた手紙にはまさに、今、言われた通りの言葉が……房栄の筆跡で、並んでいた。慶

安の面相は――引き攣りかける。だが、彼も役者だ。唇を薄くほころばせて、

「……江良まで味方にされていたとは……。毛利様の勝利、疑いなしですな」

元就は皺首(しわくび)をかしげ、

「なら……よいのじゃがのう。実は江良からの音信が途絶えがちになっておる。お主、この文をもって岩国に飛び江良の真意を問いただしてくれぬか？　お主だから、たのむのじゃ」

「喜んでお引き受けいたしましょう」

知った秘密のあまりの重さに潰されそうになりながら慶安は、言った。

――一刻も早く陶殿に知らせねば。江良の罠が迫り御命が危ない。

去ろうとする慶安に元就が、

「そうじゃ……。近頃物忘れがひどくて大切なことを忘れておったわ」

逸る気持ちを押さえ、

「何でございましょう？」

「……敵が厳島にわたると、安芸攻めの足がかりが出来てしまう。味方のこうむる損害、はかり知れぬ。何とぞ陶入道が……厳島にわたらぬよう、入道の心を上手く動かせと、江良につたえてくれんか？」

とぼけたような顔で言葉をそえたのである。

吉田郡山を出た慶安は――疾風となって周防に入る。岩国を素通りし山口に直行している。

「これが――江良の裏切りの、証にござる」

慶安がもってきた書状は、たしかに房栄の筆跡で書かれていた。手紙をもつ晴賢の手は強張っ

ていた。

「また、元就は陶入道様に厳島を取られると危ういと、某に本音を吐露しました」

「外聞は何と申しておる？」

晴賢は伊香賀隆正にたしかめる。

「……江良殿が毛利とつながっておると裏付けるものは何一つ出てきておりません」

顔に凄まじい刀傷が走った色白の家来は、一拍、置き、

「ただ三年前のこと……ほかのやり方があったという話を、したしき方にされておるようです」

大内義隆弑逆を契機に晴賢との間に罅が入った江良が、二心いだき、毛利とむすぶ……話の流れとしては筋が通っていた。町の噂、元就との速戦に及び腰だった江良への違和感を餌に、晴賢の奥底で成長していた猜疑心が、大きく首をもたげる。だが、まだ、猜疑心という名の獣は晴賢の全身を貪ってはいない。暴れようとする目も鼻もない暗黒の獣を必死に止めようとする声――元就の罠を疑え、という声も、晴賢の頭の一角にはひびいている。晴賢は伊香賀に、

「その方、早船で密かに岩国に入れ。弘中隆兼に江良を見張るようつたえよ。これでもし江良に胡乱な動きあらば……その叛心は明らかじゃ」

己が反乱を起したからか、晴賢は家来の叛心に敏感になってしまう。

「弘中殿が引き受けられぬと仰せになったら？」

「それを……わしに言わすのか？　弘中が、わしにそれを言わせぬ賢い答をすると期待する。行けい」

*

冬でも青いなだらかな山が開け、岩国の刈田が見えた時、隆助はみちに、

「肩をかそうか？　歩くのが辛そうだ」

岩国の山に多い照葉樹は吉和、山里の落葉樹と違い、青く艶やかな葉を茂らせている。

「せっかくのご厚意ですが大丈夫。歩けます」

みちは風に吹かれながら健気に答えている。

隆助たちから逃げようと刈田から飛び立ったふくら雀の群れが、強い向い風に阻まれて、困っている。前に飛べず群れごと右に左に動いて風の壁を越えようとする二十羽近い雀が……躍進する毛利に挑んで散っていった山深き里の人々を思わせた。

一昨日、隆助たちは毛利の追手を血の嵐を吹かせて討ち、吉和、山里から辛くも逃れた。追手の駆逐でもっともはたらいたのは――隆助の薙刀だった。

逃避行の途中で隆助はみちが怪我をした足をかばうように歩くことに、気付く。だが、みちは強情で我慢強く、足の痛みをなかなかみとめようとしない。自分は歩けるというのだった。

と、行く手に槍で武装した侍たちをみとめ、百姓衆の面貌に怖れが走った。

隆助は逆に安堵をおびた明るい声で、

「案ずるな。弘中の郎党だ！」

楽阿弥が弘中館に先行していたのである。

父とその家来の手で守られている地に入ったその時、みちがふらっとよろめいた。隆助は浅黒

い山村の娘をささえる。

「……ごめんなさい」

俯き加減に呟いたみちの横顔があまりに可憐で、凜々しき若侍の胸で、小波が立っている。

……わたしは父上によって守られている地に入り、安堵したが、みちは、父御を……。

複雑な気持ちになった。そんな隆助を眺めていた民部丞が、鼻に小皺を寄せ、

「ふふん」

「何です、叔父御」

「いいや、何でも……」

山道の戦いでは隆助を厳しく睨んだ叔父だが、一昨日の奮闘は、大いにたたえてくれた。

『やはり、虎の子は虎の子』

と、言ってくれた。


父は、故郷をなくした一揆衆を受け入れると約束してくれた。彼らの話を詳しく聞き、労をねぎらい大いに憐れんだ。みち他幾名かは弘中家で、尭恵など幾人かは近隣の寺で、他の者は商家や農家で引き取ることとなった。

隆助と民部丞は中津の屋敷に荷を置くと、争乱の山から逃げてきた人々をそうした商家農家まで つれていき、世話をたのんだ。

夕刻、弘中邸にもどると隆兼の相貌が――暗い。太き眉は、拭い様もない険をやどしている。

諸々落ち着いた頃合いを見計らい、民部丞が、

「何かあったか？　兄者」

すると隆兼は郎党全てを下がらせ、隆助、民部丞と三人だけになった。角張った顔に深い陰をやどした隆兼は額に指を二本当ててきつく瞑目していた。

……わたしの初陣の顛末を快く思っておられぬのか？

隆助は、思った。すると、隆兼は予期せぬ言葉を、口にした。

「……江良房栄殿に謀反の疑いがかけられておる。つい先ほど、お主らと行き違いに、伊香賀が参り、わしは江良殿を見張る役を言いつかった」

隆助は頭を強く殴られたような気がして、

「まさか……」

岩国から見て、吉和、山里よりも、吉田郡山城や山口の方がずっと遠い。

だが、慶安は夜も走り、伊香賀は早船をつかったため、驚くべき早さで、その指図はとどいたのである。

陰徳太平記によれば弘中隆兼は、

『江良に於(おい)ては全く野心など存ずる者に非(あら)ず。今少し事の実否を糺(ただ)され候ひて宜しく候べし』

と、意見したという。

「だが……伊香賀は取りつく島もないという様子であった。わしは毛利の調略の線を疑うべきと申したが……入道殿は、江良殿の手で書かれた文をもっておるとか」

民部丞は、隆兼に、

「君臣離間の計は元就の最も得意とする処」

「そう申した。だが、書状という証がある以上、念入りにしらべるべきと伊香賀は申す。ことわったらわしも江良殿に一味し、反逆を企てておると疑うと」

「何と――」

人の足に絡みつき溺れ死なせる藻が、夥しく茂る沼の話を、隆兼は思い出している。元就はその藻が茂る魔の沼のような男で、調略という水草を駆使して人々を破滅の淵に引きずり込む。

「ただ……伊香賀と話しておる内、わしは気づいた。此度の一件が元就の調略なら、その調略には二通りあると……。一つ目が江良殿は潔白だが、元就が巧みな虚報を流しておる線。もう一つが元就が――江良殿を言葉巧みに唆し、真に寝返らせたという線」

元就ならば二つ目の調略も成し得るのでないかという疑いが……伊香賀と話している隆兼の胸中に、薄暗く萌してしまったのだ。

『この動乱の世、生きのびるのは生易しいことではない。わしは毛利殿、江良殿……得難き友に救われて参った。そなたも、友を大切にせよ』

父、弘中興兼は、亡くなる少し前に隆兼に話していた。隆兼は父の言葉にしたがい、吉川元春や歳のはなれた友人、宮川房長を重んじてきた。父の友だった江良房栄は己の友でもあると感じていたし、同い年の晴賢については、

……短所もある御仁だが、わしはどうにもあの御方を放っておけぬ。西国にとどまらず、天下に名を轟かす侍大将になってほしい……。

これも友情であろう。

そんな隆兼だが……亡き父の友であった元就、自らの友、元春に、突如戦の狼煙を上げられ、西安芸を取られ、宮川房長を討たれるという大打撃をこうむっている。そして今度は友であり上役でもある男から、もう一人の友を疑え、鋭く見張れと命じられた。

父は隆兼にこうも言った。

『真の友と、偽りの友がおる。この戦国の世、偽りの友はそなたの足元をすくう……。偽りの友も、真の友の顔をする。恐るべき時代よの』

父は斯様に言いのこし、逝ったのだった。

今、この場に父がいたなら、何と言うだろう。

……友を疑いたくない。そう決意したばかりだ……。だが、慶安がもちかえった書状が本物なら……？　いや、まさか……。夜の海で話した江良殿の言に偽りはなかったと信じたい。元就が流布した嘘なのだ！　手紙も、偽物に相違ない。要は江良殿が潔白である証があればよいのだ。

「江良殿の無実を明らかにするためにも、江良殿の身辺を見張る。これをことわれば当家の将来が危うい……」

辛い決断が当主たる隆兼から吐き出された。

隆兼は不本意ではあったが幸阿弥、楽阿弥に——江良房栄を探るよう命じている。

＊

村を率いていた地侍の娘、みちを、隆助は大切な客人として遇したかった。地侍は半農半武士の有力な名主だが……それは一つの村の中の話。隆兼のような、数ヶ国の大名・大内氏の重臣で、一つの国をあずかるような大身の武士との間には、相当な身分の隔たりがある。

だが隆助は山里の娘、みちの人柄に惹きつけられていたし……わずかな邂逅であったが、みちの亡き父、半佐を武士として尊敬していた。

「そなたに下女の真似事などしてほしくないのだ」

隆助は板間を雑巾がけするみちに、言った。

「……いえ、ただ飯を食わせてもらうわけにはゆきませんから」

みちはにこやかに答える。

隆助は、みちの隣で何故か襷掛(たすきが)けして拭き掃除をしている梅に、微苦笑を浮かべながら、

「まあ……お前はそれくらいはたらいた方が怠(なま)け癖が直るかもしれぬが」

妹の溌剌たる手は、みちとあうまで雑巾などにふれた例はないはずである。梅はみちを真似して下女にまじって屋敷の掃除をするようになったのだ。

梅は歳の近いみちとすぐに仲良くなった。隆助は、悲境にあるみちとどう接していいのかわからなかったが、梅は、ごく自然な温かさでみちをつつみ込んでいる。

隆助は梅に感謝しつつも、

「兄上は、わたしにだけは意地悪なのよ」

琥珀色の大きな瞳を細め、みちに訳知り顔で囁く顔を見ると、意地でもそれを言ってやるかという気になる。

隆助は身を切るような寒さの中、濡れ縁を水拭きしていたみちに、

「暖かくなったら……わたしと、梅と……そなたで……海に参ろう。漁師の舟に乗り沢山魚を獲るのだ。我が包丁捌きを見せてやろう」

「ありがとうございます。海をほとんど見たことがないから楽し……」

と、言いかけた、みちは、口ごもった。みちの頬に得体の知れぬ力がかかって言葉を止めてしまったようにも見えた……。

みちと梅、二人の濡れ雑巾が動いた軌跡のすぐ奥、土壁が剝がれて竹の下地がのぞいた傍に父が恐ろしい握力で砕いた胡桃の大きな欠片が二つ、粉に近い微小な破片がいくつか落ちていた。

みちという娘が岩国にきて三日が経っていた。

隆助はもちろん、隆兼とこん、梅もみちを歓迎している。

だが——みちをとても歓迎出来ないという気持ちをいだいた人間が弘中邸に一人、いる。

岩次だった。

昨日、岩次は蜜柑の木の傍で隆助に薙刀の稽古をつけてもらっていた。その時、みちが通りかかっている。

隆助はみちに、

「これは某の弟子だ。夢中になって稽古するので、見る見る強くなっておる」

と、言った。みちは岩次をじっと見詰め、

「そんなに夢中で……稽古を？」

「はい、おら、もっと強くなって今度は隆助様や殿様の御供をして出陣し、大手柄を立てるんですっ」

岩次の言葉は——みちの面貌を見る見る歪める。みちが何ゆえか覚えた不愉快が、岩次にうつり、岩次も嫌な気持ちに沈んだ。隆助が取りなすように、

「みちも薙刀を嗜む。きっと、強いぞ」

「……どうかな？　おらの方が強いと思うけど……」

その言葉は、自然に、頰を硬くした岩次からすべり出た。まるで別の者が言わせたように。

するとみちは、岩次に、

「では……一度だけ、試合してみましょうか？」

勝負は……一瞬で終った。

みちの木の薙刀は突風となり、気付いた時には――熱い痛みが岩次の脛で、弾けている。

思わず庭に転がり下に落ちた蜜柑と同じ目の高さになった岩次は誇りを粉砕された気がした。

だが、みちへの敵意の理由は他にもあったかもしれない。みちの出現により――岩次は、隆兼やこん、隆助や梅、弘中家の人々が自分にそそいでくれる厚情の量がへってしまう脅威を覚えたのかもしれぬ。

とにかく岩次はみちを好きになれない。みちは――隆助から共に夕餉をとるように言われても、固辞し、岩次たち使用人と一緒に食事している。その振る舞いも……何か計算めいた才知を感じさせる。

頃は夕刻。

今、みちは、岩次の隣に座り、玄米飯を食べている。

みちの箸が米を口にはこぼうとしていた。だが、箸はふるえ、二、三度行き先を誤って、口に米が入らない。

そんなみちを、岩次は意地悪な目で見る。

みちが玄米の塊を膝にこぼした。

――箸も、ろくにつかえねえのか。

岩次のきつい眼差しに気付いたみちは、寂し気な面差しになった。こぼした米が、みちの小刻みにふるえる手でつままれ、たどたどしく漆が剝げかけた椀にもどされる。みちは長く強い躊躇いの末、汁椀に両手をのばす。

「…………」

みちがもつ汁椀の中で海苔の味噌汁の、黒と茶の水面が、かすかに波立っている。椀は宙で止っていた。もつ手が震動しているため、汁が揺れているのだ。

岩次は——さすがに何処か悪いのかと思った。

と、

「みち！　まだ、夕餉かしら？　母上が兄上の鎧直垂を縫うのよ。わたしは苦手だから、貴女も一緒に……」

打出の小槌と宝舟が躍る華やかな絹衣（きぬごろも）をまとった梅が、侍女をつれて使用人たちが食事する狭い台所に入ってきた。

瞬間——囲炉裏を背に座っていたみちは、汁椀を落とした——。熱い汁が、暴れ躍る。

「みち……何処か……」

みちの虚（うつ）ろな目は梅を見ていない。汁が散った自らの麻衣（あさごろも）を見ている。

「大変だわ。みちを、畳の上にはこぶのよ！　急いで」

梅が毅然とした声で飯を食っていた下男たちに命じた。岩次には、みちの膝や床板に付着した海苔が病をはこぶ小妖（あやかし）である気がした。

畳に寝かされたみちの様子を一目見た隆兼は、

「……ただの風邪ではない。足の矢傷が……良くなかったのかもしれぬ。梅、この娘の足を井戸水で念入りにあらってやれ」

弘中家の金創医を呼んだが、その者の手には余るという。

松明をもった隆助は岩次と和木三八をつれ、尭恵を呼びに行く。鎮西からきた彼の僧の医術に望みを託したのだ。

尭恵が寄寓している寺でまっていた答は、

「ああ、あの旅の御方なら……近隣の寺社に詣でると申しまして……」

昼頃、ぶらりと出て行ったというのだ。

その日の夜――こんと梅は、獣のような唸り声を上げて四肢をわななかせて苦しむ、みちを寝ずに看病した。恐ろしい病がみちに食らいついている、もっと早く己が気付くべきだったと、煩悶した隆助は、自分にも手伝わせてくれと、申し出るも、こんは厳しく、

「今、そなたに出来ることはありませぬ」

仕方なく自室に引き下がらざるを得なかった。隆助は山からつれてきた娘が心配で――一睡も出来なかった。

尭恵が見つかったのは翌日、暮れ方である。

旅の僧は地御前に詣でていたと話した。

厳島大明神の対岸、つまり本土側の摂社だ。

「よいか御坊、あすこは本来、我が方の所領だが……今や、毛利領。境目ではいざこざが絶えぬ。いくら近いとはいえ、境を跨いで勝手にうろつかないでほしい。間者と思われて捕縛されるかもしれぬぞ」

青筋を立てた隆兼に叱られながら、尭恵は坊主頭を申し訳なさそうに手でこねる。一応、この

尭恵も毛利の間者か疑わねばならぬ時局であるが、商人や僧に化けた世鬼(せき)者、鉢屋(はちや)者を見破る眼力をもつ幸阿弥、楽阿弥は、

『あれは……只の気のいい坊様です』

と、受け合っていた。

尭恵が通された時、みちの口には、こんの手で猿轡(さるぐつわ)がかまされていた。放っておけば痙攣(けいれん)して舌を噛み切ってしまうからである。髪を乱したみちの目も、こんと梅の眼(まなこ)も、赤くなっていた。燃えるような色の西日が差す一室でみちを観察し、病状を聞く尭恵の顔から、当初浮かべていた笑みが全く消えていた。

「村から岩屋に逃げる時、沼沢を通った……。その折に沼沢の毒気が矢傷から体に入ったのやもしれぬ。この病にかかると、しゃべりにくくなったり、手足を動かしにくくなったりするのじゃが」

「そういうことがありました」

隆助は言う。

みちの足の怪我は、矢で射られた傷だったのである。

尭恵は両手を髯(ひげ)が生えた広い頬に当て、餅でもこねるように動かして苦し気な顔様(かおざま)で、

「さて……弱った。……手強い病じゃ」

「御坊様。みちを救う方法はありますか?」

こんが囁くように訊いた。

「厳島ならば——みちの病を治す薬が手に入るやもしれぬ。彼(か)の島には博多(はかた)、堺(さかい)と同じく異国のめずらしき品をあつかう商人(あきゅうど)がおる。厳島の唐物屋なら明(みん)の妙薬を手掛けておるはず」

尭恵の言葉は暗く沈んでいた弘中家の人々の心に、一筋の光明を投げかけている。

「そちらに行くなと申した舌の根も乾かぬ内だが――御坊、行って下さるか？」

隆兼の真剣な問いに、鬚濃い僧は、うなずく。

「だが……境目の地に、悪党、強盗が多いのも事実。大金を懐に入れた御坊を一人で行かすわけにはゆかぬな」

隆助は、父が、弘中家があずけた薬代を手にした尭恵が逐電する恐れも視野に入れていると、察した。

「父上、某が尭恵殿と、厳島に参ります！」

若武者は、みちのためにはたらきたい一心だった。

岩国の玄関、今津湊にいくと博多からきた三百石積のベザイ船が筵帆（むしろほ）を畳み、木碇（きいかり）を下ろしていた。厳島に寄って母港のある播磨（はりま）にもどるという。

ベザイ船――後に「弁財船」と当て字されるこの頃の瀬戸内の主力商船だ。

舳先でそそり立つ鋭く尖った一本水押（みよし）、垣立（かきだつ）と呼ばれる船縁の囲いを特徴とする。ベザイの語源は不明である。

三百石積といえば米俵を七百以上はこべる。二十人ほどの水夫が動かすベザイ船の長さは、十二間（約二十一・八メートル）、この内海を行き来する船の中では、「中型船」だった。

ベザイ船は、米、塩、陶磁器をはじめ、多くの荷をはこぶが、運賃さえ払えば、人も乗せる。湊にいた胸板の厚い船頭に銭を払った尭恵、そして再び商人に化けた隆助と郎党二名は桟橋で艀（はしけ）に乗りベザイ船に向かう。新鮮な水と干し飯、さらに隆兼から薬代としてあずかった――銀を、隠しもつ隆助たち。沖合をすすむ、巨大な箱を上に載せたような姿の、千石いや、二千石積の大型船・二形船（ふたなりぶね）が見えた。

ベザイ船の薄暗い船室はきつい汗と糞尿、老若男女の体臭が煮詰まった冬でも生温い悪臭に満ちている。

隆助たちの他にも様々な者たちが乗っている。

小商人、博多から堺に行くという富商の妻らしき女と使用人たち、厳島に詣でるという老いた尼とその縁者らしき鎮西の武士数名、同じく厳島詣での百姓、眼光鋭い山伏、何を生業としているのかわからぬ、怪し気な男ども。

良い場所はすでに取られ――隆助たちには汚臭が一際強い悪所があてがわれた。口で息をしながら隆助は蹲（うずくま）った。

隆助らがベザイ船で岩国を出た直後から、病は――さらにひどくなった。暴威といっていい症状がみちに襲いかかった。みちは、凄まじい痛みに泣きじゃくり、獣に近い叫びを上げ、その痙攣は今までと段違いに激しく……仰向けに寝かされた彼女の背はしばしば逆らい難い力で大きく反り、弓形（ゆみなり）にまがってしまった。

隆兼は病名を知る由もないが、これは破傷風の症状である。

山里の乙女は、あまりの痛みに幾度も気をうしなった。

凶暴な発作で背骨を折るのではと危ぶみ、みちの身体を押さえ込む梅や、こんの気力体力も一気に削り取られている。

隆兼にとってみちとの関りはほんの数日にすぎなかった。だが、この山の娘の真っ直ぐな心根に好感を覚えていたし、楽阿弥や隆助たちから聞いた半佐の戦いぶりと、最期の顚末に強く心動かされていた。みちと梅の歳が近いこともあり、とても他人事と思えぬ。何としても良くなってほしいと願っていた。

妻も娘も――同じ思いであったろう。

が、弘中家の人々の切願をたやすくはねのけるほど、みちを襲う病魔は執拗く剛強であった。隆助が厳島に発った日の暮れ方、疲れ果てた梅のまどろみが夕日に射すくめられてはっと破れた時、みちの激痛は一時的に治まっているように見えた。病人の虚ろな瞳が蜜柑色に染まった天井を仰いでいる。目が細い娘の浅黒い頰には、涙の川跡が、ある。何か言いたげな気配を感じ、梅は猿轡をはずしてやる。

「小弥太……」

梅が知らぬ名を呟くみちだった。

このまま痛みがおさまり病が快癒するのでないかという希望が、梅の胸にどっと押し寄せている。

「……痛みは……」

「岩次さんを……呼んで下さい」

みちが、今にも消え入りそうな声で、囁いた。

何故、岩次なのだろうと思ったが、無言で首肯した梅は黒ずんだ杉戸を開けて畳敷きの部屋を出ていった。

岩次がつれてこられるとみちは、二人にしてくれないかと梅につたえた。岩次は――何ゆえ、自分が呼ばれたのかわからない。岩次が意地悪な目でみちを見た直後、みちの病は悪化したようだった。そのことで、素朴な岩次は己を責めている。

二人きりになると気まずさが岩次を潰しそうになった。

みちの傍ら、青い備後表（備後の畳）の上に、絢爛豪華な金色の大内菱と枝菊の意匠がほどこされた、赤漆塗りの湯桶と、白磁の碗が置かれている。

大内の紋に視線を逃がした岩次に、みちは、

「岩次さんは……わたしのこと、意地悪だと思っているのでしょう？」

岩次は、びくっとしたように、みちを、見た。

病み疲れた目が細い乙女は、ふれれば壊れてしまいそうな脆さを孕んだ面差しで、

「貴方を見ていて……小弥太を思い出したわ。そうやって拗ねている顔が、似ているからかしら？　小弥太はわたしの従弟で姉弟のようにそだったの」

「その子は……今、何処に？」

一度北に、そしてある別の方に顔を向けたみちは遠くを眺める面差しで、

「西の方にいるわ」

鎮西だろうか？

岩次の中に浮かんだ答を打ち消すように、ゆっくり頭を振った病の乙女は、

「ずっと、ずっと西……十万億の仏土をすぎた遥か彼方。そこでは池や楼閣、樹も全て金銀珠玉がちりばめられていて眩いばかりに光り輝いている。池の底に砂金がしかれていて、かぐわしい香りが漂っている。鳥までが……ありがたい御仏の教えを歌っているの」

畳に差し込む西日から岩次に顔を向けた娘は、

「小弥太は、毛利方に殺された。大人びた子でね。大きな大名に指図されぬ吉和、山里はめずらしい里なんだってよく話していた。強い侍になるんだ、この山で暮す皆を守るんだと一生懸命、槍を稽古したけど――。村から逃げる時、わたしを狙った矢を体を張って……」

みちの手が自らの首を押さえている。首の痛みからではなく、出そうになった辛い言葉を抑止するような仕草だった。

「――貴方に死んでほしくないと思った。小弥太のようになってほしくないと。だから、わたし……。ごめんなさい」

「あやまることじゃねえっ」

面貌を大きく歪めた岩次から震え声が迸っていた。

「みち姉ちゃんは……意地悪なんかじゃねえっ」

――おらは、何て小せえ……。おらが意地悪だったたっ。馬鹿だった！

その時、みちは痛々しい悲鳴を上げながら、体を大きく弓状に反らした――。

自らの力で背骨を極限までしならせ砕こうとする少女を、岩次は歯を食いしばって押さえている。すぐに梅が飛んできて、指を嚙まれながら、みちに猿轡を嚙ませるや、岩次と共に激動する体を押さえて、

「みち！　もう少しだけ、頑張っててっ！　兄上が貴女のために必ず薬をもってくる。お願いだから、もう少しっ。ああ……神様、仏様、どうかみちに力を」

梅の願いも虚しく、みちにかじりついた病魔はますます深く、猛悪なる牙を、病める娘の心身に食い込ませた。

弘中の者と露見すれば命が危ういかもしれぬ毛利領・厳島から――大明の高価な薬をもった隆

助、尭恵がもどったのは……翌夕刻だった。

その時、ちょうど、みちの発作は一時おさまっていた。

「みち！　薬だっ！　薬をもって参ったぞ」

勢いよく入ってきた隆助が叫ぶ。

こんが猿轡をはずし、梅が水を仕度する。

幾粒かの光の雫が、みちの頬を流れている。

「隆助様……」

「早く薬をっ」

梅が助け起し、みちが隆助が命がけで得てきた薬を、飲む。再び横になったみちは苦し気に微笑んで、

「隆助様……この乱れし世が恨めしゅうございます。もっと穏やかな世で……おあいしとうございました」

隆助は、言った。

「わたしはいついかなる世でも、みち、そなたとめぐりあえたこと……この上ない喜びと思うておる」

みちは隆助を真っ直ぐ見詰め、弱々しい声で、

「そう……ですね。……みちも同じ……」

みちの声が、千切れた。

みちの息は――止っていた。

隆助は、涙をこぼし、糸が切れた操り人形のようにその場に崩れてしまった。

病に気付くのがおそかった、もそっと早く薬をとどけられれば……みちは死ななかったと、己を責め、激しく嘆いた。

だが隆兼は——尭恵から、果たして真に薬効があったかはわからない、あの恐るべき病は人智のおよばぬもので、明の薬とてあれと闘うには付け焼刃にひとしいのかもしれぬと聞かされていた。

隆助に話すのははばかっている。

みちの死は——弘中家の人々を深く傷つけた。

だが、運命はその傷口を癒すどころではなく……さらに広げようとしていた……。


年の暮れ、吉和、山里一揆が元春に完全に制圧されたという知らせが、岩国にとどいた。


年明けて天文二十四年（一五五五）、二月。

隆兼は幸阿弥の報告に眉根を寄せている。

毛利領厳島に入った隆助は薬をもちかえっただけではない。

——ある妙な情報も、得ている。

元就が、厳島に人をやり、弥山（みせん）や博奕尾（ばくちお）の山中を念入りにしらべているというのだ。

隆兼は胸にかすかな引っかかりを覚えた。

外聞の幸阿弥、楽阿弥は、江良房栄の内偵をおこなっていた。房栄に今の処、怪訝な点は、ない。——やはり潔白だったのだ。

少なからず安堵した隆兼は念のため、楽阿弥に江良周辺の最後の内偵を命じる一方、経験豊かな幸阿弥を厳島に入れ、毛利が何を企んでいるかを摑もうとした。

ちょうど先月、すなわち正月、旅の僧、尭恵が岩国を出て念願の厳島に山岳修行に出ようとしていた。隆兼は幸阿弥を尭恵の友の僧に化けさせて……厳島に送り込んだのだった。

その幸阿弥がもどった。彼がさぐってきた処によると、

「毛利の若侍は何も知りません。事情を知っていそうな老侍に上手く近づき、酒に酔わせて訊き出した処……」

——毛利は厳島に城か砦をつくろうとしており、そのために山に家来を入れて念入りな下調べをおこなっているという。

「……城……をな」

……厳島に城をつくるとしたら大野瀬戸（おおの）に面した海城（うみじろ）であろう。海のことを、詳しゅうしらべそうなものだが。

瀬戸とは幅が狭い海峡で、大野瀬戸は厳島と安芸側の本土の間に帯状に横たわっている。

——そこはかとない密謀の香りを嗅いだ気がして、どうにも引っかかる。

そう言えば元就は厳島対岸、門山城を壊していた。

……なのに今度は、厳島に、城？

「水の手や、薪炭（しんたん）を得られる林、そこからの通り道などをしらべておる——某がしたしくなった毛利の侍は斯様に話しておりました」

「誰がその下調べを差配しておる？」

丸顔の外聞は、苦笑いを浮かべ、

「……元服前の若衆にござる。岩夜叉と申す毛利殿の小姓」

「……知っておる。たしか、厳島でそだったのだ」

何かが——臭う。だが臭いの源に、隆兼が思いいたる前に、

「——殿。一大事にござる」

明り障子の向うに楽阿弥の影が座し、隆兼は濁流のようなあらたなる問題に、押し流されている。


楽阿弥によると……江良邸から不審な瞽女が出てきたという。瞽女とは鼓を打ちながら曾我物語などを語る盲目の女である。一見、七十歳くらいの、痩せさらばえた瞽女だったが、偽の盲人ではないか、もっと若いのでないか、と、楽阿弥の忍びの勘が——瞬いた。

だから、つけた。

瞽女は一里ほど杖をつきながらゆっくり街道を歩いていた。が、尾行に気付いたか、ふらりと森に入るや——盲目の老女と思えぬ、走力、身軽さで、林床を疾駆。樹から樹へ跳びうつるなどして、追跡から逃れんとしたが、最期は楽阿弥の棒手裏剣で首を貫かれて絶息している。

「鬘と付け眉を剝ぎ取ってみれば、やはり若い女でした。世鬼者と見て間違いありませぬ。くノ一の懐に……これが入っておりました」

小さく折り畳まれた鳥の子紙を差し出した楽阿弥の手はふるえているようだ。

見たくない、という気持ちが、肺腑から喉へこみ上げた。

しかし、役目柄見ざるを得ない。

江良房栄の精緻な筆跡で書かれた文は——凄まじい衝撃を、隆兼にあたえた。

陰徳太平記によれば、その密書には、元就に宛てて次のような文言がしるされていた。

元就全蕫一戦の時節裏切を仕り、御本意を達し申すべく候ふ段、神文を以て申入り候ふ所に、披見を遂げられ、防州一国宛行はるべき趣、又御誓書を以て許下され候……。

（元就と陶一戦の砌、裏切りをし、御本意を御遂げ出来るようはからうこと、起請文を以て申し入れた処、披見して下さり、恩賞に周防一国を下さる旨、御誓書で以てお許し下さり……）

「――下らぬ！　元就がつくった偽手紙に相違ないっ」

今にも燃えそうな語勢で口走った隆兼は、書状を放りすてる。密書をじっと見た幸阿弥が、

「そうは思えませぬ……」

闇をまさぐるような口調で言った。

「――理由が、ござる」

苛立ち紛れに扇を取り出した隆兼、元就が張った謀略の蜘蛛の巣を振り払うように扇を動かし、その扇で幸阿弥を指す。

「申せ」

「まず……その筆跡、文言の癖、紛れもなく江良殿の手によるものと見えること。次に、我ら忍びは、武士と違い、死ぬるを誉とせず恥とします。役目の内に死ぬ乱破はおりまする。これなる楽阿弥の父のように。されど……死ぬるとわかっておる役目を受ける乱破は、幸阿弥が知る限りおりませぬ」

楽阿弥は深くうなずいた。ともすれば、小さくした布袋和尚に見えなくもない幸阿弥は、いつものにこやかな顔、陽気な喋り方から一転、眼に剣呑な光をたたえ、凄気を孕んだ声で、

「楽阿弥がそのくノ一を討ち取らねば、我らは密書を得られなかった。殿のおっしゃる通り、元

就の偽手紙なら……そのくノ一、必ず死ぬる役目を承引した形になりまする。……忍びの常識からは考えられませぬ。左様な下知を出す御人に、世鬼一族が大人しくしたがっておることが解せぬ、斯様な話になり申す」

「………」

隆兼はやがて、苦し気に、

「……それだけか？」

「いま一つ、ござる。楽阿弥は眼力鋭い者ゆえ、その者が偽の瞽女と見切りました。他の者なら見切れたか？」

横に振られる首の勢いが、楽阿弥の自負心をあらわしていた。楽阿弥は言った。

「乱破でなければわからず……乱破でも、見落とす者が多いかと」

「もし元就が偽手紙をつくったなら、その文をわざと我が方にわたるようにするのでは？　だが、その女、楽阿弥が気付かねば誰にも怪しまれず毛利領に行く処だったのです……。これがどうして嘘の謀反なのでしょう？」

琥珀院

房栄は反逆を企てているのか、それとも火のない所に毛利が煙を立てているのか。

房栄の寝返りこそ元就の過去の策なのか、それとも……潔白の房栄を追い込み孤立させる現在起きている謀なのか？

隆兼は悩んだ。弟と嫡男を呼び、密書を見せる。房栄の潔白を信じ、密書を破り捨て、弘中家より外には漏れぬようにすべきでないかと隆兼が言うと、民部丞は、

「某も江良殿の無実を信じたい……。されど、兄上の申す通りにすると……万に一つ、万に一つだぞ、江良殿に叛心があった場合、我らは取り返しのつかぬ過ちを犯す形になる。慶安が見た密書と、楽阿弥が得た密書、これで二通目なのだぞ」

みちの死以降、端整な顔に深い翳をやどしてしまった隆助は、

「江良殿を……疑いたくありません。だが、もし――」

眦を決し語気を一気に尖らせて、刺すように、

「真に、毛利に寝返ったなら、この弘中隆助、江良房栄を、決して許しませぬ」

隆兼すらはっとするほどの怒りが息子の声には渦巻いていた。

身悶えしたい気持ちになりながら隆兼は陶の部将として、江良の友として、一つの決断を下した。晴賢に密書をおくって余す処なく報告しつつ、江良殿が反逆とは考え難い、毛利の偽手紙という線もまだ太く、いま少しことの実否を糺された方がいいと言いおくっている。

隆兼の書状は晴賢の憤怒を爆発させた。

隆兼は以前、晴賢に、毛利との境目にある小領主、周辺の諸勢力——吉和、山里の村など——が毛利につく動きを見せても、目角を立てるべきではないとさとしていた。だが江良は陶の重臣で、知恵袋。房栄が毛利についたとなれば、陶軍全体にあたえる衝撃波は計り知れぬ。

「江良の裏切り、もはや明らか也。第二第三の江良が現れぬためにもその方が討ち果たせ」

晴賢の凄まじい怒気を孕んだ厳命が、下る。

驚いた隆兼は密かに山口に向かい、晴賢に、

「江良殿は野心の欠片もない忠臣。当方の柱石にござる。江良殿の才知を恐れた毛利の調略の恐れがござる。いま少し慎重に……」

隆兼の言葉は晴賢の怒りの炎に、油をそそいでしまった。晴賢は眼を爛々と燃やし、

「この期におよんで江良を庇い立てするとは——。江良が潔白ならその証があるはず。だが、出てくるのは反逆の証ばかり！　これ以上、戯言申すなら、お主も裏切りの仲間と見做す！　この全薑がもとめるは、江良の血ぞ、お主の取り成しではないわ！」

晴賢は荒々しく立つと隆兼をのこして広間から出て行ってしまった。伊香賀も悄然となった隆兼に冷ややかな一瞥をくれて、後を追う。

弁護の道は怒りの噴火に遭い、閉ざされた。

弘中家は——江良に全て打ち明け、反逆の仲間として陶に滅ぼされるか、江良と共に陶に反旗を翻し、毛利の旗の下に参じるか、命令通り江良を斬るかしか、採るべき道がなくなっている。

毛利につく選択肢は隆兼の中に、ない。

奪われた所領、折敷畑で斃れた老将を思うと、どうしても元就に一太刀浴びせたいという気持ちが、鬱勃と胸に湧出してくるのだ。

弘中家に仕える外聞、幸阿弥、楽阿弥も、江良が怪しいと言い、民部丞までも、ここまで裏切りの証がある以上、陶殿が言うように江良殿に二心あるのでないかと言い出した……。

江良を信じつづける己が誤っているのか？　己が、おかしいのか……？

隆兼はあの小柄な老軍師を、父が親しくしていて自らにも多くをおしえてくれた男を……殺したくない。信じたい。だが事態（こと）は隆兼の思惑を超え弘中が江良を斬らねばならぬ処まで、追い込まれていた。

隆兼は民部丞らと再度協議し、苦々しい思いに浸されながらある決定を下した。

――その血の雨が岩国の地を赤く染めたのは、三月十六日であったという。

隆兼の屋敷は岩国でも海に近い三角洲・中津にあるが、中津から西北、岩国山の南麓に戦国の頃は琥珀院（こはくいん）が、あった。

禅宗の寺で家宝の太刀をあずけるくらい、弘中家と関り深い。

隆兼は房栄を毛利攻めについて申し合わせたき儀があると琥珀院に呼び出した。房栄はすぐきた。その動きの速さも……謀反の後ろめたさを隠すためと、思えなくもない。

「さ、どうぞ、客殿へ」

房栄を招じ入れながらも隆兼の中にはまだ、深甚なる迷いがある。己の中に対立がある。

……貴殿は、真の友なのか、偽りの友なのか？　我らの味方なのか、裏切り者なのか――？

房栄は息子の彦二郎（ひこじろう）以下、若党を悉く玄関にのこしている。それだけ、隆兼を信じている。

「……ふむ。散りのこった桜もまた、格別」

老軍師の足が止った。房栄の扇は建物にかこまれた苔むした小庭の桜の木を指している。

陰暦三月は桜の花が大いに散った後、葉桜、そして楢やケヤキのみずみずしい若葉が爽やかな光風(こうふう)に吹かれる頃である。

　メジロの透き通った美声が聞こえる中、血の気をなくした隆助が――めくばせしてきた。

　隆兼が合図し隆助が初太刀を浴びせる算段だった。だが、隆兼は、合図を出せぬ。隆兼の心臓は早鐘を打ち、われんばかりになっていた。

　……やはりわしに、この御仁は斬れぬ。全てを江良殿に打ち明け……。

　隆兼が思った時、鋭い声が閑寂(かんじゃく)たる禅林にひびく。

「江良殿、毛利と一味して逆心を企てておられる由、すでに入道殿のお耳にも入っておりまする！　我らは上意により――御辺(ごへん)を討つ！　年来の交わりにより、闇討ちにせず、かくとお知らせしたまで。斬り死にせられ候えっ！」

　隆助が抜刀するや――弘中の若党どもは一斉に刀を抜き、玄関の方でも怒号の嵐、刃と刃がぶつかり合う冷たく乾いた音が起った。兵どもが房栄の倅たちを襲ったのだ――。

　己を狙う複数の剣を突きつけられた房栄は中庭の上の青空を慨嘆するように寂し気な顔で仰ぐと、

「心得たり！」

　大音声(だいおんじょう)で吠えている。

　突進した隆助の斬撃を、抜き様に豪速の風となった房栄の刀が払い、火花が、散る。

　障子が――吹っ飛んだ。

　隠れていた隆兼の家来が手槍で房栄の背を突かんとするも、くるりと体をまわした房栄、槍の穂を刀で払い、隆兼の家来の肩に凄まじい一閃をくらわした。家来が床に、沈む。

　……やはり貴公……毛利に……？

怒りと悲しみが濁流となって押し寄せてきた。

隆助のさらなる斬撃が房栄を襲う。房栄の剣は硬質な音と共に受け止めた。房栄が隆助に足払いをかけ——息子は廊下に崩れ込む。

隆助危うしと見た隆兼の刀が稲妻の速さで突きをくらわすも——小柄な老軍師は、中庭に飛び降りて、かわしている。

同時に、苔を踏み散らし庭に飛び降りた隆兼の郎党が、胴に房栄の刀を受け、転がった。

庭に飛び降り様、猛烈な剣風を吹かした隆兼の刃を、房栄は仏の如く穏やかな顔で、発止と止めた。後ろから斬りつけた弘中の郎党を、房栄は峰打ちで沈める。

「父上っ！　江良殿は全て、峰打ちに——」

房栄が一人も殺さぬよう戦っていると聞かされながら隆兼の刀が房栄の右胸を刺した。

——江良殿……やはり、潔白なのか……？

瞠目する隆兼に房栄はゆっくりと微笑んだ。

隆兼は、房栄がいかにもと答えたように思った。刹那、家来どもが背後から突進。槍と刀が小さな体を襲い、老軍師は血煙上げて倒れた。

同時に夥しい葉桜の中、花という友をうしなった赤い萼(がく)に、埋もれるように咲いていた残花が——中庭の苔の上にはらりと落ちた。

「江良殿、毛利の虚報なのですな？　何ゆえ——」

——濡れ衣と言ってくれなかった！

隆兼は房栄の傍にひざまずく。夥しい血を流した房栄から、苦し気な声が苔庭にこぼれる。

「なるほどわしは潔白じゃが……お主らゆめゆめそれを口外するなよ。陶殿は無実の者を斬るという噂が広まれば味方は動揺する。今さらわしが無実と申しても……陶殿の面目を潰す。毛利に寝返る者も出て、味方の負けにつながろう。されば江良房栄、濡れ衣をまとったまま冥途に参る」

……何故、貴公は、そこまで……。

この人こそ、陶領を敵から守る城壁だったと、隆兼は悟った。その大切な城壁を己らは……。何かが一気に崩れる音が聞こえる気がする。

苔を枕に倒れた房栄はある感情が灯った瞳で、隆兼を見上げている。その感情は、憐（あわれ）みだった。

「のう弘中殿。……人には、おのおの役目というものがある。この江良の役割は……陶入道を戦に勝たせることぞ。わしは最期まで己の役目を果たすのみ。向後、その役目……貴殿一人の双肩にゆだねられた。……貴殿を恨むまい。わしが恨むとすれば――」

東に顔を向けた瞬間、血が喉からこみ上げ、房栄の声を呑み込む。房栄は、こと切れていた。

――約束、いたします。その役目……果たすと。

と、返り血にまみれた家来が傍らにひざまずき、

「彦二郎以下、江良の供の者、悉く討ち果たしました！」

琥珀院の惨劇と同刻、岩国江良邸にも民部丞率いる弘中勢が雪崩れ込んでいる。

民部丞は江良の郎党を討ち果たすも、房栄の妻と娘は確保。泣き崩れる女たちを伊予（いよ）に逃がした。隆兼の指図だった。

＊

江良が弘中に討たれたと聞いた元就は、傍らにいた隆元がおののくほど――凄まじい眼光を迸らせている。獲物を狙う肉食獣の目であった。

だが、すぐに眼光を消した元就は、漢詩を得意とする五山の碩学のような、荘重な面差しになり、西南に体を向けて手を合わせ、

「江良殿……これも乱世の習い。悪く思わんで下されよ。……南無阿弥陀仏」

強敵の成仏を祈ったのだった。

で、安芸の謀将は、

「あの女……よくはたらいてくれた。あの女の子を約束通り侍として引き立て、のこされた老母に十分なる銀を」

元就が江良を陥れるためにつかった女忍びは孫子で言う、「死間（しかん）」である。死んで役に立つスパイだ。

件のくノ一は死病に蝕まれていた。

元就は余命いくばくもない女忍者に、

『もし我が毛利の勝利のため身命をすててくれるなら、倅を重く引き立て、のこされし老母に十分なる褒美をつかわさん』

と、もちかけ、納得させた上で、死地におくっている。

調略が図に当たり――周防一の知恵者を冥途に追いやった元就。隆元に、

「我が策を見破れる男が、消えた。いま一人の知者……弘中と陶の間にも溝が生じた。弘中は江良のことで己を責め、我が策を見る目も鈍ろう。今こそ囮城をきずく時ぞ」

元就はその日、ある一人の家来を蹬（かさ）に呼んでいる。

中村二郎左衛門（なかむらじろうざえもん）。

丸顔で猫背で撫肩（なでがた）。兎のように大人しい家来である。

槍働きは全く期待できない二郎左衛門だが、異能が、ある。

——城作り。

城の縄張りにまつわる知識、作事の手際の良さでは、傑出した才をもち、普段はむっつり黙っていることが多いが、築城に話がおよぶや、水を得た魚の如くいつまでもしゃべりつづけるのだ。

元就は二郎左衛門に、

「厳島に宮ノ尾なる丘がある。ここに城をつくってほしい。一見攻めやすき小城に仕立てよ。されど——一度（ひとたび）手を出した敵が苦闘に引きずり込まれる金城湯池（きんじょうとうち）にしてほしい」

元就の謀を見切れる男・江良房栄の死によって遂に始動した秘計、その背骨こそ厳島囮城である。

鬱乎（うっこ）たる宮ノ尾の樹林を切り開き要塞にするのだ。

——あまり大きな城にすると陶は警戒し島にわたらぬやもしれぬ。小城でなければ……。じゃが呆気なく落とされたら、囮の用をなさぬ。

二郎左衛門の面で興奮がそよいでいる。元就はニンマリ笑んで、

「お主にしか出来ぬ大仕事と思うのじゃ。岩夜叉をつけるゆえ島のことは彼の者にたずねよ」

「——非才の身なれど、大殿が望まれる御城を、つくり上げてご覧に入れます」

静かだが自信にみちた声で二郎左衛門は言った。

……この男なら成し遂げられよう。

中村二郎左衛門が下がると元就は三男、隆景に文をしたためた。

元就からの文を受け取った新高山城主・小早川隆景は水軍大将・乃美宗勝（のみむねかつ）を呼ぶ。

「父上がな……日の本一の海賊を味方にせよと仰せだ。きたるべき陶との大戦のため、三島村上（さんとうむらかみ）水軍をだき込めというのだ」

囮城

小早川隆景がいる新高山城のほど近く、尾道（おのみち）から南、四国の今治（いまばり）の方を眺めると、いくつもの山深き小島が海上にそびえている。神が陸（おか）をつくった時、海にあやまって落とした土塊に鬱蒼と樹が生えたような群島で、天空から見下ろせば――陸の回廊が瀬戸内海を縦に遮断している様が見える。

瀬戸内海は当時の日本でもっとも太い物流の動脈だった。

この大動脈をふさぐようにちらばった島々が日本最大最強の海賊衆を発生させたのは歴史の必然であったかもしれぬ。

――村上水軍。

瀬戸内の多島海域を支配したこの剽悍無比の海賊は、通過する船に警固料（けごりょう）として積み荷の一割の銭をもとめた。

もし払えば、丸に上と書いた旗をわたし、旅を許す。

もし払わねば、船を攻め、乗員を皆殺しにして、積み荷を悉く略奪するという、荒ぶる集団だった。

「村上水軍は三つの家、因島（いんのしま）村上、能島（のしま）村上、来島（くるしま）村上にたばねられてきました」

小早川水軍の将・乃美宗勝、さすがに、海賊の動向にくわしい。

「能島がもっとも家格が上。他二家はこれにしたがいまする。因島は当家に、来島は伊予河野（こうの）に誼（よしみ）を通じておりますが、能島は……如何なる大名にも属そうとしませぬ」

「能島村上の当主、村上武吉（たけよし）の意向が鍵をにぎるわけだな？　武吉はたしか、わたしと同い歳とか」

二十三歳の隆景は白磁を思わせる色白の顔をかしげ、薄い唇に指を添え——血腥い噂の向こうにいる未知なる海賊大将を思い描こうとする。

「武吉がどう出るか全く読めませぬ」

むずかしい顔で呟いた乃美宗勝は、

「尼子と大内が竜虎の如く争った頃、村上水軍はある時は尼子、ある時は大内に加勢、力をたくわえました。村上水軍を強く引き込もうとされたのが大内義興（よしおき）公」

隆景は思慮深き面差しで、

「——大いなる特権をあたえたわけだな？」

「左様。義興公は周防上関（かみのせき）や厳島での警固料徴収を彼らにみとめたわけです」

西瀬戸内海の利権のほとんどを、村上水軍にあたえたと言ってよい。

隆景は、宗勝に、

「陶はその利権を三島村上からもぎ取った。上関や厳島で海賊が警固料を取るのを禁じた。商いを栄えさせ、陶自ら商船から銭を取ろうという魂胆だろうが……」

同じ領主として……実によくわかる陶の発想だったが、隆景はひんやりとした声で、

「三島村上氏の恨みをかったのは否定できまい」

隆景は元就からの文に視線を落とす。

「父上は三島村上の陶への怒りを焚きつけて味方に引き込むようにと仰せだ」

宗勝は苦そうに唇を舐めている。

「村上武吉……そう生易しい男ではありませぬぞ。大殿もむずかしいことをおっしゃいますなぁ……。毛利と陶、どちらが勝つか、どちらにつくが得か、あの男は冷静に秤にかける。武吉は、三浦、弘中といった舟戦の巧者、陶傘下の周防海賊・宇賀島（うかしま）衆を侮り難き敵と見ておりまする」

陶への敵意を伏流させつつも、正面から陶の大軍とぶつかり、滅ぼされることを、恐れているという。

宗勝は因島村上と関わりが深く、因島を通じて、能島の動きがある程度耳に入ってくるのだ。

隆景は淡々と、

「利が武吉の判断の基となるなら、話は早い。当方はどれほど譲歩してもよいから、毛利の味方をするが陶より三倍得と思わせればよい」

「言うは易しです」

「宗勝。そなたが交渉に行って参れ」

ぽかんとする宗勝に、隆景は、微笑を浮かべ、

「『宗勝は初めは泣き言申すが、必ずや成功させる。万に一つもしくじらぬ』と、父上は仰せだ」

元就は——二郎左衛門に「宮ノ尾城」の縄張りを命じる一方、小早川家中、乃美宗勝を通じ村上水軍の抱き込みに手をつけている。

一方、陶方の調略の影も毛利領にのびていた。

安芸の南に保木（ほき）城主・野間（のま）隆実（たかざね）という武将がいた。毛利の家来で熊谷信直の娘婿——つまり吉川元春の義理の兄弟だった。

この隆実が陶の誘いに乗り、突如、元就に反旗を翻した。

元就の怒りは凄まじかった。毛利の総力を挙げて隆実を激しく攻めている。

敵を寝返らせている元就だが、味方の裏切りをみとめる気はなかった。陶も援軍をおくって野間隆実を守らんとするも、毛利の攻撃は凄まじく――遂に隆実は舅の熊谷信直を通じて降伏を申し出た。

元就は……仏のように穏やかな笑顔で、

「左様か。我らも降参する者まで手にかけようとは思わぬ。城を明けわたし、防州勢を退去させ、減封など咎めを受けるならば……隆実以下、城兵の命を何で取ったりしようか？」

城方は元就の寛大さを喜び、開城、降伏を決意した。

調略や騙し討ちの応酬に手を染めている戦国の武士たちであるが、このような停戦、降参の交渉などでは、嘘はつかない。ここで大きな嘘をまじえ、合意を踏みにじり、騙し討ちなどすれば――もはや何も信じられなくなり、あらゆる約束は成立しなくなる。

乱世を生きる武士であるが、斯様な局面では一線を引いており、その線を越える武士は……ごく少数だった。

野間隆実は……熊谷信直の娘婿という縁もあり、元就が見せた寛大さを本物と考えている。一方、陶がおくった援軍の将、小幡左衛門(おばたさえもん)、羽仁中務(はになかつかさ)は、

『元就にはよくよく用心されよ。元就の言葉、全て虚言と思うべし』

弘中隆兼から耳にタコが出来るほど聞かされていたため、元就の真意を厳しく疑っていた。だが城兵が降伏すると言うのでもはや如何ともし難く最後には開城に同意した。

さて命を保証されて城を出た陶勢二百は、元就の騙し討ちを厳戒。毛利の捕虜の喉に鎌を突きつけ、さらにその男に槍を向けて初夏の日差しの下、周防にかえろうとした。

防州勢二百余りは太田川(おおたがわ)の渡し場を目指して、北に向かう。

二里ほど行き、国府(こふ)の出張(でばり)の市という所に差しかかった時である。ここまで来れば騙し討ちはあるまいという思いが、陶兵に芽生え、捕虜に突きつけられた鎌が下がり、油断した槍はくつろいだ。

――その時。竹藪から毛利の伏兵数百がものも言わずに現れ、陶の敗残兵二百人に猛然と襲いかかり、悉く斬殺している。

野間隆実以下、保木城兵はどうなったか？

元就は保木城兵数百の半分を、真教寺(しんきょうじ)という寺に入れ、突如襲わせて皆殺しにし、隆実と半分の兵を、熊谷信直の所領・三入(みいり)につれて行った。

三入に行った隆実と残りの城兵は、陰徳太平記によると、熊谷家によって「饗応の後浴室に入れ」られた。

酒盛りで沈酔した者、風呂場で裸になってくつろいでいた男に――凶刃が襲いかかる。

宴にはこばれた料理に酒や血飛沫がかかって、凄まじい修羅場となり、浴室は血の池地獄さながらとなった。逃げ延びた者は、僅か三人だけだった。

野間隆実と保木城兵、陶の援兵を襲った悲劇を聞かされた弘中隆兼は、血が出るほど強く板敷を叩く。

「……許せぬ」

江良の死から立ち直れぬ隆兼から、声がもれた。

……越えてはならぬ一線を越えたな。元就。

弘中党は遠い昔から中津の人々、岩国の者たちと信じ合い、ささえ合って、今日まで歩んできた。

　隆兼に望みがあるとすればそれは——安寧である。

　隆兼もなるほど戦国の武士なので、敵をたばかり、あざむく。

　だが、元就の謀、調略は、隆兼の親密な人の命を奪ったのみならず、隆兼にとって大切なものを根底から突き崩す力があった。

　同族同士を疑い合わせ殺し合わせた新宮党事件、弘中と江良の紐帯を斬り裂いた琥珀院一件、保木城に起きたこと、それら全てが、己に降りかかったとしよう。

　人はもはや誰も——同族も、友も、他全ての武士も、信じられなくなるのではないか？

　——其は、無明の闇。真の闇也。

　隆兼は考える。

　真の闇の何処に、安穏をもたらす光明があるだろうか？


　五月十三日。陶方の水軍百艘が厳島を襲うも——意外な男の奮戦がこれを退けている。

　兵百人を率いる中村二郎左衛門。

　槍働きが心もとない二郎左衛門だが城作りへの情熱は凄まじい。この情熱が、別人のように勇敢にし、陶の水軍を追っ払った。

　六月八日、八割方出来たという宮ノ尾城を見分すべく元就は厳島に向かっている。

　この元就の動静は外聞によって晴賢につたわり、

「桑原掃部助（くわばらかもんのすけ）。元就が皺首、海上で落として参れ」

「ははあっ。首より下は、魚と海猫にくれて参りましょう！」

陶子飼いの水軍大将・桑原掃部助、厳つい傷だらけの顔のこの男は関船一艘、小早二艘で——元就を急襲すると決めた。

関船とはベザイ船を兵船化したもので兵三十人と水夫四十人が乗る。小早は、もっと小型の快速艇で守りは貧弱だが——とにかく速い。兵十人、水夫二十人が、乗る。

桑原掃部助は、兵力よりは速さ、船数より目立ちにくさをえらんだ。

一方、大野瀬戸をわたる毛利水軍の将は児玉就方だった。

大柄で人懐っこい顔をした就方、取り柄はそこそこの武勇である。また、鷹揚で懐が深い人柄も就方の長所だった。

短所も、多い。大雑把で、抜けが多く、忘れっぽい。

極めつけに……水軍、船、海にまつわる知識が、ほぼ無い。

何でこの男が毛利水軍・川内警固衆をあずかっているかと言えば、児玉就方自身は、

……他にやるという者がおらんかったのじゃ。毛利家は北安芸の山の中からはじまった。譜代の郎党は皆、わしのような山猿ばかり。皆、船酔いがひどくての。水軍の法に長けておる者など一人もおらん。で、我が殿の領土が海のある南安芸までのびた時、急遽水軍をつくる話になったわけじゃが……。

その主力はかつての敵で南安芸の雄・安芸武田家の水軍にいた者たちなどだった。

……安芸武田の者を水軍大将にするわけにもゆかん、と殿は考えた。故に譜代の臣たるわしが海のことなど何も知らぬのに、水軍大将に任じられたわけよ。厄介事はいつもわしにくる……。他にふさわしき者もおると思うし、そろそろこの大役から解放されたいものじゃ。

船に乗りながらこんなことを考えて船酔いをまぎらしていた児玉就方は、右手から来る商船に

ほとんど警戒していない。

就方の生温い思念は、突如、鳴りひびいた太鼓の音、降りそそぐ火矢で断ち切られている。

ベザイ船、いや関船が真ん中、左右に小早、三艘の船が火矢を射かけながらこちらに迫っていた。

……敵？

就方は左手にいる元就の船を守らんとするも、頭は空回りし、ろくな下知が飛ばせない。

就方の関船、味方の小早から狼狽(うろた)え交じりの火矢が飛ぶも――敵の関船はなかなか燃えぬ。

安芸武田の水軍上りの古強者が、就方の横で、

「網日覆(あみひおおい)じゃっ！」

火矢除けの金網を敵はつけている。

肉迫した関船から陶兵が罵りながら松明を投げ込んでくる。就方の兵は、火消しに追われる。

と、進行方向、島の方を見た就方は、

――しまった……！

関船に気を取られた隙に、さっと動いた敵の小早が一艘、毛利の船団の横腹深くに潜り込み――元就の関船めがけて刺すように動いていた。元就の船から火矢が飛ぶも小憎らしい小早もまた、半垣(はんがき)という低い盾の上に、網日覆をかけており、なかなか燃えぬ。

元就の関船に、火矢が次々、射られた――。

その夜、吉川元春が、言った。

「……父上は就方を据え置くそうじゃの」

「いかにも」

小早川隆景がうなずいている。

二人は、火焼前(ひたさき)に立っていた。

大鳥居に向かって厳島神社から突き出た板敷の桟橋だ。元春も隆景も、宮ノ尾城を視察にきていた。隆元は吉田で留守を守っている。

火焼前と大鳥居の間、二人が佇む板敷の下、そして廻廊や拝殿の下では、漆黒の海が、昼起きた戦いなど素知らぬ顔で、ひたひたと広がっていた。

あの後、元就を救ったのは、船団の左手にいた乃美宗勝率いる小早川水軍、さらに、元就が船出した地御前から主君の危機を見て、猛速の小早数艘で駆けつけた川内警固衆・飯田義武(いいだよしたけ)の奮闘だった。

隆景は言う。

「飯田義武は元は問丸(といまる)。武道の心得はありませんが……船を素早くあつめる手際、船と海路(うみじ)の豊かな知識、就方が苦手とする算盤の才を買われ、就方の与力として召し抱えられし者」

「その商人上りの与力が水の上では就方よりはたらけることを証明した……」

児玉就方の船が麻痺したため、危機に陥った元就だが、まず小早川水軍が素早くまわり込んで盾となった。敵がたじろいだ処に後ろから高速で駆け付けた飯田義武の水軍がぶつかり、桑原掃部助を討ち取り——敵を壊滅させた。

元春はごつごつした顔を顰め、重く太い声で、

「この元春が児玉にきつぅい灸を据えねばならぬかのう」

「いやいや、兄上、やめて下され」

隆景のやわらかい声が憤る兄をつつむ。

「児玉はただでさえ意気消沈し父上に水軍大将をやめたいと申す始末。父上も、深いお考えがあって、譜代の者を水軍大将に任じておるのです。児玉の人柄を見込んでのことでもある。他の者に替えても――安芸武田の旧臣と要らざる悶着を起し、水軍のまとまりが悪しゅうなるやもしれませぬ」

元春と隆景は拝殿に向かって歩み出す。

二人が歩む水上の社の板敷は全て、板と板の間にわずかな隙間がある。

宮大工の話によれば、水が板敷より上に来た時、手際よく排水するため、そして下から押し寄せる水の力で床が壊れぬためという。

今、厳島大明神はそこかしこに吊るされた灯籠で丹塗りの柱、白い壁を、淡く照らされている。

拝殿前、巫女の舞などがおこなわれる平舞台という広い板敷に来た時、元春の歩みが止る。頭上、星空を仰ぎ、

「のう隆景」

立ち止った弟に、元春は、

「譜代を重んじるという話はようわかった。されば――あの城に入れるあたらしき城将は何なのか？」

元春は隆景を見て、

「父上は二郎左衛門にくわえて己斐豊後守、新里宮内少輔を入れるとおっしゃった。この二人、陶の降人（こうじん）」

一年前、毛利が陶に牙を剝いた時、あっさり城をあけわたし、あらたに家来にくわわったのが

己斐と新里だった。

「わしはこの二人、命が惜しくなって我が方に降っただけと見ておる。陶有利と見れば魚を攫った鳶より速う陶方にもどってゆくじゃろう。よいか隆景、わしはな、己斐、新里は——知恵も、武勇も、胆力もなく、毛利家への忠誠心も、ろくにもち合わせておらぬ輩と見ておる」

宮ノ尾城の方を力強く指し、

「何でこの二人を大切な城に入れる？　二郎左衛門だけの方がまだましじゃ！」

「兄上……声が大きゅうござる。何か父上にはお考えあってのことと思います」

「また、それかっ」

「父上は己斐、新里に腕利きの譜代の若党をつけると仰せになった。彼奴らが陶に内通すれば、たちどころに斬る構え」

「何でそこまでして……」

「父上の調略に、己斐、新里が欠かせぬのでしょう。今、隆景にわかるのはそれだけです」

翌日、問題の二人、己斐豊後守、新里宮内少輔が厳島内、元就の宿所に呼ばれた。

「そなたらには明日から宮ノ尾城の守りをまかせたい」

穏やかに言う元就だった。傍には岩夜叉が控えている。岩夜叉は、厳島での任を解かれ、元就と吉田にかえると決っていた。

さて己斐豊後守……福々しい法体の老人で、物分りがよさそうだが、融通がきかず、おまけに狼狽えやすい男であった。

新里宮内少輔は面長で猿眼、顎が大きく口髭を生やした武士で、目先の利に目が眩みやすく、疑り深かった。

つまり二人とも到底大事を託せる男でないが、

「――そなたらが頼りじゃ。二郎左衛門は、城の縄張りに秀でるが、戦働きは心もとない。一方、そなたらは老練な兵(つわもの)で、おまけにかつて陶に仕え、その手の内を熟知しておる。城の守りの要となってほしい。五百の兵をさずける。二郎左衛門の百と合わせ六百で守ってほしい」

「……ははっ」

ふくむ処があるめくばせが己斐新里間でかわされる。

「いま一つ、その方たちにたのみたき儀がある。陶家中の毛利与三(よぞう)を寝返らせてくれぬか？」

「いや、それは荷が重うござる。与三は律儀者にて万に一つ、陶殿を裏切るようなことは……」

己斐が意見するも元就は、

「与三は我が同族。そなたらが因果をふくめれば必ずや我が方に馳せ参じてくれるだろう。城の守りと、与三への調略、たのんだぞ」

「……ははぁ！」

吉田郡山城にもどった元就は幾日か悩まし気な面差しで考え込んでいる。重臣たちは己斐新里を城将にしたことを悔いていらっしゃるのでないかと噂し合ったが、違った。

元就はある時、疲れ切った様子で、固く冷えた声を発した。

「つらつらことを案じてみるに……厳島に築城したこと、痛恨の失敗であったかもしれぬな」

家来一同、耳を疑った。今まで元就は大きな戦略で、一度も誤った例がないと信じていたからだ。

「大殿は安芸の守りに厳島の城が入用と……」

老臣が恐る恐る言う。

深刻な皺を眉間にきざんだ元就は俯き加減で、

「考えてもみよ。もし……宮ノ尾城を陶に取られたとする。安芸征服の格好の足掛かりとなってしまうではないか。わしは陶のために精魂かたむけ、金銀をそそぎ、盤石の足掛かりをつくってやったようなものではないか……」

元就の言葉は重臣からその家族、家族から累代の従者やその朋友に、静かに広まっていった。

そしてすぐに安芸各地に潜り込んだ外聞衆の耳に入っている。


安芸で蠢く防長の乱破どもが聞きつけた話は当然――伊香賀隆正の口から陶全薑入道晴賢の耳にとどけられた。

……宮ノ尾城が失敗であったと？

晴賢の凛々しき細面が庭に向けられる。

同席していた三浦越中守から燃えるような猛気が放たれた。鍛冶屋が大槌（おおづち）で打つような勢いで逞しい膝を叩いた越中守は、

「――なら、取ってやりましょうっ！　わしに千の兵をお与えあれ。宮ノ尾城などたちどころに落としてご覧に入れよう！」

甲高い声を放つ越中守なら落とせなくもなかろう。この男は万夫不当（ばんぷふとう）の猛者で、水戦、上陸戦を得意とする。

陶と毛利の境目近くに元就がつくっている宮ノ尾城。当然、元就は、周防を攻める足掛かりに

する魂胆もあろう。

……その城、抜いておくにこしたことはない。三浦が申すように、すぐ取るか？

だが、晴賢は立ち止る。

こんな時、あの男……江良房栄なら何と言ったろうと考えた。

周防一の智者と言われた軍師・房栄は、毛利への内通の疑い色濃かったため弘中隆兼に命じて、斬った。今でも時折、晴賢の中には、江良は真に裏切り者だったのか、という疑いが漂う。だがそれは今言っても詮ないことであった。

……江良。お主なら、もそっと様々な見方をせよと言うのだろ？　様々な見方……お主を斬る時も立ち止るべきであったのか？……いいや、違う！　お主が裏切り者なら、わしの首はとうに無かった。お主を助ける道をわしはどうあってもえらべなかった。

しばし思案した晴賢は、

「……弘中隆兼の意見を聞いてみたい」

江良斬殺以降、晴賢と隆兼の間には冷たい裂け目が走っていた。弘中は最後まで江良を庇おうとした。その弘中に強圧をかけて江良を斬らせたわけで……亀裂が走るのは無理からぬものがあった。

だが晴賢は毛利との決戦を前に、智勇兼備の良将、弘中隆兼との溝を埋めたかった。

左様な思いもあり、すぐにでも厳島を攻められるよう、三浦越中守を岩国におくりつつ、宮ノ尾城についての弘中隆兼の意見をたしかめさせた。

岩国から三浦経由で寄せられた隆兼の考えは、

「三浦殿のご意見には賛同しかねまする。元就は智将。その言葉は鵜呑みにするべきではなく、まずは疑ってかかるべきかと存ずる……。元就が失敗と話しておるなら彼は成功と心得ている、斯様に読み解くべきでござろう。
すなわち厳島宮ノ尾城に安直に手を出すのは危ういということ。――罠があると疑うべきにござる」

三浦越中守の強硬論と弘中隆兼の慎重論の間で揺らぐ晴賢に、ある一人の家来が目通りを願い出ている。

毛利与三。元就の同族で、元は遠く坂東の牢人だった。元就は鎌倉幕府政所別当・大江家の末裔であるから、東国にも縁者がいたのだ。

関東から西国に流れつき、山口の市で貧窮の淵に沈んでいた与三を晴賢はたまたま見かけ、召しかかえた。武技に秀で学識も豊かな男、与三は深い恩義を覚え晴賢のために懸命にはたらいてきた。

一通の文を差し出した優秀な侍の手は怒りでふるえていた。

「厳島の己斐豊後守、新里宮内少輔からの密書にござる。某に内応をすすめて参りました」

憤りで面を赤くした毛利与三は、

「某、毛利殿と同族ではありますが……陶殿から海よりも深い御恩をこうむった身。何で内通などいたしましょうか。見くびられたものよ」

密書は、与三の手で一気に引き裂かれた。

「そなたの忠勤、この全薑誰よりも存じておる。何で疑ったりしようか?」

与三が退出すると晴賢の胸は己斐、新里への憤怒で焼け焦げそうになった。

喧(かまびす)しい蟬時雨(せみしぐれ)と、逞(たくま)しい胸をつたう汗が、鬱陶しい。

——何処まで恥知らずなのか！　ろくに戦もせずあっさり毛利に降った分際で……。そもそもあ奴らがも少し粘っておれば、毛利はここまで増長しなかったのじゃ。

晴賢は乱暴に扇を取り出し、あおぐ。だがすぐに扇を畳に叩きつけ——小姓をおののかせている。

「……取るか」

半眼で、呟いた。

厳島を取れば、己斐、新里を打ち首に出来る。敵は周防攻めの足がかりをうしない、我が方は安芸を攻める足がかりを手に入れられる。

また厳島は瀬戸内海物流の要衝で豊かな商人が大勢暮す。ここを陶が取れば、毛利の経済に打撃となる一方、陶の財政は潤う。

……一挙数得ではないか。弘中のように疑いすぎるのはよくない。元就の言葉全てが企みであるはずはない。

元就の言葉にも真情を吐露したものがあり、そこを見誤ってはなるまい、と晴賢は考えた。

その日、晴賢は燭台の火が灯る頃まで、じっと考えつづけた。

火は晴賢に猛烈な火炎地獄を思い出させる。

大内館を焼く火だ。

大寧寺の変の折、三浦越中守、柿並隆幸などが、大内義隆の全寵臣宅、義隆が都から呼んで匿っていた全公家宅にかけた火が燃えうつり炎上したのだ。この火炎は町人の集住地にも期せずして燃えうつり——繁栄を極めた山口の町は一日で焼き尽くされてしまった。

石見からかえった頃から、晴賢はよく炎の大宮殿を美しき魔王のように高笑いしながら大股で歩く己の夢を見る。

今日もその夢に沈む。

悪夢の中にはここにいるはずもないある人がしきりに出てくる。

義隆は晴賢が反乱するや山口を抜け出し、長門の大寧寺まで逃げた処で陶勢に追い詰められて、切腹した。だから義隆は炎上する大内館にいないはずだったが、夢の中では必ず――焼け落ちた柱に胸から下を下敷きにされて倒れている。

火光(かこう)が閃き、黒煙が這い、火の粉が暴れる西国の王の大広間には、煙を吸ったのだろうか、美々(びび)しき錦をまとった寵臣ども、公家衆が倒れており、公家の姫だろうか、なまめかしい女が二、三人、動かなくなった義隆に取りつき袂をかんばせに当ててすすり泣いていた。

脇息(きょうそく)に片腕をあずけた晴賢は、はっとして、

「ああは……ならぬ」

開かれた晴賢の眼で、闘気の光芒が、瞬く。

――我が勢は勇躍するのみ。

晴賢は七月七日、水戦の巧者、白井賢胤(しらいかたたね)に数百の兵をさずけ、宮ノ尾城を攻めさせた。

が、中村二郎左衛門、己斐豊後守、新里宮内少輔が六百の兵と守る厳島の小城は意外なほど粘り強く抗い、多くの怪我人を出した陶勢は敗走している。この一報を聞いた元就は、実に心細そうな顔で天井を仰ぎ、

「ああ……陶に取られたら大変なことであったが……よう守ってくれた。どうなることかと案じておったが、ようささえてくれた」

だが、内心は、

――かかったか！

元就にとって己斐、新里は大魚を釣るための餌にすぎぬ。今、元就は釣り竿にかかった大魚の手応えをひしひしと感じていた――。

大野瀬戸は厳島と安芸側の本土の間に帯状に横たわる狭き海である。

七月十日、大野瀬戸の波の綾が、軍船がしぶかせる白い航跡で乱されていた。

厳島を右に睨みつつゆっくりとすすむこの船団の真ん中には厳つい箱を思わせる総矢倉の巨大な船が二艘、そびえている。二十八間（約五十メートル）という圧倒的な船長と、幅の広さもさることながら、見上げるほど高い船だった。

――安宅船（あたけぶね）だ。

瀬戸内海で見られるもっとも大きな商船、伊勢（いせ）船や二形（ふたなり）船を兵船化したもので、一艘につき大体兵六十、水夫八十を乗せる。

分厚い迫力を沿岸の人々にあたえる二艘の安宅の周りを関船六艘が固め、関船の外周を小型の快速艇・小早が四十艘すすんでいた。

大船には大内菱、三浦三引両（みつひきりょう）の旗が翻っている。水軍の法にたけた陶軍屈指の猛将、三浦越中守房清率いる船団だった。

三日前、白井賢胤に宮ノ尾城を攻めさせてしくじった晴賢は弘中隆兼の制止を振り切り、毛利方・仁保島（にほじま）城を抜こうと目論んだ。

当時、安芸を貫く太田川の河口にはいくつもの小島が散らばっていた。仁保島城はこの島の一つを要塞化したもので、厳島から見て北東。ここを奪えば、吉田郡山城から宮ノ尾城への援軍を遮断出来、厳島を孤立させられる。

晴賢の考えだ。

『三浦よ。七百の兵で仁保島城を取り、敵に楔を打ち込んで参れ』

巨人というべき体軀をもつ三浦は要衝、岩国を発つ時、もう一人の鎮将・弘中隆兼から、

『仁保島の漁民などへの蛮行は厳につつしんでもらいたい。毛利領の百姓漁民などを手なずけた方が陶殿のためにも御屋形様の御為にもなる』

と、釘を刺されるも、歪んだ冷笑で応えただけだった。

分厚い胸に潮風を深く吸いながら三浦は前方、仁保島を安宅船の井楼(せいろう)から睨みつけている。迫りくる陶勢に怯え家財道具一式を荷車につんで城に逃げ込もうとする豆粒ほどの人影が、いくつも見えた。眼下の甲板に、鬼の形相で、

「よいか、者どもっ!」

見上げる配下の猛兵ども。足軽雑兵は別として侍身分の鎧武者は兜に皆、半月の前立をつけていた。

「我らが石見を攻めていた折、毛利の者どもは後方で海賊が如き振る舞いをして、我が領内を荒らした。あの村の者どもはその海賊の下働きの如き者! 乱取りを許す! 火付けを許す! 好きなだけ暴れよ!」

越中守配下の猛兵は陶軍一凶暴で、かつて大寧寺の変の折、山口の町で、略奪の嵐と大火災を引き起したのだった。この身の丈六尺三寸の大男は、敵地の民を慈しみ、手なずけようとする弘

中隆兼の思惑がどうしてもわからなかった。

仁保島の漁村は――三浦勢の上陸により、火を噴き、黒煙を上げていた。

城兵二百は、半月の前立の武士を主力とする虎の群れの如き三浦勢を恐れたか、丘につくられた小城に固く引き籠り出てこようとしない。

その細身の城将は土塁の上に立ち、ついさっきまでののどかさをもみくちゃにされ、焼け崩れてゆく漁村を見下ろしている。

傍らで燃え崩れる我が家を見詰めていた漁民の女が浅黒い顔に掌を当てた。

兵が駆けてきて、

「殿！　逃げおくれた者が村におったようです」

城主の細眉が険しくなる。白髪頭の漁民が、土塁から身を乗り出し、他の者に押さえられながら、

「あれは娘のとめじゃ、あのたわけ、何処におったのか……。ああ三浦の兵に！」

黄色い小袖の娘が毟り取られるように二人の三浦兵にかつがれる。その姿を見た時、恐ろしく物静かな城主から今日二つ目か、三つ目かの言葉が、出た。

「――逃げ遅れた者どもを見捨てれば、我ら何で武者（むさ）と言えようか。二百人総出で三浦を駆逐する！　十文字槍（やり）をもて。方々ついて参れ」

この城将を、香川光景（かがわみつかげ）という。元、安芸武田の臣である。

香川光景は静かに門を開けさせ二百の兵全てを率いて城を出、鬨（とき）の声も上げさせず、無言のまま三浦方に突っ込んだ――。城兵は出てこまいとたかを括（くく）り略奪に耽っていた三浦勢は、大混乱

に陥った。

とめとは別の娘を攫おうとしていた三浦兵が、はっと気づいた瞬間、鼻に光の颪を突っ込まれ——髭濃い顔を赤く破裂させて息絶えている。

十文字槍だ。

路上に女を倒し、尻を出し、馬乗りになろうとしていた三浦兵が、振り返ろうとした目に十文字槍を突き込まれ——息絶える。網元の家から銭が入った壺をもってホクホク顔で出てきた三浦兵が突然吹いた槍風に襲われ、十文字槍の枝刃で喉を破られて、ぶっ倒れる。

香川光景が行く所、必ず猛速の槍風が、血の竜巻を起し——三浦兵だけが斃れていった。

香川光景、この男、猛将が少ない毛利にあって、熊谷信直に匹敵する武勇の士なのである。

静かなる驍将の突撃により、三浦方は総崩れとなり船に逃げだしている。黒煙の中、逃げる兵を、叱り飛ばす巨人が、いた。

——三浦だ。

右手に二間柄の槍、左手に取っ手付きの持盾(もちだて)をひっさげた三浦も、かねて知ったる光景をみとめ、

「おお、光景！　久しいの。一騎打ちでけりをつけようではないか！」

香川光景は、

「——ことわる！　我が槍はお主と一騎打ちをするほど暇ではない。あの奴ばらに矢と礫(つぶて)を！」

城主として一刻も早く、三浦勢を駆逐し、一人でも多くの漁民を救おうと光景は己に課している。香川兵が三浦兵に矢と礫を浴びせる。

三浦の周りにいた陶兵は矢と石の雨に傷つき、叫び、ひるむも、三浦だけは——左手の盾で全

てをはね返し、恙（つつが）なかった。

「いずれ、お主の腸（はらわた）を食い千切りに――またこの島に、参る！」

憎しみの塊が籠ったどす黒い凄気（せいき）が三浦から放たれる。踵を返した三浦は大柄な体から考えられぬほど素早く海の方へ走り去った。

直後、光景は小早に攫われそうになった、とめを発見。小早の三浦兵を薙ぎ倒し、救出している。


船に乗って敗走した三浦は陰徳太平記によると、

如何思ひけん、城の構暫し見やりて、頓（やが）て漕ぎ出し、大鳥居の前に舟を寄せて……社頭に向ひ三度遥拝して後、静かに船を押出し、防州へこそ帰りけれ。

（何を思ったのだろうか、宮ノ尾城の方をしばし眺めて、大鳥居の前に船を寄せ、社頭を三度遥拝してから静かに船を出し、周防に帰った）

この敗走を受けた陶晴賢は当の三浦の、

「やはり厳島の小城を真っ先に抜き、ここを足がかりに安芸全土に大軍で発向（はっこう）するべきかと」

という強い勧めもあり遂に自ら大兵を率い、厳島宮ノ尾城を取らねばならぬと思い立った。晴賢は、大内義長の面前に出た。

「周防の守りには内藤殿などをのこしますゆえ、某は二万七千の兵を率い、厳島を落とし、己斐、新里両名を血祭りに上げ――勢いそのまま吉田郡山に雪崩込み、毛利家を族滅（ぞくめつ）に追いやり、安芸を切り取って参ろうと思います」

美しき勇将、晴賢の細い目は据わっていた。言葉の端々から恐ろしい気迫が、漂っていた。気圧され、固唾を呑んでいた大内義長は、

「……わかった。見事、毛利を成敗して参れ。余はここにてそなたの武運を祈っておる」

雨上がりの庭で、晴賢、出師すと世鬼一族から聞かされた毛利元就は、露がかかった蜘蛛の巣を仰ぎながら、

――よくぞ、厳島に……。精魂込めた料理でもてなしてくれようぞ。

老練の謀将は真にかすかな笑みを浮かべている。

永興寺（ようこうじ）

陶晴賢が山口を発ったのは天文二十四年、九月三日。

もう晩秋であり、山口では稲刈りが終り、二万七千の大軍を受け入れる前線、岩国では赤トンボが飛び交う中、頭（こうべ）を垂れた稲穂に鎌を入れる間際であった。

隆兼はこの日、出陣したいという岩次の申し出を退けた。急に背ものび見違えるほど逞しくなってきた岩次は、

「殿様に引き立てていただいて、隆助様に薙刀をおそわってきました。役に立つ処をお見せしてえんです」

「そなたが満足にはたらけるように思えぬ」

隆兼に一蹴されても岩次の意志は、鋳割れない。幾重にもめぐらした固い決意を感じる。目に涙すら浮かべ、

「村の大人が侍に小突かれるのを幾度も見てきました。死んだ親父は土砂降りの中、泥田に蹴飛ばされ、許しを請うているのに泥のついた草鞋で、何度も頭を踏まれて……。おら、そんなことだって見たことがあるっ！　本物の強い侍になってあいつらを見返してえ！　みち姉ちゃんの仇も取りてえ。お供させて下さい！　お願いします」

「我らと毛利の戦はそなたの無念を晴らす場に非（あら）ず。——思い違いをするな！」

岩次は己の内に溜め込んだ怒りを、わかりやすい敵、毛利兵にぶつけようとしていた。戦いに出れば強い武士になれると思っているようだった。だが、幾度もの死線を潜り抜けてきた隆兼は

左様な心持ちで戦に出るのは危ういし、

——戦に出たからといって真の兵にかれるわけではない……。

と、心得ている。岩次にはもっと心身の修養が必要と思慮している。

隆兼自身はどうか？

隆兼は、毛利軍全体を敵視したりしていない。

隆兼の双眼は——ある一人の男だけを捉え、狙っていた。

——毛利元就。

むろん、積もり積もった宿意、憤りは、ある。

安芸の所領を略取された一件、宮川房長が散った折敷畑の戦い。そして何よりも……琥珀院の惨劇。

調略の糸をつけられ、巧みに踊らされ、罪もない友を、もっとも頼もしい味方を、追い詰め、斬殺したあの時の己らが、許せない。晴賢も伊香賀も同罪だ。だが誰よりも調略を練った男、安芸にいた人形遣いが許せぬ。

元就への怒りの溶岩を滾らす弘中隆兼だったが恨みや復讐だけで毛利と戦おうとしているわけではなかった。隆兼の中には——どうしても元就を討たねばならぬという大義が、太く根差していた。

夜、まんじりともせず毛利との決戦について思案していた隆兼に、こんが、ほの温かい声で、

「……眠れませぬか？」

隣に寝ていた妻が少し寄ってくる気配がして、

「味方は二万七千、敵は四、五千と聞いております……」

光一つ無い寝所で、隆兼の面（おもて）がやどした陰影など見えぬはずなのに、何かを察した声で、

「違う……のですか？」

「違わぬよ。だがな、こん。戦は兵の数だけで決るものでもない」

戦の話をこんにしたことはほとんどない。だが、今宵は話さねばならぬ気がした。隆兼が半身を起すと、こんも身を起す気配があった。

「広い野でぶつかれば兵力がものを言い大軍が勝つ。張良（ちょうりょう）、陳平（ちんぺい）でもなかなかくつがえせぬ」

「……毛利は狭い山間に誘おうとする？」

「左様。わしは……ある場所に誘い込まれるのが危ういと見ておる」

「何処（いずこ）ですか？」

「…………」

闇の中、こんが隆兼の答をまっている気配がある。

隆兼は深い息をため、吐き出すと同時に、言い切った。

「――厳島」

その島の名を聞かされた妻はしばし黙していた。

やがて、

「物忌（ものい）み深き島で戦など……恐ろしいことです」

厳島の城は失敗だったという元就の言葉が、無性に引っかかるのだ。

黙り込む隆兼に、こんは、

「軍議でそうおっしゃれば」

「むろん。だが……陶入道殿は三浦越中守の熱弁に動かされ厳島取るべしとお考えのようだ。

……危ういことよ」

「貴方の制止を振り切り入道殿が渡海されたら？」

「戦の成り行きは一気に見えなくなる」

「…………」

「それでも、わしは、参る」

確固たる語調であった。隆兼は、言った。

「よいか、こん。わしはな、乱世とは人が人を信じられなくなった悲しく酷い世と思うておる。……子が親を、親が子を、弟が兄を信じられず、年来の友同士が腹の底を探り合う。この乱世を終らせる者がおるならば……人が人を信じられる安らかな世を切り開く存在でなければならぬ。元就はこれに当てはまらぬ。

此は……そなただから申すが……江良房栄殿は潔白だった」

妻が凍りついてゆくのを感じる。

「そう……。わしは元就の調略にはまり無実の御仁を我が手で斬ったっ。心強い味方を討った。これはわしや隆助しか知らぬ。陶入道は存じぬこと」

こんが、硬い息を呑む気配がする。隆兼は——大声で吠えて何かを掻き毟りたくなった。

「……陶入道殿にいたらぬ処は山ほどある。わしが斬ったあの御仁のご苦労が今さらながらようわかる」

共に蜜柑を齧った時の江良房栄の相好、心得たりと叫んだ時の面差し、中庭で血塗れになった房栄の悲し気な笑顔が胸底に眩く活写されている。隆兼は血が出るほどどきつく唇を噛んだ。

「陶殿もわしも謀に手を染めてきた。されど、この世から信を消す類の謀はした例がない。元就は違う。元就は、信を壊す。

故にわしが、元就を討つ」

こんは強い声で、

「――急度(きっと)、お勝ち下さいませ」

「元就が我らに勝ったとする。彼が西国の主に、いや、天下人になったとする。人が人を信じられる……温かく明るい穏やかな世をもたらすだろうか？　残念ながら――もたらさぬ気がするのだ」

皆が元就を恐れ、常日頃顔色を窺う世にならぬか？　隆兼はかく思うのだ。

「だからこそ、わしは元就と戦う」

「陶殿を守り抜く。いたらぬ処をおぎなうお覚悟なのですね？」

隆兼は首肯した。

「短気な処があるが兵や民を慈しむ情け深さをお持ちだ。反乱を起こされたせいで、疑り深くなり、道を誤っておられるが……」

隆兼が思う――一線は越えていない。

江良房栄の一件で、晴賢との間に走った冷たい裂け目を隆兼も今、必死に埋めようとしていた。

「隆兼様、こんはたとえ毛利が陶より遥かに大きな家で、百万の兵で岩国に攻めて参っても、最後まで貴方と共にあります。何処までも貴方の味方です」

こんは、泣いているようであった。

隆兼はこんをそっと抱き寄せて、

「何故、泣く？　申したろう？　広き野で戦えば、数倍の兵をもつ我が方が、必ず勝つ。敵が籠城しても一つ一つ根気よく抜いてゆけばよい。定石を打てば、我が方は負けぬ」

「……はい、何で泣いてしまったのでしょう」

「剣呑な話をしすぎてそなたを心配させてしまったな。わしが、悪かった。安堵してくれ」

言いながらも隆兼の胸は元就という男が放つ暗い妖気にひたされていた。隆兼は厳島から取り分け強い罠の臭いを嗅ぎ取っている。

――だが、元就の調略は、厳島にとどまらぬ。

……まずは我が方の部将の切り崩し。次に、元就が諸国に流している噂も全く侮れぬ。

元就は自らが大寧寺の変に加担したことは棚に上げ、陶は主殺しの悪人、毛利はこれに……罰を下す義将という風説を盛んに流しており、西国以外では鵜呑みにする者が多かった。

天文二十四年九月七日。陶晴賢は岩国永興寺（ようこうじ）に入った。陶軍は――二万七千。戦々恐々としながら迎え撃つ態勢を取った毛利勢は、たった四千。

陶勢の士気は天を衝くばかりであった。

数日後、永興寺で、軍議が開かれた。

弘中隆兼、隆助親子も、まねかれている。

作戦の立案をまかされたのは「大内家、軍法棟梁の者」と呼ばれた二人の練達の老将だった。

大和興武（やまとおきたけ）と羽仁越前守（はにえちぜんのかみ）。西国一の大大名・大内の重臣でその軍事の枢要にかかわってきた男たちだった。

二老将の作戦は、

「――全軍で陸路を行くべきかと。山陽道を通り、吉田郡山までの途次にある毛利方の小城を虱（しらみ）

潰しにしてゆく。時はかかりますが、毛利に奇襲、奇策を行う余地はほぼなく、味方の必勝はまさにこの道から生れると心得まする」

――まさに堂々たる正攻法で隆兼の考えと全く合致する。劣勢の元就が勝つとすれば、一発逆転の奇襲に賭ける他なく、それらは暗い密林、山岳地、湿った沼沢、谷底の隘路で成功しやすい。明るく、広い山陽道を行けば、奇襲奇策を生起させる不穏な要素を――悉く潰せる。

が、大和興武、羽仁越前守の献策を聞いた総大将・晴賢の相貌は、冬山の石仏のような、ひんやりした硬さをやどしていた。

――厳島にこだわっておられる。

直覚した弘中隆兼は、発言の許しを得、

「味方を三手にわけます。某や大和殿が一万の兵を率い、山陽道をすすみ、毛利方櫻尾城を取る。陶殿は一万を率い、ここ永興寺にお留まり下され。我が方が支城を攻めれば元就は一定（いちじょう）、後詰に出て参る。陶殿には、これを叩いてほしいのです。三浦殿、桑原党など強固な水軍をもたれる方々は宇賀島衆と共に……大野瀬戸に展開」

桑原党は桑原掃部助の敵討ちに燃える水軍の一族で、宇賀島衆は陶子飼いの海賊だ。

「この七千の水軍で厳島の敵や小早川水軍に備えつつ、敵地深くに入った味方への補給をになうのは如何でしょう？」

隆兼が出したのは――折衷案だ。陸路に主力を置くという核心は微動だにさせず、厳島にこだわる陶、水軍力の発動に固執する三浦の顔を立てている。

だが晴賢の硬い面差しは融解しない。

長い間、瞑目していた晴賢は眼を開く。

「――厳島は、毛利が周防を攻める足がかりとなる。逆に我が方が押さえれば、安芸の全海岸に水軍をおくれる。芸州を扇にたとえれば、厳島は要也。さらに彼の島は瀬戸内の商い、水運の要でもある」

永興寺の軍議は静まり返った。

「そして、元就は、厳島の城作りは過ちであったと近臣に吐露しておる。すなわち厳島こそ毛利の命運をにぎる要で、厳島を取れば――毛利は崩れ去る」

三浦越中守、桑原一族など水軍にまつわる者どもが晴賢の言葉に深くうなずいた。大和興武、羽仁越前守、水陸双方に長けた弘中隆兼の面差しは、硬い。

晴賢は言った。

「今出た二つの案では元就の首を取るまで時を要しすぎる。周防、長門、石見の者はよいかもしれぬが、筑前、豊前の者は難渋しよう?」

鎮西の武士たちが「たしかに」「そうですな」などと囁き出した。

「如何に大軍といえども兵が戦に倦めば、脆い。……出雲で、我らは痛感した」

「………」

「速戦即決が望ましい。元就は厳島に心血そそいで城をつくった。あの城を取れば、元就は慌てふためいて死地に出てくるに違いない。白髪首、刎ね飛ばすのも、たやすかろう」

三浦が笑みを浮かべ、己の掌を拳で打ち据えた。

晴賢は、言った。

「もし出てこずとも、敵の士気は急落する。その時、厳島から安芸各所に水軍をおくれば、毛利はものの数日で滅ぶ。石で卵を潰すようにな」

「実にも、実にも！」

熱くギラギラした声が三浦越中守から迸る。

三浦に背を押された晴賢は、

「わしは――全兵力で六百の兵が守る厳島宮ノ尾城を落とし、彼の地に本陣を据え、毛利を討つべきと思う！」

晴賢の大胆な意見は、軍議の場を真っ二つに裂いた。水軍の将や九州の部将が、

「如何にも。厳島取るべし！」

陸戦を得意とする武士や近場の周防衆などが、

「いいや。ここは……大和殿、羽仁殿の御説、あるいは弘中殿の策を採るべし」

「まず、櫻尾城を……」

「いいや！　厳島じゃ」

「落ち着かれよ三浦殿！」

双方、一歩もゆずらぬ大激論がかわされた。

晴賢は沸騰する軍議を手で静めて、

「大和も弘中も櫻尾城を攻めよと申す。だが、わしは、反対だ」

「…………」

「伊香賀」

ずっと黙し影の如く控えていた近臣、伊香賀隆正が暗い翳りをおびた声で、

「他言無用に願いたいが、櫻尾城主・桂元澄（かつらもとずみ）が毛利を見限り、当方に寝返りたいと言うて参った」

――怪しい。

弘中隆兼は直覚する。

伊香賀が言う。

「怪しむ向きもおられると思うが、桂の父はかつて毛利を揺るがしたお家騒動で、腹を切った男。この遺恨を引きずっておるという桂の話、一応うなずくに値する」

色白の小兵、伊香賀は淡々と、

「もう一つ。桂は、信心深さで知られた男ぞ。この桂が当方への忠節を……熊野誓紙にしたためて参った」

伊香賀が放った言葉の重さが――多くの部将の面貌を強張らせ、異見を飲み込ませた。

熊野誓紙――熊野の牛王宝印という烏の絵が描かれた護符の裏に、誓いを書く。もし約束を違えれば熊野権現の恐ろしい罰が当たるという。すなわち、違背者は血を吐いて息絶え、その魂は地獄の業火に突き落とされると信じられていた。

斯様な誓紙など信じないという弘中隆兼のような武士もいるが少数派だ。多くの信心深い武士や迷信深い男女が、熊野誓紙に書いた己の言葉に呪縛されていた。

……こうなってくると桂が信心深いという話も、元就がつくり出した嘘である気が……。

隆兼が思慮した時、晴賢が、

「桂はの、当方が厳島を攻めれば元就は必ずや援兵を率いて吉田郡山を出る、その隙に吉田郡山を突いて落として見せると言うて参った」

「――おまち下されっ！　桂の言葉、やはり怪しゅうござる！」

弘中隆兼はすっくと立った。隆兼は真剣な面差しで、晴賢を真っ直ぐ見て、

「……毛利の方から聞こえてくる話に全て厳島が絡んでおります」

晴賢は険しい顔になり三浦は苛々と指を噛み大和興武はぐっと身を乗り出した。

「元就は厳島の城が失敗であったと言い、己斐新里は厳島から我が方に調略を仕掛け、桂は厳島を襲えと申す」

話しながら、隆兼の中に漂っていた不安や不審が、急速にしっかりした形となり、厳島こそ敵の謀略の芯であると確信するにいたった。

「また門山城を壊して、厳島に城をつくったことも引っかかる」

「…………」

「門山城があれば彼の城に陣を置き厳島を攻める手もあった。まるで——厳島に誘おうとしているように見える」

大和興武が、強く、

「その通りじゃ」

「此は一つの真実——元就の罠が厳島にある旨をしめしております。元就は老獪な策士ゆえ、その言葉を鵜呑みにしてはなりませぬ。反対に読む必要がある。

——如何に読むか？」

隆兼は説いた。

「厳島の城は元就が心肝を労したる恐るべき謀にござる。その真の主意は、平地の戦いは、将器が互角なら十中八九、兵力で決るということ」

静まり返った寺に隆兼の声だけがひびく。

「元就は野戦で利がないと思い、狭い厳島に大軍を誘い込み、密かに渡海、十死一生の奇襲をかけ、陶殿の御首級を狙っておると心得まする。ここは元就の謀計を逆手に取り、全軍に厳島を攻めると触れさせ毛利の忍びをたぶらかした上でいきなり矛先を変え——櫻尾城、仁保島城を抜き毛利家を恐慌に陥れ、全兵力で吉田郡山に北上。止めを刺すべきかと存ずる」

大和興武は実に深くうなずくも、三浦が……きっと隆兼を睨み、己が鎧の草摺を叩き、

「弘中殿、お主の話を聞いておるとこの世の全てが元就の作為の如く思えてくるわっ」

「左様なたわけたことは一言も言っておらぬ！」

「言うておるに等しい！　お主は誤っておる！」

憤懣の熱流で血が煮えそうになるが、つとめて静かに隆兼は、

「……ほう。何処がどう誤っておる？」

並の者なら恟々としそうな獣じみた怒気が、三浦越中守のこの場にいる誰よりも大きく逞しい体から、放たれている。

「——我らの武じゃ！」

傲岸な様子で言い切った三浦越中守の一声には、唾がまじっていた。

「櫻尾、仁保島など抜くのに何で大軍が要ろうかっ！　この三浦が三千の兵で攻めれば、あのような小城、赤子の手をひねるように落としてくれようぞ！」

「その通りだ。弘中の申すこと一理ある。さりながら、弘中の献策からは残念ながら——我ら陶勢の武が抜け落ちておる」

晴賢が言い、三浦がいかにも嬉し気な面持ちになる。自らの武に絶対の自信をもつ晴賢はつづける。

「元就が厳島に我らをおびき寄せようとしておるなら、面白い、我らの勇武により、宮ノ尾城を

立ちどころに落とせばよい。宮ノ尾城に入った我が方に元就はよも奇襲など出来まい？」

「全くその通りにござる！」

三浦が強く同調し、同調の輪が、彼としたしい荒武者連中に広がった。

「万に一つあの小城を攻めあぐねて元就が奇襲をかけてきたとする。だが、これだけの猛将、勇卒にめぐまれた我が二万七千の兵が、あの年寄りの、僅か数千の兵による、ただ一度の奇襲で崩れるようにはゆめ思えぬ。それこそ——飛んで火に入る夏の虫。城から出て参った元就の白髪首、叩き落してやろうではないか」

まず三浦が、次に桑原党や鎮西の武士が「そうじゃ、そうじゃ」と呼応する。

悔しさの濁流が、隆兼の腸(はらわた)を揺さぶる。

……今、陶殿に同調しておる者の中で我が方の勝利を真剣に考えておる者は、どれだけおる？水軍の見せ場をつくりたい、長対陣(ながたいじん)をさけ早めに一戦したい、斯様な者の方が多いのでないか……。

晴賢に同調する部将が、

「味方したいと申しておる桂の城を叩くのも、何やら気乗りせぬしな……」

「いや、それは違う。桂が真、味方する気なら、我が方が櫻尾城に襲いかかれば慌てて城門を開く。桂の真意を見極める一手にもなるのです」

懸命に説き伏せようとする隆兼だが、総大将は、

「弘中。もう何も申すな。この全薑の意は、固まったぞ。桂が味方かもしれぬ以上、その城は攻めぬ。元就が心血そそいだ厳島宮ノ尾城を取り、己斐、新里を血祭りに上げ、毛利の全軍を動揺させる」

「先鋒は是非この三浦に！　三日で攻め落として御覧に入れます」

晴賢はすがすがしい顔で、

「――その言やよし！」

三浦が得意げな目で隆兼を睨む。

……ああ、あえて必勝の道から遠ざかると仰せなのか。

隆兼は嘆く。戦意が、萎(しぼ)みかける。

そんな隆兼の胸を――折敷畑に向かう宮川房長の姿、みちの苦し気な形相、琥珀院で「心得たり！」と叫んだ時の江良房栄がかすめた。

元就の調略、毛利勢の動きによって、この世から消えていった人々だった。

……江良殿。貴殿なら、斯様な仕儀になっても陶殿をおささえするのだな？

『向後、その役目……貴殿一人の双肩にゆだねられた』

血塗れになって斃れた軍師の言葉が胸の中で去来する。

……まだ、軍議。戦ははじまっておらぬ。こんなことでくじけてどうするのだ隆兼！

数の上での有利は些(いささ)かも揺らいでいない。隆兼は、己を叱咤する。

――よし。そなたの奇襲、この弘中の名に賭けて何としてもふせいでくれよう。

けれど……冷たい敗北感に打ちのめされたのは否めなかった。

元就本人の「厳島を取られるとまずい」という言葉――その言葉は天野慶安や安芸に潜った外聞によって陶まではこばれた――、己斐、新里が城将をつとめている事実、この両名が味方に仕掛けてくる煩わしい調略、「厳島を攻めて下されば、毛利に反旗を翻し、吉田郡山城を攻めます」という毛利家重臣、櫻尾城主・桂元澄の言葉、厳島という島の地の利、富力、いくつもの要素が磁石となって、晴賢を厳島に引き寄せていた。

だが隆兼は最後の二つ以外は全て一人の男が考えた遠大な謀計の序(じょ)の部分と見ている。

永興寺から夜道を中津の屋敷にかえる途中、隆兼の傍に隆助が馬を並べている。

「父上……不本意な結果でしたな？」

隆助も無実の房栄を死に追いやったことを深く悔やんでいた。何度も、琥珀院や、空き家となった江良邸に足をはこび、姿なき房栄やその郎党たちにわびていた。そして、調略を張りめぐらした相手への闘志を、ふくらませていた。

黙り込む隆兼に隆助は、硬い声で、

「もう、渡海するほかないのですな？」

隆兼は馬上から、悲し気な面差しで満天の星を眺め、

「いくら正論、妙案と思うても、全く通らぬ時がある。相手の耳には正論、妙案に聞こえておらぬのじゃ。……宮仕えとはそういうものよ。かくなる上は彼の島にわたった入道殿を、敵の奇襲からお守りする他ない。気持ちを切り替えねばならぬ」

己に言い聞かせるような言い方だった。

すると、隆助は言った。

「父上。厳島はなるほど父上の仰せの如く危うき地と心得ます。さりながら、隆助はこの一戦負ける気がしません」

「ほう、どうしてじゃ？」

隆助は真っ直ぐに隆兼を見詰め、力を込めて、

「父上がおられるからです」

隆兼は寂し気に笑い、

「買いかぶりすぎじゃ」

……息子にはげまされるとは。

深く夜気を吸った隆兼は、今までの憂いから一転、明るい声で、

「そこはな隆助、某がおるゆえというくらいでなければならぬぞ」


九月二十一日、陶晴賢率いる二万数千の大軍は岩国から厳島に向けて船出した。

安宅、関船、小早、合わせて五百余艘、怒りの嵐の如き大船団は得体の知れぬ磁場に引き寄せられるように海上をすすむ。

陶方の武者の荒波が厳島に押し寄せたのは翌九月二十二日朝だった。この日の満潮は巳の刻（午前十時）と亥の刻（午後十時）だったと見られるから、陶の大軍は、かつて平家がつくった壮麗な社の下になめらかに流れ込む海水と呼吸を合わせて、物忌み深き島に踏み込んだ。

中村、己斐、新里ら毛利兵六百は小城に固く閉じ籠る。

綯屋など陶昵懇の大商人は町にのこったが毛利昵懇の商人や、陶とも毛利ともつてがない小商人や樵などは――有り金や食糧をかかえて家から足をもつれさせて駆け出し、弥山などの奥深き原始林に逃げ込んでいる。

陶勢は、陣としてつかえる家は接収し、城攻めの邪魔になる家は壊した。

上陸した晴賢は、厳島神社から見て西南、多宝塔がある丘に入った。ここに大内家の当主が厳島に詣でる時の屋敷があったのである。

初め、この館を本陣にと考えた晴賢だったが、多宝塔の傍らからは宮ノ尾城がよく窺えなかっ

た。

横にいた伊香賀隆正が、大明神の向う、小さく見える五重塔を指し、

「塔(とう)の岡(おか)にうつりましょう」

双眼をギラつかせた総大将は無言でうなずいた。晴賢は戦陣に入って幾日かは極端に言葉少なになる。

……戦の時の殿が、かえってこられた。

あるかないかの微笑を浮かべた伊香賀は、

「者ども、本陣を塔の岡にうつす！」

九月二十四日。弘中隆兼は——船の上で、苛立っていた。

永興寺を引きずっているのでない。原因は、岩次。

陶軍二万七千の中でもっとも渡海がおそかったのは弘中勢五百だった。

陶の大軍には奥深き山から出てきた、水軍をもたぬ武士が多分にふくまれていた。この男たちを陶水軍、三浦水軍、弘中水軍などにわり振る配船の段取りが、隆兼にゆだねられている。さらに必要な物資の手配、廻漕、渡海途中の味方に元就が奇襲をかけないかの用心も、隆兼の仕事だった。

だから味方が全てわたり切るまで隆兼は岩国におらねばならなかった。

この日、弘中勢以外は全て渡海し、

『元就は吉田郡山から出て、佐東銀山(さとうかなやま)城まで南進、以後動く気配はありませぬ』

という知らせを受けた隆兼は遂に解纜(かいらん)した。

その船団は大内菱にくわえ、丸に一文字——弘中の紋である——の旗をかかげている。

弘中家がただ一艘所有する巨大な安宅船に乗り、盾板がめぐらされた甲板のもっとも先に腕組みして立ち、海猫の声を頭上から浴びながら、海から屹立する緑岳（りょくがく）——厳島を睨む隆兼。安宅の周りは関船、小早が固めている。喉の渇きを覚え、

「そなた、水をもってきてくれぬか？」

近くにいたやけにひょろっとした足軽に言う。

一揖（いちゆう）して水を取りに走ろうとした足軽に不審を覚えた隆兼は、

「ちと、まて」

呼び止め、歩み寄り、陣笠に手をかけて、顔をのぞく。

——岩次だった。

「何でお主が、ここにおるんじゃぁ！」

隆兼の大喝におびえた岩次は甲板にへたり込み口をぱくぱくさせた。甲板上、屋形と呼ばれる小屋から隆助が飛んでくる。ちなみに三浦の安宅船には屋形と井楼（せいろう）があるが、弘中の安宅船に井楼はない。

「父上！　どうしても行きたいという岩次に、叔父御が知恵をかし……船にのせたのです」

民部丞は——留守をあずかっていた。

「全く……昔からろくなことをせぬな！　あの男。知恵をかした？　知恵ではないわっ。悪知恵、浅知恵と申す」

甲板を守る盾板を強く叩いた隆兼は、

「あんなに島が近づいておるっ」

緑の山はどんどん大きくなっていた。逆に岩国は後ろに青く霞んでいる。怒りで火照った顔を手でこね、

「島についたら、こんに文を書く。その文をのせた小早でこいつをもどすぞ」

「勘弁して下さいっ！　ここまで来たんです。お供させて下さい！」

岩次は悲鳴のような声で懇願した。

溜息をついた隆兼は甲板に腰を下ろし岩次と同じ目の高さになると、つとめて穏やかに、

「わしは武士ゆえ主君から命じられれば出陣するが、好き好んで行くわけではない。……討ち死にするかもしれぬからだ。何で、そなたは、そこまでして戦に出たい？」

「侍になりてぇんです」

「もうなっておる」

「……なっていません」

岩次の浅黒い頬を光の雫が一つ、こぼれた。

「父上が岩次を叱りはじめたら雲間から光が差しました。これ……吉兆ではありませぬか？　岩次はわたしがいろいろ技をおしえたゆえ、かなり強くなりました。決して足手まといにはならぬと思います。……ここまで申すのです」

隆助が取りなした。さっきより、強い溜息が、隆兼からこぼれる。隆兼の太眉が寄せられ角張った顔が上に向く。丸っこい目が細められ倅が言う雲間から差す光とやらを追う。

やわらかい光の帯のいくつかは海神の島の、小さくも険しい山、靄を孕んだ奥深き森に消えていた。隆兼は、言った。

「必ずわしの傍におること。わしが指図したことだけ、やること。そなたにはわしの給仕を申し

つける！　一つでも違背したら、速やかに岩国に叩き返す」

岩次は面貌を歪め、歯を食いしばって喜んだ。

海面からかなり高い甲板なのに、船虫が二匹、隆兼と岩次の間をささーっと走ってゆく。

船虫が嫌いな隆兼は、

「こ奴らも一体、何処から入るんじゃっ」

布陣

安宅一艘、関船三艘、小早数十艘の弘中勢が厳島に入った時、塔の岡の陶本陣と毛利方・宮ノ尾城の間にあった民屋は悉く壊され、その更地には陶本陣を守る二重三重の逆茂木(さかもぎ)、木柵が完成していた。隆兼は陶直属の水軍で昵懇の者たちに、毛利の海からの奇襲に十分備えるよう告げた後、塔の岡に向かっている。

塔の岡は赤い柱が目に眩しい五重塔がそびえる丘である。宮ノ尾と塔の岡は低地をはさんで向き合う形になる。

本陣に入って晴賢に目通りした弘中隆兼は、

「某、博奕尾の山中に陣取ろうと思います」

厳島にわたったことで、あるはずもない毛利が勝つ芽が吹いた。その芽を摘むには奇襲を潰す他なく、そのためには――、

……奇襲に備える警戒網を敷くこと。もう一つ、一日でも早く宮ノ尾城を落とすことじゃ。

隆兼は元就の山からの奇襲に備える警戒網を、自らが盾となって敷き、晴賢を、二万七千の味方を、守ろうとしている。

厳島の密林を睨む隆兼は、元就はこの森からくると読んだ。

陶につづき弘中も厳島入りしたという知らせが、佐東銀山城にいた元就の腰を浮かせた。

……弘中も彼の地に入ったか。我が策成れり。

元就は三千五百の兵と共に佐東銀山城を出立。海にほど近き草津（くさつ）まで南下した。隆元、元春、熊谷信直も同道する。

同じ頃、元就と草津で合流すべく水軍五百を率い瀬戸内海を西にすすむ若武者が、いた。

小早川隆景である。

小早川水軍は安宅二艘を旗艦とし、関船四艘、小早数十艘が、それぞれ隆景と乃美宗勝が乗る二艘の安宅をかこむようにすすんでいた。

春の柳を思わせるなよやかな若武者、隆景の手には錦の懸守り（かけまもり）がのっていた。

潮風に吹かれて甲板に立つ隆景は、自城がある方をゆっくり振り返る。

昨夜、夕餉を共にしながら隆景は妻、綾姫に、

『明日、陶の大軍との大戦に出ます』

と、告げている。

綾姫は汁椀に悲し気な視線を落としたまま何も言ってくれなかった。

氷でつくった刃で胸を刺された気がした。隆景はいたたまれなくなり、すぐ自室に下がろうとした。と、

『あの……』

ふれればおれてしまいそうなほどか細い声が、隆景を呼び止めた。綾姫だった。

紅の打掛をまとった幼い妻は小早川家の紋、左三つ巴が織り込まれた錦の懸守りを取り出した。

ふっくらした唇をふるわし、

『……これを……』

隆景は少なからず驚き、

『貴女(あなた)がつくって下さったのか?』

妻はこくりとうなずいた。

『八幡様のお守りが……』

三つ巴は武士の守り神、八幡大菩薩の神紋でもある。

小早川に毛利がしたことを考えれば、呪いの言葉を忍ばせたお守りでもおかしくない。だが、ぎこちない微笑みを浮かべた綾姫の面差しからは……隆景の無事を真に祈る心を感じた。

唇をへの字にして強い感情にたえながら畳に顔を向けた隆景は、

『百人、いや千人力の勇気を頂戴しました。かたじけない。貴女が下さったお守りさえあればこの隆景、小早川勢五百を率い——防長、鎮西の大軍に、斬り込めまする』

懸守りを手に甲板に佇む隆景は、自分たち夫婦の雪解けの日が近いのではないかという温かい期待を噛みしめている。だがまずは——陶の大軍に勝たねばならぬ。


小早川が合流し、毛利勢は四千人になった。元就としてはもっと兵をあつめたかったが、安芸備後国人の多くは、毛利が勝つのか、陶が勝つのか、勝った方に味方したい、と固唾を呑んで事態を注視し、元就の旗の下に参じたのは、一族郎党と一握りの親密な国人だけだった。その辺りの事情を陰徳太平記は、

国人等(ら)いつしか恐怖の心生じ事を左右に寄せて、催促に応ずる者稀なりける故、吉田勢年来(としごろ)よりは少かりけり……。

(安芸備後国人はいつしか陶への恐怖を覚え、言を左右にして、元就の催促に応じる者は稀だっ

たから、吉田勢はいつもより少なかった……）

と、しるしている。しかし元就は、こうした国人の動向を読んでいたし、新参者がいても後ろから射られる恐れがある、という広良の意見を思い出し、むしろこれでよいのだと思い切っていた。

隆兼が渡海し、毛利勢が草津に動いたこの日、「三日で落とせる」と豪語した男による宮ノ尾城への火を噴くような猛攻がはじまった——。

巨軀の豪傑、三浦越中守による攻城がはじまったのだ。

三千の兵をあたえられた三浦はかねて用意の夥しい盾を兵たちにもたせ、一斉に宮ノ尾城に殺到する。

しかし中村二郎左衛門がつくり上げた人工の崖・切岸（きりぎし）は直角に近い角度で、しかもかなりの高さがあるため——攻めづらかった。

また、小城と侮っていた宮ノ尾城だが、その空堀（からぼり）はかなり深く、土塁、逆茂木の配置も絶妙で、所々、落とし穴まで仕掛けられており、中村二郎左衛門、己斐豊後守、新里宮内少輔、弓矢の功名をとんと聞かない三人の城将は……意外なほど善戦、城兵は盛んに矢を射、石などを投げてくるため、寄せ手は攻めあぐねた。

さて、陶方には——新兵器も、あった。

南蛮渡来の鉄砲である。

陶軍全体で数十挺の鉄砲があり、三浦勢だけで六、七挺あるのに、毛利軍にはこの頃……一挺の鉄砲もなかった。

数挺の鉄砲は城兵を何人か殺し、大音声で毛利方を驚かせる効果があったが……戦局全てを変える力はなく、宮ノ尾城の堅い守りを崩せなかった。

猛将、三浦越中守を意外な苦戦に追い込んだ中村、己斐、新里。中村は宮ノ尾城への強い愛情、己斐、新里は陶に捕まったら殺されるという恐怖、生命欲を拠り所にして戦っているため、彼らが本来もつ力以上の奮闘を見せていたのだった。

三浦は、陶本軍を出そうという晴賢の申し出をことわった。

どうしてもこの日は三浦勢だけで攻めさせてくれと言って、ゆずらない。あれだけの高言を吐いた手前、独力で城を取らねばという思いに、三浦は支配されていた。

だが、寄せ手の犠牲はますばかり。

夜になって深く傷ついた三浦勢はやっと攻撃を止めた。

翌日は、三浦勢だけでなく、陶の本軍、大和興武や羽仁越前守の兵、筑前兵、豊前兵などが——宮ノ尾城に襲いかかっている。

まさに総攻撃、圧倒的な武者の怒濤が、天が崩れかねぬほど大きな鬨の声を上げ、毛利がつくった小城を——四面から呑み、壊し尽くそうとした。

大軍による猛攻は夜までつづき、さすがに多くの城兵が斃れるも、宮ノ尾城は何とかもちこたえた。

その夜——塔の岡はもちろん、大明神周辺や峰々までも照らす陶方の夥しい篝火(かがりび)、大野瀬戸で海上の長城をつくり上げ、如何なる船もわたすまいぞと気勢を上げる陶方の兵船の火は、四百人ほどまでへった宮ノ尾城兵の心をすりへらし、強い恐怖心、孤立感を掻き立てていた。

その絶望に蝕まれつつある城中の真っ暗い小屋で、新里宮内少輔は、

「毛利殿は……我らが苦境に沈んだらすぐに援軍を出すと仰せであった……。草津までこられたと言うが」

小屋の中には己斐豊後守と、古くからの家来二名も、いる。

己斐、新里は、元就から全幅の信頼を寄せられているわけではないため、怪しい動きがあれば斬れ、という密命をおびた屈強の若侍が幾人も、張り付いていた。その監視役どもが今日の昼におこなわれた戦いでかなり死んでしまったため、己斐、新里が、人目につかぬ所で接触、密談する機会が、生れていた。

己斐豊後守が押し殺した声で、

「じゃが遅いな。……草津城から動かれる気配がない」

「さすがにあれは鬼神の助けでもなければ――」

越えられぬよ、という声を呑んで、新里宮内少輔は、夜の大野瀬戸――陶水軍の火の長城が揺らめく海に、目を動かす。

海の向こう、草津城まで出てきたという元就が無理して渡海したとしても、毛利水軍、小早川水軍を合わせたよりも、陶水軍の方が多いため、海上で包囲殲滅される。つまり援軍は絶望的、宮ノ尾城は孤立無援に近い。

陶の降将という立場の弱さに付け込まれ、ずいぶん損な役目を押し付けられたものよという思いが、己斐、新里の中で日に日にふくらんでいた。

己斐豊後守が探るような声で、

「中村殿は……最後の一兵まで戦う気らしいの」

つき合ってられるか、という気持ちで苦々しい顔になった新里宮内少輔だが、

「見事なお心構えよのう」

思ってもいないことを言う。

……二郎左衛門の首を土産としてもってゆけば、陶殿は我らの帰参をお許しになるだろうか？　いや……むずかしいかもしれぬ。

不義の輩などとなじり、首を刎ねよなどと言い出しかねない激しさが、旧主・晴賢にはあった。城にいるのと中村の首を土産に陶の許にもどるのと……どっちが、生き延びる目があるか、宮内少輔は、懊悩する。

――ええい、豊後守！　お主も同じ気持ちじゃろう？　何でお主の方から切り出さぬ？

恐らく己斐豊後守も新里宮内少輔が切り出すのをまっている。

と、

「己斐殿、新里殿、ここにおいでてしたかっ」

鉢巻をしめた生き残りの監視役どもが小屋に入ってきた。憔悴した様子の若武者の一人が、訝しむような態度で、

「中村殿がお呼びですぞ」

「お……おう」「すぐ参るっ」

毛利吉川勢三千五百、小早川兵五百、合わせて四千の兵を率い草津城に駐留、対岸を注視する元就は、冷ややかな妖光を双眸に灯し、

「そろそろ己斐新里の心が――折れておる気がする」

夜、人の体から抜け出て悪事を天に報告する三匹の虫を、元就は何処(いずこ)かからゆずり受け、己斐、新里の鎧直垂(ひたたれ)にでも、忍ばせたのか。はたまた遠くや将来をうつし出す魔鏡を所持しており、その鏡に己斐、新里の姿がありありと映し出されていたのか？　とにかく元就は己斐、新里の動揺など――織り込み済みだった。

……我が本隊が今、大野瀬戸をわたるわけにはゆかぬ。陶の水軍に袋叩きにされる。敵が大野瀬戸を見張れぬ、風雨に乗じて渡海する他ないのじゃ。……だが、このままでは城は落ちる。落城すれば、陶が城に入り、奇襲は成就せぬ。

「小人数の精鋭を密かに宮ノ尾城に入れる必要がある。敵の水軍を夜密かに、潜り抜けるのじゃ」

むろん露見したら、命は、ない。

元就は、居並ぶ諸将に、

「この精鋭をたばねる者にはいくつか役目がある。まず、元就が決して見捨てておらぬことを、城内の者どもにつたえる。次に、猛き武者ぶりを見せ、沈みかかった士気を一気に上げる。最後に、たとえば二郎左衛門を斬って陶に内通しようなどと目論む不届き者が現れた場合、その企みを未然に察知――不届き者どもを叩き斬る。綱渡りの如き役目じゃが誰(たれ)ぞ行ってくれぬか？」

「わしが行く他ありますまい！」

太声が――返ってきた。

綺羅星の如く勇将を揃えた大大名・陶に比して猛将も兵も少ない毛利。その毛利軍中、屈指の武勇をもつ男が応えたのだった。

熊谷信直。吉川元春の舅、新庄局の父である。

元就は体は小さいが筋骨隆々の剛の者に、

「おお……。そなたならば三浦越中と互角にわたりあえよう」

「三浦越中など端から眼中にありませぬ。某が狙うは、ただ全薑の首のみ！」

「――よう言うた。速やかに支度し、明日の夜、宮ノ尾城に入ってくれ」

熊谷以下重臣を下がらせ、息子たちと乃美宗勝だけのこした元就は、細面を隆景、宗勝に向け、

「三島村上氏からの答はまだか？」

隆景は首を横に振り、宗勝はむずかしい顔で、

「いまだ……何も……」

元就は青く硬い顔で、

「毛利が陶に勝った暁には陶が取り上げし海上の権益、全て旧に復す。ゆめゆめその言葉を違えぬという我が存念は――」

「……幾度もつたえており申す」

交渉を担当してきた乃美宗勝は答えている。

瞑目した元就の額に深刻な皺がきざまれ、指がその皺の傍に当てられる。

隆元はきょろきょろと元就と隆景を見くらべ、元春は苛立ちが燻りだした声で、

「――村上武吉、何を考えておるのじゃ。能島村上が武士ならば、いい加減旗幟を明らかにすべき時じゃろうが」

隆景は静かに、

「あの者どもの肩をもつわけではありませんが……能島村上はどの大名の臣でもありませぬ。我

ら陸の武士には考えにくいことかもしれませぬが……海を領国とする大名のような存在」

思慮深き三男の言葉が、元就に閃きを産む。

……そうか。能島が何をもっとも大切にしておるか、其は権益云々ではなく、自立なのかもしれぬ。大内、尼子の狭間にあっていつか自立を手に入れたいと考えつづけてきたわしのように、彼奴らは海上での自立を微動だにさせたくないのかもしれぬ。

隆景は言った。

「その大名の前で己より大きい二つの大名が戦をはじめた。一つは、陶。大軍をもつが、酷な要求をしてくる。いま一つが、毛利。喉から手が出るような旨味のある提案をして参るが、小勢。さて……どちらに味方すれば家が滅びぬか、秤にかけておるわけです」

「その天秤、実にもっともな天秤じゃ。されどいつまでも秤の前から身動きせず、戦が終るまで何もしなかったというのなら……」

嗄れ声を発した元就は眼を開く。剃刀のように鋭い目付きで、酷薄な声を、出す。

「勝った方に必ず憎まれるということが、見えぬ男ではあるまい？　もう一度だけ村上武吉に文を書く。最後の手紙じゃ。宗勝、明日払暁、早船を仕立て我が文を能島にとどけよ」

元就は最後の手紙に、家来にしようなどと思っていない、ただ一日だけの味方をたのみたい、としたためた。祐筆をつかわず自ら筆をにぎり文面を練り込みつつ思案する。

……暴風雨を衝き、島にわたり、山側から陶を奇襲する。

元就はこの季節の瀬戸内が暴風雨でしばしば荒れることを知っていた。いつか岩夜叉と厳島を下見した帰り、浜辺の漁村を一つ一つたずね、古老たちに聞き取りをおこなったのだ。

……されど陶の水軍が健在なら、敵の大軍は全薑もろとも船に乗り、岩国に逃げる。それでは意味がない。厳島において陶と二万七千の大軍には――滅んでもらう。

だとすれば陶水軍も同時に叩き壊滅させねばならぬが、毛利水軍、小早川水軍だけでは、船数でまさる強大な陶水軍に返り討ちにされる。

――船数、水軍力、共に足らぬ。我が方は安宅、関船、小早合わせて百五十艘。陶は……五、六百艘じゃ。

この船数、水軍力の不足を一気に解決し得る存在こそ――日本最大最強の海賊にして、瀬戸内海の王、村上水軍であった。鮫の群れのような剽悍無比のこの海賊を味方につければ、海の上の逃げ道を全くふさぎ、奇襲成就、すなわち陶滅亡をもたらせ得ると元就は踏んでいた。

九月二十六日、命がけで帰還した世鬼者から、宮ノ尾城内の様子が、草津城にもたらされた。

それによると陶は今朝、また大軍による猛攻を敢行。だが、昼頃には方針を変え、より深刻な害を――宮ノ尾城にあたえはじめた。晴賢は工作兵を動員し、

「――水の手を次々断っております」

冷静な元就だが、歯を食いしばり、肉が薄い腿を叩いている。泳ぎもどったくノ一は、

「城内には天水桶が数多ありますが、此は雨頼み。中村殿は潮水をかねて用意の大釜に汲み、煮出して真水をつくろうとされています」

「よし」

「ただ、薪をひろうにも陶の凄まじい攻撃に遭い、かなり苦労をしております」

「わしは今宵城に入ったらまず薪を取る兵を守ります」

熊谷信直が厚い胸を叩いた直後、漁師に化けた別の世鬼者がもどって、

「陶方は、中村殿がもうけた切岸の険しさ、その上の櫓から降りそそぐ矢を恐れ、切岸を上るの

をあきらめました」

元就が微笑みかけると世鬼者は、

「今は大和興武、下知の許、切岸を下から掘り崩さんとしております」

恐ろしい数の人夫をつかい、切岸そのものを根底から崩壊させようとしている。

「そのため、切岸の上にある櫓が倒れかかっており……己斐殿発案により着物から綱をつくり、その綱を櫓にかけて、大勢で引き、倒壊をふせいでおります。己斐殿は昔、安芸の者が大内殿を守って上洛した時、この方法で櫓が倒れるのをふせぎ城を守ったのを見たそうです」

老将、己斐豊後守——決して信頼できる男ではなかったが、城の危機を救う経験をもっていた。

「今、方々で倒れかかる櫓を、己斐殿が着物の綱でささえ、手薄な所に襲い掛かって参る三浦、問田（といだ）、野上の兵などを、中村殿、新里殿が懸命にふせいでおります」

——もって数日じゃな。熊谷を入れても一日二日のばせるだけ。だが、それでも入れるぞ。その一日二日がほしい。もはや出来ることは全てした。あとは、まつのみ。わしがまつものが来るか否か、来るとしたらいつなのか、この元就にも読めぬ……。

元就は——古老たちから聞いた瀬戸内海を荒れ狂わせる暴風と、いつまでも旗幟を明らかにせぬ村上水軍をまっていた。

……この二つが来ねば、我が謀は崩れ、わしは、負ける。

弘中隆兼は厳島渡海という悪手により、陶勢が元就の泥沼のような罠にはまり、危機に陥っていると考えていた。だが元就もまた……追い詰められていた。

乱破が退出した後、さすがに疲れを覚えた元就は思わずまどろみ妙玖の夢を見ている。

夢の中の妙玖は元就に笑いかけて、

「ほら……運も必要でございましょう」

目が覚めても亡き妻が傍らにいる気がした。

「……まだ申すか、性懲りもなく」

――わしは、みとめぬ。つみ重ねてきた思案、諸々の念入りな仕度が、勝ちを引き寄せるのじや。

ほろ苦い顔で、

「そなたが武運をくれるなら……こばみはせぬが」

棚守房顕（たなもりふさあき）覚書によるとこの日、宮ノ尾城に潜入した熊谷信直と手兵は五、六十艘の船にのっていたというが信じ難い。五、六十艘の船団ならば陶水軍が海の上につくった長大な鉄壁に、必ずやはね返される。しかも五、六十艘だと毛利方の船の三分の一にもおよび、奇襲の機を窺っている元就の動きとして腑に落ちない。陶方に偽装し厳重な哨戒の網の目を潜り抜けるような、五、六艘の小早であったと思われる。

夜陰に乗じ、敵に怪しまれず何とか潜り込んだ小人数の熊谷勢だが、見捨てられていないと知った城兵は大いに喜んだ。熊谷は翌日の戦に早速出て、大いにはたらき、沈み込んでいた城中の士気を一気に高めている。

*

九月二十七日。昼でも薄暗い密林を兵どもに切り開かせた真新しい削平地に、弘中隆兼の陣は、ある。

足軽雑兵は地べたに直に、あるいは筵などしいて横になり、弘中親子や主だった家来だけが、即製の小屋に寝起きしている。

周りはミミズバイ、馬酔木、樒、イヌガシなどが鬱蒼と茂った霧深い森で、隆兼の小屋の壁は、そうした木で出来ており、屋根は細やかな枝や大きなシダの葉をかぶせたものだった。

小屋の中には――この島のいたる所に生えている小シダが敷き詰められている。実は家来が隆兼愛用の茣蓙をわすれてしまった。斯様な時、隆兼は家来を罵倒したり、殴ったり、腹を切れと迫ったりしない。恐懼する郎党ににこやかに、

『よい、よい。お……あのシダを沢山毟ってくれい。あれを敷き詰めてくれればよい』

こうして小シダの床が完成したわけだが、なかなかどうして、居心地がよいのであった。

今、西日に照らされた小シダの床に座した隆兼は隆助と共に岩次がこさえた夕餉を食していた。

厳島の陶陣は言うまでもなく魚、貝にめぐまれている。

まず、朝になれば魚の山をのせた漁師の舟が沢山やってくるし、隆兼が岩国からおくった兵糧の中にも塩引き魚や干物がふくまれており、もぬけの殻になった島民の家にも、沢山の干し魚がのこされていたわけである。武将はもちろん時には足軽の食事にも魚が出る。

小シダに座った隆兼は今、太刀魚の塩焼き、玄米飯、漬物、牡蠣の味噌汁、煮干しを腹に掻き込んでいる。食い終ると、隆兼は、黒文字で歯をこすり、

「ああ旨かった。上達してきておるわ、岩次め」

隆助は隆兼より小さくすっきりした顔をほころばせた。

「岩次をつれてきてよかったですな」

「とは、言うておらぬ」

隆兼は、苦い顔をつくる。箸を置いた麗しき嫡男は、

「この太刀魚、魚売りの娘がお代はよいからと申してつけてくれたのですが、美味しゅうございましたな」

息子は気づいていないようだが、陶陣に魚を売りに来る漁民の乙女たちの中で隆助は、熱い評判になっているらしい。そんな噂が、隆兼の耳に入っている。

隆兼は山の下に用がある時は隆助を行かせ、自らは山中の陣にいつづけた。

元就の奇襲に備えるためである。

……毛利が奇襲した時、わしが盾となってはね返し、あの男の首を取ってみせる。

隆兼は、元就の奇襲部隊は、ここを通るだろうと踏んだ博奕尾中腹に自陣をもうける一方、話がわかりそうな部将の許を自らまわり、

『今のように平地に大軍が密集しておるのは甚だ危うい。海の用心は出来ておるが、山の用心が心もとない。もっと山深くにも陣を据えた方がよい。博奕尾から弥山、駒ヶ林(こまがばやし)にいたるまで敵の奇襲をふせぐ堅壁(けんぺき)をもうけねばならぬ。陶殿の許しは得ておる。わしのように、山に入ってくれぬか？』

これは多くの部将の思念が別方向——宮ノ尾城の傍に陣を敷き、陶殿の目に留まる形ではたらき、恩賞を得てみせん、という思惑に押し流されている今、流れに逆らってすすむようなものだった。

『それでは、手柄を立てられぬわ。我らは城攻めにきておるのじゃぞ』『山に……陣？　お断りいたす！　臆病風に吹かれて城から遠ざかったと噂されるではないか』『元就が参るとすれば夜

襲でござろう？　夜……越えられるかの、あの山を？』

と、言う者が、多い。

だが中には隆兼の話に真剣に耳をかたむけ、納得した上で、隆兼と同じ博奕尾、厳島最高峰、弥山、それに次ぐ高さのある駒ヶ林に陣を動かしてくれた武者たちが、いた。

……ありがたいこと。だが、まだ、不十分。

隆兼は考えている。

隆兼はもう一つの防御網をより山奥に張った。

——乱破による防御網だ。

この戦を奉公納めとしたいと話す幸阿弥は本陣に据え、楽阿弥以下数名の弘中の外聞を博奕尾山頂に常駐させ、何か異変あらばすぐつたえるよう指図した。また、もっとも多くの外聞をつかう、伊香賀隆正をたずね、

『弥山などにも外聞を伏せたい』

伊香賀は能面のような無表情で、

『あいわかりました』

隆兼は伊香賀が苦手だが、大事の一戦の前、そうも言っていられない。

ただ伊香賀の外聞は草津城、宮ノ尾城、元就が船に乗りそうな厳島対岸の津々浦々、安芸と周防の境に重心を置いて配備されていたため、島内の山に潜った人数は——少なかった。

それでも山に入った武士と、さらに奥——山精木魅（さんせいもくみ）が靄となって漂いそうな杜（もり）の深みに潜った外聞、二重の警戒網を張る作業を、隆兼は、成し遂げた。

さて、山への備えに誘い込んだ武士たちへの手前、隆兼は軟体動物のように身をうねらせる

樹々や、山肌を舐めながら這う靄を睨むほか、ほとんどやることのない博奕尾の山陣をあけるわけにはゆかない。

本陣とのやり取りを代行し、しばしば山を降りる隆助は当然、近くの島々などから舟に乗って魚を売りに来る漁師や漁家の娘に声をかけられることが多く、そうした中で潮風にもまれてそだった浅黒き乙女たちが、隆助の見目麗しさに目を引かれたようなのである。

隆助の供をして本陣まで行った老臣、白崎十兵衛は、先ほど、

『陶方一の麗しさ。周防の麗しの君などと申す娘も。毛利で隆助様に並ぶは小早川殿のみなどと言うておりました』

もう一人の郎党、和木三八は、

『岩国の今源氏などというのも聞こえました』

『たしかに当家は源氏じゃが……』

『いや、殿。その源氏にあらず！　紫式部が書いた方の源氏』

『三八……そんなことはお主に言われずとも重々、承知しておるわ！　その娘どもの中に世鬼者がおるのかもしれぬのだぞ。何をほくほくと喜んでおるか。お主らのことでもあるまい』

『なるほど世鬼者か……。それは思いも寄りませなんだ。気をつけます！』

痩せぎすで出っ歯の三八が頭を掻く。とぼけた男だが――弓の腕は、家中一だ。

まだ十兵衛は嬉し気に、

『しかし殿……若殿は、左様に噂されておることにとんと気づいておられぬご様子』

……それはそうだろう。辛いことが、ありすぎた。宮川殿にはじまり、みちのこと……。江良殿の一件。

過去は大切だと隆兼は思う。人は過去の積み重ねの上にいるのであり、その土台をおろそかにしてはなるまい。

だが過去を引きずりすぎひたすら呪縛されるのはよくない。

今、夕餉を終えた隆助を眺めながら、

……わしが言うことではない。隆助が、己で気づくべきこと。

隆助が、口を開く。

「今日、本陣近くで伊香賀殿が童を助けられたのを見ました」

隆兼は首をかしげた。

隆助は隆兼に、

「山に隠れていた島の童が……味方の陣の様子を見物に来たらしく、乱破と間違われ兵どもに捕らわれたのです。それを伊香賀殿が見咎め……」

打擲（ちょうちゃく）されていた童らを救い、島の子であるとわかると、詫びの印と言って、魚売りから鯛をかい、童らにあたえたという。

「その時の伊香賀殿は別人のような……穏やかな笑顔であったのです」

伊香賀の意外な一面を知った気がする隆兼だった。

『だが隆正（あれ）も、悲しい男ぞ』

最後には己が死に追いやった知恵者が、夜潮に揺られた舟の上で呟いた言葉を思い出す。

「父上……今日共にいた方から聞いて、初めて知ったのですが……伊香賀殿の御嫡男は……」

その血腥い話を周防長門の人は口にするのを憚る。ふれてはならぬ話だと、感じる。

「……斬られたのですな？」

「そうだ」

隆兼は首肯した。

瞬間、樹々が呻き、夕暮れ時の薄暗い風がどっと陣屋に雪崩れ込んだ。

「……全薑入道殿に斬られた」

隆兼は重たい口を開いている。

晴賢より少し年上の伊香賀隆正は晴賢の傅役(もりやく)としてつけられ、兄弟同然にそだった。共に剣を学び、共に馬に乗った。

伊香賀隆正の子は采女(うねめ)といい、文武に秀で、晴賢に小姓として仕えた。

その頃、山口では「いりこ酒」が流行り、毎夜、いりこ酒の会が開かれ、若き晴賢は盛んに飲み歩いていた。

ある夜、晴賢がいりこ酒を飲みに出て、屋敷にのこった伊香賀采女は大胆にも晴賢の寝床に横たわってやすんでいた。鬼のいぬ間に洗濯というやつで、次の間には若杉九郎(わかすぎくろう)という小姓が大の字になって寝そべっていた。この九郎が、

「のう采女。隆房(たかふさ)公は何処に行かれたのだ?」

この頃、晴賢は陶隆房といった。

伊香賀采女は、ほんの悪ふざけのつもりで、

「隆房公はいりこ酒也!　いりこ酒は隆房公也!」

陰徳太平記は次の刹那起きたことをこう描写する。

陶入道妻戸越に立聞して以ての外に怒り、妻戸荒らかに引き明けて、何隆房はいりこ酒と、吾

を嘲るにやと云ひも敢へず、一尺五寸ありける波の平の脇差若楓と号して秘蔵せられたりしを、抜くと均しく切られける。

たまたまかえってきた晴賢の耳に、小姓の戯言が入っている。己が嘲られたと感じた晴賢は若楓という脇差を抜くと——怒りの濁流に押し流され、若杉九郎と伊香賀采女を斬り殺してしまった。

酒のせいか、それとも、この頃の晴賢を苦しめていた義隆の取り巻き・文治派との対立のせいで気持ちがささくれ立っていたのか？

晴賢は激情を押さえられなかった。

血塗れになった体にひんやりした夜風が当たり、動悸が静まり、酔いが醒めてゆく。胸の中の魔がしぼんでゆく。我に返った晴賢はやりすぎたと悔い、伊香賀隆正を呼んで事情を話し、

「……死骸を取らす。よく供養してやれ」

濡れ縁にひざまずいた伊香賀隆正はしばし微動だにしなかった。恐ろしい顔様で、濡れ縁に据えられた最愛の嫡男の生首を睨んでいた。

やがてバッと立ち上がり、首に向かって、鬼の形相で、

「——汝など我が子ではない！　よくも主君を侮り、悪し様に申したな。今まで何を学んできたのか、たわけっ」

と吠え、嫡男の首を庭に蹴落とし、世にも凄まじい顔で、ふるえながら、

「供養など出来ませぬ。何故ならこれは、魔の者か狐狸が人の姿をした者。某の子ではありませぬ。故に当家で葬儀するわけには参りませぬ。御免——」

退出した。朋輩に弔いの言葉をかけられても、涙一つ見せず平然としていた。

だが陰徳太平記はこう書く。

夜の衾夜の莚は、涙に浮く許也ける……。

(誰も見ていない夜の寝床が涙で浮き上がってしまうほど、伊香賀は激しく泣いていた)


隆兼は思う。

……わしが伊香賀と同じ目に遭ったらどうしたであろう？　隆助か、梅を、陶入道の理不尽な剣で斬られたら……わしはどうする？　恐らくわしは——陶入道を斬る。あるいは岩国に立て籠り、陶の大軍に弓引く。

だから、隆兼は大内義隆弑逆を強く進言し、江良の政敵でもあった伊香賀という男が、どうしてもわからない。歩み寄れぬものを感じる……。

だが島の童を助けたという今日の話を聞いて隆兼の中にも、かすかな変化が生れた。毛利と対陣する以上、伊香賀隆正とも歩み寄っていかねばならないという思いが真にかすかだったが芽生えた。


翌九月二十八日、元就の焦燥は極限にまで達している。

宮ノ尾城の水の手は悉く断たれ落城は目前に迫っている。だが、村上水軍からの早船は、無い。

無回答のままだった。

——もはや村上水軍の助け船なしに陶と一戦におよぶ他なし、という考えが、元就の中で固まった。

……三島村上の船無ければ大軍を取り逃がす。されど、陶、弘中――この両名の首さえ取れば、のこった陶方は内輪揉めをはじめる。我が方が勝つ目が生じる……。

晴賢、隆兼、この二人だけを狙う、手持ちの水軍だけでやる、と決意した元就は、

「――地御前に陣をうつす」

地御前神社――草津城から西に二里半。厳島の本土側にある外宮である。つまり厳島大明神の一部が海をはさんだ向う側にもあるのだ。

毎年六月十七日の夜には満月に近い立待月の下、厳島大明神の船管弦がおこなわれる。大鳥居を出航した御座船は管弦を奏でながら夜の海をわたり地御前に向かう。地御前で管弦奏奏の後、月に照らされた海を、また厳島にもどるのだ。

今でこそ若干、海からはなれている地御前神社だが、元就の頃は――社の前まで海が迫っていたと思われる。この神社には船をつなげるよう途中で切られた柱があるのだ。

吉田物語によると元就は山陽道を行く兵を三列にし、海や山から毛利方を見ている陶の乱破に、少数の兵が動いたように見せた。一方、地御前から草津に荷駄隊、草履取りの童、老兵などをかえした時には、わざと一列で歩ませ、多くの者が城にもどったように見せている。で、地御前神社からその南にある小山、火立山にかけて陣を張り、自らは海を見下ろす火立山の上に腰を据えた。

元就が出陣の桟橋というべき地御前に入って少しして、その者たちは、現れた。

瀬戸内海の東から――三百艘ほどの大船団が忽然と現れ、恐ろしい速度で地御前沖に展開した。

安宅は、ない。

代りに、鋭い一本水押(みよし)で海を切るいかにも戦慣れした関船が、二十数艘。水夫(かこ)の腕が太いのか、息を合わせるのが上手いのか、他の水軍より遥かに早く動く小早が二百数十艘。

その船団は丸に上と描かれた夥しい旗をかかげている。

茫然とした毛利兵が口々に、

「三島村上……」「海賊じゃ！」「日の本一の海賊じゃ」

火立山で握り飯を食っていた元就はそれを放りすて、貝殻の欠片がちらばった海辺に降りた。陶も当然、村上水軍に加勢するよう猛烈な働きかけをおこなっていた。厳島から大内菱を翻し陶方の迎え船が出てくる。

……どちらに味方するために参った？

元就の細面がかつてない険しさをやどしている。隆元、元春、隆景も、傍に、くる。

広き湾にのぞんだ全ての者が目をこらし村上水軍の動向を見極めんとしていた。毛利の者も、右手――厳島から出てきた陶の船も、裏山に潜んだ地御前の漁民も、海の彼方に霞む似島(にのしま)の島民も。

全き沈黙が、青き湾をつつんだ。

丸に上の旗を翻した海賊船どもは地御前にどんどん近づいてきて一斉に碇を下ろした。そして使いがのっているらしい小早を一艘――こちらにおくってきた。

「加勢してくれるのかっ！」

元就が柄にもなく叫び、毛利勢は湾がしぶくほど強い怒濤の歓声を上げている。隆元は目を潤ませ、元春が腹の底から吼え、隆景は面を赤くして相好を崩す。

火立山の陣にて元就と対面した能島の村上武吉は緋縅の鎧を、来島の村上通康(みちやす)は黒糸縅をまとっていたという。

二人ともかなり日焼けし、恐ろしく屈強である。若いながら村上水軍の総帥たる村上武吉は小柄で端整な顔立ち。眉太く、剃刀のように鋭い三白眼、濃い褐色の肌に、漆黒の無精髭をたくわえ、海の狼の如き得体の知れぬ凄気を漂わせていた。一方の村上通康は壮年の大男で極めて眉が太く目がギョロッとし、四角い大顔のいたる処に刀傷が走っている。そして、気味悪いほど綺麗に髭を剃っていた。髭が生えにくい体質かもしれない。

村上武吉は不敵な薄ら笑いを浮かべて、

「――毛利殿の文に一日だけの味方、とあった。その文言にひかれて参上した。因島の当主は若年ゆえ、その兵もあずかって参った」

元就は若い武吉に極めて慇懃（いんぎん）に、

「よう来て下さった！　これで味方は万人力じゃ！　味方勝利の暁には屋代島（やしろじま）を差し上げたい」


この日、岩国の重臣や僧にあてて書いた文で、弘中隆兼は、

……すでに水手まで掘り崩す事候う。隆兼父子渡海の上は、御用に立つべき事勿論に候う。然れば、息女梅料人（りょうにん）事、これあり候う条、当知行の儀は申すに及ばず候う。御約束の地相違なく拝領の儀、申し沙汰専一に候う。人体（じんてい）事、これ又分別あるべく候う。よくよく城と申し合すべき事干要（かんよう）に候う。

（我が方は既に敵城の水の手を断った。隆兼親子がこの島に来たからには、命懸けで主君の役に立つことはもちろんである。ついては娘の梅のことだが……所領はもちろん、主君からさずかっ

た土地も間違いなく相続できるようにしたい。梅の夫の人柄はしかと見さだめてほしい。よくよく城代である、こんと相談することが大切だ）

と、書きのこしている。

村上水軍の毛利加勢という報は隆兼の中で敵の奇襲への危機感をより重たく沈殿させた。味方が一歩、追い込まれた気がした。

万一を考えて、岩国に文をおくり、覚悟を固めねばならぬと隆助に告げる一方、

……どうすれば奇襲をふせげる？　一応の備えを山側に張ったがまだ不十分。とすれば……。

隆兼はその日、ある覚悟を固めて塔の岡本陣の軍議にのぞんでいる。渡海してから博奕尾を降りるのはこの日が初めてである。

村上水軍登場を受けての軍議の席上、隆兼は、

「兵四千、舟百五十の毛利勢に、兵二千、舟三百の村上水軍がくわわりました。敵は兵六千、舟四百五十。一方、味方は――」

元々いた二万七千の兵に晴賢から呼ばれていなかった鎮西の武士がお味方したいとおくれて駆けつけ、

「兵二万八千。舟は六百。敵は当方にくらべて安宅が少ない代りに、小回りが利き、船足が早い小早が数多ありますれば……船数がやたらと多いのです。大軍が少敵に敗れるは――虚を衝かれた時のみ。それゆえ某、敵の不意打ちを完全に封殺する手立てを考えました」

太眉に力が入り、大きな目が諸将を見回す。

「味方を三手にわけます。三浦殿、大和殿、某率いる三千人が、明日夜明けから城に猛攻をかけ

る」

三浦勢、弘中勢が、味方で最強の戦闘力をもつ。その弘中が何故、ずっと山にいて城攻めにくわわらぬのかという不満も諸将からもれはじめていた……。

「城兵は水を断たれ、三百までへり、士気は落ち込んでおります。我ら三千が猛攻をかければあと一日で落とせると思います」

晴賢は真剣に聞いていた。隆兼は言った。

「二手目が五千の伏兵。この伏兵で、我が方を奇襲せんと渡海して参る元就を叩く。すなわち元就が上陸するであろう、長浜、聖崎、杉の浦、包ヶ浦などを見下ろす密林に埋兵潜陣をもうけ、敵が舟から半ば降りた処で、一気に矢を射かける。――敵の奇襲を、奇襲により、粉砕する。のこるは陶殿の水陸二万の本軍。我が方の伏兵で元就が崩れ、海に逃げるなら、これを水軍で一気に叩く。逆に毛利勢が伏兵を突き破り、我が本陣を狙えば、各方面の伏兵とこれを包囲し討滅する。元就は浜に降りた処で伏兵の矢を浴びて針鼠になって倒れるか、海まで逃げた処、あるいは満身創痍、息を切らして本陣近くまで出て参った処、取りかこまれ――滅び去るでしょう」

隆兼の話は強い説得力があり諸将は固唾を呑んで聞き入っていた。

「妙計也！　その策を採るべし」

戦巧者の大和興武が讃え、晴賢もうなずく。

……よし！

と――、

「……おまち下さいませ」

平井入道が小さな声を発している。

江良房栄にかわるあらたな軍師だった。

だが、法体で小柄なこの翁の頭に、兵法、軍略の知識は詰まっておらず、この男の手足に武芸の心得はない。

平井入道は天文、星占い、暦、加持祈禱を専門とする老いた法師陰陽師で、都の方から流れてきたのだった。平井入道の手に今、軍配がにぎられていた。

西日に照らされた本陣、朴訥とした人柄がにじむ丸坊主の顔に荘重さをにじませ、軍師は、

「暦を見まするに……明日は十死日、明後日は絶命日と申し、戦を起せば必ず敗れる大悪日でございます。ここは、さけるべし。来月朔日は大吉日にて候えば……」

——おそい！　おそすぎる。その間に元就が奇襲してきたら、如何するのか？

隆兼は平井入道の話を止めてしまいたかった。

「その日に城乗りを命じられるべきかと存ずる」

——こ奴は、毛利の回し者か……。

「大悪日に戦すれば多くの討ち死にが出ます」

平井入道は大真面目に言っている。これが芝居なら、かなりの役者だろう。隆兼はこの男が毛利の間者か否か、全く計りかねた。

三浦越中守が、むずかしい顔で、

「わしのような武辺者にはない識見を……平井入道殿はお持ちじゃ。兵が多く死ぬなら暦にしたがった方がよいのかもしれん」

三浦越中、乱暴者だが、迷信深い。

青ざめた隆兼は怒鳴りつけたいのをこらえ、

「平井入道殿の仰せ、もっともな処もございますが……天官時日(てんかんじじつ)は人事(じんじ)に若(し)かずと申します。昔、太公望呂尚(たいこうぼうりょしょう)が武王(ぶおう)を助けて殷(いん)の紂王(ちゅうおう)と牧野(ぼくや)で戦った時、稲妻が旗をおり、占いは凶と出ましたが、太公望は占いにつかう亀の甲を踏み壊し、殷の大軍と戦い勝ちをおさめました。本朝に例をさがすなら頼朝公は悪日など何ら気にされず、戦されました。全てを天が決めておるのではなく、この世の多くは人為が決め、動かしておるのです。目に見えぬ天官陰陽ではなく、はっきり明らかな勝敗の理をもちい、一日も早く城を取るべきにござる」

——我が策を採って下され！

晴賢は、言った。

「……弘中の考えもわかるが、悪日に戦い味方が多く死ぬのはおもしろくない」

隆兼のような合理的な戦略家の方が当時、めずらしかった。陶はもっと中世の武士の平均的な考えを引きずった人だった。総大将は、言う。

「今二日戦をのばし何ほどの害があろう？　明日明後日は戦をやすみ、十月一日、弘中が申す形で城を攻めるべし！」

……その二日の遅れが命取りになるのを……何故わかって下さらぬのかっ？

隆兼は胸が焼けそうな焦りと憂鬱をかかえる。

だが、総大将の一言は重い。

元就の奇襲に伏兵で備えつつ弘中、三浦などの精鋭で猛攻、一刻も早く宮ノ尾城を落とし、その城に晴賢を入れて奇襲から守る、という隆兼の思惑は、平井入道の進言でくじかれている。隆兼の作戦は晴賢に吸収されたが、明日、明後日という……貴重な二日間を無為にすごす形になった。

九月二十九日、早暁、世鬼一族から宮ノ尾城の水が完全に尽き士気が崩れかかっている旨、敵の総攻撃が十月一日に決ったという知らせが地御前にとどくや、元就は川内警固衆・飯田義武を呼んだ。

問丸から武士になった水軍の将である。

「前にそなた……我が兵を厳島にわたす舟と水夫を幾日であつめられるか、訊ねた折、二日であつめ得ると申したな?」

厳島を夏に下見した帰り、元就はそのような話を義武にしていた。小柄で童顔、小太り。甲高い声で話す飯田義武は、

「ははっ、たしかに左様に言上しましたっ!」

以前、陶水軍の奇襲を撃退した義武を、吉川元春は高く評価しており、児玉就方ではなく義武を水軍大将にすべきと話していたが、元就は義武の才をみとめつつ、問丸上りという経歴が他の水軍の将の反発をまねくかもしれぬこと、義武の己の才を誇るような気質を危ぶみ、水軍の知識がない譜代の臣、児玉就方を飾りの水軍大将にしたまま、飯田義武を川内警固衆の事実上の統括者としていた。

……隆元は人を見る時、己との近さを見、元春は能だけを見る。隆景の人事がもっともよいが、慎重すぎて、大胆さにかける。

元就は、義武に、

「明日の夜――四千の兵を厳島にわたす。足りぬ分の舟と楫子(かじこ)、明日日没までにととのえよ」

「三島村上の舟は……?」

「別の用向きにつかう」

作戦の全貌は三子と老齢により参陣していない志道広良しか知らぬ。

飯田義武は頬を上気させ、

「ははっ、舟はすでにあつめてありますが、船頭が足りませぬ。何としても明日までにあつめまする」

「もう一つ、四千人をどの舟にどう乗せるか、全て考えておけ。ぬかるでないぞ」

飯田義武は獅子奮迅の働きをしはじめた。近隣の津々浦々、島々に早船をつかわし、漁民を駆りあつめ、時には山にまで人をやり、戦を恐れ山籠りしている者に声をかけ、舟の漕ぎ手を夢中で掻きあつめている。同時に四千兵士の配船も考えた。

義武が奔走している間、元就は地御前神社拝殿に諸将をあつめ——軍議を開いた。

元就は開口一番、

「——虎を、狩る。厳島の城自体が……周防の虎を彼の地に引きずり込む餌であった」

諸将は氷の塊を飲まされたような顔になっている。

「逃げ場のない島に陶を閉じ込めねばならなかった。狭隘(きょうあい)なる陶陣を見下ろす山には、何が、ある?」

老将の一人が、

「……森……」

「——左様。我が兵を隠す森じゃ」

桂元澄に目をやり、元就は、

「陶は……厳島を衝けば桂が味方になると信じて海をわたったのじゃが……桂の寝返りというのもわしがつくった嘘である。わしは陶の見張りが薄くなる風雨の夜に海をわたり、山林を潜行した兵で敵を奇襲、一挙に突き崩そうと考えておったが、もはや城の命運が尽きようとしておる。何も手を打たねば明後日の総攻撃で落城してしまう。明日、月のほとんどない闇に乗じ、渡海すると決した」

固唾を呑む将どもに元就は得体の知れぬ引力がある声で、

「――三手にわける。本隊は三千。明日の日没後、海をわたり、厳島の東、包ヶ浦に上陸する」

地図上の一点に元就の指が置かれる。

「包ヶ浦から夜の山に入る。山中の道は全て、世鬼者にしらべさせてある。岩夜叉と世鬼者の案内で夜の山を潜行し夜明け前に陶本陣、塔の岡を横から見下ろせる高台に出る。眠りこけた陶勢の脇腹を刺す形で一挙に襲いかかり、全薑の首級(しゅきゅう)を挙げる。この本隊は川内警固衆の船で渡海し、わしが指揮、元春が先手をつとめる」

元春のいかにも重たそうな厳(いか)つい顔が縦に振られた。隆元をつれてゆく気はなかった。だが隆元は――運命の海を、わたりたがっていた。

「第二隊。小早川勢五百と毛利の者五百の計千。隆景が指揮する。第二隊も同刻、地御前を出帆。玖波(くば)まで参り西からまわり込む形で大鳥居近くを目指す。我が本隊が山側から襲い掛かるのに呼吸を合わせ、大明神付近に上陸、海側から陶を襲う。混乱を起すのが、役目ぞ。第二隊はむろん小早川水軍の船で大鳥居までゆく」

元就は、明日、宵の口から深更(しんこう)まで潮が西南に流れ、未明に北東の流れに変ることを、飯田義武、村上武吉などから聞いていた。この潮に隆景は乗る。

「第三隊。能島、来島、因島の海賊衆二千。やはり明日日没に船出、途次までは隆景と動きを共にする。一日の朝、大野瀬戸の上に広く展開。陶方の水軍を叩きつつ、逃げようとする陶の船を、悉く海の藻屑としてほしい。また毛利小早川の大船、安宅は地御前に置いてゆき、わしがここにおると見せかけ関船、小早だけで参る」

村上武吉が薄ら笑いを浮かべながら、村上通康は無表情で、首肯している。元就は言う。

「三日分の兵糧だけを腰につけておけ。手空きの力者（りきしゃ）は柵木一本、縄十尋（ひろ）をもってゆけ。大将の御座船だけ提灯を焚き、余の舟の篝火は悉く禁じる。

——此（こ）は奇襲である。高声、櫓拍子、一切無用。厳島近くをゆく時は櫓も漕いではならぬ。梶と潮の流れだけですすむのじゃ」

同じ、九月二十九日、つまり天文と暦で頭が固まった新軍師に渾身の策が潰された翌日、弘中隆兼は妻、こんに、陣中から書状をしたためている。

隆兼がこの手紙を書いたのは、元就の奇襲が奏功し毛利が勝鬨を上げた場合を考えてのことだった。

……その場合、入道殿もわしも討たれ、味方は総崩れするやもしれぬ。

さすれば、大内領全土で救いようのないほどの大恐慌が起きる。その破壊的な混乱の中で何としても、こんと梅に生きてほしいという強い思いが、隆兼に筆を取らせている。

むろん、敵の奇襲を必ずやふせぎ、元就を討って見せるという闘志をめらめら燃やしていたが……。

隆兼がこんにおくった手紙は、現代（いま）ものこっている。

次のような手紙である。

この方、てき（敵）けひいて候て、せひ（是非）なく候。さりながら〳〵めつらしき事ハ、あるましく候。ま丶、御こ丶ろやすく候へく候。ちんちう（陣中）のきたうにて候ま丶、一ふてくたしおき候。このき（儀）御きやうてん（仰天）候ましく候、〳〵……。

なを〳〵申候、むめ（梅）れう人ある事に候。ま丶、人体之事ハ、それの御はうたいにて候へく候。かやうに申候とて、きやうてんハあるましく候。申候やうに、ちんちうのならいしか候。ま丶、、申事候〳〵、こんとの。動(うごき)かる〳〵とすも……三浦なと申て、如此(かくのごとく)候。口惜候。古はく（琥珀院）になかもちおき候、しせんの時ハめしよせ候へく候。又太刀も古はくに候。とりよせ候へく候。

（こちらは敵の警戒に当っていて……かなりむずかしい様子だ。だからと言って、別段変ったことはないから、ご安心下さい。陣中の戦勝祈願として一筆送ったまで。この文がとどいたからといって、どうか、どうか、驚かないでほしい。

……追伸。梅のことがやはり気がかりだ。その夫となるべき人物については、貴女が後見の尼としてしっかりとした相手を決めてほしい。こういうことを言ったからといってどうか驚かないでほしい。言ったように、これが陣中の習いなのである。こん殿……つたえておきたいことがある。我が軍の動きが軽々しくなったのは……三浦などが陶殿に申してこういう次第になった。口惜しいことである。琥珀院に家宝や文書をおさめた長持がある。もしもの時は、取り寄せてほしい。太刀も琥珀院にある。その時は、取り寄せてくれ）

もしもの時は遺言状になる手紙だった。

……こん、梅……心配するな。この隆兼、必ず、そなたらがまつ岩国に、もどるからな。

翌、九月晦日(みそか)、博奕尾の隆兼は隆助や家来に、

「友と……約束をした……」

江良房栄の死に顔が、胸底でよみがえった。

「陶入道殿を、勝たせると。その役目、投げすてぬと」

「………」

隆兼は硬い面持ちで息子や郎党たちに相対していた。

「厳島に入った我が方は――累卵の危うきにある。如何に味方が大軍でも、地の利は、毛利にある。其がわかっておる者は味方の大軍に少ない……。弘中党と、心ある幾人かの方々だけ」

太い眉を苦しげに顰めた隆兼は、

「むずかしい状況ではあるが役目を投げすてる訳にはゆかぬ」

白崎十兵衛、和木三八が、深く首肯した。

眉目秀麗の隆助は瞑目して父の話に耳をかたむけている。

石のように固くなって話を聞いている気配が、岩次からつたわる。

隆兼は隆助や岩次、そして若侍たちをぐるりと見まわし、

「そしてわしは、我ら武門にはこえてはならぬ一線、守らねばならぬものがあると思う。其を軽々とこえ、壊す者に、わしは弓矢で応えたい」

白崎十兵衛が太い声で、

「おう」

隆兼は、言った。

「明日はいよいよ城攻めぞ。元就が渡海せぬよう厳しく見張れと各水軍にはたのんでおいた。ま

た、万一水軍が見落としても、山深くに潜んだ楽阿弥たち外聞が必ず勘づく。我らはまだ明けやらぬ内に博奕尾から降り、城攻めにくわわる！——死力を尽くして戦い一日で城を落とすぞ。全ては明日の一戦に、方々の働きにかかっておるっ！」

死んでいった人々、岩国で弘中党の生還を首を長くしてまっている人々、そして生れそだった地を思い描きながら、

「何としても、勝つぞ！」

嫡男をはじめ家来一同、

「——御意っ！」

烟嵐をにじます森深き山に陣取る弘中党が城攻めへの決意を固めた頃、元就は水夫があつまったという報告を飯田義武から受けた。しかし川内警固衆の他の将たちが、

「大殿。西風が強くなり時雨がまじりだしました。今宵の渡海、もそっと西から船出した方がよろしいですぞ。地御前からですと、東に流され、厳島にわたるのに難渋を……」

「——ならぬ。ここより西から渡海すれば陶に気取られる。地御前から、わたる」

斬るように告げた元就は陣中で湧き起った悪日への不安も、古今の様々な例を語って聞かせ、押さえ込んでいた。

元就は申の刻（午後四時）に全軍に夕餉を取るように指図し、食事を終えた兵には三日分の兵糧——餅一袋、飯一袋、米一袋がわたされた。

夕餉を終えた頃から風と雨が一気に強くなった。辺りは急激に暗くなり、日は早く没した。

九月三十日酉の刻（午後六時）、元就は、全軍に出陣を命じている。

が、この時、天は稲光を裂けさせ、雨混りの猛々しい暴風が襲いかかり、海は荒れ狂っていた——。陰徳太平記はこの状況を、
颱風頻に吹き来り、木を折り屋を發き沙石を揚げ、雨は盆を傾くるが如くにて、雷電乾坤を揺動し……。

——絶好の好機と考えたのは六千人の中で元就と作戦について熟知している三人の子くらいであったろう。さすがに村上水軍は弱音を吐かぬも、川内警固衆、小早川水軍、そして各舟の数多の船頭どもから、

「この暴風荒波では……櫓、櫂が波にさらわれまする。海上で迷うたり、舟が転覆するかもしれませぬ」

元就は荒れ狂う雨風をものともせず、宵の口の浜辺に出て、狼狽える部将たち船頭たちの前に立った。元就の顔が暴雨で濡れてゆく。

「——何を申す。この風雨こそ、味方勝利の瑞相である!」

うなだれる男たちに雨に負けぬよう強い声で叫んだ。

「昔、義経は大風をつゆ恐れず梶原らを振り切って、渡辺神崎から四国にわたり、屋島の平家を討った。陶は元就よもわたらじと油断する。我が小勢、防長、豊築の大軍に勝つこと——必定也! 一刻も早く渡海すべし」

倅たちも元就の傍にいた。隆元が、叫ぶ。

「わしも参るぞ! 飯田、我が船を支度せよ」

「そなたはここにのこり我が方が負け、わしが討たれた時に毛利家を立て直してくれ」

元就の言は、隆元をわななかせた。

隆元は目を潤ませ、厚い下唇をふるわし、

「厳島にわたる勇士が全て討たれ父上もいなくなった時、わたし一人で何を立て直せましょう、いかほどの弓矢が引けましょうや！」

隆元は具足の上帯の端を切り、二度とむすばぬ覚悟をしめして真っ先に乗船してしまった。

吉田物語は、云う。

隆元公の御覚悟を見付け候て、御手廻衆、其外の者共も千死を極め、乗船仕り候。

隆元の行動によって——武士たち船頭たちは別人のような面差しになって、飯田義武の淀み一つない指図の許、次々に無言で夜の海に浮かぶ船に乗っていった。

一方、凄まじい暴風雨による転覆、漂流の懸念は大野瀬戸に広く展開していた陶水軍を厳島大明神周辺に集結させ全哨戒活動を止めている。

この嵐の中を毛利勢、村上水軍六千は出立した。

波音、風音をのぞけば——静かなる船出であった。

味方すると強く言いつづけた陶へ太刀を浴びせることへの躊躇、起請文への恐れをいだく桂元澄は元就から参陣を免除されている。

こうして櫻尾城主・桂元澄と僅かな従者、大将が乗る巨大な安宅船だけが地御前にぽつんとのこされた。

荒れ狂う夜の海を声を殺して行く毛利勢。強い雨風が叩きつけ、波がしぶく中、元就、隆景、村上武吉の関船だけが大提灯をつけ、余の舟は三つの火を頼りにすすむ。

本隊は元就の船を先頭に厳島の東にまわり込もうとし、第二隊、第三隊は、大野瀬戸を西南にすすんでいる。

外聞はどうしたか……？

半途で雨風が止み——墨汁の如き海は静まった。

元就は西南に細い目を向けるが、陶の哨戒が再開された気配はない。

陶は水軍だけでなく、外聞もつかって毛利勢を見ていたはずである。

外聞の者ども、是れ（暴風雨）直事に非ず、海にます神の祟にや、又此弥山に住むなる……大天狗の荒れ給ふにやと恐れ慄き、皆陣中へ入りける……。

楽阿弥など隆兼からよくよく念を押されていた外聞をのぞく、多くの外聞が、暴風雨を恐れて本陣に引っ込んだり、屋内に入ってしまったことが、陰徳太平記に書かれている。

漁師に化け小舟を浮かべて毛利陣を見張っていた外聞、樵や炭焼きに化け、地御前裏山に蹲ったり、弥山で警戒していた外聞の多くが消えている。それでも暴風雨の中、毛利陣を見張っていた律儀な外聞は逆に目立ってしまい……世鬼一族に皆殺しにされた。

——毛利の動きを見張る陶の幾多もの目が閉ざされている。

弘中隆兼は水軍の密集を危ういとは思いつつも致し方なかった。外聞を信じる他ないと思っていた。

焔（ほむら）

夢を、見ている。

心の傷にせっかく出来た瘡蓋（かさぶた）が悉く掻き取られる夢だった。

夢の中で父は、童である自分に、

『興昌（おきまさ）はな、五歳で論語を諳（そら）んじたぞ。何故、そなたは学びがおそい？』

いつも兄とくらべる父があの頃、憎かった。

『興昌はな、五歳で、仔馬に跨らんとした。何故、お主は馬を恐れる！　お主が恐れるゆえ、馬が侮るのじゃ！　見よ、仔馬が笑っておるわ』

強く蹴られ、童子は草の上に転がっている。なおも蹴ろうとする父と童子の間に、

『父上、御止め下さい！』『殿、どうかお許しを。若様の代りに某をお叱り下さいませっ』

十七歳年上の兄、陶興昌と、幼さが香る傅役、伊香賀隆正がわって入る。

晴賢の父、大内家家宰（かさい）・陶興房（おきふさ）の口癖は、

『この大内の家中に多くの大身、国人（こくじん）がおるがただ一家ぞ。座敷におられる御屋形様が退出の折、御腰を上げられ外まで見送って下さるのは、一家のみ。それが――陶の家ぞ。余の一門衆でも類を見ぬこと。

当家は大内の戦のほとんどをまかされて参った。陶の当主が愚か者、臆病者ならば、大内家そのものの滅びにつながってしまうのだ。陶の血を引くならばこのこと肝に銘じるように』

謀聖と畏怖された山陰の覇者、尼子伊予守経久などとの兵戈（へいか）のほとんどをまかされ、家中の将

士から強く信頼されていた父は——家の中では恐ろしく厳しく冷ややかだった。

食べ方が汚い、兄を見習えと、父から執拗に叱られた晴賢は、食べ物を見ただけで吐き気を覚えた日々もある……。

一方、晴賢の兄は歳がはなれた弟に温かく、容姿端麗、武勇も学問も、家中一、論語、孫子などを読めば一度目を通しただけで最初から最後まで一字の誤りもなく諳んじ、踊りと歌、楽器の才能にまで恵まれている……という傑出した天才だった。

今でも晴賢は兄が采配を振るえば安芸の小敵如きにここまでわずらわせられぬと考えていた。

父、興房の期待を一身に浴びた興昌だが、父の気に障る性質が、二つあった。

一つ目が頑固さ。深い知恵をもつ興昌なのでじっくり考え、こうと決めたことは決してゆずらぬ強さがあった……。その頑さが並々ならぬ期待をそそぐ父と初めて衝突したのが、興昌が元服する少し前だった。

興昌のあまりの麗しさに目をとめた時の大内家当主・大内義興が興昌を閨に誘ったのだが、興昌は鋭く拒絶している。

父、興房は「武士とは主君の命がどれだけ理不尽でも黙ってしたがうべし」と考えていたため、夜伽をして主君を喜ばせるよう嫡男に強く迫るも、興昌は「武士とは武芸や領国を治める才覚で主君のお役に立つ者。閨で主君を喜ばすことはそれにふくまれませぬ。某は武芸、兵法などで義興様のお役に立って見せます！」と、強く主張、父は嫡男の持論をどうしても突き崩せなかった。

これが興房と興昌の初めの大喧嘩である。

ちなみに晴賢は幼い頃からこの話を聞かされていたため……父を喜ばせるために、怒らせぬために、大内義隆の寵童になったのだった。

興房の気に障った嫡男の二つ目の気質が、舌鋒の鋭さ。

大内義興が亡くなり、その子、若き大内義隆が当主となった時、興昌は二十五歳、晴賢は八歳だった。

興昌は、歳の近い義隆の思慮の浅さと我儘さ、優柔不断、怠惰さを憂え、このままでは領国を滅ぼしてしまうと嘆き、屋敷において義隆を鋭く批判すること度々だった。

興房は主君への批判などもってのほかと考えていたため、嫡男への怒り、憂慮を深めている。

とうとう興房は……このままでは嫡男は主君と対立し、それは血みどろの内乱につながり、大内と陶を共倒れさせてしまうという考えに取り憑かれていった。

若き天才、陶興昌が突如、体じゅうに赤斑（せきはん）を生じ、嘔吐（おうと）、吐血（とけつ）をくり返し、四肢をふるわして——落命したのは義隆が当主となった翌年、晴賢九歳の時である。

家中の噂から兄の死の血腥い真相を、晴賢が嗅ぎつけたのは元服直後だった。敬慕していた兄、いつも父から庇ってくれた兄は病死したと聞かされていた晴賢は、己が信じていたものが根底から突き崩されるような悲しみと、怒りにふるえた。

激情に駆られた晴賢は人払いし——父を詰問している。

『父上が兄上を毒殺したのですなっ！』

『………』

晴賢は面を赤くし、肩をわななかせ、興房を睨みつけ、

『何故、殺したっ！……家を守るためか？』

父は固く黙しつづけている。その沈黙が、答だった。晴賢は大きく頭を振り、頬を引き攣らせ、目に涙を浮かべ、

『己で害しておいて……いつも某を兄上にくらべてひどく劣るとなじるわけか？……愚か者っ。父上は愚か者じゃ！』

晴賢は苦し気な面差しになった父にさらに鋭い言葉を刺す。

『貴方は家を守ろうとして……壊した』

『ぐっ』

強い呻きが――父から放たれた。青筋をうねらせた興房は剣に手をかけ、抜刀、一気に詰め寄ってきた。

刹那――障子が開き、一人の小柄な武士が人払いした書院に飛び込み父と子の間にわって入った。伊香賀隆正だ。

『殿！　お止め下され！　若ももうお控え下され！』

晴賢の様子がおかしいと思い、障子の外で聞き耳を立てていたのだ。

『退け！　伊香賀』

中腰で晴賢を守る小柄な傅役は興房に、

『いいえ、退きませぬ！』

『斬るなら、斬れっ！　兄の無念の血に塗れたこのような家、誰が継ぐものか！　継ぎたくもないわっ』

『お控えなされい若――！』

冷静沈着な伊香賀はかつて晴賢が聞いたこともない大音声、絶叫に近い声で吠えた。伊香賀は中腰のまま両手を大きくすっと広げて、

『もし若に不徳があってお斬りになるならば若の不徳はこの伊香賀のせいにございますれば、ま

ず伊香賀からお断り下さいませ』

一陣の剣風が――白昼の書院で、縦に吹いた。

伊香賀の顔面に斬りつけた興房は、低く、

『退け』

『いいえ！　退きませぬ』

額の端から目の傍、頬まで縦に斬られた伊香賀隆正は面を血だらけにし、袴にも赤く大きな染みをつくりながら、主君をいや……主君の父を半眼で睨みつけている。晴賢は父が悪鬼の形相を浮かべている気がした。だが、違った。

天下一の大名をその双肩ににになう男は……晴賢が見たこともない、悲し気な顔をしていた。

興房は刀をおさめ書院から出て行った。

無双の剣力をもつ伊香賀隆正の顔に、縦に走る刀傷は――この時のものだった。

以後、興房は晴賢と全く言葉をかわさぬまま、数年後に卒（そつ）している。

父に蹴られる処からはじまった夢は、父が死んだ日の光景に変っていた。

いるべきはずの家来や侍女はおらず、ただ息を止めた父と、その傍らに座す己だけが、いる。

と、晴賢に火の粉が降りかかっている。

襖が荒ぶる炎で燃え落ちている。

陶邸にいるはずの晴賢だが、父の死の十二年後に――大内館を焼く炎だとすぐにわかった。

と、不気味な声がした。

人が発したような声ではない。心に直接語りかけてきて、頭の中で何度もうねる声だ。

《何をしておる？　早く、敵を迎え撃て》

父の声であった。

瞑目し横たわった父は口を一切動かしていない。だが、晴賢の心に語りかけてくる。

死者の声が、脳を揺さぶる。

《隆房！　早う火を消せ！　斯様な時は――誰よりも先に動け》

陶隆房――義隆からかつてもらい、既にすて去った名で呼ばれた晴賢が呵々大笑する。

興房の遺骸にも火の粉がかかり燃えはじめた。晴賢は、冷ややかに、

「父上、世迷言を申されるな！　此は隆房が起こしたことにござるぞ！」

閉じられた父の双眸から黒い血の涙が流れ出す。

「父上が守りたかった大内家と陶家を、守るためにしたこと！　御家を守るため、御屋形様に、死んでいただく他なかった」

父の体が激しく燃え、夥しい血の涙がこぼれる。黒い血は晴賢の方にも流れてくる。それは油の性をもっているようで火の粉にふれると激しく燃えた。

晴賢は美しくも獰猛な顔に凄絶な笑みを浮かべ、袴を燃やしながら、

「守るために、壊す。父上がおしえて下さったことです！」

もはや父の骸も火中に消えていた。

晴賢は燃える部屋から、出る。

出た先も――火炎地獄であった。

晴賢に灼熱の柱が火の粉をまき散らしながら倒れてきて、全身が燃える。

体じゅうの血管が沸騰し五臓六腑が蕩ける地獄の灼熱が襲いかかる。

あまりにも熱い悪夢から目が覚めた時――晴賢は全身に汗をかいていた。内臓が火傷したよう

な不快感がある。

「伊香賀！　伊香賀はおるか？」

晴賢は水を飲むと陣屋から叫んでいる。

伊香賀隆正はすぐに飛んできた。晴賢は、股肱の臣に、

「酒を飲んだらうたた寝をした。昔は、なかったことじゃ」

「……お疲れになっておられるのでしょう」

晴賢は懇願する様子で、

「わしを――許してくれ。……許してくれ」

「………」

伊香賀は一瞬、胸を刺されたような顔をしたが、長いこと黙っていた。

燈火に照らされた晴賢は、

「そなたはわしの一番大切な家来。なのにわしは……そなたに取り返しのつかぬことをしてしまった。采女のこと、短慮であった」

晴賢の面貌が苦汁がしたたりそうなほど強く引き攣る。

「……決してつぐなえぬのだろうが、つぐないたい」

伊香賀は硬い面差しでうつむいている。

晴賢は、どうして伊香賀が、息子の一件で牙剝かず、自分についてきてくれたのだろうと考える。晴賢は……息子を殺されずとも、旧主を討っているのである。

だが、晴賢と義隆の絆と比べ物にならないほど、晴賢と伊香賀の絆は強靱だった。この男と晴賢は兄弟同然にそだってきた……。

晴賢に采女を斬られた時、恐らく伊香賀隆正の胸中で……その絆に深刻で絶望的な危機が襲いかかったはずである。

だが、それでも二人の絆は、引き千切れなかった。

伊香賀隆正は硬い顔のまま、

「もしそうお思いなら……明日はお勝ち下され。宮ノ尾城を落とし、元就が皺首、お取り下さい」

「おう、安芸を取ったらそなたにあたえよう」

「安芸などいりませぬ。毛利に勝ったら——京に上られますよう。天下を斬りしたがえて下さいませ。この戦国の世を、殿が終らせて下され」

家中の多くの者から恐れられている側近は、他の者には決して見せぬ穏やかな顔様で、

「……それが出来る御方と信じてきたからこそこれまではたらいて参りました」

伊香賀は己の剣と外聞をつかい、晴賢の政敵の粛清、不平分子の取り締まり、晴賢をひどく讒言した者の始末、などをおこなってきた。晴賢の闇の部分を采女の生前も死後も一手になってきた。

はたらいたという言葉は恐らくそれら暗い荒事をも含有している。

「わかった。必ず、天下を取る。天下を取ったらそなたを大名とし陶の藩屏とし……」

「大名の位などどうして望みましょう？　生れた村を食邑としていただければ十分にござる。某、あまりにも多くの者に恨まれており、大名などふさわしくありませぬ。さあ殿、そろそろお休み下さいませ。明日は大事の合戦ですぞ。……風雨がおさまったようですが、水軍の方、再び見張りに当らせますか？」

晴賢はしばし思慮してから、

「一度、酒を飲みやすんでよいと告げたのに、また叩き起こしたら兵の士気も鈍ろう。明日は、早い。今日はやすませてやろう。先程の暴風雨の後で敵が動くようにも思えぬ」

晴賢がそう呟いた戌亥刻（午後九時）、毛利勢本隊第一船、大提灯を灯した毛利元就の船が厳島包ヶ浦についた。

元就は海岸に篝火を焚かせて、明かり一つ焚かずこの火を頼りにくる後続の関船、小早をまった。

この火をはてと首をかしげて睨んだ者がある。

――楽阿弥。

楽阿弥は暴風雨が吹き荒れた時、博奕尾の高み、ミミズバイや犬樫、槠などが茂る森の底にいたが、縄と葉付きの枝をつかって、雨除けをこさえ、じっと蹲って持ち場をはなれなかった。雨が止み、無数の雫が落ち葉にぶつかり砕ける音を聞きながら潜んでいると、かすかな足音がしている。

それは鹿の足音だった。

二頭の鹿が、とぼとぼと、こちらに歩いてきた。殺生禁断のこの島で鹿は実によく見るため、驚くに値しない。だが二頭の鹿は――楽阿弥に胸騒ぎを掻き立てる。

初めに怯えがあり、その怯えが鹿の足を動かし、闇の密林を、こちらに動かした、そう感じた。鹿の怯えを乱破のあまりにも鋭い勘が感取したのだ。

……何が、この島に起きておる？

楽阿弥は鋭い眼光を放つや――鹿が来た方、包ヶ浦を見下ろせる方に潜行をはじめた。濡れた小シダの海原を潜り抜け、深い馬酔木の藪を掻きわけ、見晴らしがよい所に出た時——砂浜に燃える篝火をみとめた。

……あんな所に島の者はおらぬっ。皆、山に隠れておる。まさか毛利——。

瞠目した瞬間、重い猛気が横殴りし、楽阿弥は頭に大怪我をしている。

——斧だ。

忽然と現れた大きな影が斧を振ってきた。茂みに転がった楽阿弥は鎌を取り出しつつ大声で叫び、仲間に敵の来襲をつたえんとした。刹那、後ろから口をふさがれ短刀で喉を横に裂かれ全てが真っ暗になった——。

斧を振ったのは樵姿の大男、喉を裂いたのは木の葉を全身にかぶった女である。いずれも島民をよそおって山に隠れていた世鬼一族だ。

同時に博奕尾に潜んでいた弘中の外聞の悉くが、あらかじめ島に入っていた毛利忍者・世鬼一族に消された。

亥の刻（午後十時）、最後の兵船が包ヶ浦につくと元就は水軍大将・児玉就方を呼び、

「御座船をはじめ全ての舟を地御前にもどせ」

衝撃が、人の良さそうな児玉を打ち抜いたようだ。御座船は、元就の船だ。

「何をぼさっとしておる?」

「御座船だけでも……のこされた方が」

元就は冷然と、

「御座船を真っ先にもどすように」

——勝てば、いくらでも迎え船がくる。負ければ討ち死にゆえ、船などいらぬ。

元就からはなれた児玉が他の水軍の将に事情を話すと、小柄で童顔の飯田義武が、

「それは……さすがに児玉様の言い方が悪かったと思います……」

山縣筑後守（やまがたちくごのかみ）という水軍の将の献策で、御座船だけ付近にこっそり隠し、後の舟は地御前に引き揚げさせた。元就は切り立った磊石（らいせき）と密林が闇の帳（とばり）に隠された山を登る前に、船頭に、わざと、

「ここは何と申す？」

当然知っている地名を問う。

「包ヶ浦と」

「あの山は？」

「へえ、博奕尾にござる」

元就は兵を見まわし、

「これは縁起がよいぞ者ども。鼓も博奕も、打つもの。我らが敵を討つということぞ」

かくして元就の本隊は博奕尾を登りだした。

厳島合戦之記は、

松の枝に其スッパ（忍び）共、明松（たいまつ）付け置き申し候。……又暗き所には捨明松いくつも御座候。


と、つたえている。島内の地理をしらべてきた世鬼一族が松明、および捨松明などを支度して毛利勢を誘導した事実が書かれている。

元就は岩夜叉と世鬼者数名を案内者に、魍魎（もうりょう）が這い出てきそうな恐ろしい密林が広がる小さくも険しい山を、最低限の明りで登る。沢の音を聞いた元就は、

「この水に手拭いをひたせ。喉が渇いたら、手拭いをしぼって口を潤すのじゃ」

毛利勢は手拭いを沢にひたして、また山を登る。途中、一人しか通れぬ細道の片側に崖を見上げ、もう片側はかなり深い谷になっているような恐るべき難所もあった。岩がちで傾斜がきつい山であり、落ちれば命はなかった。世鬼者と岩夜叉の先導は見事で、毛利勢は前をゆく兵の背を頼りに、暗い山道をすすむ。

大野瀬戸を南西に流れる潮に乗って玖波までほぼ岸伝いに動いた小早川隆景、西からまわり込む形で大鳥居近くについたのが戌亥の刻（午後九時）だった、とつたわる。

ところが……戌亥だとこの夜の大野瀬戸は南西に流れたままである。日付が変わってしばらくしないと潮は東北に流れない。一度、西にまわり込んだ隆景の船は櫓もつかわず一体、何の力をかりて大明神まで東北に動いたのだろう？

答は――「風」である。

村上水軍の記録・武家万代記に云う。

久芳（くば）（玖波）の方より楫計（かじばかり）にて、つかし入申候。風強、其上、櫓数立て申されず候故、漸々（やくやく）九つ（午前零時）過に、厳島へ推入申候。

玖波から向い風で苦しんだように思えるが、違う。吉田物語にこの日の風は西風と書かれているから、地御前から玖波までは、潮に乗ったが逆風、玖波から厳島は順風だが潮は逆だった。隆景と時間がずれているのは、当時の時間の概念は極めて曖昧であったし、隆景の方が早く敵に近づかねばならなかったからだろう。

ともかく強風が、隆景を、潮の流れで作戦を組んだ元就の読みより早く――敵勢近くまではこんだ。

亥の刻（午後十時）、後続の舟がどんどんやってきた。

陶水軍は眠りこけているようだ。嵐の最中、酒盛りし、酔い潰れたか。連日の哨戒で疲れ切ったか。酒に酔うた歌声がか細く聞こえる他は海獣の大群のような水軍は静まり返っている。

関船の上で乃美宗勝が隆景に囁く。

「……密集しすぎておりますな。大殿は上陸と容易げに仰せでしたが……これでは船を切り込ます隙間がありませぬぞ」

「あそこを見ろ」

隆景は大提灯を灯した関船二艘の間を指す。使い舟が出入りする水路のようだ。

「小早ならあの水路を通れそうだ。陶の味方のふりをして入り込んでみよう……」

一つ間違えば皆殺しにされる大胆な案に家来どもが凝結する中、乃美宗勝は、

「――面白い。某におまかせあれ」

縄梯子で小早に乗りうつった隆景と宗勝は、兵を半分のこし、五百の兵が乗る小早五十を率い、大提灯を目指す。陶の大船団がいよいよ近づいてきた。隆景の胸が鼓動でわれんばかりになる。

――ここだ。ここが勝負の分かれ目、我が生涯の分かれ目。ここで気弱になって、いつ踏ん張るのだ。

隆景は汗ばんだ手に力を入れる。

小早は敵の顔をみとめられるまでに近づいた。

宗勝は鷹揚な笑顔で、疲れた顔の陶の見張りに、

「これなるは筑前の宗像（むなかた）、秋月（あきづき）、千手（せんず）の兵にござるぞ。お味方しに参りました。よろしいかな？」

気が付くと隆景は妻がくれたお守りを固くにぎりしめている。

敵の答が恐ろしい。

——気付くな！

陶の見張りは、言った。

「筑前？……おお、役目御苦労。ここもとから入られよ」

うつむいた隆景は面ににじみかけた歓喜を隠す。許された小早五十艘は寝静まった大水軍の中を、音もなくすすむ。狭い水路の両側に夥しい兵船がほとんど隙間なく泊っている。

——巨獣の体の中に潜り……心臓に近寄る隆景は、

……綾殿。貴女がまつ城に、もどってみせる。

こんは、まんじりとも出来ずにいた。

隆兼の文が心に大きな波を立てていた。

……味方の方が多いが、敵の謀を危ぶんでおられた。

隆兼はまめな人で陣中からよく文をくれる。こんな気持ちにさせられた手紙は初めてだった。

持仏堂に籠って勝ち戦を祈ろうと思った時、

「母上……入ってもよいですか？」

襖の外で、梅の声がしている。こんが許すと手燭（てしょく）をもった梅が入ってきた。梅は、泣き腫らし

た顔をしていた。梅は今日の昼、隆兼の手紙を穴が開くほど読み返していた。

手燭を畳に置いた梅はこんの傍らに座した。

蠟燭のかすかな光が端座した梅と、半身を起したこんを下からぼんやり照らしている。

梅が無言で、こんの胸に飛び込んできた——。こんはふるえる娘の背をやわらかく撫でる。梅は囁くように、かすれた声で、

「父上は……負けるのですか?」

こんは長いこと黙っていた。やがて、言った。

「負けるわけがありません。だって……弘中隆兼ですよ」

「では何ゆえ、あのようなっ……」

「陣中の習いと書いてあったでしょう? 戦は何があるか知れぬゆえ、万一を考えられてのことよ。——我らがこの城を守らねばならぬ。そんな弱気でどうするのか?」

こんは娘の濡れた顔に手を添えて、涙を拭いてやった。

「必ず、もどってきます。あの御方も、隆助も、岩次も。みんな必ず」

「……父上と母上が初めてあった時の話をして」

胸の中で梅が囁く。

「もう何度も話しているでしょう?」

「また聞きたいの」

こんは暗い天井を見上げて、

「あのお方が……役目で鎮西にこられて、西郷の家を宿にされたの。その時は何だか、周防国から、野武士のようなお方がこられたと思うただけでした」

梅がくすりと笑った。

「初めて言葉をかわしたのは……二十日ばかり後。さる高徳の御坊様が説法にこられるというので、兄と行こうとしたのですが、兄に急遽所用が入り、あのお方と行くことになったのです」

近郷のその寺につくと広縁に沢山の履物がちらばっていた。

青い草履、黄ばんだ草履、足駄が、乱雑に散らばっていた。

こんの手は自然に動き、それらの履物を直している。隆兼もそれにならう。

後で聞いたが……隆兼はこのこんの振る舞いを見て、妻にしたいと思ったという。

「寺からの帰り道……西郷の家の近くまできた時、俄雨に見舞われた。傘などなくて……」

「父上は、芋の畑に入って、芋の葉をいくつか取って、これを傘の代わりにと言ったんでしょう?」

こんは隆兼から大きな里芋の葉を差し出された。

「わたしと下女の分だけ葉を取ってきて、ご自身は雨に打たれたまま。どうして、もう一つお取りにならぬのですかと言うと、大きな肩をこうすくめて……芋の葉を取りすぎると、百姓が気の毒ゆえと、仰せになった。門の前まできた時、雨は上がって、虹が出ていた……」

『こん殿。虹にござるぞ』

そう嬉し気に言った隆兼は……雨にあらわれたからだろうか、惚れ惚れするほどの、清々しさをまとっていた。

里芋の傘をもらったその夜、乙女であったこんは、弘中隆兼という武士が気になって、鶏が鳴くまで眠れなかった。

十月一日、寅の下刻（午前四時過ぎ）。隆兼は覚醒した。

まだ外は――真っ暗で星々に見下ろされた神域の森は、影が靄になったような、黒い塊にすぎなかった。

楽阿弥たちから知らせがない以上、元就は奇襲を見おくったと見てよい。だが隆兼は万一を考え山の上に向けて篝火を煌々と焚かせてから、兵を率い陣を後にした。むろん城を攻めるのだ。

隆兼率いる五百の兵が山の出口に差しかかった時、常緑の森の樹々が闇から溶け出し、大気が紺色に染まり、山の鳥たちが囀りだした。

静謐なる深みをたたえた濃青（こあお）の薄明の中、弘中勢は山を降り、寝ずの番をのぞけばまだ起き出さぬ味方の陣に入り、かねて打ち合わせていた城攻めの前線に出ようとする。

同じ頃――夜中、包ヶ浦に上陸、闇の博奕尾を上り、頂の樹海やシダの濁流を潜り、今度は岩がちな急傾斜を下ってきた元就の足を、煌々と焚かれた篝火が止めている。火が丸に一文字の旗を照らしている。

――弘中隆兼、やはり気付いておったか！

だが、敵陣は気味悪いほど静かだ。篝火だけが燃える物言わぬ陣を睨みつけた元就は、

――罠か？　あるいは………。

忍びにしらべさせる。世鬼者の報告は、

「誰もおりませぬ」

元就は隆兼や晴賢と親交のあった次男に、

「声を立てずに突っ込め。万一誰かおったら、声を立てさせずに、殺せ」

「御意」

元春は硬い覚悟を固めた面差しで素早く言った。吉川隊が、音を殺しながらも素早く——弘中陣に突入する。

すぐに元春から報告があった。

「やはりもぬけの殻です」

……弘中殿、貴殿はわしが博奕尾（こご）を通るとわかっておられたのじゃな？　二日無為にすごしたのを取り返すべく、今日は一刻も早く城攻めをという魂胆か。たしかに陶が城に入れば、わしは奇襲できぬ。貴殿は……真実、良将じゃ。

惜しいかな——主に恵まれなかったな？

その良将が決して己を許さぬであろうことを元就は知っている。

面差しを険しくした元就の手が、采配を振るう。

毛利勢三千は足音をなるべく消して、無人の弘中陣を突き抜けた。

毛利軍はさらに降りる。

薄明の中、紺色に佇む松の木立越しに、五重塔が小さくちらりと見下ろせた——。あの塔の傍に元就が狙う男は、いる。

練りに練った元就の進行経路は厳島大明神を見下ろす高台、塔の岡にいる陶をさらに上から襲える経路なのだ——。

五重塔が樹に呑まれて消え、今度は海が見渡せる。その海も木立に隠される。元就、足軽どもは、ザ、ザ、ザ、と無言で駆け降りる。

天が益々明るくなり、大気が浅縹（あさはなだ）に変った。

時刻はまだ卯の上刻（午前五時台）。

木々が開け——元就らはさっきより大きく五重塔を見下ろせる高台に出ている。ついさっき紺色に沈んでいた五重塔は今、赤という色彩を取りもどしている。

大内菱が染められた夥しい旗が翻る陣屋、柵、ぬかるみをさけるように、陣屋の近くや大きな樹の下で肩を寄せ合い、蹲っている物凄い数の足軽雑兵、篝火も見下ろせた。本来、眺められるだろう海はあるものに埋め尽くされていた。船に。

——陶陣だった。

元就がこの日、立ったのは恐らく……現在（いま）、光明院（こうみょういん）という寺が建つ場所の少し上であったと思われる。光明院は当時はなく代りにその近くに神泉寺（しんせんじ）（時寺（ときでら）といい厳島に時を告げる役割をになっていた）という別の寺があった。

神泉寺も当然、陶陣となっている。

一段下に、神泉寺陶陣、もう一段下に、塔の岡陶本陣を見下ろせる高台に三千の兵と出現した毛利元就は二万数千人が眠る空間を鋭く睨み、深く息を吸う。

——勝機は我に有りっ！

「法螺貝」

法螺貝が吹かれ、采配が振られる。

「突っ込めぇ！」

元就が叫んだ。

先鋒、吉川元春率いる吉川兵が凄まじい鬨（とき）の声を上げ猛然と神泉寺の陣に雪崩れ込んでいる。

この瞬間、長い謀略の堆積の上にある厳島の戦いが——遂にはじまった。

決戦

鬼吉川と恐れられる吉川勢の槍衾は神泉寺境内で眠りこけていたり、あくびをしながら伸びをしていた陶兵を次々に討ち果たす。

「何事――」

と、言いながら太刀を引っさげ寺から出てきた陶の部将らしき寝間着姿、鯰髭の男の胸から背まで赤い大穴が――開いた。

大力の剛の者しかつかえぬ大身槍――並の槍と違い、鉄の鎧を突き破れる剣のような長大な穂をもつ槍だ。

幅広で、長さ三尺（約九十センチ）の……恐ろしく長い穂をもつ大身槍を軽々とあやつり、早くも侍大将を一人仕留めたその男、吉川元春の首めがけて、鎧兜で身を固めた陶方の勇士が、

「敵襲！　敵襲！　朝駆けぞぉ」

と喚きながら、片鎌槍を突いてくる。首を貫く気だ。

大身槍は敵槍を難なく払い、鎧武者の胸を突き、鎧をぶち破り、心臓を赤く壊しながら――背中の頑丈な装甲もつんざいて串刺しにした。

血煙をしぶかせて槍を引き抜いた元春は爆発するような咆哮を上げている。

陶方の足軽雑兵が何とか立ち向かおうとするも、吉川の足軽雑兵がくんだ槍衾が襲いかかる。

すなわち幾本もの数槍（穂がみじかい、粗悪な槍）が横一線に並び、敵の雑兵の鎧で守られていない処、顔や首に一斉に――突き出される。

敵がバタバタと斃れていった。

その向こうから朝霧を踏み散らし、陶方の鎧武者十名ほどが一塊になって突進してきた――。

鎧兜に身を固め、槍薙刀、薙鎌(なぎがま)などをもったいかにも手強(てごわ)げな男どもで、喉は喉輪、顔は赤や黒の面頰で守られている。

……不寝番の武者どもか。

この敵に数槍の刺突は、効かぬ。鎧で弾かれる。

元春は鋭く、

「打っ！」

数槍が一斉に跳ね上がり、一糸乱れぬ動きで同時に振り下ろされ――陶の鎧武者の脳天を叩く。

まるで土砂崩れが起きて何本もの木が同時に倒れ、下にいた旅人に襲いかかったような光景だ。

何度も、何度も、叩く。脳震盪を起した鎧武者が崩れ、得物を落として手で頭を守ろうとする者もいる。敵が崩れると、吉川の足軽は首を数槍で突く。そして吉川の鎧武者どもは蹲った防長の鎧武者を、金砕棒(かなさいぼう)で打ち殺したり、薙刀で斬り殺したりしてすすんだ。

神泉寺の陶兵は大混乱に陥り、その混乱は眠りこけていた他の陶陣にもつたわった。

吉川勢は早くも神泉寺の陶勢を一掃。元就、そして隆元率いる兵どももまだ動きが鈍い陶陣に斬り込む。


その法螺貝を弘中隆兼が聞いたのは城の傍、大御堂(おおみどう)に手勢を置き、隆助はそこにのこし、塔の岡本陣に、岩次などわずかな供をつれて出向いた時だった。

すでに晴賢や伊香賀は起きており、晴賢が、

「粥でも共に食うか？」

と、隆兼に尋ねた直後、戦を告げる太い音は鳴りひびいている。――法螺貝だ。

はっとした晴賢、隆兼は、陣屋から出る。

同時に鬨の声と激しい怒号、悲鳴が聞こえた。

「神泉寺の方ですな」

晴賢に言いながら隆兼は面差しを一気に険しくする。闘志が、煮え滾る。

――きおったか！　勝つために何でもしてよいなら……この世から大切なものがうしなわれる。

……信……。一つも信無き世が……もたらされてよいはずはない。我ら武人には自家、領地、領民の他に守るべきものがあるはず。今日こそお主と決着をつける！

元就の深く暗い罠に沈んだ人々が胸底で活写された。

隆兼は素早く思案し、

「塔の岡から大御堂まで直線の備えをしきましょう。数では味方がまさるゆえ必ず押し返せますっ」

晴賢は一切狼狽えず、凜々しい面持ちで、

「そうしよう。そなたは、大御堂の方へもどれ」

「――御意！」

隆兼は瞠目する岩次の肩を叩き、手勢がいる方へ駆ける。

大御堂にもどると十五歳の隆助はさすがに面差しを強張らせているものの、兵の半分を宮ノ尾城に、半ばを山側に向けていた。落ち着いた采配だった。

ところがその時には、元就、隆元、元春の手勢に不意を突かれた三浦越中守、大和興武の陣も

総崩れしている。三浦らの陣は、本陣と、時寺の、間にあったのだ。さらに、

「うわぁぁぁ――っ！」

厳島大明神の方から鬨の声が上がり、黒塊となった五百人ほどの一団が塔の岡を駆け上がり、陶本陣に斬り込んでいる。

山に全警戒を向けていた陶本陣にとって、俄かに海の方――背に近い脇から、匕首で突かれた格好で、晴賢の本陣は大恐慌に陥った……。

「裏切りじゃ！」「味方の裏切りぞっ！」

という声の濁流に、

「戦ええ！　敵は僅かぞ！　戦え！」

という晴賢や、伊香賀の叫びは、掻き消されてしまう。

味方の裏切りが出たと思った足軽雑兵が勝手に逃げはじめ、本陣の統制は崩れた。


味方の裏切りと陶方が思い込んだ一隊こそ、知将・小早川隆景の手勢だった。昨夜、鎮西からきた味方という仮面をかぶり、酒に酔うたり、船酔いしたり、連日の哨戒で疲れ、死んだように眠っていた陶水軍の只中をぬけぬけと通過した隆景たちは、塔の岡のすぐ下に上陸。

陶の目通りをまつ九州の小名をよそおい眠れる大軍の中心近くで固唾を呑みながら一晩すごし、法螺貝を聞いて身構え、敵本陣の注意がすべて山に向いた瞬間、仮面を投げすて牙を剝き、勢いよく岡を駆け上ったわけである。

元就の謀、元春の武も凄まじかったが……隆景の勇敢にして冷静な決断が、破滅的な打撃を陶にあたえた。

二万八千の大軍は身悶えしながら目も当てられない自壊をはじめている。

まず、多くの兵が晴賢の制止を振り切り塔の岡から勝手に逃げ、逆に塔の岡に指示を仰ぎに来る兵、あるいは塔の岡に逃げ込んでくる兵——三浦越中守や大和興武の兵——もおり、あちこちで人流同士が激突。悲鳴や喚き声で将たちの下知が消され、数知れぬ武者や足軽が槍も動かせぬほどひしめき……小人数で一丸となって動く敵に対し手も足も出なくなってしまった。

陶勢は次々に討たれた。

この密集した大軍の恐慌を、吉田物語は、

市の場、踏舞の場の如くに込合ひ……。

と、書き、陰徳太平記は、

俄かに立設けたる備なれば、前後こづみて、更に鎗長刀振廻すべき様もなく……兵具をさへさばき得ざれば、敵に渡り合はん様もなく……。

(俄仕立ての備えであったから、前後こみ合い、さらに人が密集しすぎて槍長刀を満足に動かすことも出来ず……武器を動かせないのだから、敵と戦う術もなく……)


と、しるしている。

本陣の混乱は大御堂の弘中勢にも飛び火した。

本隊を逃げ出した雑兵の群れが、玉突きのように逃げる者の波を起し、脱走兵の濁流が、まるで堤のように味方の決壊をふせごうとする、弘中勢に雪崩れ込む。狼狽えが弘中勢にも走る。

「備えを崩すな！　敵は我らの幾分か一。落ち着いてかかれば、必ず勝てる！」

隆兼が力強くはげました。

が、この時、沈黙していた宮ノ尾城が突然城門を開き、法螺貝を轟かせ、熊谷信直、新里宮内少輔率いる城兵が飛び出してきた……。

疲れ切り、渇きに苦しめられてきた小人数の城兵だが、味方の奇襲に力を得て、大御堂へ勢いよく攻め寄せる。

これを見た弘中勢の一部も逃げ出して隆兼の兵は崩れそうになった。

隆兼に一瞬、数が少ない城兵を五百人総掛りで、蹴散らし、宮ノ尾城を乗っ取るという考えが閃くも、

——味方は狼狽えておるし、城兵に苦闘すれば背中に元就の太刀を浴びる。危うい。

弘中隆兼という武将は斯様な時、個ではなく、全体を見る。狼狽えず、冷静に判断することが出来る。

……どうすれば全軍を立て直せる？　如何にすれば、本陣を守れる？　元就の兵は左(さ)ほど、多くないはず。山に入り、敵の奇兵の後ろにまわり込み、本陣と息を合わせれば——元就を挟み撃ちに出来るな。

五百の弘中勢を奇襲部隊にし、元就があやつる奇兵を後ろから刺し通すのだ。

隆兼は大喝した。

「——山に入る！　隆助、わしと三八が殿(しんがり)を引き受けるゆえ、そなたは兵を率いて山に入れ。三八！」

ひょろりとした弓の名手、和木三八に、

「その方、城方に矢を射かけてひるませよ。その隙に残りの兵は山に走る。次にわしが矢を射かけながら後ろに出るゆえ、そなたは山に向かって走る。これをくり返して全兵士を山に入れるぞっ」

隆兼の指揮の許、弘中勢は最小の犠牲におさえて山中へ退避している。

一方——海の方でも惨劇がくり広げられていた。

というのも、隆景の攻撃と同時に海上にのこっていた小早川隊の五百が、火矢を猛然と浴びせながら、陶の大船団に襲いかかったのだ。

また逃げる陶の兵船を捉える巨大な網となるようもとめられた村上水軍だが、勝機と見るや——武吉の号令一下、半分は鶴翼に構えて広く待機、半分は鮫の群れのようになって狼狽える陶水軍に突進した。

日の本最強の海賊衆の攻撃は熾烈を極めた。

村上武吉がまずくり出したのは射手舟である。厳重な板を張りめぐらし敵の矢への備えとした射手舟は、火矢、並の矢を盛んに射ながら、陶水軍を襲う。火矢は多くの射手により放物線を描いて飛び、陶の大船団を燃やしてゆく。煙を上げて燃える舟から、海に飛び込む者、他の舟に跳びうつる者が続出する。

嵐による密集が——火の手を早めている。

並の矢は——強弓の精兵どもが射た。その矢は直線の突風となり、鎧武者の鉄の装甲をも貫き、胴や胸に深く潜り、体の反対側から赤く飛び出ている。

何人もの陶兵が水飛沫を上げて海に消えた。

「よぉし、藻切り鎌！」

村上武吉が吠える。

突出した射手舟どもは如何にも慣れた様子で、碇を下した陶の大船団の前に、素早く横一文字を描き、また、もどる。同時に村上水軍が誇る藻切り鎌の巧者どもが長柄の鎌でさっと水中を掻き……陶方の碇の綱を断ち切った。

幾艘もの陶の関船小早が波に押されて漂い出し、味方の舟にぶつかるなどして、混乱を広げる。

さて、陸から小早、関船の順で陣取った陶水軍、関船よりさらに沖に――密集する小舟どもとは距離を置く形で、巨大な船が幾艘か、ぽつぽつと碇を下ろしている。

その重量感溢れる圧倒的な巨船は眠れる数頭の鯨にも見えたし、近頃、西国筋で広まりだした切支丹（きりしたん）の教えに出てくる箱舟のようでもあった。

安宅船だ。

今、陶、三浦、弘中らがもつ安宅に……村上水軍の恐るべき船足を誇る小早どもが、コバンザメの群れのように近寄っていた。

もっとも戦場からはなれている安宅は、反応が鈍い。ようやく只ならぬことが起きていると気づいたようで接近する小舟の群れに矢を放った。だが、村上水軍の小早は厳重な盾で守られ、矢は弾かれている。あるいは、巧みな舵取りで、矢の雨を潜り――どんどん肉迫してくる。小さくも剽悍な海賊船はかなり高くにある安宅の甲板に――丸い物体を次々放り込んできた。

その物体は甲板に転がると轟きを上げて爆発した。瞬く間に大きな安宅の甲板を、火の海にしてゆく。

村上水軍が投擲（とうてき）した秘密兵器は焙烙（ほうろく）である。

伊賀甲賀などの忍び衆か村上水軍しかつかわぬ武器だ。二つの土器(かわらけ)を重ねた内に、火薬、鉄片、釘などを入れ、縄で固定。火縄に着火し、投擲用の縄をぶんぶんまわして勢いをつけ――敵に放り爆発を起す。

陶、弘中、三浦らの安宅は村上水軍の焙烙を前に満足に抗えず、どんどん燃え上がって沈没し、海の藻屑となった……。

安宅の炎上と同時に真っ赤な朝日が上った。

古来、あまねき命――人のみならず鹿や鳥、魚や虫、生きとし生ける存在(もの)全ての命を奪ってはならぬ、という教えが大切に守られてきた島で今、武士どもが激しく殺し合い、丘や低地で血の海が広がり、火の海も広がっている。

その地獄絵図を朝日はぞっとするほど赤く照らした。

陸の陶陣を逃げ出し浜辺に殺到した夥しい兵士が見たのは、火と混乱の海だった。

海が悲鳴を上げ――炎上している。

恐慌を起した兵が乗りすぎて沈んでしまう小早、驚きがはりついた顔で溺れ死んでゆく兵が数多あり、「わしを乗せろ！」「いいや、沈むから乗せぬ」という言い争いをきっかけに、――先に乗りたる者は、後より来る者を乗せじと、鎗長刀にて舷(ふなばた)に取付きたる腕(かいな)を払ひければ、敵には遭はずして味方に切られて死するもあり。

凄絶な同士討ちが起きた。

狭い平地に閉じ込められた陶の大軍は縦横無尽に動きまわる毛利の小勢に抗えず、海では同士討ちまで起し、自傷自壊していった。

逃げる武士に、

「汚（きたな）しっ、返せ！」

晴賢の采配が激しく振られる。だが、崩壊し、潰走しようとする自軍を晴賢は止められない。

この時、晴賢はさっぱりとした気持ちで悟った。

――弘中が正しかった。この島に来たのが、過ちであった。とすれば悪いのは兵にあらず。結句わしの采配が、悪かった。完敗だ。……我が将器を、元就の智謀が、上まわったのだ。

伊香賀が非情の剣を振り――逃げる兵を斬ろうとする。鬼の形相で伊香賀は、

「逃げる者は、斬るっ！」

晴賢は伊香賀をむずと摑み、

「止（や）めろ！　もう、止（と）まらぬ」

伊香賀は叱るように、鋭く、

「――殿っ！」

「兵が悪いわけでは……ないのだ」

兵を愛しここまで勢力を広げた男は新緑の若葉を揺らす風のような、爽やかな顔で言った。

逃げ惑う兵、狼狽える兵を、大人が童を掻きわけるように押しのけ、巨軀の武将が、のしのしと歩み寄ってくる。三浦越中守だ。

越中守の赤糸縅の鎧のそこかしこに、数多の矢が刺さっている。

五重塔のすぐ下で晴賢と三浦越中守は向き合う。三浦越中守、長身の晴賢を見下ろして高く強い声で、

「大元（おおもと）に退いて下されっ！」

大元浦——厳島大明神の西にある静かな浜で、万一の時、晴賢を逃がす関船、小早がととのえられていた。

「殿は大元で背水の陣をしかれ我らは大明神で迎え撃てば、兵力では当方がまさるゆえ、まだまだ押し返せると思うのでござる！」

——敵に、後ろは見せぬ。逃げおくれた兵も、見すてぬ。

晴賢はきっぱりと、

「わしはここで討ち死に覚悟で戦おうと思う」

「なりませぬ！　三浦殿の言われる通り、大元浦で立て直されますようにっ」

伊香賀隆正が、興房がきざんだ刀傷をふるわし唾を飛ばして叫んだ。喉から血が出そうな、苦し気な声だった。

晴賢は無様な死に方をしたくないという思い、死んでいった兵たちに詫びたいという存念から、死を覚悟で踏みとどまろうとしたが、家来たちは、ここでは到底ふせげぬと思っているようだった。三浦だけならば振り切って踏みとどまったかもしれない晴賢は、

「……わかった」

三浦越中守と伊香賀隆正に両腕を摑まれ、大和興武に押されて、味方を押しわけ、小早川兵を斬り抜け、塔の岡を降りる。

本陣を据えた丘から降りた晴賢は四百年前の武士の王・清盛が建てた社の東廻廊に入る。今は、満潮に近く、厳島大明神の廻廊や拝殿の下には、満々と青緑の海水がたたえられていた。

拝殿に入った晴賢は大鳥居の方を睨んでいる。

平舞台の中心に、内侍（ないし）と呼ばれる巫女たちが舞を披露する一段高い高舞台がある。舞台の向う

に、板の桟橋、火焼前（ひたさき）がある。火焼前の左右、そして奥に――炎上する数多の小早、兵が乗りすぎて沈没する小早、火矢の雨を浴びる兵糧船、同士討ちを起す味方の舟があり……その奥に、火と黒煙、血飛沫、悲鳴をへだてて、大鳥居が哀し気に立っていた。

殺生を禁じ平らかな世を望む神が、戦を起す武者どもに罰を下しているような凄まじい光景だった。

海の上の西廻廊に足を踏み入れながら、晴賢は、誰かに詫びたい気がした。だが、

……兄者、わしはあまりに多くの過ちをおかし、あまりに夥しき血で、手が汚れておるゆえ、誰に詫びてよいか……わからぬ。兄者が当主であればよかった。初めから、荷が重かった。

美丈夫だった兄、興昌が行く手の廻廊に立ち、寂し気に頭を振る幻が見えた気がしている。

弘中隆兼は――樒、馬酔木など毒の木が茂る島の密林を、広い額に玉の汗を浮かべて潜行している。宮川房長譲りの大薙刀を引っさげた隆助、幸阿弥、岩次、他四百人ほどにへった郎党を率いている。

元就の法螺貝が聞こえた辺り――今そこは無人であった――に到達した隆兼は、

「陶入道逃亡！」「社の方に逃げたぞぉ！」

という毛利勢の叫びから本陣の瓦解を知る。自ら中薙刀と呼ぶ武器をにぎる力を強め、

――我が策……砕けり！

陶本隊と挟み撃ちにするならまだ勝機はあったが、晴賢が退いたというなら勝ち目はない。

隆兼は素早く思案した。

……陶殿は恐らく、大元浦に走ったはず。ならば我が手勢、陶殿を追う敵の横腹を突く所に置

くべし。

伊香賀は晴賢への鉄の忠誠心で動いていたが、隆兼は違う。今は晴賢を討たせぬことが多くの味方を死から救うと信じ、ひたすら晴賢を守るために動いている。

「滝小路(たきしょうじ)……」

隆兼が叫ぼうとした瞬間、いくつもの鋭気が樹の間を抜けて飛来、郎党が幾人も倒れた。

矢だ。

隆兼のすぐ傍で岩次の肩に矢が刺さり苦し気な呻きが漏れる。

元就は早くも討手を差し向けてきた——。

「大丈夫か？」

隆兼は、岩次を案じる。

「はいっ、前に石見で、鷹の卵を取ろうとして樹から落ちた時の方が、痛かった……。へっちゃらですこんなの！」

小薙刀をもった岩次は力強く応じる。

「たのもしいぞ」

隆兼は、敵地から己を慕ってついてきた少年をたたえた。

敵は右手、斜面下方から盛んに射かけてくる一方、前にもバラバラ散開せんとしていた。

隆兼は一刻も早く崩れゆく味方の中心をささえたい。だが元就はその隆兼の思惑を看破したか、兵を差し向けてきた。百五十人ほどの小勢であるけれど、

——敵の士気は高い。陶殿の逃亡を知った味方は……沈んでおる。

元就の兵はおよそ三、四千。この四百で斬り込み勝てるようには思えない。

とすれば味方の本軍と連携、士気を立て直して一戦いどむ他ない。

素早く思案した隆兼は、

「前敵を突き破り、滝小路に参るぞ！」

と、どす声で、

「あれが弘中かっ」「弘中、殺さば、わしらも小名くらいになれるんじゃろか……？」

行く手に立ちふさがった大男二人から放たれた言葉だ。

――物凄い猛気をたくわえた男どもだった。

二人とも三浦越中守と同じくらい大きい。

双子だろう。全く同じ下卑た顔をしている。顔が大きく、首太く、丸太のように腕太く、ギョロリとした目は眼光鋭い。赤い兜に茶色い胴、青い草摺など何処かちぐはぐな武装なので、正規兵ではなく、銭でやとわれた流れ者の濫妨衆かもしれぬ。一人は大きな戦槌、いま一人は槍薙刀とわたり合える剣、大太刀をたずさえていた。隆兼が歩み出ようとすると隆助が、

「父上、わたしにおまかせ下さい！」

すすみ出た隆助を見た双子は、

「何じゃ、この可愛ゆい奴はぁ」「生娘がよいが……こいつは代りになるじゃろう。その鎧を剝ぎ取り、散々、可愛がってくれるわ」

汚れた唾液でまみれた舌で舐めまわすような目で、隆助の総身を見ている。

隆助は冷えた怒りで凍った声で、吐き捨てるように、

「――魂の芯から、腐り果てておるようだな」

大薙刀が、隆助が、疾風となって、動く。

林床すれすれを横に猛速で旋回した大薙刀が――戦槌の大男の両足首を切断した。もう一人は敏捷に後ろ跳びしてかわす。足首から下が体から斬りはなされてしまい、あっと呻いた大男は崩れようとする。その巨漢に――。

――――！

隆助の大薙刀が迫り鎧を壊して脇腹に赤く潜り、血の斜線を描いて、肩に抜けた――。その二撃で大槌の大男は絶息した。

双子の片割れが瞠目し、

「お主ぁっ……よくも兄ぃを。幾十も村を焼き沢山のお宝奪ってきたが、俺には、いい人じゃった。幾度も可愛ゆい女子あてがってくれた」

「いい人？　お前にだけだろう？」

冷然と言った隆助の大薙刀が大太刀をもった大男の右足に突き出される。太い右足は、敏捷に、後退る。が、隆助は素早く大薙刀をもちかえ――大兵の左足首に稲妻の速さで一閃した。動脈が破裂し、血が、しぶく。

次の瞬間、大薙刀はまた返されて跳ね上がり、大男の股間を赤く裂き――さっともどって横振りされると横に太い首を、根から叩き落している。

「でかしたっ」

隆兼が叫ぶ。隆兼は、薙刀をもちかえ、もちかえ、体の両側で水車のようにまわしながら、敵に突っ込んだ。右の水車は飛んでくる矢を全て払い、左の水車は敵を翻弄、威嚇する。隆助も同じ動きをして毛利兵に突進する。隆兼は頭上で薙刀を高速回転させ背で一度まわし、どう動くのか計りかね固まっていた黒糸縅の鎧をまとった男を、袈裟斬りにして薙ぎ倒し、次なる敵が突き入れた蝙蝠形十文字槍を払う。

同時に別の敵が長巻で隆兼の足を薙ごうとするも、隆兼は薙刀を軸にして跳び上がってかわし、着地し様——真っ向幹竹割りにして長巻の男を斬殺。また、突いてきた蝙蝠形十文字槍を薙刀で払い、くるっと薙刀をまわすや石突を前にして敵槍を打ち落とし——石突で敵兵の喉を突き破った。

弘中親子が血の旋風を巻き起し、弘中勢の士気を一気に跳ね上げた。岩次も歯を食いしばり懸命に敵にいどんだ。だが、すぐに敵の槍に圧倒される。

岩次の胸に、槍が、迫る。

瞬間、猛速の一閃によりその敵は地に沈んだ。

隆助の薙刀が……岩次を救った。


青い虚無が晴賢、三浦、伊香賀を打ちのめしている。

大元浦で万一の時まっているはずの舟は一艘もいなかった。ここで晴賢をまつ手筈の水軍は、晴賢を見捨てて逃走したのだ。

沖合で敵水軍に猛撃されたか、黒煙を上げて燃え盛り沈みゆく、味方の大船が見える。

村上水軍に追い詰められている味方の船も見え、そこからややはなれて、敵の網の目を潜り、西に逃げている舟が数艘あった。

桑原党の舟らしい。

「その舟——まてぇい！　総大将はここにおわすぞぉ」

三浦越中守が声を振りしぼって吠えている。

三浦はさらに大将の旗を大きく振らせ、伊香賀は馬印を高くかかげさせる。ちなみに老武者、大和興武は途中、大願寺付近で、

『若い方々と違い……鎧が、重うござる。ここにて息をやすめつつ敵をまち、追っ手をおくらせてみせましょう』

郎党七十余名と共に逃避行から抜け落ちていた。

味方の舟はたしかに、晴賢に気付きたじろいだようである。だが、海から返ってきた反応は敗北の傷に塩を塗るものだった……。武家万代記は、こう云う。

一艘も陸へよせ申さず……。

……一艘ももどってくれぬのかっ！　負ければ、こんなものか。

晴賢は青い内臓が潰れたように、いくつもの海藻がそこかしこに平たく張りついた砂浜に崩れそうになった。

晴賢は己を奮い立たせ、

「そなたらの申す通り、ここで一戦するぞ」

三浦越中守は燃えるような勢いで、伊香賀隆正はひんやりした声で、

「いいや、なりませぬっ！」「ここでは戦になりませぬ」

二人は、大元浦に十分な水軍が控え、陸上をここまで逃げてくる兵も、もっと多かろうと考えていたようなのだ。

だが見ての通り、水軍は消え失せ、大元浦にたどりついた兵も数百と、意外に少ない。海への

逃げ道が全くふさがれたと気づいた味方の足軽雑兵、夥しい敗残兵は弥山などの山——つまり原始林に逃げ込んだようだ……。

さらに悪いことに今、ここにいる数百も心が崩れはじめている。

晴賢の下知をまたず勝手に山林の方へ逃げ込んだり、舟をさがしているのか、砂浜を西の方へ歩きはじめてしまう者が、何十いや何百人も現れた。

伊香賀は晴賢を中心にあつまった二百人ほどを見まわし、悔し気に、

「……参りましょう」

晴賢は伊香賀、三浦に引きずられるように、山の方へ歩き出す。二百の兵を率いて少し歩くと右手に森閑とした杉林にかこまれた小さな社があった。

大元神社だった。

行く手は天を衝くばかりの樅の高木、犬樫、森を横に這う木、サカキカズラなどが茂る陽が差しにくい森だった。

伊香賀は暗い鋭気を漂わせて語っている。

「某、思いまするに、島内の森に隠れた兵は数千人を下るまいかと。この兵どもの一部とでも手をたずさえられれば、前の奇襲に大勝し浮かれておる毛利に逆襲の一手——すなわち後の奇襲をかけられると思うのです」

晴賢の心は、大きく動きかけた。

「そなたの献策——我が思いと合致する」

晴賢が毛利への奇襲を決意した刹那、高声(こうしょう)が総大将と股肱にぶつけられている。

「其(そ)は大いに違いますぞっ！」

三浦だった。眼をカッと剝いた三浦は、強く、

「伊香賀殿の言い条、勇はありとも謀みじかし！　たとえ警固衆の舟なくとも島の者の小舟一つないことが、ございましょうや？　山に潜んで元就を狙っても結句、上手くいかず犬死にされるだけでは？　ここは潔く退かれ、山口で軍勢を立て直されれば、毛利を討てること必定！　入道殿お一人が助かれば味方は盛り返せる。さ、舟をさがしましょうぞ！」

「舟がないことも考えられる。昔、新田義貞は尊氏公に打ち勝つも、兵は勝ちに驕り油断した。ここを突いたのが足利方・細川定禅で三百の小勢で新田の二万を……」

「伊香賀殿、お主が申したのは昔の話で、定禅も新田もとうの昔に死んだお人じゃ！　我らは、今を生きておる！　今と昔で事情は違う。さあ、舟をさがしましょう！」

いずれも屈強な体をもち、侍は総員、半月の前立の兜で統一された三浦兵が、飢えた肉食獣の群れのような眼差しで、晴賢を凝視した。

　大敗の責任を感じ立場が弱くなっている晴賢は、

「……わかった。三浦の申す通りにしよう」

三浦は三浦で責任を感じており、彼が思う最善を口にした。が、三浦の献策が、晴賢が逆転する最後の芽を摘んだのは……否定出来ない。

滝小路に入った隆兼はズタズタに斬られて斃れた平井入道を見つけた。毛利の回し者か、本物の法師陰陽師か悩んでいた隆兼は思わず、

「……本物であったか……。平井入道」

悲嘆はせぬも、かすかな哀れを覚えている。

先程の毛利勢を貫き、ここにやってきた隆兼は町屋が並ぶ滝小路に軍勢を少し引っ込ませ、

「――二重（ふたえ）の備え」

弓隊と槍衾が一段、これが二つ、大明神の方に向けて並ぶ。

すぐに――大元浦に逃げた陶を追う毛利の兵が隆兼に脇腹を向ける形で現れた。この一団、社の裏の本地堂（明治の廃仏毀釈で壊された建物である）辺りの社地を突っ切れば、隆兼を真正面から目視できたろうが、ここを律儀に迂回したため、隆兼に横首を向ける形で出現した。

……下り藤に三引両。元春か！　これぞ天の玄妙の計らいと申すものであろう。

丸っこい目を輝かせた隆兼は、鋭く、

「矢！」

隆兼が指揮する一段目の矢が一斉に放たれ、元春本隊の兵がバタバタと斃れ、傷ついた。

「槍衾！」

弘中の弓隊が左右に開け、一段目の槍衾が前に出る。

「弘中かっ、いかん！　退けぇ」

隆兼に気付いた元春が叫ぶもその時にはもう、弘中の槍波がどっと吉川勢にぶつかり、いくつも血飛沫が噴いている。

槍で首を刺されたのだ。弘中勢の多くの槍が、吉川勢の鎧に阻まれるも、中には渾身の一突きとなって鎧の向うの心臓を刺した槍もあったし、打撲に近い衝撃で胃液を吐きながら崩れた吉川兵も、いた。

薙刀を極めたゆえ足への攻撃の重さを知る隆兼は、

「足を！」

弘中の槍衾が傷ついたり逃げおくれたりした吉川勢の腿に向かって、くり出される――。幾本もの足が破裂した石榴のように鮮血に塗れた。

隆兼は容赦なく、

「頭っ！」

槍衾が一斉に高く振り上げられる。

で、兜や陣笠めがけて、打ち下ろされる。

脳震盪を起した兵がどんどん倒れていき、倒れた兵の首を狙って、味方の槍が突き出された。

隆兼は下知しながら槍衾の左横を歩み、自らも薙刀を振るい、敵の両足を一刀の下に断ったり、刃で首を突き即死させたりしていた。

「弘中殿！　何で槍衾の陰に隠れておる！　わしと立ち会うのが恐ろしいか」

元春の罵声が十間ほど向うから飛んできた。

元春の大身槍が石突を下にして路面にぶつかり、大元浦に向かう道に、長大な穂を光らせながら立てられる。元春の後ろでは態勢を立て直した吉川勢が厳重な槍衾をくんでいた。弘中勢とは違い槍隊の後ろに配置された弓隊は味方を射ぬよう、弓を斜め上へ構えている。

「――これから行く気じゃ」

隆兼は不敵に笑んでいる。

「元春！　その前に一つ問いたい！　かつては兄弟と言い合った仲。少し物語しようぞ」

「何じゃ？」

弘中隆兼と吉川元春、昔、義兄弟の契りをかわした勇将二人が睨み合う空間だけが――この戦場でただ一ヶ所静まり返っていた。

「人を斬り、人を騙す武人だが守らねばならぬ一線がある。左様な話を以前、そなたとした。覚えておるか？　共に轡を並べ尼子と戦った時よ」

「…………」

隆兼は主に備後の野で……元服した元春と共に、何度も戦ってきた。そんな折、元春は夕餉になると隆兼の所にやってきて、武人としての心構えについて問うてきた。

その思い出にひたされたか。隆兼の問いは元春を凝然とさせていた。隆兼は、毅然とした顔で、

「己が仕える存在が、その一線を越えても、お主はずっと黙っておるつもりか？」

「陶入道を西国無双の剛将と慕い、心底から敬っておった。されど近頃の陶入道は変った。そうは思わぬのか？　弘中殿、いや隆兼」

元春はつづける。

「かつての速断はただの短慮に、大いなる自信は傲慢に取って代られ、用心深さは疑り深さに」

「我が問いへの答になっておらぬ。誤魔化すな！」

隆兼の燃え上がりそうな大喝に、元春は、

「誤魔化しておるのはそなたじゃ！　自軍の総崩れから、大敗から、目を逸らすために左様なことにこだわりつづけておるのじゃろうっ」

――勝ち負けの話ではない。

瞬間、隆兼や弘中勢に吉川兵と別方向から次々に矢が射込まれ、多くの味方が倒れたり、蹲ったりしている。強弓の精兵の凄まじき矢が一本で、二人の鎧武者の胴に、命を奪う穴を開けて、飛んだ。

別の敵の濁流――熊谷信直、天野紀伊守の勢が大明神の方から武者烟を立てて押し寄せてきた。

色めきかかった弘中勢に吉川勢も激しい矢の雨を浴びせ、槍衾の奔流を当ててくる。

隆兼が目をかけていた郎党が幾人も血達磨になって討たれる。修羅となった隆兼は雄叫びを上げて殺到する敵に果敢にいどみ、血の嵐を起すも、隆助から、

「味方が崩れはじめております！」

返り血で赤鬼の如くなった隆兼は、

「十兵衛！　左右の空き家に火を放て」

滝小路の空き家に火をつけた弘中勢はその黒煙にまぎれて、坂を上り、大聖院の方へ、退いた。

大聖院は厳島の別当寺である。神仏習合のこの時代、宮司より立場が上だった別当と呼ばれる高僧がいる山寺だ。

元春は追おうとする熊谷信直に、

「舅殿っ、追うな！　火を消すのじゃ！　大明神に燃えうつったら、当家の不始末、諸国で囁かれる！」

この指図は後に元春の名声となる。

さて、山にいだかれた大聖院と対照的に海に面した大明神近くの寺が大願寺だった。

大願寺に隠れた陶方の老将、大和興武は塔の岡の前に陶が陣取った高台——多宝塔辺りにいた陶勢数百と連合、大元浦を目指す毛利勢をはね返そうとしている。

戦巧者の興武、最後の力を振り絞って三度まで敵勢をはね返したという。

だが——死に装束に鎧をまとい、十文字槍を引っさげた謎の武将に率いられた一隊が、何処からともなく忽然と現れ、興武らに襲い掛かっている。

仁保島城主・香川光景の一隊だった。

毛利屈指の槍の使い手、香川光景は、

『合戦にくわわりたく思うのだろうが、仁保島城をがら空きにするわけにはゆかぬ。城の守りに専念してほしい』

と、元就から下知されていた。

抜け駆けの功名――主に動くなと言われているのに無視して、敵に突撃し、大手柄を立てること――に、晴賢は寛容だった。大いに褒めたたえ知行をました。一方、毛利家には「どれほど大手柄を立てても軍規に違背した輩は斬る」という鉄の軍規、重い掟があり、元就は左様な猪武者がいても、一言「――斬れ」と、冷厳に命じる。

だから沈黙の驍将・香川光景の城を守れという命を無視した厳島渡海は、毛利軍の常識では、死罪に当たる行いである。

それでも光景は……。

……この戦に出られぬこと、武者として恥也。

と、心得、白装束の上から鎧をまとい、小早数艘に、城兵四、五十人を乗せ、海をわたって、厳島に現れた。

光景の凄まじい武者ぶりが大和興武の手勢を突き崩す。他の毛利勢も勢いを得て、遂に興武らの懸命の抵抗は切り崩され、大和興武は香川光景に生け捕りにされる。

興武と光景は……立場を超えた親友だった。

捕らわれた老将は、

「光景、友と思うなら……斬ってくれ」

「いいや、某が赦されるなら……貴殿のことも毛利殿に取り成しをたのもうと思うのだ」

光景は興武を斬ろうとしなかった。

太くごつごつした木の蔓が、別の根から生れた、細くやわらかそうな蔓と、一つに溶け合おうとでもしているかのように、幾十度も絡み合いながら、横に、縦に、斜めに走っている。圧倒的な楠の巨木が、頭上から緑の天蓋をかぶせてくる。そんな緑の圧を感じる急斜面の森を、晴賢、伊香賀、三浦は、這い登っている。

次々に甲兵（こうへい）や足軽が疲れ崩れ中には全てをあきらめて切腹する者がいる。ふいっと森に消え、一人で逃げようとする兵もおり、昨夜まで二万八千の大軍に守られていた男の周辺はたった六十人ばかりとなった。

矢傷で血だらけになった外聞が、後ろから駆けてきて、

「小早川隆景が追って参ります。その数、二百」

力尽きた外聞は血反吐を吐いて斃れる。晴賢は静かなる面差しで、

「相手にとって不足はない」

三浦の大きな手が青筋を浮き立たせて晴賢を押す。

「島の南にも人家が少しあり申した！　そこに、舟があるかもしれぬっ。この三浦がふせぎますゆえ、総大将はどうかお逃げ下されっ！　伊香賀殿、たのんだ」

伊香賀が無言で晴賢を引き三浦が半月の前立を兜につけた猛兵三十人とのこった。

三浦なりに、責任は感じているわけである。

三浦は密林を貫く小道の高みに陣取り、追ってくるという小早川隆景をまった。と、左三つ巴の旗を差した二百人ばかりの兵が息を切らせながら登ってくる姿が見えた。先頭に、大将らしき

若武者がいる。三浦は、ゲラゲラと高笑いして、小早川勢をはっとたじろがせ、

「それなるは隆景か！　ついこの間まで乳臭かったそなたが太刀を振るえるようになったか。末頼もしい話でないか！　そなたの太刀捌き——見てやろうではないか。者どもかかれ——！」

手負いの獅子のようになった三浦が手兵どもを引きつれ、先頭に立って、山道を駆け下る。

「殿をお守りしろぉ」

小早川の武士たちが隆景の前に出る。

樵がつくった狭い道で、槍衾はもちろん、弓矢の斉射も叶わぬ。一人か、二人の者が、順に三浦と戦ってゆくほかない。先頭で二人の侍が三浦に向かって槍を構え、弓足軽が援護する。

三浦に何本か矢が飛ぶも——左手にもった盾が全て受け止めた。

大男の三浦だが右手にもつのは大身槍ではない。もっと小ぶりな穂の、笹穂槍(ささほやり)だ。水軍の将たる三浦は飛道具を意識して常に左手に盾をもつから、重い槍ではなく、軽い槍を好む。当然、笹穂槍で鎧を壊し肉を刺し通すのは、至難の業。

だから三浦の笹形の穂は——敵の槍兵の喉に、突進、早くも血煙を立てた。

隣の敵兵は喉輪をつけている。三浦の笹穂槍はその男の鼻に飛び込み、鼻骨を砕きながら——脳まで刺した。次の男は喉輪をつけ黒い面頬で顔を守っていた。その武士が薙刀を動かした刹那、笹穂槍はがら空きの腋の下を押し斬り、引き斬っている。動脈を裂かれ凄まじい血の川を腋からこぼしたその哀れな武士は身をよじらせ喉輪が動いている。さっと見えた首に、もう笹穂槍が飛び込み——命を断ち斬った。

その次の敵は面頬、喉輪をつけ、腋もあかぬようにしていたが、兜や鎧にはどうしても防御し切れぬ処が一点あり、三浦の槍は鳥肌が立つほど速く正確に、その点を突く。

――目。

四人目が――斃れた。

三浦はほとんど一人で小早川兵を薙ぎ倒してゆく。武の三浦が、知の小早川を押し、いつの間にか小早川勢は山林を後退していた。一人で二十人ほどを討ち取った三浦は凶暴な顔で、

「どうした隆景！　前に出て来い。この腑抜けどもの大将だろう！」

小早川隆景は青筋をうねらせ、前に出て戦おうとするも、

「なりませぬっ殿ぉっ！」

顔を真っ赤にした老臣に引きもどされ、その老臣を笹穂槍が突き倒す。その家来の名を呼んだ隆景を若党が猛然と引き、

「吉川殿の援兵をまちましょうっ」

水戦を得意とするも陸戦を苦手とする小早川勢は、三浦一人に追い散らされ、退却している。

さすがに重たい疲れが三浦に押し寄せ、鎧が厭わしい。汗だくの三浦は岨道(そばみち)にしゃがむと盾に顎を乗せ青竹を口にはこんで水を飲む。

少しすると先程と別の軍勢が百人ほど山を登ってきた。――吉川勢だ。この頃、元春は滝小路の火を消していたため家来が率いた一団だ。陸戦、取りわけ……山岳戦を得意とする精鋭の登場に荒く肩を動かす三浦は眉を顰める。

……いま少しやすみたい。も少し間(ま)を置けい。

吉川勢は三浦をみとめると歩みを止め、

「……敵でござろうか？　味方でござろうか？」

「味方にござる！」

三浦は、力強く言った。

瞬間、三浦の体に鋭気が左右から襲いかかり、一つは内臓にのこり、もう一つは、熱線となって分厚い体を完全に突き抜けている。

――矢だ。

吉川勢は三浦と話しつつ家中で「山狩りの達者」と言われる険しい山になれた強弓の精兵を木の間隠れに動かし、両側の山林から三浦を狙い射ちにしたのだ。よろよろ立ち上がった三浦は苦笑いを浮かべ、

「味方と言うたのだ。小憎らしい男どもめ。……少しは……信じてくれてもよかろう？」

深手を負った三浦は二人を倒すも抵抗はここまでで郎党もろとも吉川勢に討ち取られた。

龍ヶ馬場

青き絶望が陶とその側近たちの胸を溢れんばかりにひたしていた。

常緑樹の密生を潜り、繁茂するシダを漕ぎ、小島とは思えぬほど険しい山を二つ越え、厳島の南に出た晴賢と家来三十人。

砂浜の向うにあったのは青空と蒼海、彼方に薄っすら霞む島の影だけだった……。三浦が言っていた民屋などとうに崩れ去り舟など一艘もない。

晴賢は大元浦から実に一里強、厳島を縦に突っ切って青海苔浦にさ迷い出ていた。目の前にある青き海原は安芸灘である。

ここで死ぬのかという思いが、晴賢の逞しい胸をみたす。ここで死ぬのが嫌ならさっき越えてきた薄暗い樹海にもどり、毛利兵と死闘を演じて血反吐を吐いて斃れる他ない。

遂に力尽きた晴賢は砂浜に臨む平たい石に腰かけた。伊香賀が傍らにひざまずき、恐ろしい刀傷が走った顔に一筋の涙を流し、

「舟は……ございませぬ」

陶晴賢、悟り切ったような面差しで、

「皆の者、よくぞ今までこのわしをささえてくれた。今は遁るべき途なし！　ただ自害するより外のことはあらじ」

柿並隆幸の子、柿並隆正ら最後までつきしたがった側近たちが一斉に泣き崩れている。気付けば大内の部将はおらず、皆陶の家人であった。

晴賢は側近たちに、

「わしはここで死ぬが、そなたらはどうにか島の者が隠した舟などを見つけ、落ち延びよ」

石に腰かけた晴賢の面にも砂に膝ついた家来たちの顔にも、強い憔悴が陰を落としている。

晴賢は伊香賀以下側近に語った。

「そなたらには生きてほしい。倅の長房(ながふさ)は、十六。そなたらの支えなくば、毛利と渡り合えぬ」

汗と埃、返り血にまみれた家来たちは、わななきながら、

「とても落ち延びられるようには思えませぬっ」「どうか、お供させて下さいませ」

家来が次々に抜刀、自害しようとするも、伊香賀が、鋭い声で、

「止めよ！　殿のご最期を見とどけず、何で家来と言えようか！」

首を切ろうとしていた剣、口にくわえようとしていた刀、鎧の紐をほどこうとしていた手が、止っていた。伊香賀は晴賢に必死の顔で、

「落ちよ……と仰せですが仮に舟が見つかり、島から逃げ出した処で、元就にぬかりがあるようには思えませぬ。舟で逃げた者は、恐らく村上水軍の手で海上で討ち果たされるでしょう。ここにいる者皆、退路がないのです。どうか、三途の川までお供することをお許し下さいますよう」

穏やかな顔で話を聞いていた晴賢は、

「……わかった。皆で共に参ろう」

そして草履取りの童、乙若(おとわか)に、微笑みを浮かべ、

「お主は幼いゆえ、敵も情けをかけよう。降伏するのだ。ゆめ自害するなよ」

土器(かわらけ)など誰ももっていなかったから、伊香賀は別れの盃を柏と松の葉でつくったという。

柏で椀の形をつくり松葉で刺して止めたのだろうか。ともかくその盃に谷水を汲み、その水を

陶以下家臣たちでまわし飲んで、酒盛りの代りとした。
その時には晴賢は鎧を脱ぎ、紫の鎧直垂姿となっていた。
晴賢は腰の刀を抜いて、
「いまわの旅の門出に一さし舞わん」
華麗な所作で剣舞を披露し、舞い終るや、どっかり腰を下ろし、その刀で腹を横一文字に掻き切った。
「――お見事にござる」
言いながら伊香賀隆正は介錯の太刀を振り下ろしている。血飛沫を散らして転がった主君の首を大切そうにかかえた伊香賀は、獣のように泣いた。
別れの宴で詠んだ陶晴賢の辞世は、
何を惜しみ　何を恨みん　元よりも　此有様の定れる身に（何を惜しみ、何を恨もうか。元々このように決っていた運命（さだめ）であったのだ）
伊香賀隆正の辞世は、
思ひきや　千年（ちとせ）をかけし　山松の　朽ちぬる時を君にみんとは（千年つづいた山の松のような古き家が、貴方様の代で終るとは夢にも思いませんでした）
伊香賀が晴賢の首を谷川の傍に埋めると、乙若をのこし陶の郎党は次々に自害した。伊香賀は我が骸の傍で毛利は大将首を探すと読み、砂浜から波の中に駆け出て潮に足をあらわれながら、立ったまま――切腹した。

大聖院からさらに弥山に入り込んだ弘中隆兼につきしたがっているのは隆助、肩に怪我した岩次など百人余りであった。

手で掴めるほど細く、人よりやや高いくらいの木、一見頼りないが、かなり強靱にしてしなやかな木が密生する急斜面を、弘中勢は息を切らして登っている。

弘中勢ただ一人の外聞となった幸阿弥は時折、あらぬ方へわざと動き、追っ手を惑わすために、枝折る。そしてまた隆兼たちに合流する。

濃厚な霧が、出はじめていた。明け方からほぼ飲まず食わずで戦いつづけ、角張った面にさすがに疲労をやどした隆兼は、幸阿弥に、

「あの鎮西の僧……尭恵はこの山中におるのじゃな？」

尭恵の友のふりをして厳島を偵察したことがある法体、歴戦の外聞は、

「如何にも。この上に求聞持堂があり、あの御坊はそこで修行しております」

「呼んできてくれぬか？　ここに。たのみたき儀がある。もし何かあり、ここを動く時は」

近くの枝葉が、隆兼の手で揺すられた。

「――こ奴を逃げたのと逆の方においておく」

「心得ました。必ず、つれて参ります」

幸阿弥が――ますます重厚になってきた霧に溶け込む。鎧を着て、山を登っているから、年かさの兵の息はもう絶え絶えだ。尭恵と、幸阿弥をまちつつ、弘中勢は休息をかねて、密林に座り込んだ。隆助などまだまだ元気な幾人かが見張りに立つ。渇きを覚え、隆兼は、

「岩次、水をくれ」

「はいっ」

きびきびと動いて竹筒を差し出した少年の面にも、拭い難い疲れがこびりついている。

「肩の傷は痛むか？」

滝小路で隆助に巻いてもらった晒をさすり、

「……へっちゃらですっ」

霧深き密林で、岩次は、精一杯強がる。

「そなたはたのもしき武士になる。きっと、なる」

隆兼の言葉が、憔悴した少年の顔を輝かす。

「……本当ですか？」

「ああ。わしが言うのじゃ。間違いない」

腰を下ろし水を飲んだ隆兼は重たい疲れを訴える腿をさすった。刹那——岩次が後ろに動いて切り裂くような悲鳴を上げた。

瞠目した隆兼が竹筒を落とし顧みる。岩次が、隆兼にゆっくり倒れかかっている。小さな鎧を着た胴と胸に、二本の矢が深々と刺さっていて……赤く抜けた鏃が無惨にも背中から飛び出していた——。

「……ああ……」

隆兼から悲痛な声がもれる。

岩次は、わなないていた。

隆兼は丸い目を泳がせ唇を痙攣させる。

矢が飛来した方をきっと睨むと霧深き密林の奥、小ぶりな弓を構えた逞しい者が二人見えた。皮の鎧をまとい顔に泥を塗っていた。

——吉川家の山狩りの達者だ。

怒りの熱流が溶岩さながら隆兼の胸底で渦巻いていた。

凜々しき面貌を歪ませた隆助が、

「岩次ぃっ！　おのれ――」

隆助が駆け出す。が、隆助の足に第三の射手が斜面上方から射た矢が当り、隆助は転ぶ。

岩次が隆兼の腕の中でこちらを見上げ苦し気に、

「なり……たかったたっ」

「強き侍にか？」

「違う……。弘中様みてえな人に……おらは、なりたかった。みじかい間だったけど、お仕え出来て……」

岩次の声は、途絶えた。

胸を――矛で刺され、深く熱く抉られた気がした。

和木三八が隆助を射た吉川兵を射殺す。

岩次の目から生気が消えた途端、面を赤黒くして青筋をうねらせた隆兼は、無言のまま薙刀を摑み、一陣の殺気の風となって、岩次を射た敵どもに突進する。吉川の精兵二人は隆兼の殺気に気圧されたか弓をすて逃げだした――。

凄まじい走力だ。

隆兼の右肩が躍動、薙刀を飛ばし――まず一人目の首を後ろから突き通す。二人目は隆兼が薙刀を投げたと見るや勝てると思うたか、刀を抜いて、体を反転させ、突進してくる。

素早く抜刀した隆兼はすれ違い様、胴斬りにしている。

斃れた敵を見れば――隆助とさして歳の変らぬ若武者であった。瞬間、隆助を我が手で斬ってしまったという何ともおぞましい幻が、胸に漂った。隆兼は途方に暮れたような顔で夥しい葉群越しに天を仰ぎ、溢れそうになった吐き気と咆哮を呑み込んでいる。大声など出せば、追っ手を引きつける。

悪夢のような幻が散った。隆兼が斬ったのは倅と全く違う顔をした男だった。だが、腕にまとわりついた後味の悪さは拭い取れぬ。

薙刀を抜き、岩次の所にもどった隆兼、両手を固く合わせる。

……すまぬ。そなたは……わしを守ってくれたのだな？　わしがそなたを守らねばならぬのに。何ということだ——。

胸が潰れそうな気がした。

石見からつれてこねばこんなことにはならなかったのか？　だが、岩次はどうしてもついてきただろうと思えた。

少年の目を指で閉じてやり、形見として髪を少し切る。そして死んだ少年の頰に苦し気な面持ちで手を当てている隆助に、

「参るぞ。足の怪我は幸阿弥がもどったら、診てもらうとよい。恐らく毒が塗ってある」

隆兼が己から見て右上方を薙刀で差すと白崎十兵衛がさっきの枝を左下方に向けて折る。

疲れ切った弘中勢は同じような低く細い常緑樹が、何処までもつづくように見える密林をかなり登った。赤く小さな実をつけたソヨゴという常緑樹が四囲に茂り、敵から見つけづらい所まで動いて、潜んでいると、幸阿弥が尭恵をつれてきた。

平包（ひらづつみ）をかかえた尭恵は、目を赤くした隆兼を前にしばし言葉に詰まっている。

「久しいな。御坊」

霧の森の底で、隆兼は無理に笑む。尭恵は悲し気に言った。

「今朝方、恐ろしい鬨の声を聞き、さて合戦はどうなったかと案じつつ、防州勢の猛威天をおおうばかりであったゆえ、一定打ち勝つと思うたのですが……。とても現とは思えませぬ」

「今日はたのみたき儀があってお呼びした」

「何でございましょう？」

「一つは妻子眷属に最後の文をしたためたい。其をとどけてほしい。もう一つには教えを請いたい」

沢山の血を一日で吸った聖域の森、殺生禁断の山の高みにしゃがんだ隆兼は、

「わしも我が兵もこのまま命落とすと、阿修羅道から逃れられるように思えぬ」

六道の一つ、殺し合いが永久につづく世界である。

「阿修羅道から我らが救われる道があればお聞きしたい」

遥か昔、この山で修行した弘法大師を敬い、同じ修行、虚空蔵求聞持法をおこなっている髭濃い僧は、

「阿字の一刀を心につくり、生死、煩悩をも断ち切り、一切空の境地に入られること」

「多くの者を……斬って参った。それでも、阿修羅道から出られるか？」

「阿修羅道の業をもって、阿修羅道の業を斬る——左様な阿修羅もおるはず。その阿修羅が振るう剣は御仏が振るわれる利剣、すなわち……阿字の一刀となるはず。その阿修羅は恐らく己が阿修羅道から逃れられるとは思っておらぬ。ですが……他の阿修羅とは、違うのです」

「……よくわかりました。我らまだ、その阿修羅に遠くおよんでおらぬ……。されど御坊の教えで救われた心地がしました」

隆兼が矢立てを出すと、尭恵は平包を開いている。平包から杉原紙の入った文箱、硯や筆などの文具、竹の食籠が出てきた。

「少ないですがお食べ下され」

食籠には尭恵が急いでこさえた握り飯が入っていた。

「かたじけない」

隆兼は隆助に言って握り飯をもっとも老いた兵、もっとも年若い兵から順にくばらせる。

「せっかくなので御坊の筆で文を書こう」

隆兼は尭恵の文箱を逆さにして台にし、妻、娘、弟への最後の手紙を書く。この十月一日付けの隆兼の書状はつたわっていない。

尭恵は隆兼に、

「今、求聞持堂は麓の町人が数多逃げ込んでおり、大変混み合い、僧たちも対応に追われております。拙僧の師僧の庵なら弘中殿御父子、主だった御家来くらいなら……」

「兵どもとはなれるわけにはゆかぬ。それに、余計な迷惑もかかろう。それよりも、いま一つ問いたい。――毛利を寄せ付けぬ天険の要害はなかろうか？」

＊

厳島で二番目に高い山が駒ヶ林で、標高は五〇九メートル。駒ヶ林の頂を龍ヶ馬場と呼ぶ。

巨大な花崗岩がつみ重なって出来た岩山・駒ヶ林の上部は、岩に薄くつもった土を苗床とした矮小な松が茂った林で、松林の下が、隆兼が先ほどさ迷っていた、本来、巨木となるはずの樫が、細く低くそだったあの密林である。松林のさらに高みが、大空に向かって巨岩が剝き出しになった龍ヶ馬場だった。

尭恵の口から出た天険の要害である。

龍ヶ馬場の登り口で尭恵とわかれた弘中勢百は、巨神が戯れにつんだような、威圧感のある大岩石に手をかけ、小石をこぼしながら急な岩山を登っている。

やがて左右の低い松がなくなり天辺（てっぺん）に到達した隆兼たちを……かつて見たこともない荘厳な光景が打ちのめした。

天空に孤立した木も草もない平たい岩場に乗った百人を、三方から同じ高さの青空とずっと下方の明るい海が迎えている。もっとも眺望が開けているのは、東南から南で、まず弥山が控え、ずっと眼下で原始林が緑に広がり、その向うで光輝く海が開け、その海のそこかしこに、竜がのこした足跡のような塩梅で、薄青く霞んだ山々、そう、島々が散らばっているのだった。

西は——目が眩むような断崖絶壁。崖の底はやはり森が広がっている。

登り口といえば一つ——隆兼らが手を岩にかけながら登ってきた道しかない。

弘中勢は天が創った要害、龍ヶ馬場に立て籠り、毛利勢をまつ。隆兼は、大明神の方を睨み、……飢えとの闘いになるだろうが、ここに来る将を次々と討ち、元就が出てこざるを得ぬ段にもち込む。

元春か、隆景が来ることも、十分、考えられる。そのどちらかを討てば——元就が出てくる。

隆兼はかく考えた。

「伊香賀の骸は見つけたが、陶の首が見つからぬとな？　近くに隠してあるはずじゃ。その辺りを隈なく探せ」

元就は掌にのこっていた食いかけの握り飯を口に入れ、ゆっくりと嚙んでいる。

申の上刻（午後三時）。

半刻前に戦の終り、味方の勝ちを全軍に告げ宮ノ尾城に入った元就は、中村二郎左衛門、己斐豊後守、新里宮内少輔の労をねぎらい、褒美をあたえると、夥しい握り飯をつくらせ、出来次第兵たちに振舞った。

そんな元就に、

「申し上げます！　弘中隆兼、隆助、百の兵と共に龍ヶ馬場に立て籠りました！」

元就の双眸が鋭い光を放っている。

握り飯を食い終えた元就は、

「弘中以外にも……山の中に隠れた武士は大勢いよう」

元就は言う。

「この戦で——陶の力、削げるだけ削がねばならぬ。でなければ巻き返した陶に当家は滅ぼされる。主だった部将、名のある武士は皆斬り捨てよ。ただ、足軽雑兵については、降伏するなら命を助けてやれ。当家に仕えるならそれもよし。山口にかえるならそれもよし。むろん……抵抗する足軽雑兵はその限りにあらず。さて、ここに一人、麾下（きか）の足軽雑兵にいたるまで皆討ち果たさねばならぬ男が、おる」

——その男の智勇を元就は、陶以上の脅威と心得ている。またその男が決して己を許さぬのも、よく知っている。

……たとえ晴賢を討っても彼の者を生かせば、陶勢は力を取りもどす。すなわち、毛利の滅びにつながる。

その勇将の薫陶を受けた精兵も如何なる密命をおびているか知れぬと、考えていた。

「弘中隆兼。弘中の者は兵にいたるまで一人として生かすわけには参らぬ」

固唾を吞む部将たちに、厳しい面差しで、

「わしは……このようなこともあるかと考え、力者（りきしゃ）に柵木と、縄をはこばせた。龍ヶ馬場をかこむように結柵をめぐらし弘中勢を兵糧攻め、渇き攻めにしつつ、猛攻をかけて仕留めよ！　誰ぞ、いってくれるか？」

岩のように角張って固そうな顔をした武士が、

「……某におまかせあれ」

名乗り出た武士を一目見た元就は、

「そなた、弘中に手心をくわえるのでないか？」

「滅相もございませぬっ」

その武士、吉川元春は強く叫んだ。

「——よし。では行って参れ、元春。ただ、弘中攻めについては……この元就、色々細やかな指図をするやもしれぬ。その下知に悉くしたがえるのじゃろうな？」

息子、元春がたじろぐほど冷たい凄気が元就から放たれた。元春は、言った。

「……はっ」

「されば弘中退治、その方にまかす」

元春と入れ違いにここにいないはずの将が宮ノ尾城にきた。香川光景である。神妙な面差しで元就の前に手をついた香川光景は、

「軍規にそむき仁保島城を出た以上、如何なる罰も受ける覚悟にござる」

居流(いなが)れた部将たちの怯えた目が一斉に元就を見る。部将たちは大手柄を立てた光景を、元就が斬るのでないかと恐れたようだ……。

元就は――しばし黙って光景を見詰めていた。

やがて、にこやかに、

「……何でそなたを咎めよう？　そなたの働きなくして、大和興武らの反撃を挫けなかった。恩賞をつかわそう」

言葉少なな驍将の相貌に喜色が浮かび、頬がふるえる。部将たちが安堵の息を吐いた。

「光景の壮挙はこのわしの謀にもおよばぬ処があり、家来の臨機応変の判断に助けられることもあるとおしえてくれた。さりながら――」

ほっとした顔の部将たちを、鋭い目で切り、

「抜け駆けして真の手柄を立てるなど、万分の一、十万分の一のこと。――香川の真似をしようなどと、ゆめ思うな」

光景が恩賞と引き換えに親友、大和興武の助命を願うと、元就はしばし思案し、

「恩賞は我が馬、立田栗毛(たつたくりげ)をあたえる。大和のことじゃが……彼は大内の軍事の全てを知る者。この元就の家臣となり、大内家の軍法、各支城の兵数と抜け道、一切を話すなら、命を助けるとつたえよ」

最後に、春の日のような笑顔で、

「大和殿の見識、毛利のために役立ててほしいと思うておる」

一刻後、香川光景が大和興武の答をもってかえってきた。光景が浮かべる憔悴が元就に答を悟

らせる。

「大和殿は……真の忠臣。大内家を裏切るわけにはゆかぬ、よってその機密などお話しするわけには参らぬ、この一点張りです」

元就はさっきまでの穏やかさから一転、冷厳なる顔様になり、

「ならば――斬れ。そなたが斬れ光景」

香川光景は面貌を歪め何とか庇おうとするも、元就の手がすっと前に出て、

「この命に背くこと、許さぬ」

大和興武は――香川光景に斬られた。


さて、この時点でかなりの数の陶勢が討ち死にし、それ以上の者が溺れ死んだり、船で焼け死んだりしたが、村上水軍を突っ切って国元にかえれた者たちもいた。

だがまだ沢山の者が島内の山々、弥山、駒ヶ林、先峠山(さきだおやま)などに飢えと戦いながらばらばらに潜んでいた。

その日の午後から腹ごしらえした毛利兵による山狩りが、おこなわれている。

毛利方は名のある将、鎧武者の一団、戦おうとする足軽は討滅。降伏する足軽雑兵は赦した。

部将、そしてその下で兵をたばねる鎧武者を皆討つということは、戦略をくみ立てられない烏合の衆にするということで……その後の大内、陶に、計り知れぬ打撃をあたえるのは言うまでもない。

一方、元春は足が丈夫な若党どもに柵木、縄をもたせて先発させ、自らは大聖院に入り、各方面に散らばった吉川兵をあつめた。

すると先発した若党が傷だらけになってもどり、柵を結おうとした処、岩山から突如降りてきた弘中隆兼、隆助率いる弘中勢の猛撃に遭い、討死者を数十人出して退避したと聞かされた。柵を結うどころではないという。この時点で大聖院に眼を閉じて鎮座した元春の周りには吉川兵、熊谷信直の兵、同道したいという毛利兵合わせて五百が集結していた。開眼した元春は、

「五百もおれば十分。——参るぞ」

陶という瀕死の虎の最後まで抗おうとする鋭い爪をもつ腕を捥ぐべく、元春の頑丈な腰が床几から浮いた。

……わしが斯様な切所に籠ることまで考え、柵の支度までしておった元就の恐ろしさよ。

弘中隆兼は絶壁のすぐ傍に腰かけ、夕焼けに染まった西の海を凝視している。

厳島のすぐ未申（南西）に、海をへだてた故郷——岩国が在った。隆兼はかえるべき故郷を眺めている。

金色の海の向う、緑の故郷は暮色に染まりつつあった。

尭恵の握り飯にありつけた兵は僅かで、ほとんどの兵は隆兼以下、朝から何も食わずに幾度もの死闘を潜り抜け、密林を掻い潜り、谷の水だけ飲みながら、険しい山をここまで登ってきた。さっき柵を結おうとした吉川勢との闘いで、三十人が討ち死に。残り七十人の味方の気力体力も限界に達している。

腹がへり、目が眩み、鎧が重く、腕に力が入らぬのである。

——だが、わしはお主との戦いを止めぬ。ここにお主が来れば乾坤一擲の勝負をいどみ、討ち取る。来ねばお主が差し向けた腹心を討ち、敵を切り抜け……もどってみせる。

腹がぐーっと呻く。苦笑しながら腹をさすり、

「島を出る手はあろう。舟を奪う、筏をつくる、泳ぐ……」

――もどってみせるぞ。こん、梅。そして必ず傷ついた味方を立て直す。

弘中隆兼――まだ、すてていない。毛利元就が来た場合の逆転、来なかった場合の脱出、帰還、再建を、少しもあきらめていない。

隆兼はすっくと立って、

「鎧を脱ぐぞ者ども！　鎧を脱げば、体が軽くなる。また鎧は下から来る敵にぶつける武器にもなる」

総員――鎧を脱いだ。たしかに、だいぶ身が軽くなる。

「これならまだまだ戦えそうじゃ」

白崎十兵衛が自らの両頬を両手で強く叩いて、あえて嗄れ声を張る。

と、青い夕闇に浸りだした岩場を飛鳥の如く幸阿弥が登ってきて、

「吉川勢です。その数、五百……。また柵を結おうとしております」

龍ヶ馬場に登る際、各々の瓢簞や竹筒は沢の水でいっぱいにしてあった。だが、もちろん心もとない量である。敵は、沢水、食料となる木の実や草、場合によっては鹿、狸を得る道を――遮断しようとしていた。

――きたか！　元春。

「柵を結わせるわけにはゆかぬ」

こうなってくると兵の中から……尭恵と出あった時、共に求聞持堂に行き、粥などにありつけ

ばよかったという意見がこぼれそうだったが、それは誤りであると隆兼は知っている。

……求聞持堂に駆け込んでおる町人に、敵の忍びがまぎれておるやもしれぬ。僧や町人の中から毛利に手引きする者が出たやもしれぬ。

また、さっきまでの弘中勢と同じく山中をさ迷っている陶方の武者は次々に敵の山狩りに遭って斃れていた。陶の大軍で今や、組織的に抵抗しているのは弘中勢ばかりだった。

その七十人、己が鍛えた精兵たちを見まわした隆兼は、あることに気付いた……。

隆兼自身はあと二戦、三戦できると思っていたが、家来たちは違った。

さっきの戦いで最後の体力を削り取られたようなのだ。

……あと一戦か。元就に一太刀浴びせたかったが、致し方ない。

隆兼は強い声で、

「皆の者、元春めを討ち、敵を切り破り」

わざとおどけた顔で、隆兼は、

「敵が我らのためにもってきてくれた柵木を奪って山を降り、そいつで筏をつくり、人気のない浜から筏を出し——岩国へもどろうぞ。これがこの島での最後の闘いじゃ。何としても、生き抜くぞ。参るぞ！」

「おおおっ」

疲れ切った兵どもが最後の力を振りしぼって応える。

鎧を脱いだ隆兼らは、空腹、疲労という内なる敵と戦いながら岩場を降りだした。

「来たか。矢！」

元春の下知が飛び、隆兼も、

「こちらも矢を！」

上から射ている弘中勢の矢の方が、下から射ている吉川勢の矢よりも弱い。隆兼は歯嚙みする。次々に味方が射殺された。

鎧を着ていない隆兼、隆助、そして兵どもが岩場を降りると吉川勢が一斉に槍を突き出してきた。

味方がバタバタと斃れたが、隆兼、隆助の薙刀が荒れ狂い——槍衾を払い崩し、敵の鎧武者、敵の足軽の首や、脛を叩き斬る。

と、元春の声が、

「一旦退け！」

敵が松林に退き出し隆兼の足は止った。

……怪しい！

だが、若き隆助は——、

「逃げるか元春！　追えっ——！」

隆助率いる数十人が、岩場から突出、背を見せた敵を追う。

「隆助！　愚か者っ。もどれぇっ！」

隆兼が絶叫している。さっと、踵を返した吉川兵が、岩という盾から引きずりだした隆助たちに、次々に矢を浴びせた。隆助の周りにいた兵がどんどん倒れていった。

夥しい犠牲者の中で茫然とする息子に、

「もどるぞ！　皆、退けぇ」

隆助は頭を振り、よろよろと敵に向かおうとする。隆兼は鋭い一声を放つ。

「――すてるな！　この隆兼の子だろう？　もどるぞ！　岩国に、もどるぞぉっ」

隆助は面貌を歪めて敵の矢を受けながらこちらに駆けてきた。

飛来する矢に体をかすられながら、隆助と並んで夕闇の岩場を登る隆兼は、

「あのような誘いに長けた敵と知っておろう？」

「頭では……わかっていました」

平らかな岩が広がる上に辿りつけたのは三十人ばかりであった。異様に長く激しい一日が……やっと終りに近づき、あまりにも静かな星空が三方から傷ついた小勢をかこんでいる。

初冬の澄み切った星空の近くで、隆兼は、

「父は此処で死ぬつもりはない。そなたもだな？」

「……はい」

隆兼の手が冷え切った息子の頬を両側からそっとつつむ。息子の頬の意外なほどのやわらかさが、大人の仲間入りをしたこの子が……少年と地続きであることを知らせてくれる。

隆兼は言った。

「今後も武者として乱世をわたってゆくなら、似たような局面は幾度もある。そなたの決断一つで、多くの兵が死ぬことを忘れるな」

西南の崖の際に隆助を誘った隆兼は、夜の海の向う、黒き稜線を眺め、

「見よ……岩国が、まっておるわ」

隆兼は――岩国の方に手をかざしている。

今にも手がとどきそうなほど近くに見える故郷なのに、果てしなく遠くに立っている気がした。

童の時、散々泳いだ錦川のきらめき、平家山の頂から見下ろした風景、中津の賑わいを思い出す。

隆助も父の隣で、歯を食いしばり、ふるえる手を岩国にかざしている。

深更。不寝番を置いた隆兼はさすがに重たい眠りの泥沼に沈んでいたが、幸阿弥に揺り起された。

「――敵が夜討ちをはかっております」

隆兼は静かに味方を起し、声を殺して登ってくる敵に、石や鎧を落としている。

和木三八が下方の岩に跳びうつり敵を三人射殺す。

が、下から飛んできた矢に腹を刺され――ひょろりとした体が大きくぐらついている。

「三八っ！」

隆兼は吠え十兵衛が助けに行こうとした。

しかし三八の細い影は崖から落ち――殺到した吉川勢の餌食となった。

三八を討ったことを戦果としたか敵は林に引き上げている。

朝がくる。

岩場の下の吉川勢から、

「弘中殿！　降伏なされよ。吉田の大殿は貴殿ら親子の武勇を高く評価され、郎党ともども召し抱えたいと仰せじゃ。山を降りなされ！」

と、呼びかけてきた。隆兼はすかさず、

「――元就の罠だ。山を降りた処を騙し討ちにする気だ。元就が、わしを生かすはずはない」

断言するも家来は口々に、

「……殿は疑いすぎじゃ……」「毛利殿が左様な罠を張るとは思えぬ」

こそこそと囁き合い、強く降伏をすすめる重臣も現れたが、隆兼は騙されてはならぬの一点張

りだった。多くの家来が元就の言葉を信じ、岩場を降りようとし、白崎十兵衛が引き戻しにかかるも、隆兼は、

「……行かせてやれ。わしは……言った」

二十数名が岩場を降りて、吉川勢に温かく迎え入れられ、山林につれ込まれた処で――刀槍を一気に突き込まれ、皆殺しにされた。

元就から出た指図で、元春は逆らえなかった。

弘中一党、もはや……隆兼、隆助、幸阿弥、白崎十兵衛ら十名である。

夜、また毛利に降ろうと三人の兵が岩場を下りるも、いずれも例の林で斬られてしまい、元春は二度目の夜襲を敢行。この夜襲で白崎十兵衛ら四人が凄絶な最期を遂げた。

かくして弘中勢の様子は――、

――只主従三人になりにけり。

夜襲は長くつづき最後の三人――隆兼、隆助、幸阿弥は満身創痍になりながら、降参した味方がすてていった沢山の弓矢をつかい、眼下の岩場に殺到する敵を押し返した。

翌十月三日、一睡もできなかった隆兼は粘っこい眠気にまとわりつかれていた。

意識が、ふわっと、飛ぶ。

――いかん。

隆兼は手の甲を嚙んで、眠気と戦う。

忍びである幸阿弥の面にもぬぐいがたい疲れがこびりついている。

幸阿弥はうつらうつらしている。

「幸阿弥」

これを最後の奉公にしたいと言っていた乱破は、

「……おう、わしとしたことが、いつの間にか寝ておりましたわ。虹の夢を見ておりましてな」

――虹か。

里芋の葉を手にもつ、初々しいこんと、虹を眺めている夢が、隆兼の胸をいっぱいにした。

はっと我に返った隆兼の眼前で、幸阿弥が口から血をこぼしている。

幸阿弥の喉から鏃が突き出ていた。

幸阿弥は――斃れた。見れば、その背後、ありえない場所から敵が襲ってきていた。西の断崖だ。枯葉色の忍び装束をまとった者が五人、二人は半弓を、三人は忍び刀を構えている。垂直に近い崖を登って現れた世鬼一族だ。

隆兼、隆助は、咆哮を上げて、薙刀で世鬼者を襲う。いつもなら瞬殺出来る気がしたが、体が重く目が眩み、苦闘するも何とか二人の薙刀は五人の乱破を叩き斬って崖に落とした。

だが、その隙に剽悍な吉川勢が何人も龍ヶ馬場に登り、弘中親子に殺到してきた。

昨夜、宮川房長からゆずられた大薙刀が折れ、敵の小薙刀を奪って戦っていた隆助は最後の力を振りしぼって、吉川勢に突進。薙刀を水車の如くまわし、突き出し、幾人もの敵を屠る。

「獅子の洞出！」

頭上でまわした薙刀を背中から大回しし片手でもって遠くにいる敵の首を薙ぐ。

「虎の一足！」

薙刀で槍の刺突を払い、もちかえながら、くるっと石突を前にする形にまわし、喉を石突で突くと見せかけ、敵が兜を前に顎を引くと、またくるっとまわして刃で兜をかちわり、脳天を赤く裂いて討ち果たす。

隆兼や房長が仕込んだ秘技を次々とくり出す隆助だが、吉川方から飛んだ矢で鳩尾を貫かれると、よろよろと崖に向かって走った――。

隆兼は、咆哮している。

「左程の浅手で勝負も命もすてるな！」

隆助は、青く寂しげな笑顔を向け、

「父上……ここまでにございまする！」

故郷が見える崖に身投げしようとした隆助は、後ろからさっと飛びついた吉川兵に仰向けに引き倒され――喉を裂かれた。

隆助の首から鮮血が、勢いよく迸り、息子の顔を死相がおおう。

これを見た瞬間、弘中隆兼の闘志は――遂に砕け散った。隆兼の薙刀と両膝が一気にがくんと岩に落ちる。隆兼は切腹しようと刀を抜いた。

刀を腹に当てる。

刹那――幾本もの槍に串刺しにされて隆兼はこと切れた。

終章

陶晴賢の首は翌日、小姓・乙若が生け捕りにされたことで、発見された。

厳島の戦いで毛利方が挙げた首、四千七百八十五級(きゅう)。陶方の溺死者、焼死者はそれ以上に上った。

元就の大勝、陶の大敗、晴賢の切腹、隆兼の討ち死には岩国を大いに揺るがし深く嘆かせている。

十月六日、どうにか舟を見つけ渡海した尭恵から隆兼の最後の文を受け取り、龍ヶ馬場に登って行った時の隆兼、隆助の様子を聞かされたこんの目は真っ赤であった。梅は濁流のような運命をまだ呑み込めていないようで、味方が負け、父と兄が討ち死にしたと聞かされても、まだ一滴の涙もこぼしていない。泣くという行為すら梅の心は忘れてしまったようだった。

「今、毛利が殺到しても満足に迎え撃てるとは思えぬ。義姉(あね)上と梅は、鎮西へ、豊前の西郷家をたよって落ちて下され」

民部丞は言った。九州のこんの生家に匿ってもらうということだった。

「わかりました」

こんは、答えている。梅が、琥珀色の目を細めて民部丞に、

「叔父上は……どうされるの?」

民部丞は苦いものを口にふくんだ顔になる。

「わしは……ここにのこる。岩国の領民が心配だ。毛利がここを呑み込んだ時、あたらしく来る領主が、どんな者か……皆目わからぬ。まともな男かもしれぬが、山賊のような輩かもしれぬ。誰か、領民を守る者が必要だ」

こんは首肯する。だが、梅は叔父の話がうまく呑み込めぬようだった。声をふるわし、

「どうして……毛利が岩国を呑み込むのを当然のようにお話しになるのですか？」

頰がこけた叔父は、悔し気に、

「わしは兄上ほど戦いの才覚がない。勢いに乗った毛利が来たら……城門を開くつもりだ。降伏が許されるかわからぬが」

梅の目から――初めて激しい涙がこぼれ落ちた。梅は民部丞ににじり寄り、堰を切ったように泣きじゃくりながら、

「毛利は……父上と兄上を討った仇です！　みちも、岩次も、十兵衛も、三八も、幸阿弥だって……。叔父上はその毛利と一戦もせず門を開くと仰せなのですか？」

「……そうだ。わかってくれ。戦えば……」

「臆病者！」

梅の手が、畳を叩いた。こんが梅を引き――平手打ちする。

「民部丞殿は父上と違う戦いをされるつもりなのじゃ。どうしてそれが、わからぬ？」

民部丞に深く頭を下げ、こんは、静かな面差しで、

「岩国の者たちをたのみます」

こんと、梅は、西へ、九州に逃げたと思われる。何故なら豊前の西郷家によって、隆兼が妻子

に宛てた手紙が今日までのこされたからである。

二人が九州でどのように生きたかはつたわっていない。

岩国は毛利領に呑み込まれた。

弘中民部丞は、弘中家にもはや――抗う力はないと読んだ元就に許され、その家臣となった。

毛利元就は――この大勝によりまず大内義長を討ち、次に尼子氏を滅ぼし、西国屈指の大大名に成長する。毛利隆元はこの八年後に父より早く急逝、吉川元春は西国の王となった毛利の山陰方面軍を、小早川隆景は山陽方面軍をまかされた。とくに隆景は天下人・豊臣秀吉の大いなる信頼を得、陪臣でありながら、豊臣政権の大老の一人まで上り詰める。

隆景とその妻、綾姫こと問田大方は……終生睦み合うも子宝にはめぐまれなかった。この夫妻が秀吉の妻、北政所ねねの甥を養子に迎え入れる。このねねの甥が有名な小早川秀秋である。

隆景の妻、問田大方は恐らくこの物語に登場する誰よりも後世まで生きた。この女性は江戸幕府の開かれるのを見、大坂夏の陣の四年後に亡くなった。

*

文禄五年（一五九六）、安芸、備後、周防、長門、石見、出雲、隠岐、西伯耆、西備中――西国九ヶ国百二十万五千石の大大名・毛利輝元は厳島千畳閣をおとずれた。千畳閣は少し前、天下人・豊臣秀吉の命により輝元が五重塔の隣、つまりかつての陶本陣の傍につくった巨大な建物である。

輝元は隆元の子で家中から、胆力、決断力にかけ、思慮にも乏しいと危ぶまれていたが、両川（りょうせん）と呼ばれる偉大な二人の叔父——吉川元春、小早川隆景は輝元をよくささえてきた。だが元春は既に亡く隆景も昨年隠居、重い病に臥せっていると言われていた。

数多の家臣を引きつれ、金襴、銀襴、錦織の胴服（どうぶく）をまとった輝元、厳島大明神に詣で廻廊を歩みながら、海水にうつる丹塗りの欄干の影や、それを横切る小魚で目を楽しませていた。

ほっそりした輝元は平舞台に出ると後背にある嵐気（らんき）をたたえた山を仰ぎ、

「真に……あの山を越えて、陶の本陣を襲うたのか？」

壮年の家来も当時を知らず、ひそひそと囁き合う。誰一人答えられない。

かすかな波紋が家臣たちに広がる。

「誰かわかる者をつれて参れ」

しばらくして千畳閣の方から白髪頭の老武士が二人、つれてこられた。

鶴のように痩せた背が高い老武士と、小柄で歯がかけ、頬が窪み、小動物を思わせる顔をした老武士だった。

眩い胴服をまとった輝元は錦の美服の小姓たちにかこまれ、いつだったか元春と隆景が語らった平舞台の上に佇んでいた。

「昔のことをお尋ねになりたいとか……」

老武士二人は平舞台にひざまずく。二人とも、昔話をよくして、若侍に鬱陶しがられているくちなので、皺（しわ）深き頬にくすぐったいような喜びがにじんでいる。

輝元の扇が社殿の後ろの山を指し、

「あれなる山を真に越えて元就公は陶を奇襲したのか？」

のんびりした声で問う。

「左様にございまする。我ら二人とも、博奕尾を越えました」

背が高く痩身の老武士が胸を張る。

「岩が険しく切り立ち、樹も盛んに茂っておる。夜に軍勢が障りなく越えられたように思えぬのだが」

老武士二人は瞬きをしながらしばし黙していた。やがて、歯がかけた方が、

「その頃の当家の侍は……皆、貧しゅうございました。錦の衣を着ておるような侍は……おりませなんだ」

「麻か、よくて木綿にございました。それも垢じみた古い衣を着ておる者が、多かったのです」

ほっそりした老武士が言い添える。

歯がかけた武士が懐かし気な顔で、

「されど皆、恐ろしく体が丈夫でございました。天文弘治の頃は我ら元就公からもっと険しき山にある敵城を落とせとご下命を受けること、しばしばにございました」

背が高い方が、

「鷲でなければ通えぬような山城にいどんだ覚えもございまする。されば具足をまといし武者どもが、あの山を夜越えるということも出来たのでございます」

その老武士は美々しき衣をまとった小姓、側近たちの冷然たる眼差しに気付いて、やや小さい声で、

「もっとも……今見ますとどうして越えられたのだろうと不思議に思いまする」

「左様か。面白き話を聞かせてもらった。二人には後で褒美を取らせよ」

言い置いた輝元は立ち去る。
沢山の足音が、面を深く下げた老武士二人を置いて立ち去って行った。

引用文献とおもな参考文献

『陰徳太平記　上』　香川正矩　宣阿著　藝備史料研究会
『戦記資料　吉田物語』　杉岡就房著　歴史図書社
『第二期　戦国史料叢書9　毛利史料集』万代記（厳島合戦之記）、御家誡　三坂圭治校注　人物往来社
『第二期　戦国史料叢書7　中国史料集』武家万代記（三嶋海賊家軍日記）　米原正義校注　人物往来社
『戦記資料　中国地方戦国軍記集』　安西軍策、大内義隆記　歴史図書社
『豊前市史　文書資料』　豊前市史編纂委員会編　豊前市
『戦史ドキュメント　厳島の戦い』　森本繁著　学習研究社
『歴史群像シリーズ⑨　毛利元就　西国の雄、天下への大知略』　学習研究社
『週刊ビジュアル　日本の合戦　№32　毛利元就と厳島の戦い』　講談社
『週刊　新説戦乱の日本史　38　厳島の戦い』　小学館
『毛利元就のすべて　新装版』　河合正治編　新人物往来社
『ミネルヴァ日本評伝選　毛利元就　武威天下無双、下民憐愍の文徳は未だ』　岸田裕之著　ミネルヴァ書房
『歴史群像シリーズ㊾毛利戦記　大内、尼子を屠った元就の権謀』　学習研究社
『大内義隆のすべて』　米原正義編　新人物往来社
『ミネルヴァ日本評伝選　大内義隆　類葉武徳の家を称し、大名の器に載る』　藤井崇著　ミネルヴァ書房
『室町戦国日本の覇者　大内氏の世界をさぐる』大内氏歴史文化研究会編　伊藤幸司責任編集　勉誠出版
『列島の戦国史③　大内氏の興亡と西日本社会』　長谷川博史著　吉川弘文館

『風雲の月山城　尼子経久』　米原正義著　人物往来社
『山陰・山陽の戦国史　毛利・宇喜多氏の台頭と銀山の争奪』　渡邊大門著　ミネルヴァ書房
『週刊　日本の神社4　厳島神社』　デアゴスティーニ・ジャパン
『宮島本　改訂版宮島検定テキスト』　廿日市商工会議所テキスト編集委員会編　廿日市商工会議所
『平清盛と宮島』　三浦正幸著　南々社
『不滅の建築4　厳島神社　広島・厳島神社』　岡本茂男撮影　毎日新聞社
『日本名建築写真選集8　厳島神社』　岡本茂男撮影　鈴木充解説　清水好子エッセイ　新潮社
『村上水軍のすべて』　森本繁著　新人物往来社
『ものと人間の文化史　和船Ⅰ、Ⅱ』　石井謙治著　法政大学出版局
『ガイドブック　郡山城　毛利氏城跡・日本百名城』　郡山城史跡ガイド協会著　安芸高田市観光協会
『別冊歴史読本㉒　忍びの者132人データファイル』　新人物往来社
　ほかにも沢山の文献を参考にさせていただきました。

　本書の執筆にあたり、厳島島内（包ヶ浦、博奕尾など）をご案内いただいた横田徹さん、厳島の戦い当日の潮流、潮の満ち引きについてご教授いただいた九州大学名誉教授、柳哲雄先生、そして東京大学大気海洋研究所様、弘中隆兼書状の解釈についてご教示いただいた就実大学人文科学部の苅米一志先生、吉田郡山城についてご教示いただいた安芸高田市歴史民俗博物館の秋本哲治副館長、弘中隆兼についてご教示いただいた岩国徴古館の濱保仁志さんに、心から感謝いたします。

初出　「産経新聞」二〇二二年一月九日〜七月十六日
単行本化にあたり、大幅な改稿を施しました。

武内　涼（たけうち・りょう）
一九七八年群馬県生まれ。早稲田大学第一文学部卒。映画、テレビ番組の制作に携わった後、第十七回日本ホラー小説大賞の最終候補作となった原稿を改稿した『忍びの森』でデビュー。二〇一五年「妖草師」シリーズが徳間文庫大賞を受賞。さらに同シリーズで「この時代小説がすごい！　2016年版」〈文庫書き下ろし部門〉第一位に。二〇二二年『阿修羅草紙』で第二十四回大藪春彦賞を受賞した。他の著書に、「戦都の陰陽師」シリーズ、「忍び道」シリーズ、「謀聖　尼子経久伝」シリーズ、『駒姫―三条河原異聞―』『暗殺者、野風』『敗れども負けず』など。

厳島（いつくしま）

発　行　二〇二三年四月二〇日
二　刷　二〇二三年七月一五日

著　者　武内　涼（たけうち りょう）
発行者　佐藤隆信
発行所　株式会社　新潮社
〒一六二―八七一一　東京都新宿区矢来町七一番地
電話　編集部〇三（三二六六）五四一一
読者係〇三（三二六六）五一一一
https://www.shinchosha.co.jp

装　幀　新潮社装幀室
印刷所　株式会社光邦
製本所　大口製本印刷株式会社

ISBN978-4-10-350644-7　C0093